la porte

COLLECTION FOLIO

Pa Kin

Nuit glacée

Traduit du chinois
par M.-J. Lalitte

Préface
d'Étiemble

Gallimard

Titre original :

HAN YE

PRÉFACE

Le vendredi 14 juin 1957, j'eus la joie de rencontrer Pa Kin à Changhai. J'ai conté en détail notre conversation de deux heures aux pages 201-204 de mon Nouveau singe pèlerin *(rapport au jour le jour de la crise des Cent fleurs, et qui, parce que sans doute je n'y dis rien que de vérifiable, n'eut pas l'heur de plaire à qui que ce soit). J'en extrais ces quelques lignes : « Maison spacieuse, confortable, avec petite cour d'accès, pelouse derrière le salon (...) Lorsque Mme Pa Kin nous rejoint au salon (fauteuils et divans couverts de housses), les trois femmes de notre compagnie portent la robe ancienne. Un tissu écossais noir et blanc, qu'un détail de rouge dans les cheveux noirs — est-ce un peigne ? — éclaire avec discrétion, met en valeur la beauté régulière, noble et familière à la fois de Mme Pa Kin. Nous voilà loin, bien loin, des " fourmis bleues " ! Quant à l'écrivain, il porte l' " uniforme des ' cadres ' ", mais d'une coupe, d'une qualité rare en Chine. Son visage ouvert, intelligent, me séduit dès l'abord.*

« D'emblée, je lui parle de sa fameuse trilogie Kia (La Famille), *tableau fortement critique de la tribu patriarcale, à discipline confucéenne, et du film qu'on en tira.*

Ce film ne lui plaît pas, car on a faussé le sens des caractères, et les truquages le déçoivent. Lorsque je lui demande s'il va bientôt nous en donner le quatrième volet, voici la réponse : " Depuis la libération, je n'ai presque plus le loisir de travailler. J'ai traduit les contes d'Oscar Wilde, Herzen, Tolstoï, d'autres encore. A quoi s'ajoutent tant de réunions qui nous dévorent les journées. Si tout va bien, je me propose d'écrire l'an prochain un quatrième tome en effet projeté, mais à peine commencé. " » Il faut croire que tout n'est pas allé pour le mieux, car le quatrième tome, que je sache, n'a point paru ; et cette conversation est vieille de vingt ans déjà.

Il est vrai qu'entre-temps, il y eut là-bas bien des crises : grand bond en-avant-en-arrière, révolution culturelle (c'est-à-dire : anéantissement de toute la culture chinoise), et, pour les écrivains, le suicide (Lao Che, Fou Lai, etc.) ou les Écoles du 7 mai, désirables camps de rééducation où, si j'en crois les thuriféraires, on se pressait pour entrer en stage. Pa Kin y séjourna, mais j'ai sujet de penser que cet homme libre y fut poussé un peu vivement, un peu brutalement. Coupable d'une part d'avoir toujours été un écrivain de gauche, et donc un esprit critique ; doublement coupable d'avoir refusé de s'associer à l'ignoble campagne de calomnies contre Hou Feng (emprisonné celui-ci pour avoir demandé à Mao le minimum des droits sans lesquels à quoi bon écrire). Coupable enfin et surtout de son nom de plume, véritable provocation anarchiste, ainsi qu'on ne manquera pas de le lui objecter. De son vrai nom Li Fei-kan, cet homme âgé aujourd'hui de soixante-treize ans naquit dans le Sseu-tch' ouan et publia dès 1921 ses premiers textes. Bakounine et Kropotkine l'ont marqué : il s'appellera donc Pa Ba[*Kounine*] [*Kropot*]Kin[e]. *Aujourd'hui que nous recommençons enfin à mieux apprécier* la pensée de Bakounine, il nous semble beau, et même admirable, qu'en pleine corruption bourgeoise, en pleine pourriture militariste, un homme choisisse de se mettre sous le double patronage de Bakounine et Kropotkine.

Mais sous la houlette-férule de l'abusive épouse de Mao, quiconque a du talent, quiconque pense est hérétique et mérite mille morts ; en tout cas, de coltiner la merde dans une École du 7 mai. A mesure que cette aventurière sans talent perdait de l'influence, diverses de ses victimes furent libérées : ainsi Mao Touen et Pa Kin. Mais je ne sais rien de lui depuis lors.

Et pourtant, sa trilogie, quel plus féroce procès de la morale confucianiste, telle qu'elle avait dégénéré de sa vertu première ! Quel plus généreux tableau des métamorphoses d'une société qui aspire à la révolution, à un véritable socialisme ! A peine le Japon entreprend-il de conquérir la Chine, d'y établir sa « sphère de coprospérité », Pa Kin, jusque-là fidèle à son pseudonyme, et donc inorganisé, s'active et milite à l'Association panchinoise des artistes et écrivains décidés à lutter sans merci contre l'envahisseur. Délaissant Changhai, il voyage dans le Sud-Ouest, séjourne à Tch'ong-k'ing, capitale provisoire, anime diverses publications patriotiques.

Voilà donc l'homme dont les voyous qui régentèrent la prétendue révolution culturelle firent l'une de leurs bêtes noires. Parce qu'il ne fut, jamais ne sera un béni-oui-oui, le régime maoïste a condamné au silence l'un des quatre ou cinq plus grands écrivains du siècle, celui que l'Académie suédoise s'honorerait en proclamant prix Nobel de littérature, ce qui, peut-être, l'aiderait à trouver, sous le nouveau régime, le droit de continuer à illustrer son pays. Le livre qu'on va lire (en chinois Han Ye, en français « la nuit froide ou glacée » ou « les nuits froides ou glacées ») remonte à 1946. Paradoxalement cet antifasciste résolu ne fut pas interdit de publication par la tyrannie de Tchiang Kai-chek, mais fut en fait condamné au silence dès 1949, dès la « libération ».

Lorsque, avant de le quitter, je le priai de me signaler ceux de ses romans, outre Kia, qu'il souhaiterait voir traduits en français, il répondit sans hésiter : K'i Yuan et Han Ye. Il m'aura fallu vingt ans pour lui donner en partie satisfaction, et obtenir de Mme Lalitte cette belle version, enfin, d'un beau roman, trop « pessimiste » assurément au jugement débile de Mme Veuve Mao : sans doute aurait-il fallu qu'il fût joyeux, réconfortant, ce roman situé durant la guerre sino-japonaise et qui conte comment un enseignant, sa femme, leur fils et la belle-mère se sont réfugiés à Tch'ong-k'ing. Aux difficultés de la guerre, de la misère, s'ajoute un conflit de générations entre une belle-mère à l'ancienne, qui veut asservir sa bru, et une femme Shousheng qui, universitaire elle-même, et condamnée à travailler dans une banque, refuse les mœurs de la « grande famille ». La misère et le drame familial auront raison de la santé de Shüenn, tandis que sa femme s'envolera vers Lin-keou avec son patron ; Shüenn mourra de tuberculose le jour de la « victoire » sur les Japonais.

Qui donc pourrait refuser de reconnaître en ce récit le tableau sans complaisance de la condition misérable faite aux intellectuels par la clique du Kouo-min-tang, un plaidoyer pour l'émancipation de la femme ? Qui donc pourrait ne pas admirer la lucidité sans illusion de ce grand écrivain, de ce noble caractère ? Han Su-yin, pardi ! celle qui, dans Destination Chungking, célébrait le modeste général Tchiang, avant d'encenser Mao et, sitôt déchue la veuve, d'insulter dans Elle avec sa lâcheté coutumière celle contre qui jamais elle n'avait écrit mot avant la récente disgrâce.

*

Le meilleur juge de Nuit glacée *ne serait-ce point Pa Kin qui sait y voir un appel désespéré à l'aube, une sorte de « Voilà l'aurore ! » ? Mais je le trouve ironiquement sévère contre soi quand il ajoute, pince-sans-rire : « Ce livre a été vendu à cinq mille exemplaires. Il n'y a pas de quoi en tirer vanité. Beaucoup de livres encore plus mal écrits se vendent davantage » (Postface de 1944). Ce beau roman bien écrit devrait se vendre ici à beaucoup plus de cinq mille exemplaires. Autant d'exemplaires que l'essai d'Alain Peyrefitte, voilà le tirage que je lui souhaite !*

Étiemble.

Février 1977.

I

La sirène de fin d'alerte avait résonné une demi-heure auparavant. C'est à peine si l'on entendait encore le bruit des avions. La rue était très calme et il n'y avait pas trace de lumière. Il se tenait sur le seuil de pierre devant la porte métallique de la banque. Il se mit à marcher sur l'avenue et leva la tête pour distinguer le ciel. Celui-ci était gris sombre, tel un pan de rideau noir déteint et à part les ombres foncées des grands bâtiments, il n'apercevait rien. Il resta ainsi un bon moment, la tête levée, inattentif, absent, ne s'appliquant ni à écouter, ni à voir, juste comme s'il cherchait à tuer le temps. Mais le temps lui paraissait hostile, il s'écoulait à un rythme particulièrement lent, plus, il sembla même s'arrêter. Le souffle glacé de la nuit pénétrait peu à peu sa mince veste doublée, il frissonna... Il rentra alors la tête et une toux douloureuse le secoua. A voix basse, il se dit à lui-même : « Je ne puis continuer ainsi ! — Alors comment ? Aurais-tu du courage ? Toi, ce pauvre type ! » objecta aussitôt une voix contre son oreille. Surpris, il tourna la tête de tous côtés pour voir qui avait parlé et sut tout de suite que c'était lui-même. Furieux, il s'écria :

« Et pourquoi ne montrerais-je pas de courage ? Serais-je à tout jamais devenu un pauvre type ? »

Il ne put s'empêcher de regarder autour de lui mais il n'y avait personne qui fût susceptible de le contredire. Au loin se mit à briller la blanche lumière d'une lampe de poche. On eût dit le clin d'œil d'un ami proche et il éprouva subitement un léger réconfort. Mais au même instant, la lumière s'éteignit. Comme auparavant, une demi-obscurité l'entourait. Un souffle glacé transperçait sans arrêt son dos. Il claquait des dents. Se frottant les mains, il fit quelques pas sur l'avenue. Une ombre noire s'était glissée à son côté. Il sursauta et tourna la tête, cherchant à voir. Ses yeux ne distinguaient toujours que cette obscurité relative. Il ne savait pas non plus ce que cherchait son regard. De nouveau brillait la lampe. Cette fois elle était proche et elle continua à clignoter à plusieurs reprises. L'homme à la lampe se rapprochait et finalement, il passa près de lui sans le voir. Cet homme, de petite taille, était vêtu d'un manteau gris. C'était un homme ordinaire, tout le monde pouvait l'apercevoir de partout sur l'avenue. Ses yeux, à ce moment, ne se fixèrent pas sur ce long visage qu'ils ne discernaient pas clairement, mais suivirent la direction vers laquelle l'homme disparaissait. Qu'espérait-il ? Il ne le savait pas lui-même, mais il s'arrêta brusquement.

Il ignorait à quel moment s'était tu le grondement des avions. A ce moment, il pensa qu'il l'avait entendu auparavant. Il écouta attentivement, mais il pensa aussi que ce n'était peut-être pas ce soir que ce bruit avait résonné. « Je rêve », réfléchit-il tout haut. « De toute façon je dois d'abord rentrer. » Et ses réflexions reprirent aussitôt leur cours. Alors qu'il délibérait ainsi, ses jambes le portaient déjà sur le chemin de la maison. Il avançait sans s'en rendre compte, progressant doucement. Ses pensées étaient emprisonnées dans un filet de confusion.

« J'ai vendu cinq paquets de millefeuilles aux noisettes et deux gâteaux aux œufs, c'est tout ! »

Une voix râpeuse s'élevait au coin du mur. Il se détourna et aperçut, accroupie, une silhouette noire et arrondie. « Je n'ai pas encore ouvert ce soir. A présent, ce n'est plus comme jadis, dans bon nombre d'abris, on ne vous laisse plus rentrer. — Ce matin, dans lequel irais-je ? reprit une voix plus jeune. Je ne sais pas où ils ont bombardé ce soir, est-ce que ça a été de nouveau Tchengtou, il y a longtemps qu'ils n'ont pas fait retentir la sirène. »

Celui-là semblait n'avoir pas encore clairement compris les propos de son compagnon, mais lui-même parlait très lentement comme s'il réfléchissait au fur et à mesure qu'il parlait.

« Hier soir, la sirène de fin d'alerte a résonné à la troisième heure. Ce soir, je crains que cela n'arrive plus tard », ajouta l'autre.

C'était là le bavardage sans importance de deux petits colporteurs. Mais soudain, il sursauta. Hier soir... A trois heures !... Que s'était-il passé ? A la fin de l'alerte, il avait quitté l'abri antiaérien avec la foule et était rentré chez lui.

La veille, au même moment, il n'était pas seul. Il avait avec lui son épouse de trente-quatre ans, son fils de treize ans et sa mère de cinquante-trois ans. Ils s'en étaient retournés en causant et en riant. Cet enjouement n'était qu'apparent.

Et ensuite ? se demanda-t-il à lui-même.

En arrivant, dès que son fils s'était couché, lui et sa femme avaient bavardé. Pendant leur dîner, un commissionnaire remit à celle-ci une lettre au sujet de laquelle il la questionna et sans le vouloir, il s'emporta. Elle entra dans la querelle. Il s'excita, ne se contrôla plus et laissa échapper des paroles maladroites. En son for intérieur, il avait l'intention de se montrer conciliant mais comme sa mère reposait dans la chambre voisine, il ne voulut pas perdre la face. Alors que mari et femme se disputaient dans la grande pièce, la grand-mère emmenait son petit-fils dormir dans une pièce plus petite. Tout le temps de la discussion, la porte de la chambre où se tenait sa mère était restée étroitement fermée et, du commencement à la fin, aucun son n'en était parvenu. En réalité, cette scène s'était déroulée dans un laps de temps très court, au plus dix minutes. Sa femme était alors sortie en courant. Il était persuadé qu'elle allait revenir. Au début, il s'était buté, ensuite, il dévala l'escalier à sa recherche. Il ne se limita pas au seuil de l'immeuble, il parcourut deux ou trois rues mais il n'aperçut pas la moindre silhouette féminine et bien sûr, il ne la vit pas elle.

Dans ce quartier central de la capitale du temps de guerre, à cette heure, seuls quelques rares passants hantaient la rue. Les commerces qui bordaient celle-ci étaient fermés, portes cadenassées, les lanternes des deux ou trois petits restaurants étaient très brillantes, mais les restaurants eux-mêmes étaient plus qu'à demi vides. Où donc aller la chercher ? Il était possible de marcher toute une soirée dans cette grande ville de montagne ! Elle pouvait se trouver comme ne pas se trouver à chaque coin de rue. Finalement comment l'y découvrir ?

Vrai, pour terminer où la rechercherait-il ? Il se l'était demandé hier soir. Ce soir, il se posait la même question. Pourquoi s'interrogeait-il encore ? Aujourd'hui ne lui avait-elle pas envoyé une lettre ? Mais cette lettre contenait seulement quelques phrases courtes et froides où elle lui annonçait qu'elle habitait maintenant chez des amis et désirait qu'il remette à son messager, pour qu'il les lui porte, les affaires qui lui étaient nécessaires. Il le fit et lui renvoya une lettre encore plus courte et encore plus froide. Il ne mentionna pas le fait qu'il l'avait poursuivie et ne lui demanda pas non plus de revenir. Sa mère se tenait à son côté pour voir ce qu'il écrivait et, du début à la fin, elle ne prononça pas une seule parole. Concernant la « fugue » de sa femme (dans ses pensées, il employait le terme « fugue »), sa mère en dehors de phrases de sympathie qu'elle prononça au repas de midi, ne souffla mot. Elle ne fit que froncer les sourcils et hocher légèrement la tête. Cette femme âgée, habituellement soucieuse, à la santé fragile, aux cheveux déjà grisonnants, adorait son fils et son petit-fils mais n'aimait pas sa belle-fille. Bien qu'elle se montrât ennuyée pour son fils, elle se réjouissait secrètement de la « fugue » de sa bru. Lui ne l'avait pas compris, il attendait d'elle des conseils, un mot lui permettant d'écrire une lettre chaleureuse. Sincèrement, il voulait demander à sa femme de revenir et avait la ferme intention de lui écrire une telle lettre mais il ne l'avait pas écrite. Il aspirait à le faire et pourtant, dans sa lettre, il exprimait son indifférence à son absence ou à son retour. La lettre et la valise furent confiées au messager. Une nouvelle étape dans leur mésentente était franchie. Si, à l'avenir, il ne changeait pas son attitude et ne lui écrivait pas à l'endroit où elle travaillait (il ne voulait pas aller l'y chercher), tous deux seraient encore plus embarrassés et détachés l'un de l'autre. Si bien qu'à ce moment, il ne trouvait toujours aucune solution à ce problème.

« Il se peut que Petit Shüenn soit en mesure de m'aider », songea-t-il soudain, son soulagement ne dura qu'une seconde : « Cela ne servirait à rien, elle ne se soucie aucunement de Petit Shüenn et Petit Shüenn ne se soucie pas d'elle non plus. Il ne semble guère exister de sentiment entre eux. » Assurément, un beau matin, Petit Shüenn reviendrait de l'école. Quittant la maison, cet enfant n'avait pas demandé sa mère tout comme s'il avait su que, la veille au soir, il s'était passé quelque chose. Sans aucun doute, au moment de faire ses adieux, Petit Shüenn aurait dû poser des questions mais il s'était abstenu.

Dans son désespoir, il ne put retenir une plainte : « Quelle famille ai-je donc ! Personne ne se soucie vraiment de moi ! Chacun ne se préoccupe que de lui-même. Aucun ne veut faire un pas en direction des autres ! » C'était le cri de son cœur. Il était seul à pouvoir l'entendre mais il n'en eut pas conscience. Il crut soudain qu'il avait crié, et, en hâte, regarda de tous côtés. Partout, c'était l'obscurité, le calme. Les deux petits colporteurs avaient disparu.

« Qu'est-ce que je fais là ? » Cette fois, il avait parlé tout haut. Ses pensées se fixèrent alors sur ces deux mots : « Soi-même. » Il s'interrogeait. Cette question le réveilla brusquement. Il imagina une réponse : « Ne suis-je pas en train de chercher un abri ?... Oui, je suis dans un abri... J'ai froid, je vais marcher... Je pense à ma dispute avec Shousheng... Il faut que je la cherche pour la faire revenir... » Aussitôt il se demanda à nouveau (toujours mentalement) : « Peut-elle revenir ? Si nous ne nous rencontrons même pas, comment parviendrais-je à la convaincre de rentrer à la maison ? »

Personne ne répondit. A nouveau il se donna à lui-même la réplique : « Mère disait qu'elle était susceptible de revenir d'elle-même. Mère disait qu'elle reviendrait sûrement. » Il enchaîna : « Mère paraît très calme comme si elle s'en souciait peu. Comment peut-elle être sûre de son retour ? Pourquoi ne pas me pousser à aller la rechercher ? » Puis : « Où se trouve Mère maintenant ? N'aurait-elle pas profité du moment où je suis sorti pour y aller ? Peut-être actuellement sont-elles toutes deux réfugiées dans un abri ? Dans ce cas, le problème est tout résolu. A la fin de l'alerte, je rentrerai tranquillement à la maison et je les verrai ensemble, bavardant et riant en m'attendant... Que commencerai-je par lui dire ? » Il hésita : « Une ou deux phrases qu'elle sera heureuse d'entendre, ensuite les mots viendront tout seuls. »

Ces réflexions amenèrent un sourire sur ses lèvres. Le sentiment d'oppression un moment éprouvé, l'avait quitté. Il se sentit soulagé. Il se hâta jusqu'à l'extrémité de la rue et de nouveau fit volte-face.

« Regarde les deux boules rouges ! Est-ce qu'on va bientôt sonner la fin de l'alerte ? » Ce n'était plus sa voix mais, sur le côté, celle de l'un des deux petits colporteurs. Leur bavardage n'avait pas cessé pendant tout ce temps mais il n'y avait pas pris garde bien qu'à plusieurs reprises, il fût passé dans leur voisinage. Levant la tête, il aperçut, de biais, le socle de la sirène sur le toit de la banque. Suspendus à leur perche, les deux globes écarlates étincelaient. Le calme profond qui l'entourait, fut troublé par un brouhaha.

« Je dois arriver avant elle. Je dois les accueillir sur le seuil ! » se dit-il soudain avec excitation. Il jeta encore un coup d'œil à la perche. « L'alerte devrait se terminer incessamment. » Il n'hésita plus et se hâta vers sa maison.

La rue commençait à s'animer. Il avait l'esprit ailleurs et pourtant l'activité environnante ne lui échappait pas. Si, comme auparavant, le filet noir d'encre de la nuit recouvrait la scène, déjà le transperçait la lumière de nombreuses lampes que des gens tenaient à la main. Au coin de la rue enfin, quelqu'un alluma une lampe à acétylène à l'étalage d'un commerce de « poulets cuits à la manière originale de Tiating ». Les deux employés étaient occupés à disposer un brasero sur la table devant laquelle s'amassaient quelques personnes, comme attirées par le rayonnement de la lampe. Il tourna la tête pour regarder attentivement. Lui-même ne savait pas pourquoi il avait regardé là. De nouveau, il avança.

Il franchit environ la moitié de la rue. Devant ses yeux, brusquement, la clarté se fit. Des deux côtés, l'éclairage électrique s'était allumé. Quelques petits enfants battaient des mains et s'interpellaient avec des cris joyeux. Il sentit en lui-même un peu de gaieté. « Un rêve ! Un cauchemar ! C'est terminé maintenant ! » pensa-t-il apaisé et il hâta le pas.

Il arriva très vite devant chez lui. La porte de l'immeuble était ouverte. Les lanternes rondes de l'entrée perçaient l'obscurité de leurs flèches de lumière rouge. Devant le seuil, s'entretenant avec sa femme ventrue, se tenait le gérant de la boutique du premier étage. Le cuisinier et les servantes, entrant et sortant, franchissaient sans arrêt la porte à tambour. « Ce soir, c'est sûr, Tchengtou sera à nouveau bombardé », lui dit avec courtoisie le gérant Fang après l'avoir salué. Il se contraignit à répondre, entra en hâte, traversa le long corridor étroit, prit l'escalier et d'un trait, atteignit en courant le second étage. Grâce à la lumière jaune sombre de l'ampoule du palier, il aperçut la porte toujours fermée de son appartement. « Il est encore trop tôt », pensa-t-il, il était seul à cet étage. « Elles ne sont pas de retour. » Il se tint un moment devant la porte. Quelqu'un arrivait. C'était M. Tchang, le fonctionnaire, son voisin de palier. Il portait dans ses bras un petit garçon de deux ans. L'enfant dormait déjà. Lui adressant un sourire affable, cet homme lui demanda : « Est-ce que madame votre mère est déjà rentrée ? » Il n'avait pas envie de lui donner de détails. Il dit seulement : « Je suis rentré le premier. » L'autre ne lui posa pas de nouvelle question et se dirigea vers son propre appartement. Puis sa femme arriva également. Elle portait son vieux manteau noir à la couleur passée qui, en plus de sa coupe démodée, montrait un drap luisant d'usure. Elle avait toujours ce long visage maigre, cet air aimable, ce teint pâle, quelques rides marquaient encore son front, ses lèvres étaient sèches et blêmes. De traits réguliers, elle devait avoir vingt-six ou vingt-sept ans et était encore présentable. Essoufflée par le trajet, elle l'aperçut qui se tenait là, lui adressa un salut et alla se planter à côté de son époux. Baissant la tête, parlant à voix basse avec son mari, elle ouvrit la serrure. La porte s'écarta et le couple pénétra chez lui dans une attitude affectueuse. Il les accompagna d'un regard envieux.

Il revint à la porte de son appartement puis à la cage de l'escalier. Personne ne venait. « Pourquoi ne sont-elles pas encore rentrées ? » pensa-t-il commençant à s'énerver. En réalité, il avait oublié que sa mère, lorsqu'elle descendait à l'abri, en revenait toujours plus tard que les autres. De santé médiocre, elle marchait lentement. Descendue en hâte, elle rentrait ensuite tranquillement. Une fois là, elle avait pris l'habitude de s'allonger et de se reposer quelque dix minutes sur la chaise longue dans l'appartement. Sa femme se trouvait parfois avec sa mère, parfois avec lui. Mais où se trouvait-elle maintenant ?...

Il décida de retourner au-dehors accueillir sa mère. Il espérait de toutes ses forces l'apercevoir bientôt, non, il espérait surtout l'apercevoir avec sa femme.

Faisant demi-tour, il descendit en courant, allant tout droit au porche. Il distingua dans la rue deux petites silhouettes. Il ne pouvait voir clairement si sa mère était l'une d'elles. Deux femmes marchaient au loin, en fait pas si loin que ça, et se trouvaient à la hauteur de ce bar peu fréquenté. L'une avait la taille de sa femme et portait comme elle un manteau de drap bleu, l'autre était menue comme sa mère et était vêtue d'une veste doublée noire. Sans aucun doute, c'étaient elles ! Son visage s'épanouit et il s'avança à leur rencontre. Son cœur battait violemment.

Mais alors qu'il s'approchait rapidement, il découvrit que ces deux personnes étaient un homme et une femme, celle qu'il avait prise à tort pour sa mère était néanmoins un vieillard. Finalement, il ne comprenait pas comment il avait pu prendre cet homme pour une femme âgée, comique que ses yeux puissent le tromper à ce point !

« Il n'y a aucune raison pour que je voie de travers comme ça. » Il s'arrêta de marcher, pestant sans espoir contre lui-même. « Il n'y a aucune ressemblance. Je suis trop énervé, ce n'est pas bon, tout à l'heure lorsque je les verrai, ne vais-je pas dire des sottises ?... Non, je crains de ne pas pouvoir sortir un mot. Non, peut-être ne pourrai-je pas sortir un mot jusqu'à ce que je me trouve en face de Shousheng. Je ne lui ai pas fait mes excuses. Non, j'ai peur d'être fou de joie... Pourquoi m'agiter ? Cela ne sert à rien ! »

Il se faisait en son for intérieur, un long discours, débattant sans pouvoir prendre une résolution. Il revint vers le porche. Il s'entendit appeler par son prénom : « Shüenn ! » Il leva la tête. Sa mère se tenait devant lui.

Il ne put s'empêcher de crier joyeusement : « Mère ! » Mais sa joie disparut très vite. Ensuite il dit encore : « Comment, vous êtes seule... » Puis il retint la suite.

« Mère, croyez-vous qu'elle puisse encore revenir ? » Secouant la tête et le couvrant d'un regard apitoyé, la mère répondit à voix basse. « Alors, elle n'est pas rentrée ? demanda-t-il avec hésitation.

— Elle, rentrer ? A mon avis, ce serait mieux qu'elle ne revienne pas. » La mère lui jeta un coup d'œil légèrement méprisant. « Pourquoi ne vas-tu pas toi-même la chercher ? » A peine avait-elle formulé ce reproche qu'elle remarqua une expression douloureuse sur la physionomie de son fils. Elle s'attendrit et dit sur un autre ton : « Elle reviendra, ne te tracasse pas. Les disputes entre mari et femme ne signifient pas grand-chose. Rentrons. »

Il suivit sa mère dans la maison. Tous deux baissaient la tête et n'échangeaient pas une parole. Il la laissa porter ce sac très lourd jusqu'à l'escalier, puis le lui prit des mains.

Ils ouvrirent la serrure et pénétrèrent dans l'appartement. Ce soir-là, la pièce paraissait plus mal tenue et plus vide que les autres jours. L'ampoule répandait une lumière encore plus trouble. Il reçut au visage une bouffée d'air glacé. A cet air, se mêlait, suffocante, la mauvaise odeur des autres logements et celle du gaz. Il ne put s'empêcher d'éternuer à plusieurs reprises. Il posa le sac de coton sur la petite table carrée. La mère pénétra dans sa propre chambre. Il resta seul devant la table, contemplant vaguement le mur de chaux blanche, ne voyant rien, ses pensées flottant comme des graines au printemps. L'appelant de sa chambre, sa mère lui parla mais il n'entendit rien. Elle sortit pour le voir.

« Pourquoi n'es-tu pas encore couché ? demanda-t-elle étonnée. Aujourd'hui aussi, tu t'es suffisamment fatigué. Et elle alla jusqu'à lui.

— Oh... Je ne suis pas fatigué, dit-il comme s'il se réveillait d'un rêve et il lui lança un regard incertain.

— Tu ne vas pas dormir. Demain matin, tu dois encore te lever tôt pour aller au bureau, poursuivit-elle soucieuse.

— Oui, je dois aller au bureau, répondit-il doucement, l'esprit ailleurs.

— Alors, tu dois aller dormir, insista-t-elle.

— Mère, couchez-vous la première et j'irai ensuite », répliqua-t-il en fronçant les sourcils.

Sa mère resta plantée là, le dévisageant silencieusement. Elle voulut lui parler, agita les lèvres, mais aucun son n'en sortit. Il n'avait toujours pas bougé. Elle resta encore quelques minutes puis, poussant de légers soupirs, retourna dans sa chambre.

Il se tenait toujours devant la table comme s'il n'avait pas pris conscience du départ de sa mère. Il réfléchissait encore et encore. Ses pensées défilaient avec une rapidité désordonnée. Soudain elles se rassemblèrent tel un écheveau embrouillé, indémêlable et plus il s'appliquait à en rechercher le fil, moins il y parvenait. Une pierre lui semblait avoir pris la place de son cerveau et ce n'était plus supportable. Trébuchant, il alla jusqu'à son lit et s'y jeta de tout son poids. Il n'éteignit pas la lampe, ne tira pas non plus la couverture sur lui et s'endormit aussitôt, profondément, d'un sommeil pénible.

II

Rêvant sans arrêt, il ne se rendait même pas compte qu'il s'agissait d'un rêve.

Sa femme et lui habitaient une petite ville sans histoire. Leur vie n'était pas heureuse : ils se querellaient souvent à propos de tout et de rien. Ils éprouvaient de l'affection l'un pour l'autre et pourtant ils ne parvenaient pas à se comprendre. Elle aimait faire des scènes et lui aussi s'emportait fréquemment. Ce jour-là, ils s'étaient disputés à propos d'une bagatelle. Il se souvenait que c'était à propos de sa mère et que sa femme était spécialement en colère. Ils n'avaient pas terminé leur repas, Shousheng renversa brusquement la table sur le sol, les bols et les assiettes furent brisés. La mère ne se trouvait pas à la maison. L'enfant, en pleurs, se réfugia dans un coin de la pièce. Quant à lui, il était dans une telle fureur qu'il ne parvenait pas à articuler un mot, jurant seulement d'une voix indistincte et se frappant la tête.

C'est juste à ce moment qu'il entendit tout à coup un fracas énorme semblable à celui du tonnerre. Il n'en connaissait pas l'origine mais la chambre fut, à deux reprises, secouée aussi violemment que par un tremblement de terre.

« Que se passe-t-il ? » s'écria-t-il surpris et alarmé.

Sa femme, silencieuse, se tenait devant la porte. L'enfant s'était arrêté de crier.

« Je vais voir, reprit-il et il se dirigea vers la porte pour gagner l'escalier.

— N'y va pas. Si tu y vas, nous irons tous. Quoi qu'il se passe, mieux vaut être ensemble. » La colère de Shousheng était tombée, son attitude s'était modifiée, soucieuse, elle essayait de le retenir.

Debout dans le corridor, devant la porte, il l'écoutait. Il ne disait rien. Il fixait les débris de porcelaine sur le plancher avec quelque remords, attendant qu'elle parle.

Elle ne disait rien. Il continuait d'attendre. Brusquement il entendit le canon (il pensa, ce doit être le canon), un coup, deux coups. Puis tout redevint calme. L'enfant recommença à pleurer. Shousheng poussa un cri aigu.

« Les ennemis arrivent ! » se dit-il épouvanté. Il eut alors une exclamation : « Mère ! » Par le corridor, il courut vers la cage de l'escalier.

« Shüenn ! appela derrière lui sa femme, où vas-tu ?

— Je vais chercher Mère », répondit-il sans se retourner et il descendit l'escalier quatre à quatre. Entraînant l'enfant, elle courut derrière lui : « Tu ne peux pas y aller seul. Tu ne peux pas nous laisser tomber, nous, la mère et le fils. Même morts, nous te suivrons, cria-t-elle en pleurant.

— Je veux aller chercher Mère. Nous ne pouvons l'abandonner. S'il arrive quelque chose, comment pourra-t-elle se débrouiller toute seule ? » Et il ouvrit la porte de la maison.

Au-dehors s'enflait le tumulte des voix. Aussi loin que sa vision s'étendait, la route était noire de monde. Tournant le dos à la ville, tous ces gens fuyaient furieusement. Certains portaient de petits enfants, d'autres des paquets, d'autres encore soutenaient des vieillards. Les enfants braillaient, les femmes appelaient leurs époux, les hommes pressaient ceux qui les accompagnaient.

Au sud, le ciel s'obscurcissait d'une fumée épaisse qui s'élevait en spirale. Les explosions se succédaient de plus en plus violentes, de plus en plus terrifiantes. Il savait que le danger était là. La première pensée de Shüenn fut : « Mère ! » Aussitôt il descendit en courant l'escalier de pierre, enjamba le seuil herbeux et se précipita sur la route. Son intention était de sortir de la ville pour aller à la recherche de sa mère.

« Où vas-tu ? Tu ne peux pas nous abandonner ! cria Shousheng en pleurant et en s'agrippant à son bras, tu t'enfuis, tu ne peux pas t'enfuir seul. Peu importe que nous, la mère et le fils, restions en vie ou mourions !

— Je ne m'enfuis pas, dit-il en s'immobilisant, je vais rejoindre Mère et la ramener. Elle est encore en ville.

— Tu penses encore la trouver en ville ! répliqua sa femme ironique. N'a-t-elle ni jambes ni yeux, ne peut-elle marcher ?

— Rentre et rassemble les affaires en vitesse. Même pour fuir il faut que nous emportions un minimum. » Et, avec brusquerie, il s'arracha à son étreinte.

« Ta mère n'est-elle pas là-bas ? » dit Shousheng en désignant une haie de liserons le long du fossé qui bordait la route. Il suivit du regard la direction qu'elle indiquait. Sa mère, les cheveux en désordre, se tenait sous la haie dont les liserons s'enroulaient autour d'un vieil arbre sec. Le visage de la vieille dame était blême et son front portait des traces de sang. De tous côtés, elle scrutait l'horizon. Manifestement elle cherchait son fils. Shüenn leva la tête et agitant la main, cria d'une voix forte : « Mère ! » mais en vain. Il voulut aller vers elle mais il lui fallait traverser cette foule dense et pressée qui s'écoulait sur la route comme un fleuve. Il courut le long de la voie. Les gens ne s'écartant pas, il dut les bousculer pour se frayer un passage. Il lui sembla entendre les appels de sa mère. Il y répondit mais sentit qu'on le tirait par le bras gauche. C'était sa femme, à la main une petite mallette de cuir et suivie de l'enfant.

« Partons, ne t'occupe plus d'elle ! pressa Shousheng.

— Rien à faire, nous ramènerons Mère, répliqua-t-il avec emportement.

— La ramener maintenant, es-tu devenu fou ? Je te le demande, es-tu décidé à vivre ? Quant à moi, je ne veux plus attendre ! » Son expression était sévère, son ton emporté.

« Laisse-moi y aller. Certes, je la ramènerai. Elle est là devant, je ne peux l'abandonner et me sauver seul, répondit-il en se dégageant.

— Dans ce cas, c'est bien, va rejoindre ton trésor de mère : moi, j'emmène Petit Shüenn et nous allons notre chemin. Après tu ne m'en voudras pas ! » Elle parlait d'une voix contrainte et le foudroyait du regard. Il se sentit transpercé, il n'avait encore jamais rencontré personne dont l'œil fût à ce point expressif ! Il ne put retenir un frisson.

En effet, tirant l'enfant par la main, Shousheng se détourna et partit sans manifester la moindre tristesse, lui adressant une fois encore ce regard méprisant. Shüenn, cependant, ne désespérait pas qu'elle le rejoigne ou que lui-même puisse aller à sa poursuite, il ne parvenait plus néanmoins à distinguer sa silhouette. Les gens se pressaient de toutes parts dans sa direction, le ballottant de tous côtés comme si d'innombrables mains le poussaient ou comme s'il s'était trouvé debout sur un bateau secoué par d'énormes lames. Il était pris de fièvre, d'étourdissements. A son tour, il utilisa sa force pour pousser les autres et les bousculer.

Il s'éveilla alors et au moment où il reprit conscience, il agitait encore les mains.

Mais ce n'était qu'un songe. Ce même soir, il avait fait bon nombre de rêves absurdes comme celui-là.

III

Shüenn ouvrit les yeux. Le jour était déjà clair et le silence régnait. La porte de la chambre de sa mère était ouverte. Il reposait paisiblement sur son lit mais son cœur battait la chamade. Devant lui, apparaissaient confusément des ombres terrifiantes. Une sorte de fatigue l'accablait. Il restait immobile, l'esprit vide. Il s'efforça d'ouvrir les yeux et déplaça son regard mais il voyait trouble. Il ne distinguait pas le moment présent de ce qui avait précédé, ni ce qui tenait au domaine du rêve ou à celui de la réalité. Cet état de confusion persista un moment.

Soudain son cerveau se remit à fonctionner. Shüenn sauta au bas de son lit. Debout au centre de la pièce (il pensait s'y trouver car il se tenait éloigné des meubles), il regardait tout autour avec stupéfaction. Il se gratta avec force le cuir chevelu et se dit, désespéré : « Que puis-je faire ? » Et il se remémora tout à coup les événements de la veille et de l'avant-veille.

« C'est de ma faute. Hier, j'aurais dû aller m'expliquer, m'excuser. C'est moi qui ai fait des histoires, pas étonnant qu'elle se soit mise en colère. »

« Pourquoi hier ai-je écrit cette lettre ? Pourquoi ne

me suis-je pas justifié à son égard par de sages paroles ? Pourquoi ne suis-je pas allé la trouver ? Pourquoi ?... » Ces pensées l'amenèrent à décider : « J'y vais maintenant. »

Sa mère rentrait, un panier de légumes au bras. Le voyant encore dans sa chambre, étonnée, elle lui demanda :

« Pourquoi n'es-tu pas allé au bureau, il est neuf heures et demie. »

Neuf heures et demie ! Il devait y aller ! Il l'avait oublié. Il se trouvait déjà en retard d'une bonne demi-heure. Que faire ?

« Tu ne t'es pas encore débarbouillé ? Tu n'as pas bonne mine. Tu ne te sens pas bien ? En ce cas demande un jour de congé. Écris un billet et j'irai le porter », dit la vieille dame avec sollicitude.

Il eut un mouvement de surprise et répondit troublé : « Je suis d'attaque, j'y vais maintenant. »

Il ne voulait plus l'écouter. Il s'empara de la cuvette et partit dans le couloir prélever une louche d'eau froide dans la jarre. Il porta la cuvette jusqu'à sa chambre et la posa sur la table. A ce moment, sa mère s'écria :

« Tu fais ta toilette à l'eau froide, pourquoi ? Je t'apporte tout de suite de l'eau chaude, et ce disant, elle tendit la main vers la cuvette.

— Mère, j'ai terminé. » Le visage aspergé d'eau froide, il avait les idées beaucoup plus claires. Il disposa la serviette sur le dos d'une chaise et ne prenant pas la peine de vider la cuvette, s'élança au-dehors. Il ne s'était pas lavé les dents et avait omis de mettre son vieux chapeau de drap. S'il s'était tant pressé, c'est qu'apparemment il ne désirait pas avoir une conversation avec sa mère.

« Tu n'es bon à rien ! Se disputer avec sa femme comme s'il était devenu fou ! » s'exclama celle-ci depuis la chambre mais déjà Shüenn ne pouvait plus l'entendre.

Il descendit l'escalier et arriva dans la rue. Que de monde, que de poussière ! Pour une ville de montagne, c'était une journée tempérée.

« Où vais-je d'abord ? » se demanda-t-il dans l'avenue.

« La chercher ! » fut sa première réponse. Obéissant à cette impulsion, il se mit en marche vers le lieu où Shousheng travaillait. Il fit quelques pas, s'arrêta, réfléchit encore et se remit en marche.

« J'ai tort, il faut d'abord aller au bureau, ce maudit endroit, même si je demande deux heures, on me les retiendra sur mon salaire. » Il se décida et fit demi-tour.

Il ne lui fallut pas longtemps pour y parvenir. C'était un établissement semi-administratif, semi-commercial qui s'occupait de gérer des librairies-papeteries. Son propre bureau se trouvait au deuxième étage dans un coin. A l'entrée, le cahier des présences avait déjà été ramassé. En trois ans et demi, Shüenn arrivait en retard pour la première fois. Il gravit l'escalier en silence. Alors qu'il faisait son entrée, D'joh, directeur et chef de la rédaction, leva la tête regardant dans sa direction. Il l'aperçut et ne proférant pas une parole, se contenta de prendre une expression méprisante. C'est à peine si Shüenn le remarqua tant ses pensées étaient tout entières orientées vers une seule personne : elle, toujours elle.

Shüenn commença son travail, encore ce travail profondément ennuyeux et monotone ! Sur sa table s'élevait une pile d'épreuves (il l'avait aperçue de la porte), pas plus haute cependant que la veille. Ces caractères peu lisibles qui semblaient toujours dégager l'odeur de l'encre d'imprimerie, n'étaient pas aujourd'hui plus fatigants que les autres jours. Shüenn se servait mécaniquement de ses yeux, de sa main, de son pinceau pour corriger les épreuves... Du début à la fin, il garda la tête baissée. Sur le mur de son bureau était accrochée une pendule à l'ancienne mode. Il entendit sonner dix heures... onze heures... midi. Il n'avait pas omis une correction, néanmoins il entendit très distinctement sonner midi. En particulier ce douzième coup énergique et il en avait parfaitement compris le sens, le travail était terminé.

Shüenn se leva, à vrai dire sans avoir conscience de son geste, mais les autres avaient été plus rapides que lui et tous déjà, avaient quitté leurs tables. Il plia les épreuves non corrigées et les manuscrits, et les posa sur le côté. Il se tenait debout devant son bureau, dirigeant un regard vague vers les fenêtres qui donnaient sur la rue. Une bonne épaisseur de crasse s'était accumulée sur ces fenêtres hermétiquement closes. Shüenn ne voyait rien. Il était plongé dans ses pensées. Pas vraiment car il n'aurait pu dire à quoi il réfléchissait. Il se concentrait sur un point, sur un mot : « Elle. »

La cloche sonna, il ne l'entendit pas. De plus, il ne réalisait pas que c'était le moment d'aller déjeuner. On aurait dit que les autres avaient oublié qu'il se trouvait là et, ne pensant plus qu'il était resté à l'étage, aucun de ses collègues n'était revenu pour l'appeler.

Son cerveau se remit alors à fonctionner et il reprit contact avec la réalité. Il s'écarta de sa place et descendit l'escalier.

Des convives se trouvaient encore dans le réfectoire avec, devant eux, la vaisselle en désordre sur la table.

« Comment ! te voilà ! » s'exclama surpris un de ses collègues tout en le dévisageant, l'air apitoyé.

Shüenn lui répondit vaguement sans cesser de réfléchir et, au lieu de s'asseoir, quitta la table et regagna l'extérieur.

Il lui sembla entendre des rires ironiques.

« Bien sûr, ils sont au courant de mes ennuis. » Et il se sentit rougir jusqu'aux oreilles.

Il n'avait pas faim, ne songeait pas à manger, une seule idée l'occupait : aller trouver Shousheng.

Il n'avait pas fait dix pas qu'une pensée l'assaillit. Vont-ils me suivre ? « Ils », ses collègues. L'incertitude ralentit sa marche et le rendit perplexe, cependant il ne s'arrêta, ni ne se retourna. Il commença à imaginer la scène de leur rencontre : quel visage lui ferait-elle ? Quel langage lui tiendrait-elle ?

« Elle peut me pardonner », se répéta-t-il deux fois. Il eut un sourire de tendresse avec l'impression de le lui dédier et son courage s'affermit.

Sans s'en apercevoir, il était arrivé à l'endroit où Shousheng travaillait.

IV

Shousheng était employée dans une banque industrielle et commerciale. La banque Da T'chouann s'élevait près du centre d'une grande avenue. Shüenn atteignait le coin de la rue quand il aperçut sa femme sortant de l'établissement. Elle n'était pas seule, un jeune homme d'une trentaine d'années environ l'accompagnait. Ils venaient dans sa direction. Assurément c'était bien elle. Elle portait toujours ce mince manteau de drap bleu sombre. Ce qui la changeait, c'était une récente mise en plis et sa coiffure relevée. L'homme paraissait être un collègue. Il avait une physionomie avenante, ne portait pas de chapeau et ses cheveux brillaient. Il dominait sa voisine d'une demi-tête. Au premier coup d'œil, on savait que son pardessus de demi-saison flambant neuf, venait de Calcutta.

L'homme devisait en riant et Shousheng l'écoutait attentivement. Ni l'un ni l'autre n'avait remarqué la présence de Shüenn. Celui-ci sentit son cœur se serrer mais n'osa pas aller à leur rencontre. Sur le point de fuir, il les vit quitter la sortie et traverser en direction de l'autre trottoir. Changeant d'avis et se mettant à leur emboîter le pas, Shüenn traversa également la rue. Ils marchaient vite, très proches l'un de l'autre. Shüenn les vit franchir un seuil, le garçon s'appuya à dessein sur l'épaule de la jeune femme qui n'y prit pas garde. Au début, Shüenn les suivit de loin, de crainte que Shousheng ne remarquât son manège. Soudain il se sentit plus résolu et se plaça derrière eux. L'homme dit quelque chose et ses propos firent retentir le rire clair de Shousheng. Ce rire familier blessa Shüenn au cœur, il pâlit et eut l'impression que ses jambes se dérobaient. Stupidement, il contemplait la silhouette de sa femme, son corps aux formes pleines paraissait plus séduisant encore et le bouleversait. Tandis qu'il la regardait, d'autres personnes la lui cachèrent. Alors il avança. Son cœur se mit à battre à coups précipités, il songea à tendre la main pour la saisir, à l'appeler d'une voix forte. Il n'en fit rien : avec son compagnon, Shousheng entra dans un café élégant ouvert depuis peu.

Shüenn se tenait dans l'embrasure de la porte, ne sachant que faire. Il pensait : entrer et lui parler ?... Mauvais. Lui parler pouvait aggraver les choses. Retourner à la librairie et attendre une autre occasion pour la rencontrer et avoir un entretien avec elle ?... Mauvais également, se disait-il tourmenté. Il devait saisir l'occasion et se réconcilier avec elle le plus tôt possible. Alors attendre sur le seuil leur sortie ?... Pas mieux. Elle en serait humiliée. Et si de plus elle ne voulait pas l'écouter ? Si quelqu'un d'autre la soutenait ? En cas de dispute, il n'avait aucun moyen d'avoir barre sur elle. Ils n'étaient pas officiellement mariés, ils n'avaient fait qu'habiter ensemble. Jadis, c'était lui qui s'était opposé à la cérémonie, maintenant il regrettait son attitude insouciante qui lui ôtait une arme.

Elle restait totalement libre. Tout en remuant ces pensées déprimantes, il s'en revint vers le lieu de son travail.

Chemin faisant, il revoyait sans cesse Shousheng, s'entretenant familièrement avec le jeune homme, il réentendit comme par hasard son rire et manqua d'être renversé par un pousse-pousse.

Shüenn pénétra dans son entreprise, au rez-de-chaussée, deux de ses collègues installés devant des tables, lisaient le journal.

« Ma parole, c'est Wang ! Tu n'as pas bonne mine aujourd'hui et tu n'as même pas déjeuné. Qu'est-ce qui te tracasse ? lui dit sur un ton ironique un jeune homme du nom de P'ann (celui-là était sûrement au courant de ses ennuis, pensa-t-il).

— Rien, j'ai mal digéré, et tout en inventant cette fable. Shüenn s'efforça de sourire.

— Mal digéré, prends un remède alors et ne travaille pas cet après-midi. Tu n'as qu'à demander ta demi-journée, mon cher ! » enchaîna l'autre, un nommé T'chong, homme d'une cinquantaine d'années, grassouillet, chauve, aux joues pendantes, ce qui donnait à sa figure un aspect carré. Son nez volumineux rougeoyait. C'était un garçon plaisant, toujours épanoui, un bon camarade. Il aimait boire et bavarder. Il n'avait pas de parents, pas de famille. Ici, tous ses camarades l'appelaient « Vieux T'chong » et faisaient son éloge : « un homme qui savait vivre », « un bon vivant », « un homme qui s'organisait ».

« Ne te tracasse pas, je vais très bien. » (Maintenant je dois vous donner en entier le nom de mon héros : Wang Wen' shüenn[1].)

1. Wang est le nom de famille, Wen' shüenn le prénom.

Et Shüenn après cette réponse fallacieuse, fit mine de monter.

« Wang, viens t'asseoir un moment en bas, ce n'est pas encore l'heure de retourner au bureau, à quoi bon monter ? » s'exclama P'ann en riant.

T'chong qui le détaillait, se récria avec sympathie :

« Tu maigris, il faut te reposer le plus possible. C'est trop de vendre ta santé pour un tel salaire. »

Shüenn s'assit sur un tabouret libre et ne put s'empêcher de laisser échapper un soupir.

« Eh quoi ! eh quoi ! s'exclama Vieux T'chong stupéfait, il ne faut pas tout prendre au sérieux ! Qui, en ce moment, peut être vraiment heureux ? Mais il est plus important encore d'entretenir sa santé.

— Cet argent me suffit à peine pour subvenir aux besoins de ma vieille mère ! Comment parler de se soigner ? répondit Shüenn tristement.

— Je comprends, tu t'es querellé avec ta femme, dit Vieux T'chong pertinent.

— Pas du tout, pas du tout, nia Shüenn avec véhémence, mais à son expression les autres surent qu'il tentait de leur déguiser la vérité.

— Cher Wang, ne nie pas, dit Vieux T'chong en souriant, les querelles conjugales sont monnaie courante. Si après vous être vraiment disputés tu lui cèdes un petit peu, ta femme peut alors se montrer pleine d'attentions. Pourquoi se tracasser pour ce genre de chose ? »

Absorbé par ses réflexions, Shüenn ne répondit pas mais acquiesça involontairement.

« Vieux T'chong, s'exclama le jeune P'ann en riant, je n'approuve pas cette façon de parler. Dans les querelles de ménage, l'homme ne doit pas faire de concessions. Mis à part les cris, les injures et parfois les coups, quelle capacité possèdent donc les femmes ? Est-ce qu'elles se montreront plus fortes que nous si on en vient aux mains ?

— Ne pontifie pas, personne n'ignore que tu as peur de ta femme. Ici on est entre amis », s'écria Vieux T'chong agitant la main et riant.

Sans ajouter un mot, le jeune P'ann rougit et baissa la tête. Wang Wen' shüenn le regarda dans les yeux, bougea les lèvres comme s'il allait prendre la parole mais n'ouvrit pas la bouche.

« Cher Wang, on dit familièrement : écoutez un conseil et c'est à moitié gagné. Cette année, tout le monde a ses ennuis ou encore une bonne querelle. Quand une femme ne parvient pas à faire enrager un homme, elle n'est pas satisfaite. Si tu la laisses parler sans y prêter attention, ses propos seront sans portée. Face aux femmes, la meilleure arme est le silence.

— Vieux T'chong, ce sont là des paroles d'expérience », commenta le jeune P'ann avec un rire. Shüenn sursauta. Il semblait ne pas avoir saisi le sens des mots échangés ou ne pas les avoir entendus. Il se leva brusquement et dit à voix haute :

« Je retourne à sa recherche », et il se dirigea aussitôt vers la porte.

« Où vas-tu, Wang, cria le jeune P'ann derrière lui.

— Je reviens bientôt, répondit brièvement Shüenn sans se détourner.

— Que va-t-il faire ? » demanda P'ann curieux.

Vieux T'chong silencieux, secoua la tête puis poussa un léger soupir.

V

Shüenn s'en fut à la banque Da T'chouann. Ce n'était pas encore l'heure d'ouverture, la grande porte était close. Il n'avait pas le courage d'utiliser la porte latérale. Et si Shousheng n'était pas revenue ? Que deviendrait-il si elle ne désirait pas le voir ou encore, si elle lui opposait un visage fermé sans lui accorder une parole de tendresse ? Il se montrait si maladroit à exprimer ses sentiments ! La supplier, lui faire comprendre son tourment suffirait-il ? Était-il capable de la convaincre, de l'émouvoir, de la ramener satisfaite à la maison ?... Ces réflexions ébranlèrent son assurance, firent s'évanouir son courage. Il hésitait, ne sachant s'il devait avancer ou reculer. Il se tint deux à trois minutes devant la porte et finalement, baissant la tête, fit demi-tour.

Il avait sûrement fait une dizaine de pas quand un bruit de talons lui fit relever la tête : Shousheng se tenait devant lui, vêtue du même manteau que tout à l'heure. Elle croisa Shüenn, le reconnut et s'arrêta. Surprise, elle le dévisagea, bougea les lèvres comme si elle allait se mettre à parler mais sans prononcer une parole, se détourna et reprit sa marche.

« Shousheng ! » s'écria Shüenn en retrouvant tout son courage. Il sentait son cœur battre violemment et attendit qu'elle réagisse.

Elle tourna la tête et en silence, le regarda avec une expression étonnée, il l'avait interpellée avec une voix qui tremblait. Elle marcha vers lui.

« Que veux-tu ? » demanda Shousheng. Son regard, comme son ton, était glacial.

« Peux-tu m'accorder un quart d'heure, j'ai à te parler ? dit Shüenn, la tête baissée, la voix frémissante.

— Je dois aller travailler, répondit-elle simplement.

— Ce que j'ai à te dire est important. » Shüenn rougit comme un enfant pris en faute.

S'adoucissant, Shousheng s'arrêta pour lui glisser à voix basse :

« Alors, viens me trouver à cinq heures à la banque.

— Entendu », répondit-il fondant de gratitude.

Shousheng lui jeta à nouveau un coup d'œil. Lui regarda sa silhouette disparaître par la petite porte de la banque.

Il n'avait pas été séparé d'elle plus d'une journée : comment pouvait-il se sentir aussi désorienté ? Cette question traversa son esprit et il eût aimé que quelqu'un lui fournît une explication. Il attendrait. Son cerveau pesait comme une pierre. On le heurta de côté, il vacilla et faillit tomber sur le trottoir. Comme tiré d'un rêve, il poussa un faible « eh ! » et se campa plus solidement sur ses pieds. Sous ses yeux, les passants allaient et venaient, les automobiles et les pousse-pousse circulaient follement dans la poussière. Il pensa : « Mais je dois aussi aller travailler », et s'élança à grandes enjambées.

Tandis qu'il marchait, Shüenn ressassait ses préoccupations. Arrivé devant son entreprise, il se fit la leçon : « Tout ça, c'est ma faute. Cet après-midi, il faut que j'aille lui faire mes excuses. »

Il gravit l'escalier et s'installa à sa table. Le chef de bureau D'joh était absent. Par ailleurs, le secrétaire principal Li et le chef de la section des correcteurs fumaient en bavardant. Ils s'entretenaient à voix basse et riaient, le dévisageant de coin. Il se persuada qu'ils parlaient de ses ennuis avec sa femme. Sentant son visage devenir brûlant, il se penchait sur les épreuves et ne pouvait saisir leurs regards.

Shüenn corrigeait une traduction d'un écrivain célèbre, une biographie. Cette traduction lui paraissait rédigée dans le style des canons bouddhiques, aussi hermétique que celui des classiques. Elle comportait pas mal de mots insolites et il ne parvenait pas à en comprendre une phrase. Il vérifiait seulement les caractères, un à un, mécaniquement. Plus ses collègues parlaient et riaient haut, plus il inclinait la tête. L'odeur de l'encre d'imprimerie frappait ses narines avec force, cette odeur coutumière lui donnait aujourd'hui la nausée. Mais il n'avait qu'à patienter.

Le chef de bureau D'joh fit son entrée. Sans qu'on sache pourquoi, il paraissait particulièrement contrarié et à peine assis, il commença à tancer le garçon de bureau. Un employé était venu le trouver pour lui parler de problèmes d'augmentation : c'étaient surtout les petits fonctionnaires, prétendait celui-ci, qui étaient à plaindre et actuellement leur maigre salaire ne suffisait vraiment pas à les faire vivre.

« C'est l'affaire du gouvernement, qu'y puis-je moi ? Même s'ils ne travaillent pas chez nous, il faut qu'ils mangent », fulmina le chef D'joh.

« Oui, mais est-ce que ce sera mieux si vous ne donnez pas un sou ? se dit Shüenn, injuriant son chef en lui-même, à la fin de l'année, au partage des étrennes, vous palpez tout de suite deux ou trois cent mille et ne vous souciez pas de notre sort ! Si vous n'étiez pas si mesquin, Shousheng et moi aurions-nous à nous quereller ? » Mais il prit soin de dissimuler sa fureur, de ne pas émettre un son, car il craignait que le chef D'joh ne remarque son inquiétude.

N'osant partir avant, il prit son mal en patience jusqu'à cinq heures. Quand il entendit retentir la cloche, il se leva, mit les épreuves sous clef dans un tiroir et dévala l'escalier. Vieux T'chong derrière lui le héla car il voulait lui parler mais il ne l'entendit pas.

Shüenn se rendit à la banque Da T'chouann. La porte principale était fermée mais les portes de service étaient encore ouvertes. A peine s'apprêtait-il à entrer qu'il aperçut sa femme tourner au coin de l'avenue. Shousheng le regarda souriante, hochant doucement la tête : le paysage s'illumina tout d'un coup comme si le printemps venait de faire son apparition. Lui rendant son sourire Shüenn alla à sa rencontre.

« Allons nous asseoir au Gouoti, proposa-t-elle d'une voix douce.

— D'accord », répondit-il ému. Il ne lui vint pas à l'esprit que le Gouoti était précisément ce café où elle se rendait avec un autre. Shüenn se sentait très détendu, comme si quelqu'un avait ôté la grosse pierre qui avait pesé sur son cœur durant ces deux journées.

Shousheng marchait à sa gauche, se tenant à distance. En chemin, elle ne lui adressa pas la parole mais toussota à plusieurs reprises.

« Tu n'es pas malade ? » demanda Shüenn avec sollicitude. C'était un moyen de rompre le silence car Shousheng respirait la santé.

« Je n'ai rien. » Elle accompagna cette réponse d'un

léger signe de tête et à nouveau, ne desserra plus les lèvres.

Perdant le courage de la questionner, il se tut. Ils firent bientôt leur entrée dans la salle du Gouoti. Shüenn jugea que la décoration en était très réussie. Les rideaux bleu ciel laissaient filtrer une lumière qui reposait la vue. Le mobilier était neuf. La salle longue et étroite était remplie de clients ; malgré cela, la rumeur des conversations n'était pas trop forte. Une table restait inoccupée du côté de la rue. Il y suivit sa femme.

« C'est la première fois que je mets les pieds ici », remarqua-t-il, ne trouvant rien d'autre à dire.

Sur le visage de Shousheng apparut une expression de commisération. Elle dit à voix basse :

« Avec un tel salaire, comment pourrais-tu fréquenter les cafés ? »

Cette réflexion atteignit Shüenn au vif, baissant alors la tête, il dit comme s'il se parlait à lui-même :

« Autrefois, moi aussi, j'allais souvent au café.

— Il y a huit ou neuf ans de cela, nous vivions différemment. Tout le monde a changé ces deux dernières années », remarqua Shousheng pour elle-même. A nouveau, elle poussa un léger soupir. Peut-être avait-elle encore quelque chose à dire, mais elle fut interrompue par le serveur. Elle commanda deux tasses de café.

« Auparavant, nous ignorions qu'on pouvait tant souffrir. Naguère à Changhai, nous échafaudions des rêves, incapables d'imaginer que nous pourrions mener un jour une vie pareille. Nous étions, à l'époque, remplis d'idéal et nous apprenions un métier dans nos écoles familiales et rurales. »

Shüenn souriait comme en songe, mais soudain, fronçant le sourcil, il reprit :

« Comme les complications de la vie sont étranges ! Même nos cœurs ont changé mais je ne puis dire dans quel sens ils ont évolué », et il poussa un soupir rageur.

Le serveur posa les tasses à l'extrémité de la table. Shüenn ouvrit le sucrier de verre et avec la cuiller, versa du sucre dans la tasse de sa femme. Celle-ci lui adressa un regard de remerciement.

« Le passé nous paraît irréel. Nous avions un idéal et aussi du courage pour défendre cet idéal. Réellement... Ne pourrions-nous redevenir comme avant ? » s'écria Shousheng du fond du cœur. Shüenn était très ému. Il sentait qu'il lui fallait en finir avec leur éloignement. Son courage s'affermissait. Il dit d'une voix qui tremblait encore :

« Alors, aujourd'hui, nous rentrons ensemble à la maison. »

Shousheng ne lui répondit pas, mais le dévisagea avec dans le regard une expression mi-amusée, mi-surprise. Il aperçut une lueur dans ses yeux, mais cette lueur s'éteignit bientôt. La jeune femme tourna la tête et regarda dans la direction de la fenêtre une seconde à peine puis, lui faisant à nouveau face, elle répondit en soupirant :

« N'en as-tu pas assez de mener une vie pareille ? et ses yeux étaient humides.

— Je reconnais que je me suis mal comporté, dit Shüenn en baissant la tête d'un air coupable, je ne sais pas pourquoi je me suis emporté ainsi ? »

Impatientée, Shousheng lui coupa la parole. « Ce n'est pas pour cela que je t'en veux ; ces temps-ci, qui ne s'offre une bonne colère ? Tu n'es pas le seul coupable, moi aussi je suis coléreuse.

— Je suis sûr que nous pouvons connaître à nouveau des jours heureux, reprit Shüenn bouleversé.

— L'avenir est incertain. Cette vie ne me paraît plus avoir de sens. Pour parler clair, je n'ai pas envie de retourner à la banque Da T'chouann. Mais alors, comment vivre ? Moi, une femme spécialisée dans l'éducation, devenir petite employée de banque, subir les vexations des autres, quelle pitié ! »

Elle inclina doucement la tête en parlant et ses yeux se remplirent de larmes.

« Et moi, que devrais-je dire ? Tout le jour à corriger ces épreuves bourrées de fautes. Shousheng, tu ne dois pas parler ainsi, pardonne-moi pour cette fois et aujourd'hui, rentrons ensemble à la maison. Je ne te chercherai plus querelle à l'avenir. » Il ne se maîtrisait plus, il la suppliait.

« Calme-toi, les gens nous regardent », le prévint-elle à voix basse en approchant son visage du sien. Elle porta sa tasse à ses lèvres et but lentement.

Shüenn eut l'impression d'avoir reçu une douche froide. Il se sentait glacé jusqu'au cœur. Il se mit à boire également, comme le café était amer aujourd'hui ! « Très bien, plus c'est amer, meilleur c'est. » Et il acheva sa tasse.

« Ne le prends pas mal : il ne m'est pas impossible de rentrer avec toi, mais quoi que tu en penses, après mon retour, la situation resterait inchangée. Ta mère est tellement obstinée. Elle n'a jamais pu s'habituer à ce que je sois ta femme. Elle n'est pas non plus satisfaite de partager l'affection de son fils, et moi, je ne supporte plus sa mauvaise humeur. Par la suite, s'il nous arrivait vraisemblablement de nous quereller, ce n'en serait que plus pénible pour toi. De plus, la vie est chère, ma présence ne fait qu'ajouter à tes charges. En nous séparant ainsi, tu dois également le comprendre, nous pouvons rester bons amis... »

Elle parlait calmement, mais dans sa voix perçait une amertume qui, bien que contenue, n'en était pas moins vive.

Il laissa douloureusement échapper :

« Mais Petit Shüenn...

— Petit Shüenn restera avec sa grand-mère, il l'aime et il aura un père pour le protéger, voilà ! Nous n'avons, lui et moi, guère passé de temps ensemble. Ce n'est plus un enfant maintenant et il n'a plus besoin d'une mère telle que moi, répondit-elle en détachant ses mots.

— Mais moi, j'ai besoin de toi, dit-il toujours implorant.

— Ta mère a besoin de toi davantage encore. Je ne peux pas non plus la chasser et tant qu'elle est là, comment pourrais-je rentrer ? ajouta Shousheng fermement.

— Que puis-je faire alors, il m'est impossible de vivre ainsi, dit Shüenn misérablement en se tenant la tête à deux mains.

— Il est temps de partir et tu dois rentrer pour le dîner », Shousheng laissa échapper un court soupir. Elle avait parlé doucement, elle éleva la voix pour dire au serveur de venir se faire régler, posa un billet sur la table, se leva la première, écarta sa chaise et partit. Shüenn se mit debout en silence et la suivit.

Ils sortirent du café. Il faisait complètement nuit. L'air glacé les frappa en pleine figure et Shüenn se mit à tousser.

« Alors, au revoir », dit Shousheng avec gentillesse et elle lui tourna le dos.

Shüenn ne put retenir un « Non ! » Il l'avait vue faire

demi-tour et sans pouvoir se maîtriser posa la question qui l'avait inquiété toute la journée :

« Je t'en prie, ne me cache rien, y a-t-il quelqu'un d'autre : ce n'est pas de ma mère que je veux parler. »

Shousheng ne changea ni d'attitude, ni d'expression. La question ne l'avait pas du tout irritée mais seulement apitoyée. Elle comprenait son point de vue. Elle eut un sourire gracieux : « On peut dire ou ne pas dire qu'il y a quelqu'un d'autre. Mais tranquillise-toi, aujourd'hui j'ai trente-quatre ans et je sais ce que je fais. »

Le quittant alors, la jeune femme s'engagea sans hésiter dans une autre direction.

Lui resta là, hébété, à contempler sa silhouette. En réalité, il ne put rien voir. Tout ce que ses yeux distinguaient, c'était : elle et ce jeune homme élégant, marchant devant lui, éternellement.

« J'ai échoué, je lui ai dit tant de choses, en vain. En fin de compte, j'ignore tout du fond de son cœur. Que faire ? » Tout à ses pensées, il était environné par l'obscurité. « Il faut que je rentre chez moi ! » Il lui sembla s'être exprimé à voix haute. Abattu, il rebroussa chemin.

« Chez moi, quel chez-moi ai-je donc ? » Tout le long du retour, il remâcha cette réflexion.

VI

Shüenn arriva chez lui. L'entrée était une grotte de ténèbres. Aujourd'hui, c'était le tour du quartier de subir une coupure de courant et il ne s'était pas trouvé une bonne âme pour allumer la lampe à huile du vestibule. Il atteignit l'escalier en terminant son trajet à tâtons dans un noir de laque, gagna le premier étage puis le second. La porte de l'appartement était entrouverte et laissait échapper un peu de lumière. Il poussa la porte et entra. Attablée, la mère, tête penchée, prenait son repas du soir. Entendant le grincement de la porte, elle leva la tête et s'écria joyeusement :

« Te voilà ! »

Shüenn fit un signe d'acquiescement.

« Viens à table. Je t'ai attendu jusqu'ici, je ne pensais pas que tu rentrerais dîner, marmonna-t-elle.

— J'ai eu à faire, cela m'a mis en retard », répondit-il le souffle court. Il se dirigea vers la table et prit place sur un tabouret en face de sa mère. Celle-ci se leva et posa un bol devant lui.

« Mange vite, profite de ce que c'est chaud ! »

La vieille dame s'était rassise et le regardait en lui souriant :

« Cet après-midi, au premier, Fang le gérant m'a détaillé une livre de viande. J'ai fait cuire un bol de porc à la sauce soja, ce plat que tu aimes. Je l'ai mis dans la marmite et viens de le retirer, il est encore chaud, goûte, c'est ton mets préféré », et elle termina rapidement les dernières bouchées de son propre bol.

Shüenn écouta calmement les recommandations maternelles. Son regard se posa un moment sur le porc, il apercevait les menus morceaux de nourriture collés au rebord du bol. Le cœur brisé, il ne songeait qu'à aller se jeter sur son lit pour y pleurer amèrement. Mais, baissant la tête, il répondait au petit bonheur. Peu importait qu'il eût ou non de l'appétit. Bouchée après bouchée, il engloutissait son repas ; baguette après baguette, il portait le porc à sa bouche. Face à sa mère, il redevenait un enfant obéissant.

« Aujourd'hui, tu n'es pas très bien, n'est-ce pas ? lui demanda soucieuse celle-ci que ce silence inhabituel tourmentait.

— Mais non, répliqua-t-il en secouant la tête, je me porte parfaitement bien », et baissant à nouveau le front, il ne dit plus un mot.

La mère le regarda, attentive, elle espérait qu'il allait se remettre à parler. Mais Shüenn ne lui jeta même pas un coup d'œil. N'y pouvant tenir, elle lui demanda :

« Ce n'était pas froid ?

— Pas du tout », répondit-il mécaniquement sans lever la tête.

Elle se découragea, l'avoir attendu tout le jour et lorsqu'il rentrait, il s'adressait à elle avec une telle froideur ! Elle le comprenait cependant, c'était assurément cette femme qui le hantait. Sur le qui-vive, elle observait son fils. Posant le bol et les baguettes, Shüenn se leva en silence.

« Tu as terminé ? lui demanda-t-elle gentiment, dominant sa contrariété grandissante.

— Oui, répondit-il en mettant de l'ordre devant lui.

— Reprends un bol.

— Je viens de boire un café avec Shousheng », laissa-t-il échapper avec une imprudente franchise.

La mère, aussitôt, s'enflamma de colère. Encore cette femme ! Elle, la mère, à la maison cuisinait de bons petits plats et attendait le retour de son fils pour y goûter, et lui, allait boire du café avec cette femme ! Celle-ci et ce fils indigne se payaient du bon temps. Il avait tout de même couru après cette effrontée, s'était abaissé devant elle ! C'était trop fort, plus qu'elle n'en pouvait supporter !

« Comment as-tu pu encore aller la rechercher ?... A-t-elle eu le front de te regarder en face ? s'écria la mère.

— Je lui ai demandé de revenir à la maison, répondit-il dans un souffle.

— Vraiment, elle a encore l'intention de revenir ! reprit la mère avec un sourire sarcastique.

— J'espère qu'en dépit de son refus, elle aura changé d'avis dans quelques jours, poursuivit Shüenn embarrassé.

— Elle, revenir, tu rêves ! Si j'étais toi, je ferais passer dans le journal l'annonce de votre séparation. De toute manière, l'eau versée ne peut être ramassée, continua-t-elle rouge de fureur, je me suis mariée à dix-sept ans et suis venue tenir le foyer des Wang ; près de trente années ont passé mais je me comportais différemment quand j'avais ma belle-mère. Une fille de son espèce, je n'en avais jamais rencontré ! » Sa colère était impuissante, son fils ne voulait pas l'entendre et elle savait aussi qu'il n'arrivait toujours pas à oublier cette femme. Jusqu'à maintenant, elle, la mère, n'avait pu l'emporter sur Shousheng dont il prononçait le nom avec amour.

« J'ai constaté que Shousheng avait ses difficultés personnelles, mais elle ne veut pas en parler... », dit-il comme s'il n'avait pas entendu sa mère et ne se souciait pas de ses propres ennuis ; il n'avait saisi qu'à moitié les paroles dites à son adresse. La vieille dame l'interrompit :

« Ne reprends pas sa défense, idiot, ce serait un comble ! Elle entretient dans ton dos des relations avec des collègues masculins, elle leur écrit des lettres d'amour. Parlons-en de ses difficultés ! » La vieille dame se leva tout en parlant et agita l'index près du visage de son fils.

« Vous n'avez pas vu que c'était une lettre d'amour, protesta Shüenn.

— Ce n'était pas une lettre d'amour ! Alors pourquoi craignait-elle de la laisser voir ? Pourquoi s'est-elle enfuie avec son amant... » La mère se sentit soudain gênée et s'interrompit. Debout devant lui, elle avait les yeux fixés sur les siens.

« Mère ! implora Shüenn, les yeux embués et pendant un moment, il fut incapable de poursuivre.

— Raconte alors », demanda-t-elle avec douceur un peu plus tard.

L'irritation de la vieille dame disparaissait. Elle le regarda avec compassion comme s'il était redevenu un petit enfant accourant vers elle en pleurant pour se plaindre d'une injustice.

« Mère, vous ne comprenez absolument pas Shousheng, dit Shüenn douloureusement, elle ne part pas avec un amant mais elle s'est installée pour quelques jours chez des amis. Elle peut revenir.

— Vraiment, tu crois que je ne la comprends pas ? » La mère eut un sourire railleur : « Je te le dis carrément, je la connais mieux que toi. Elle ne pouvait plus continuer à partager tes ennuis. Ce n'est pas son genre, je m'en étais aperçue. Maintenant tu dois l'admettre, ta mère seule ne t'abandonnera pas, que tu sois pauvre ou riche, dans une bonne ou une mauvaise passe, cela ne compte pas. Et tu dis que je ne la comprends pas, est-ce elle qui t'a tenu ce genre de propos ? »

Le fils contempla sa mère encore frémissante de colère et ne voulut pas répondre avec franchise à la question. Il se contenta de secouer la tête :

« Non, Shousheng ne m'a rien dit de tel. »

La mère lui jeta un coup d'œil puis poussa un long soupir :

« Va te reposer. Laisse-moi mettre de l'ordre. Tu t'es suffisamment fatigué pour aujourd'hui.

— Ne vous tracassez pas, Mère, je ne suis pas fatigué. »

Schüenn ne disait pas la vérité. En réalité, il était épuisé, mais il prenait sur lui. Il aida sa mère à nettoyer bols et baguettes et à les ranger dans le buffet.

La vieille dame posa le chandelier de terre cuite au centre de la table et décréta :

« Je reste coudre. Tu n'as rien à faire, alors va t'étendre un moment. »

Elle entra dans la petite chambre et en revint avec un manteau de garçonnet, s'installa devant la table et, à la lueur de la bougie, commença à repriser. Les lunettes sur le nez, elle inclinait la tête. La flamme tremblotait et jetait une mauvaise lueur. Bientôt le filet de lumière diminua et elle parut courber davantage encore le front sur son ouvrage.

Lui gagna tout d'abord son lit avec l'intention de s'allonger et de dormir un moment. Mais il ne put que s'asseoir sur le bord, se releva, revint vers la table et resta debout en silence. Il remarqua à quel point sa mère avait vieilli, ses cheveux étaient devenus tout blancs. A cet instant, elle retira ses lunettes, se frotta les yeux, les chaussa à nouveau et reprit sa tâche : « Petit Shüenn est vraiment à plaindre, il a porté ce manteau trois hivers durant. Raisonnablement, il aurait fallu lui en fournir un neuf cette année, mais son père est si serré. Déjà ce n'est pas facile de l'envoyer à l'école... Ah, plus ça va et plus cette chandelle est mauvaise, une chandelle de trente sous, elle n'éclaire pas le moins du monde et par-dessus le marché abîme la vue. Je prends de l'âge et ne puis vraiment plus servir à grand-chose. Je n'ai que ces petits travaux pour occuper mes fréquents loisirs. Sa mère ne se soucie pas non plus de lui. Et pour lui aussi, c'est la triste destinée d'être né dans notre famille ! » Elle marmonnait pour elle-même, comme inconsciente de la présence de son fils à ses côtés.

« Mère, dit Shüenn, ne travaillez pas ce soir, vous devez vous ménager. » Il était ému et triste.

« J'ai bientôt fini, encore quelques points (en répondant, la mère leva la tête pour regarder son fils). Ne pas le faire ce soir, mais tout le jour je suis occupée par les achats et la cuisine, comment trouver le temps ! C'est tout ce à quoi mes yeux me sont utiles, alors pourquoi les épargner ? » et de sa main tremblante, elle piquait l'aiguille enfilée dans le vieux manteau. « Je ne puis me comparer à elle qui fraîche comme une fleur ne peut faire ni ceci ni cela. Elle ne s'occupe que de sa beauté et même pas de son fils. Elle dit qu'elle est diplômée d'université, qu'elle a atteint un haut niveau d'instruction ; à la banque, elle fait un travail chic, mais on ne l'a pas vue rapporter beaucoup d'argent à la maison.

— Mère, ne dites pas qu'elle ne rapporte rien à la maison. Elle règle au moins les frais de pension de Petit Shüenn. Pour ce trimestre, elle a déjà dépensé plus près de trente que de vingt mille, l'interrompit son fils.

— C'est bien de sa faute si elle a tenu à l'envoyer dans cet établissement sélect ! Les camarades de Petit Shüenn sont tous des enfants riches, il est le seul à venir d'une famille pauvre. Dans tous les domaines, il est inférieur aux autres et elle ne veut pas non plus donner davantage d'argent. Petit Shüenn, le plus souvent, pleure misère. »

Shüenn n'écoutait plus sa mère. Que lui importait sa propre fatigue ! Il était si malheureux ! Il n'était capable ni de s'occuper ni de s'endormir calmement. Il ne pouvait non plus regarder la vieille dame travailler. Il faisait si froid, si sombre dans sa chambre. Son cœur lui paraissait flotter dans le vide sans pouvoir se fixer. Sa souffrance ne lui suffisait plus, il avait besoin de hurler, de pleurer, qu'on le martyrise, qu'on le torture. Mais il ne pouvait plus rester tranquillement aux côtés de sa mère.

Il se dirigea à grands pas vers la porte, l'ouvrit, sortit. Il entendit sa mère l'appeler de la pièce, il ne répondit pas et descendit précipitamment l'escalier. Dans l'obscurité, il se cogna, se faisant une bosse à l'arcade sourcilière mais il ne sentit pas la douleur. Une seule pensée l'occupait : « Je demanderai pardon à tout le monde. Je dois être puni ! »

VII

Shüenn franchit la porte de l'immeuble. En face sur le trottoir, le long de l'étalage des marchands ambulants de nouilles et de fruits, quelques lampes à acétylène, telles des étoiles, étincelaient dans la rue obscure. Il éprouva une sensation de froid et secoua les épaules. « Où aller ? » se demanda-t-il. Ne trouvant pas de réponse, il s'enfonça dans la rue à grandes enjambées.

Il parcourut trois rues au hasard et manqua d'être renversé par un pousse-pousse. Le tireur l'injuria mais il n'entendit rien comme s'il se fût trouvé à cent lieues de là, tant sa tête était vide.

Ne sachant toujours où porter ses pas, il fit encore une rue. Dans la suivante, des lampes brillaient, il ne savait combien. Ces deux dernières rues étaient des mondes différents. Il se dirigea vers cette lumière.

A peine avait-il atteint le coin de la rue qu'il fut interpellé par son prénom : « Wen'shüenn ! » Surpris, il tourna la tête. Il réalisa qu'il était arrivé devant la porte d'un bar peu fréquenté. Attablé près de l'entrée, un consommateur vêtu à l'occidentale s'était levé et l'appelait, l'invitant d'une voix forte :

« Vous arrivez à point, asseyez-vous et nous allons boire un verre. »

Shüenn reconnut un de ses camarades de collège. Par suite des circonstances, ils ne s'étaient pas rencontrés depuis six mois et ce garçon, remarqua Shüenn, avait pris un fameux coup de vieux. En temps ordinaire, ils auraient échangé quelques phrases et se seraient séparés, mais aujourd'hui Shüenn se rapprocha en silence de la table, et tirant à lui un tabouret, prit place en face de son ancien condisciple.

« Un verre d'alcool rouge ! » commanda ce dernier se tournant vers le comptoir.

Un homme répondit et un verre d'alcool fermenté arriva, exhalant son parfum.

« Donnez-m'en encore un ! » réclama-t-il le visage écarlate en frappant sur la table et il assécha celui qu'il avait devant lui.

Shüenn se mit à parler :

« B'ail-tching, je me souviens qu'autrefois tu ne buvais pas. Quand en as-tu pris l'habitude ?

— Ce n'est pas une habitude, non, j'ai envie de boire et je ne peux pas m'en empêcher. » Et, secouant la tête, B'ail-tching éleva le ton :

« Allez, vide d'abord ton verre ! »

Shüenn le regarda muet. Un moment passa puis il saisit son verre et toujours silencieux, but une grande gorgée. Le posant, il soupira longuement et, la gorge en feu, ne put retenir un hoquet.

« Vide-le, vide-le, sinon ça ne compte pas ! s'écria B'ail-tching joignant les mains pour l'encourager.

— Je le vide, je le vide ! » répondit Shüenn excité et il liquida son verre d'un trait. Son cœur battait violemment et en même temps son visage s'enflammait.

« Encore un verre ! » cria B'ail-tching en frappant sur la table. Il attira la soucoupe de terre cuite contenant des morceaux de fromage de soja séché puis celle remplie de cacahuètes et les lui présenta :

« Mange !

— Je ne puis boire davantage, s'écria Shüenn agitant précipitamment la main en signe de dénégation.

— Mon vieux, que crains-tu ? Quelle importance cela a-t-il de se soûler ? Mieux vaut être ivre que conscient. »

Le patron avait apporté l'alcool.

« Pourtant, on ne peut être ivre en permanence. Il y a toujours un moment où l'on reprend conscience », déclara Shüenn d'une voix amère où perçait sa solitude. Il détailla la physionomie de son condisciple : en six mois, ce garçon âgé d'une trentaine d'années avait vieilli de dix ans. Des rides étaient apparues sur son front, les joues s'étaient creusées, les sourcils s'étaient rejoints, le regard avait perdu son éclat. B'ail-tching le fixait, hébété. Attristé, Shüenn demanda :

« Pourquoi est-ce plus douloureux d'être conscient ? »

Son interlocuteur ne lui répondit pas, il baissa la tête et but une gorgée de vin puis il la releva, le regarda et but à nouveau :

« Je souffre ! dit-il en secouant la tête comme s'il se parlait à lui-même.

— Tu souffres, pourquoi venir boire ici ? Ne vaudrait-il pas mieux rentrer de bonne heure chez toi ? dit Shüenn rempli de sollicitude.

— Si je ne bois pas, que ferai-je ? Le seul risque, en buvant trop, c'est la maladie ou la mort. Cela ne me fait pas peur. Il vaudrait mieux que je sois mort ! » Et il s'écria avec une expression douloureuse : « Je suis fini, complètement fini !

— Je ne comprends pas, ta situation a toujours été meilleure que la mienne. Je l'endure, alors comment n'y parviens-tu pas ? » dit Shüenn avec sympathie. Le cœur serré, les yeux humides, il contempla le long visage maigre de son ami dont la souffrance le touchait.

« Comment va ta femme, habite-t-elle toujours la campagne ? » Et Shüenn changeant de conversation évoqua cette femme à la figure enfantine. Le mariage avait eu lieu un an auparavant dans la salle de restaurant de B'ail Lin. Shüenn avait assisté avec Shousheng à cette cérémonie simple. Ensuite, ils s'étaient rendus à la réception qui avait eu lieu dans la maison des mariés, à la campagne. Le rire de cette jeune mariée était si doux, Shousheng aussi l'avait aimée. Il avait pensé à son propre tourment, à Shousheng et par association d'idées à cette jeune femme.

« Elle n'est plus, répondit son condisciple à voix basse sans le regarder.

— Morte ? Quelle maladie l'a emportée ? » s'écria Shüenn stupéfait. Il se trouvait sur des charbons ardents et aurait souhaité disparaître sous terre.

« Elle n'a pas été malade », dit B'ail-tching d'un ton froid en secouant la tête. Son expression faisait peine à voir, mais le sens en était difficile à pénétrer.

« Alors elle... » Shüenn prononça ce « elle » très vite, craignant d'entendre la suite : suicide ? mort tragique ? Il en avait le cœur déchiré.

Son condisciple ne répondit rien, ce silence qui s'éternisait devenait intolérable. Aux autres tables, les buveurs paraissaient manquer de gaieté, certains se plaignaient en grommelant, d'autres discutaient de leurs affaires avec leurs partenaires, à la table de gauche, un client d'âge moyen buvait solitaire et mélancolique, soudain il se leva, régla sa consommation et s'en fut. Après son départ, le garçon expliqua à un client au teint pâle qu'il s'agissait d'un habitué qui venait chaque soir ; ne se mêlant pas à la conversation, il buvait modérément et deux morceaux de fromage de soja lui servaient ensuite de collation. Il arrivait et partait toujours à la même heure. Personne ne savait quel genre d'homme c'était, ni quelles étaient ses occupations.

Wang Wen'shüenn écouta ce commentaire avec ennui. Redressant la tête, il poussa un soupir et dit douloureusement :

« La souffrance est partout ! »

Son ami, surpris, le regarda. Ses larmes, une à une, coulaient.

« Cela fait aujourd'hui sept jours. » B'ail-tching but et poursuivit : « Il y a dix jours, elle se portait très bien, il n'y avait pas en elle la moindre trace de maladie. Elle était enceinte, presque à terme. Je l'accompagnai à l'hôpital pour un examen. Le médecin déclara qu'il y en avait encore pour un mois et qu'il lui était inutile de revenir avant quinze jours au plus tôt. Je ne pouvais rester quinze jours de plus à la campagne. Si je n'étais pas rentré, mon chef qui ne m'avait pas accordé de congé, m'aurait fait des histoires. Je retournai donc en ville. Le troisième jour, ma femme se sentit mal. Elle souffrit une bonne demi-journée sans personne pour prendre soin d'elle puis une voisine la découvrit et la conduisit à l'hôpital. Après l'avoir examinée, on lui dit que sans aucun doute, elle était sur le point d'accoucher. Mais le bébé ne naissait pas. Le médecin la fit aller et venir jusqu'à minuit, enfin il sortit l'enfant qui était déjà mort tandis que l'état de la mère donnait des inquiétudes. Toute la nuit, ma femme m'appela, elle m'appela plus de cent fois puis mourut. J'ai appris qu'elle m'avait appelé d'une façon déchirante, ses cris s'entendaient jusqu'au rez-de-chaussée. Son unique désir était de me revoir avant de quitter ce monde, elle voulait que je la venge. Mais moi qui résidais en ville, comment aurais-je pu le savoir ? Aussitôt prévenu par téléphone, j'accourus. Elle était déjà froide, l'enflure de son ventre était effrayante et on eut de la peine à fermer son cercueil. Je me retrouvais comme avant de me marier, seul. J'enterrai ma femme. De retour en ville, mon premier soin fut de demander un long congé. J'entendais sans cesse la voix de ma femme qui m'appelait. Sevré d'occupations, chez moi, dans la rue, je ne cessais de l'entendre. L'entendez-vous appeler : " B'ail-tching ! " " B'ail-tching ! " (il se frappa sur la tempe) assurément, c'est sa voix si tragique !... Voilà pourquoi je ne pense qu'à boire et à me soûler. Au sommet de l'ivresse, on oublie tout et c'est alors seulement que je ne l'entends plus. Vivre, vivre, comme cela est dur ! En dehors du vin, ai-je encore un compagnon ? »

Il se couvrit le visage de la main, laissa échapper quelques légers sanglots puis se calma comme s'il s'était soudain endormi.

En l'écoutant, Wang Wen'shüenn avait l'impression qu'une main gigantesque lui broyait le cœur et qu'une intolérable amertume lui emplissait la bouche. Une sueur glacée coulait goutte à goutte le long de sa colonne vertébrale. Sa vue se brouillait.

« Cela va si mal pour toi ? dit-il pour lutter contre une oppression de plus en plus lourde, il reprit : tu es licencié ès lettres, n'as-tu pas quelque projet en tête pour un ouvrage ? Pourquoi ne reprends-tu pas le pinceau ?

— J'ai vendu tous mes livres, je dois gagner ma vie. Écrire n'est plus mon affaire ! » et B'ail-tching découvrit son visage qui portait encore des traces de larmes. Son regard, malgré tout, brillait d'une lueur agressive : que me conseilles-tu de faire ? Dois-je à nouveau me marier, faire un enfant et me conduire une fois de plus en assassin ? Je ne veux plus être l'auteur d'un tel drame. Je préfère me détruire moi-même. Ce monde n'est pas fait pour des hommes comme nous, nous nous montrons bons citoyens et nous respectons les lois mais ce sont les autres qui montent en grade et s'enrichissent...

« Voilà pourquoi nous nous soûlons à mort ! » s'écria Shüenn, complètement écroulé, il ne parvenait plus à se contrôler : une fissure dans une digue et toute l'eau s'enfuit. Sa tristesse, sa fureur atteignaient leur paroxysme. Il avait besoin de tout oublier et l'ivresse lui offrait une issue toute trouvée.

« A boire ! A boire ! »

Le tenancier lui apporta un verre. Il regarda s'agiter le liquide parfumé et pensa : « Quel genre de monde est-ce là ? » Il leva le verre, aspira une bonne lampée et serra les dents pour l'avaler. Aussitôt, inondé de chaleur, il ne put retenir un hoquet.

« Je ne supporte pas l'alcool », dit Shüenn pour s'excuser. Il pensa :

« Je ne suis vraiment bon à rien. Si je ne sais même pas boire, on se moquera toujours de moi. » Et par bravade, en quelques gorgées, il termina son verre.

« Ton visage est rouge comme celui du seigneur

Gouann Gong[1], ne serais-tu pas ivre ? lui demanda gentiment son camarade.

— Mais non, mais non ! » répondit-il avec énergie. Il avait mal au crâne et dès qu'il s'efforçait de parler, son cerveau se figeait. Sa figure était brûlante, son corps flottait avec légèreté. Il voulut se lever, ne parvint pas à rester debout et s'effondra sur son siège.

« Que t'arrive-t-il ? Attention ! s'écria B'ail-tching.

— Je ne suis absolument pas ivre », dit Shüenn. Il voulut rire sans y parvenir. Il avait seulement envie de pleurer. Toutes sortes de choses tristes lui traversaient l'esprit sans qu'il puisse les discerner clairement. Il avait le vertige. Il était oppressé. C'était insupportable. Il sentait que les yeux de son vis-à-vis s'étaient multipliés et tourbillonnaient devant lui. Il rassemblait ses forces pour le regarder, c'était toujours ce même long visage maigre et triste. Mais après un moment, il aperçut de nouveau en face de lui ces yeux innombrables et même la lumière de la lampe électrique tournoyait. Il se débattit et finalement, prenant appui sur la table, il se leva.

« Je suis ivre », reconnut-il. Il eut un léger signe de tête pour son compagnon et d'un pas mal assuré, franchit la porte du bar.

Zigzaguant sur le trottoir, il parcourut plusieurs rues. Soudain, la pensée de son foyer l'assaillit. Ce fut comme une illumination et il reprit un peu de conscience. « Comment ai-je pu me comporter ainsi ? » pensa-t-il repentant, et il prit le chemin du retour. A

1. Gouann Gong ou Gouann Yü : général des D'joh des « Trois royaumes ». Il devient, après sa mort, un dieu guerrier de la tradition populaire. On le représente avec un visage écarlate, symbolisant un tempérament courageux et passionné.

peine s'était-il remis en marche qu'une ombre énorme vint à sa rencontre et le heurta, faisant jaillir une pluie d'étoiles devant ses yeux. La moitié de sa figure était très douloureuse et enflammée. Il perdit l'équilibre et manqua de tomber.

Le fautif l'injuria méchamment. Il ne l'entendit pas et continua d'avancer en titubant. Il voulut presser le pas mais il avait du mal à respirer tandis qu'une révolution se faisait dans son estomac. Il aurait voulu se calmer mais finalement, il rendit d'un flot son dîner.

Shüenn se sentit soulagé et reprit sa marche sans même s'essuyer la bouche. L'odeur aigre de l'alcool l'incommodait lui-même. Il n'avait qu'une pensée : rentrer chez lui et s'endormir comme une masse. Que ne pouvait-il y être déjà, mais plus il s'essoufflait, moins il avançait. Il n'avait pas parcouru la moitié de la rue qu'il vomit à nouveau. Cette fois-ci avec peine comme si le reste de son dîner s'était coincé dans sa gorge. Il avait terriblement mal au cœur. Il se força et parvint à ses fins. A chaque pas, il rendait. Les passants le regardaient, surpris. Il ne leur en voulait pas. Autour, tout lui était indifférent. A ce moment, quelqu'un serait mort à ses côtés, qu'il ne lui aurait pas accordé la moindre attention.

Mais voilà que, dans la lumière brillante des lampes, deux femmes sortaient en bavardant d'un restaurant changhaien[1]. Son œil se posa par hasard sur leurs visages fardés. Il sursauta et détourna précipitamment la tête, mais son mouvement manqua de souplesse et la plus âgée des deux l'avait déjà reconnu. Elle l'appela :

« Shüenn ! »

1. Ce genre d'établissement était considéré alors comme particulièrement chic et moderne.

Il ne lui répondit pas mais se dirigea à grandes enjambées vers l'obscurité. Il n'alla pas loin cependant, déjà il ne pouvait plus se maîtriser, se courbant au bord du trottoir, il se mit à vomir bruyamment. En dépit d'un énorme haut-le-cœur, il ne vomit pas grand-chose. Sa bouche était remplie de bile. Tendant la main, haletant, il s'appuya à un réverbère.

« Shüenn ! » Il entendit cet appel plein de douceur et inconsciemment, tourna la tête. Des larmes lui brouillaient la vue. La femme se tenait à nouveau derrière lui. Au premier coup d'œil, il ne distingua que sa silhouette, mais déjà il avait reconnu Shousheng.

« Que fais-tu là ? » lui demanda-t-elle étonnée.

Shüenn haletait tout en la dévisageant. Il avait tant de choses à lui dire mais par où commencer ? Comme d'habitude, il resta coi.

« Tu es souffrant ? » questionna-t-elle avec sollicitude.

Il hocha la tête. Il était parvenu à contrôler sa respiration ; ses larmes cependant continuaient à couler, larmes tout à l'heure arrachées par ses haut-le-cœur, mais maintenant, c'était de tristesse et d'émotion qu'il pleurait.

« Pourquoi ne rentres-tu pas à la maison ? J'ai vu que tu vomissais douloureusement.

— Je me suis soûlé, répondit-il repentant.

— Comment, tu es allé boire ? Autrefois tu ne le pouvais pas. Rentre vite dormir, s'empressa-t-elle d'ajouter, regarde, tu vas tomber réellement malade.

— A la maison, Mère ne me comprend pas. Comme la tristesse m'accablait, je suis descendu dans la rue pour marcher ; j'ai rencontré un condisciple qui m'a entraîné et alors je me suis soûlé, lui expliqua-t-il sur un ton d'excuse, merci et au revoir. »

Il se sentait un peu mieux. Il quitta l'appui du réverbère pour descendre dans la rue mais il titubait encore.

« Fais attention, tu vas tomber ! » lui cria Shousheng derrière lui.

Aussitôt elle se mit à le suivre, monta à sa hauteur et lui dit :

« Je vais avec toi », et prenant son bras pour le soutenir, elle se plaça à sa gauche.

« Vraiment, tu m'accompagnes ? » lui demanda Shüenn d'une voix tremblante. Et il la regarda timidement.

« Si je ne t'accompagne pas, tu es bien capable de retourner boire », répondit Shousheng en riant. Il en éprouva un léger réconfort et se sentit apaisé.

« Je ne boirai plus », promit-il comme un enfant. Et soutenu par sa femme, Shüenn prit le chemin du retour.

VIII

Ils atteignirent la porte de leur maison. Devant l'ouverture semblable à une grotte sombre, Shüenn fronça les sourcils et hésita avant de franchir le seuil.

« On ne voit pas clair, attention, marche lentement ! » Non, Shousheng ne l'abandonnait pas, au contraire, elle le tenait plus serré et attentive, le guidait et le soutenait.

« Et toi, tu n'entres pas ? demanda-t-il anxieux.

— Je t'accompagne en haut, lui répondit-elle d'une voix douce.

— Que tu es gentille avec moi », dit Shüenn plein de gratitude. Il eut envie de prendre sa femme dans ses bras et de pleurer de joie un bon coup. Mais il se contenta de la regarder furtivement, puis silencieux, il baissa la tête, franchit le seuil et entreprit de gravir cet escalier si familier. « Attention », lui répétait-elle sans cesse. Elle le soutenait de toutes ses forces mais elle ne parvenait qu'à ralentir sa marche.

« Monte », lui recommanda-t-elle. Il acquiesça dissimulant son bonheur.

Ils parvinrent au deuxième étage. Ils aperçurent

alors la femme du gérant qui, une bougie à la main, sortait de son appartement.

« Madame Wang, vous rentrez ! » s'écria cette femme au teint pâle et, avec un sourire, apparut sur son visage une expression étonnée mais bienveillante.

Shousheng répondit à son sourire et s'enquit avec courtoisie :

« Vous descendez, madame Tchang ? »

Mme Tchang répondit, contempla Shüenn avec surprise et demanda doucement :

« Monsieur Wang, vous ne vous sentez pas bien ? »

Celui-ci ne répondit rien et resta à côté de sa femme, la tête basse. Shousheng répondit à sa place :

« Mais non, il a bu.

— Mon mari aussi est ivre et je sors lui acheter des oranges. Madame Wang, reconduisez vite M. Wang, laissez-le dormir un moment et ça ira », recommanda avec cordialité cette petite personne toujours souriante. Son expression n'était pas forcée, cependant, dans le même temps, des marques de tristesse apparurent sur son visage.

« La vie de cette femme n'est pas toujours drôle ! » Chaque fois qu'elle apercevait Mme Tchang, Shousheng avait pour elle une pensée apitoyée. La voisine descendit avec lenteur et les époux profitèrent de la lueur de sa bougie pour regagner leur appartement.

La porte n'était pas complètement fermée. D'une poussée, Shüenn l'ouvrit toute grande. La pièce était toujours aussi sombre. Comme auparavant, la bougie brûlait au milieu de la table et de même, sa mère était assise auprès de cette table, ses lunettes chaussées, reprisant. Qu'elle paraissait fragile et âgée, le dos ainsi courbé ! De plus, elle ne cessait de grommeler. De la mèche de la bougie, il ne restait qu'un infime lumignon et elle ne l'avait même pas taillé. Il semblait que depuis tout ce temps, elle n'ait rigoureusement pas bougé.

« Shüenn, où es-tu allé comme ça ? Tu ne m'as pas répondu tout à l'heure. Es-tu à nouveau allé chercher cette femme ?... Je t'avais prévenu que ce serait en pure perte. Cette fille moderne ne te suivra pas longtemps dans une mauvaise passe ! » Tout en parlant, la vieille dame maniait l'aiguille et n'avait pas levé le front de son ouvrage. Elle croyait toujours que son fils était rentré seul. « Schüenn, ne te tracasse pas comme ça. Cette fille est partie, tant pis ! Après la victoire, un jour tu seras riche, tu n'as pas à craindre de te trouver sans femme ! »

Elle n'entendit pas son fils répondre. Surprise, elle leva la tête et reçut la lumière en plein dans les yeux. Aveuglée, elle lâcha son aiguille, posa ses lunettes et se mit à se frotter les yeux.

Quand sa mère s'était exclamée : « Cette femme ! » Shüenn avait ressenti une vive contrariété et redoutant que belle-mère et bru n'entament une querelle, il avait fortement serré la main de Shousheng dans la sienne. Mais celle-ci n'avait pas réagi. Il ne pouvait en supporter davantage, aussi il s'écria d'une voix suppliante :

« Mère !

— Qu'y a-t-il ? » répliqua la vieille dame étonnée. De sa main elle abrita ses yeux. Cette fois elle distingua son fils et, à côté de lui, cette femme !

« J'ai raccompagné Shüenn, déclara Shousheng se contraignant au calme.

— Bravo, ton habileté est grande. Qui eût pu croire que tu lui aurais demandé de revenir », s'exclama la vieille dame avec un sourire sarcastique et, courbant la tête, elle reprit son ouvrage.

Shousheng eut un rapide sourire et reprit provocante :

« Il ne m'a aucunement demandé de revenir. Il s'était pris de boisson et vomissait en pleine rue, ne sachant où il se trouvait. Je l'ai aperçu et l'ai ramené, pas très solide sur ses jambes.

— Shüenn, qu'est-ce qui t'empêche de me dire pourquoi tu es parti comme un voleur pour t'enivrer ? » Abandonnant sur la table vêtement et aiguille, la mère se dressant sur ses pieds et avançant vers son fils, le dévisagea attentivement : « Mais tu n'avais pas l'habitude de boire. Qu'est-ce qui te prend tout à coup de filer t'enivrer ? As-tu oublié que ton père était mort de ce vice ! Depuis ton plus jeune âge, je n'ai pas laissé une goutte d'alcool franchir tes lèvres. Comment dans ces conditions as-tu bien pu aller boire ? » dit-elle d'une voix forte où perçait son affliction.

Shousheng l'interrompit :

« Il n'est vraiment pas bien. Laissez-le aller faire un somme.

— Je ne t'ai pas adressé la parole ! » s'écria la vieille dame qui pâlit de colère et détourna son visage.

Shousheng, avec un sourire froid et méprisant, se tut.

Comme si elle parlait à un petit enfant, la mère reprit d'une voix douce, dominant son irritation :

« Shüenn, explique-moi pourquoi tu t'es comporté ainsi ? »

Ne répondant rien, celui-ci inclina la tête avec lassitude.

« Vas-tu me dire ! Qu'avais-tu dans le crâne, me le diras-tu ? insista la mère en se rapprochant, quoi que tu puisses me raconter, je ne t'en voudrai pas. »

Elle le poussait dans ses derniers retranchements.

« J'étais très malheureux et il m'a semblé qu'il faudrait mieux être ivre, dit-il avec sincérité.

— Alors, quand vous êtes-vous rencontrés ? » reprit-elle profitant de son avantage et son indignation lui faisait négliger le chagrin de son fils.

Shousheng impatientée lui coupa la parole :

« Laissez-le aller dormir. »

Sa belle-mère ne lui prêta aucune attention, elle guettait la réponse de son fils.

« Je... Je... », il eut de la peine à sortir ces deux mots. Il recommençait à se sentir le cœur soulevé. Il ne put se maîtriser longtemps et vomit, s'éclaboussant lui-même en même temps que sa mère.

Oubliant les questions qu'elle voulait lui poser, celle-ci s'écria bouleversée :

« Assieds-toi vite ! »

Shüenn était resté debout à la même place et se courbait pour vomir. Sa femme lui tapotait le dos. Sa mère lui apporta un siège. Il n'avait presque rien rendu mais cet effort lui avait arraché des larmes. Il s'assit, à bout de souffle, les mains sur les genoux.

« Dans quel état tu t'es mis ! » s'exclama Shousheng apitoyée. Elle se tenait debout derrière lui.

« Prends soin de lui et emmène-le dormir, dit la vieille dame finalement attendrie, devenant conciliante à l'égard de sa belle-fille, je vais chercher des cendres pour nettoyer par terre. »

Après le départ de sa belle-mère, Shousheng soutint son mari jusqu'au lit. En silence, elle lui ôta ses chaussures, ses chaussettes, ses vêtements. Depuis bon nombre d'années, Shüenn n'avait pas connu un tel bonheur. Il lui obéissait comme un enfant. Ensuite, il s'étendit et elle posa sur lui une bonne couverture. Elle était sur le point de s'en aller quand, soudain, il allongea le bras, saisit sa main dans la sienne et la serra fermement.

« Tu vas bien dormir, lui dit-elle d'un ton apaisant.

— Ne t'en va pas... Tout ça c'est à cause de toi... », et Shüenn leva vers elle de grands yeux suppliants.

Shousheng ne répondit pas. Elle réfléchissait. Elle resta debout près de lui un moment. Des larmes coulaient lentement de ses yeux. Shüenn ne fut pas long à s'assoupir, mais sa main ne lâcha pas la main de sa femme.

Ce soir-là, elle resta. Il ne sut pas lui-même comment il était parvenu à la convaincre aussi facilement.

Il fit une bonne nuit. Dormant d'un trait, il ne s'éveilla qu'au grand jour. Assise à la fenêtre, devant la petite table, Shousheng faisait sa toilette.

« Shousheng ! » s'écria Shüenn surpris et heureux. Elle tourna la tête dans sa direction. Son sourire était éclatant. Elle lui demanda avec tendresse :

« Te sens-tu bien ? Penses-tu te lever ? »

Il fit un signe d'acquiescement, s'étira paresseusement et répondit satisfait :

« Ça va, je me lève. »

Elle détourna la tête pour finir de s'apprêter. Avec ses boucles fraîchement peignées, elle était exquise à regarder. Elle toussa légèrement.

Elle était revenue. Il ne rêvait pas. C'était bien vrai.

IX

Dix jours d'une vie paisible s'écoulèrent pour les deux époux. Ils se rendaient à leur travail et rentraient à la maison avec la même ponctualité. La jeune femme ne parla plus de partir et sa valise fut même rapportée de chez ses amis. Le soir où il revint avec ce bagage, Shüenn emmena son épouse à la salle Gouoti, voir un film ; ils y retournèrent une autre fois, mais cette fois-là, le spectacle en était aux deux tiers quand le ballon rouge fut suspendu au socle de la sirène et la séance fut interrompue.

La mère passait beaucoup de temps dans sa petite chambre, allongée sur son lit. Elle semblait éviter volontairement sa belle-fille mais si toutes deux se rencontraient, elle ne lui faisait pas la tête et ne lui lançait pas de piques. Seulement, elle parlait peu.

Le matin du dimanche, Petit Shüenn arriva. Il devait l'après-midi prendre passage dans une automobile pour retourner à l'école. Apercevant son petit-fils, la vieille dame devint très gaie. Elle lui fit enfiler le manteau si bien réparé de ses propres mains. Cela lui valut un sourire et quelques mots de gratitude de la part de Shousheng.

Accompagnée de pluies intermittentes, la journée fut sombre. La rue ne fut jamais sèche. Le sol, couvert de boue, était particulièrement traître et les passants avaient de la peine à ne pas glisser. Les trottoirs également étaient boueux. La quinzaine passa rapidement. Un matin, alors que Wang Wen'shüenn se rendait à son bureau, il fit une chute à l'entrée de la rue Che T'zeu. La peau de son genou était arrachée et il se mit à souffrir. Tant bien que mal, il gagna l'entrée de la firme. Il n'était pas encore tout à fait l'heure et Vieux T'chong qui se tenait assis à son poste, regardant les passants dans la rue, vit Shüenn entrer et lui demanda :

« Que t'est-il arrivé, tu es tombé ? »

Celui-ci inclina la tête sans répondre et après avoir signé le registre, il se dirigea vers l'escalier.

« Réclame une journée de repos, tu as l'air mal en point ! » reprit Vieux T'chong avec sollicitude.

Déjà engagé dans l'escalier, Shüenn tourna la tête et souriant sans trop savoir pourquoi, répondit légèrement :

« Tu ignores combien on me retranche sur mon salaire.

— Tu en es encore à te soucier d'une retenue et même dans cet état, tu aspires à te comporter en bourreau de travail ! Or qui peut dire pour combien de temps notre place nous est encore assurée ! » s'écria Vieux T'chong sarcastique.

Shüenn eut un mouvement de surprise. Se rapprochant vivement du bureau de Vieux T'chong, il lui demanda à voix basse :

« As-tu entendu des nouvelles ?

— Les Japonais ont bombardé Kweilin et Lan-n'djoh, cela a fait du vilain. J'ai écouté le gérant T'zong prévoir qu'au cas où l'ennemi entrerait au Kweichow, l'établissement déménagerait à Lann'djoh. Il a déjà envoyé un télégramme pour réserver un local là-bas. Si ces bruits au sujet de Lann'djoh sont fondés, tout est fini. Les gens comme nous ne peuvent plus que foutre le camp », ajouta Vieux T'chong mécontent.

Une chose pareille pouvait-elle arriver ? Shüenn en restait stupide. Un voile noir s'étendait devant ses yeux. Avec lassitude, il secoua la tête, répétant :

« C'est impossible, impossible.

— Ce n'est pas certain, mais ces gens se croient tout permis. Voilà ce qu'on peut dire de cette boîte : quelques parasites touchent des salaires élevés, mais ceux qui comme toi vendent leurs forces tout au long de la journée en compromettant leur santé, que reçoivent-ils ? Le minimum en vérité. Vieux T'chong n'avait pas fini d'exposer son point de vue qu'ils virent le chef de bureau D'joh entrer à grands pas. Vieux T'chong reprit son discours mais à voix basse :

« Pourquoi arrive-t-il si tôt aujourd'hui ?... Monte ! »

Le moral atteint, Shüenn gravit l'escalier et passa devant le bureau de son chef. Celui-ci leva brusquement la tête et le dévisagea. Mal à l'aise, Shüenn se dirigea vers sa place, s'installa et étala les manuscrits des interminables traductions dont il voulait à toute force faire pénétrer les caractères dans sa cervelle.

« Vraiment, je suis au-dessous de tout, eux ne savent même pas écrire et je les craindrais encore ! » se morigénait-il. Mais comme à l'ordinaire, il faisait très consciencieusement son travail.

Sa jambe ne cessait de le faire souffrir et il ne parvenait pas à se concentrer. Il ne savait pas ce qu'il ferait l'après-midi. Sa pensée se portait vers son foyer, vers les sentiments qu'il éprouvait par son travail, vers les propos que venait de lui tenir Vieux T'chong. Cela faisait plusieurs jours qu'il n'avait pas lu un journal, ses propres ennuis l'absorbaient tout entier et il ne se souciait pas de ce que les autres pouvaient ressentir ou éprouver. Récemment les combats avaient fait rage au Siangbei, Tchangcha était tombé aux mains des ennemis, une âpre lutte se déroulait à Rren'yang et le Chuanchou avait perdu ses défenses. Rien ne pouvait ajouter à sa douleur et avec le fardeau de la vie qui n'avait cessé de peser lourdement sur lui ces dernières années, il n'avait pu souffler. Quelles relations avait-il avec ce qui l'entourait ? On lui disait que le monde s'améliorait de jour en jour, mais l'adversité l'accablait chaque jour davantage.

La cloche sonnant pour le déjeuner l'éveilla et le sortit de cette triste rumination. Il leva la tête, relâchant son souffle. Un collègue vint aussitôt à lui.

« Tu souscris ? » et il glissa devant lui une liste.

Étonné, Shüenn regarda : les camarades se réunissaient pour offrir au chef de bureau D'joh le produit d'une collecte d'anniversaire. Chacun s'inscrivait pour mille yuans, mille yuans, ce n'était pas une petite somme ! Il hésita, mais à côté de lui, le collègue toussotait. Gêné, il inscrivit aussitôt son propre nom. Le collègue s'en fut avec un sourire. Shüenn se leva instantanément. La douleur n'était plus seulement localisée dans son genou gauche. Il avait mal partout. Il se contraignit à descendre l'escalier pour aller déjeuner.

A table, les autres discutaient avec excitation de l'avance ennemie et des récents événements militaires. La tête inclinée, il prit son repas sans se mêler à leur discussion ni leur prêter l'oreille. Il se sentait tour à tour brûlant de fièvre ou frissonnant.

« Tu ne te sens pas bien ? Tu as terriblement mauvaise mine. Ne reste pas au bureau cet après-midi, retourne dormir chez toi et ça ira mieux. »

Avec un signe de tête reconnaissant, Shüenn lui répondit : « Dans ce cas, je te prie de demander cette demi-journée de repos pour moi. Je ne vais pas fort. »

Il sortit. Un pousse-pousse stationnait devant la porte et le tireur lui jeta un coup d'œil indifférent. Vieux T'chong, de l'intérieur, lui conseilla :

« Prends-le donc pour rentrer.

— Ne t'en fais pas, j'habite tout près, je peux marcher lentement », répliqua Shüenn en tournant la tête. Suivant le trottoir, il s'efforça de descendre la rue.

Il marchait très doucement et de façon peu assurée. Il lui semblait que sa tête était devenue particulièrement lourde et lui rentrait dans les épaules. Son genou le faisait toujours souffrir et il était forcé de serrer les dents. S'arrêtant tous les trois pas, il finit malgré tout par avoir parcouru un bon bout de chemin. Il se trouvait devant le café Gouoti. Soudain, il entendit une voix de femme. C'était manifestement celle de Shousheng. Surpris, il leva la tête. C'était Shousheng en effet. Examinant les marchandises exposées, elle se tenait devant la vitrine avec ce jeune homme à l'élégant pardessus. Celui-ci entra dans l'établissement et elle le suivit. Elle n'avait pas remarqué son mari et ne pouvait se douter que quelques mètres seulement les séparaient.

Lui, par contre, l'avait regardée. Aujourd'hui comme toujours son corps l'émouvait et sa silhouette pleine et gracieuse paraissait encore plus juvénile et chargée d'énergie. Ils étaient du même âge mais Shüenn considérait sa propre carcasse maigre et débile, sa démarche mal assurée, son épuisement, sentant trop de différences pour que cela semble vrai.

Ces pensées lui causèrent une peine aiguë. Il souffrait à cause de ce garçon de belle taille. Shousheng et ce type paraissaient bien proches, la distance qui les séparait était très faible. Elle se tenait à son côté, formant aux yeux de ceux qui les apercevaient, un couple harmonieux. Shüenn se sentait inquiet. Il était déjà venu dans ce café, maintenant, il y revenait, stationnant devant la vitrine et détaillant son contenu : gâteaux aux œufs, café d'Amérique, chewing-gum, chocolats, tout cela vraiment coloré et appétissant. Qu'avaient-ils regardé ?... Il réfléchit : « Happy Birthday » ; entourés de fleurs rouges et de feuilles vertes, ces deux mots apparaissaient à la surface d'un moka. Il se rappela soudain qu'il y avait plus de quinze jours encore d'ici la date de l'anniversaire de Shousheng. Étaient-ils justement en arrêt devant ce gâteau d'anniversaire ? Ce jeune homme se préparait-il à le lui offrir ? Quant à lui que lui donnerait-il ? Il fourra sa main dans sa poche et n'en sortit qu'un billet. La tête inclinée, il compta et recompta : mille cent et quelques dizaines de yuans ! C'était toute sa fortune. Et le lendemain soir, il y aurait en plus, mille yuans à remettre au responsable de la collecte. Examinant à nouveau la pâtisserie, il aperçut à côté une étiquette : « Moka de quatre livres, 1 600 yuans la livre. » Il poussa un soupir. Il n'avait même pas de quoi acheter une livre. Quelle misère ! Shüenn détourna la tête comme un voleur. Il s'apprêtait à s'en aller lorsqu'une idée l'assaillit : « Il l'aura sûrement acheté. » Le « Il » désignait son rival. Il se sentit atteint. Il avait déjà dépassé le café ; revenant sur ses pas, il franchit la porte et se tint devant l'étalage, feignant de s'intéresser aux douceurs exposées. Puis se glissant furtivement sur le côté, il jeta un coup d'œil dans la salle. Shousheng portait sa tasse à ses lèvres et buvait à petites gorgées, son expression était souriante. La jalousie étreignit Shüenn, il craignit que sa femme ne l'aperçût et s'esquiva aussitôt.

Une fois dehors, il se sentit le cœur au bord des lèvres, la tête en feu. Il se contraignit à descendre la rue boueuse et irrégulière. Il ne pensait qu'à regagner son domicile.

Debout devant la table, sa mère, drapée dans un tablier, les manches relevées, lavait. Elle releva la tête et s'exclama, surprise :

« As-tu déjeuné ?

— Oui », répondit Shüenn exténué. Il s'obligea à rester un instant auprès d'elle.

« Pourquoi rentres-tu si tôt aujourd'hui ? Comme tu as mauvaise mine ! Es-tu souffrant ? » s'écria la mère étonnée. Elle retira ses mains de la cuvette et les essuya sur son tablier.

« Va vite dormir, va ! » Et, le soutenant tout autant qu'elle le poussait, elle l'accompagna jusqu'à son lit.

« Je ne suis pas malade », se défendit-il encore, mais une fois le lit atteint, il ne put se retenir et s'écroula sans même se déchausser.

« Ôte tes souliers, tu te sentiras mieux », conseilla la vieille dame.

Il s'efforça de s'asseoir mais retomba aussitôt sans pouvoir étouffer un gémissement de douleur.

« Dors, je vais t'enlever tes souliers », et, se courbant, sa mère les lui délaça.

Allongé sur son lit, Shüenn ferma les yeux. La vieille dame lui ôta ses souliers puis le contempla avec une attention douloureuse.

« Je vais te mettre une couverture », dit-elle encore. Elle déplia l'édredon posé au pied du lit et l'en recouvrit jusqu'au menton.

Shuënn ouvrit les yeux, regarda sa mère et dit d'une voix affaiblie :

« Je crains d'avoir un accès de paludisme. »

Son visage était blanc comme une feuille de papier et ses lèvres étaient grisâtres.

« Dors, ne t'occupe pas d'autre chose ; tout à l'heure, je te donnerai de la quinine », lui dit sa mère apaisante. Les rides de la vieille dame paraissaient s'être multipliées et elle n'avait plus un cheveu noir. Elle était tout autre lorsqu'ils étaient arrivés au Seutchouan. Maintenant, elle préparait elle-même les repas et lavait les vêtements. Elle en avait vu de dures à cause de lui. Pourtant, elle ne l'avait jamais quitté et n'avait jamais cessé de veiller sur lui. Il lui adressa en lui-même un compliment : « C'est vraiment une bonne mère. »

Plus tard, elle lui apporta trois cachets de quinine et les lui donna à prendre en lui tendant le verre d'eau bouillie à moitié plein qui restait sur la table.

« Mère ! » s'exclama-t-il avec gratitude. Des larmes perlaient au coin de ses paupières et il la contempla sans terminer sa phrase.

« Qu'y a-t-il ? » demanda-t-elle affectueusement. Elle s'était rapprochée et se penchait au-dessus du lit.

« Vous êtes vraiment bonne... Vous vous montrez trop bonne avec moi..., poursuivit-il avec un débit haché.

— Dors, tu me diras tout cela après », lui dit-elle d'une voix douce et calmante.

En signe de dénégation, il agita faiblement la tête.

« Mon état n'est pas sérieux. »

Remarquant que sa mère ne faisait pas attention à ses propos, Shüenn expliqua : « Je n'ai demandé qu'une demi-journée. Demain on fête l'anniversaire du chef de bureau D'joh, on lui remet les vœux de longévité et je dois assister à la réunion.

— Tu n'as demandé qu'une demi-journée ? s'écria sa mère incrédule, en réalité tu peux bien te reposer un jour entier et tant pis si ton salaire est diminué.

— Demain, il faut que j'y aille ! S'ils ne me voyaient pas ils diraient que je suis trop radin et penseraient que je veux les carotter, s'efforça-t-il de lui exposer, la figure cramoisie.

— Radin ou pas, c'est toi que ça regarde ! Qu'as-tu donc à faire avec eux ? Le chef D'joh n'est pas un personnage important », ajouta-t-elle furieuse. Puis sans ménagement : « Tu as vu Shousheng ?

— Je viens de la voir, rétorqua Shüenn sans réfléchir.

— Pourquoi ne t'a-t-elle pas raccompagné ? Elle pouvait bien demander un congé pour t'aider à rentrer. Ces filles sont comme des " vases de fleurs ". Elles n'ont pas à craindre une retenue sur leur salaire. »

Sa jalousie et son aversion se ranimaient et la vieille dame ne songeait plus qu'à alimenter sa colère sans réaliser que ses paroles blessaient son fils au cœur.

Shüenn la regarda un moment, hébété, puis il sourit, mais quel sourire douloureux ! et comme pour lui-même, il dit d'une petite voix :

« Elle... Elle..., c'est un ange, moi je ne suis pas digne d'elle ! »

La mère saisit seulement la fin de sa phrase et reprit plus courroucée encore :

« Tu n'es pas digne d'elle ? Il est évident que c'est elle qui n'est pas digne de toi ! Tu dis qu'elle est à la banque, mais toute la journée, elle a passé son temps à s'attifer et à se maquiller. Elle ne travaille pourtant pas à la réception dans un hôtel. Dieu sait ce qu'elle fait dans la journée. »

Shüenn ne répondit pas mais se contenta de pousser un soupir affligé.

X

Un sommeil lourd accabla Shüenn tout l'après-midi. Il était près de dix-neuf heures lorsqu'il reprit conscience. Il était allongé sur son lit, sans la moindre force. Son dos était trempé de sueur, une sueur glacée qui collait à sa peau. Il réalisa qu'il avait beaucoup transpiré. Il s'agita, voulut ôter son maillot de corps mouillé et se lever pour se changer. Mais à peine eut-il esquissé un mouvement qu'il se sentit épuisé, comme si ses os se liquéfiaient, et il ne put retenir un gémissement.

Sa mère s'approcha de son lit et lui demanda :

« Tu es réveillé, ça ne va pas ? »

Ce soir-là, il n'y avait pas de coupure d'électricité. La lumière jaune de l'ampoule éclairait le visage de la mère, soulignant son apparence maladive. Qu'elle paraissait faible et esseulée !

« Ça va », répondit Shüenn. Ses yeux fatigués fouillèrent la pièce tout autour de lui : « Elle n'est pas là ? questionna-t-il découragé.

— Elle, tu veux parler de Shousheng ? répliqua sa mère sur un ton méprisant. Elle est partie ce matin et n'est toujours pas rentrée.

— Elle devrait être de retour, dit-il après un moment, en soupirant.

— Assurément, quel jour ne doit-elle pas rentrer tôt ? » repartit la mère irritée. Prenant conscience du mutisme de son fils, elle changea de conversation : « Veux-tu manger ?

— Non, je n'ai pas faim.

— Un potage, ça t'irait ? Je vais le faire réchauffer. J'ai encore ici un potage aux œufs fermentés.

— J'en boirai un bol et ça me suffira », répondit-il avec gratitude, s'efforçant de lui sourire.

Satisfaite, la mère se dirigea vers le buffet, sortit un bol et commença à le remplir avec le contenu d'un pot posé sur le fourneau de terre cuite.

« En fin de compte, ma mère est la bonté même », se dit Shüenn à voix basse. Il se sentait réconforté. Sa mère entrait déjà avec son dîner. Il fit un effort pour se lever. Elle s'écria :

« Ne te lève pas ! Assieds-toi dans ton lit pour dîner. Je vais te donner une assiette. »

Elle attendit qu'il fût assis et lui remit bol et baguettes. Elle-même, debout à côté du lit, tenait l'assiette et le regardait se restaurer.

Il n'avait aucun appétit, mais en raison de la présence de sa mère, il s'obligea à avaler le potage. Quand il eut terminé, elle lui passa la serviette pour qu'il s'essuie le visage et lui dit :

« Dors encore, aujourd'hui, ce n'est plus la peine de te relever. »

Il lui obéit et se rallongea. Cependant il ne voulut pas se déshabiller, pensant toujours se réveiller pour le retour de sa femme.

On frappa à la porte. Il lui fallut plus de dix minutes pour quitter son lit. Sa mère ouvrit. La silhouette d'un jeune homme se dessina dans l'encadrement de la porte.

« Est-ce que M. Wang se trouve à la maison ? demanda-t-il sur un ton vulgaire, Mlle Shousheng m'a remis une lettre pour lui. »

Surpris, Shüenn sursauta. Il entendit sa mère qui disait :

« D'où vient cette lettre ? »

Mais il n'y eut pas de réponse. Le porteur était déjà reparti.

La mère restait au centre de la pièce, la lettre à la main, abasourdie comme se demandant quoi faire. Shüenn ne put se contenir et l'appela. Elle se dirigea aussitôt vers lui et dit d'un ton détaché :

« Elle t'envoie une lettre. Je ne sais pas ce qui a bien pu encore se passer ! »

Elle ne la lui remettait pas, attentive seulement à ses propres récriminations :

« Mademoiselle ! Elle a encore l'aplomb de se faire appeler mademoiselle avec un fils de treize ans, a-t-on idée ? C'est vraiment honteux !

— Montrez-moi ce qu'elle a écrit », dit Shüenn en tendant la main pour prendre la lettre. Sa mère se vit contrainte de la lui remettre.

Il l'ouvrit alors avec appréhension et la parcourut. C'était l'écriture de Shousheng :

« Shüenn,

« Deux amis me donnent rendez-vous ce soir au Palais de la Victoire pour un bal, il se peut que je rentre très tard. Je te demande de ne pas m'attendre et également de ne pas verrouiller la porte. Inutile de dire à Mère que je vais danser. Je tiens à m'épargner demain des remontrances d'un autre âge.

« Ta femme, ce même soir. »

Ayant terminé sa lecture, Shüenn resta silencieux. La feuille toujours à la main, il contemplait le plafond, comme plongé dans ses réflexions.

« Que dit-elle ? questionna sa mère impatientée.

— Elle dîne chez une amie de classe, elle ajoute qu'elle a à faire et qu'elle rentrera un peu plus tard, répondit-il d'une voix neutre.

— A faire ? N'est-ce pas encore pour aller au spectacle, jouer, danser ? Et tu t'imagines que c'est pour quelque motif honnête ! Pendant qu'elle se comporte ainsi, c'est moi ici qui tiens la place de ma belle-fille ! Son fils est bientôt un homme et elle joue encore à la jeune fille et sort pour mal se conduire. Dirait-on qu'elle est diplômée de l'université, qu'il s'agit d'une fille instruite ? marmonna la mère sur un ton réprobateur.

— Shousheng n'aime pas du tout jouer au mah-jong ou aux cartes. »

Shüenn voulait ignorer les sentiments de sa mère et ne se préoccupait que de défendre sa femme, sans se rendre compte qu'en agissant ainsi, il attisait l'aversion de la belle-mère pour sa bru.

« Pas allée jouer ? Elle n'est pas allée jouer aux cartes ? Tu tombes malade et elle ne daigne pas rentrer à la maison pour veiller sur toi. Elle oublie ses devoirs d'épouse.

— Elle n'est pas au courant, sinon elle serait sûrement rentrée tôt. Effectivement, je ne prévoyais pas de tomber malade, poursuivit-il pour excuser Shousheng, et il lui semblait voir son visage souriant flotter devant ses yeux.

— Tu as le cœur trop tendre pour elle et cela n'est

pas réciproque ; tu n'as pas non plus à t'expliquer à sa place. Je te le dis, c'est toi qui encourages ses fantaisies. Si j'étais toi, je lui ferais un bon sermon quand elle rentrera ce soir, assena sa mère en pointant le doigt.

— De trop fréquentes querelles entre époux sont nuisibles, répondit Shüenn à voix basse, et souvent un petit dissentiment devient un grand problème.

— Que crains-tu ? Ce n'est pas toi qui es dans ton tort. Il est évident qu'elle n'a pas raison, qu'elle ne se comporte pas en femme mariée, qu'elle a des relations avec des amis masculins... »

Il ne put étouffer un gémissement. Sa mère, surprise, retint les paroles qu'elle voulait encore prononcer et le dévisageant, elle lui demanda gentiment :

« Qu'y a-t-il ? »

Shüenn secoua la tête. Après un moment, il dit timidement :

« Mère, je vous l'assure, ce n'est pas une mauvaise femme. »

La mère ne réalisa pas du premier coup le sens d'une réponse qui l'avait prise au dépourvu, mais dès que ce sens devint clair pour elle, elle s'écria furieuse :

« Elle n'est pas une mauvaise femme ? Alors c'est moi qui suis mauvaise !

— Mère, vous ne comprenez pas ce que je veux dire, reprit-il aussitôt implorant, je ne cherche absolument pas à la défendre.

— Qui a dit que tu la défendais ? » Sur le visage de la mère apparut la trace d'un sourire, sa colère petit à petit s'apaisait. « A mon avis, elle t'a ensorcelé.

— Ne parlez pas ainsi, reprit Shüenn avec gravité, nous sommes tous de braves gens ; en réalité il n'y a que moi qui ne vaille rien, je ne suis utile à personne et je vous en fais voir de toutes les couleurs. Je ne parviens pas à imaginer comment nous avons pu mener cette vie, vous-même cuisinant..., lavant... », il sentit son nez le picoter, ses larmes coulaient. Il sanglota et ne put continuer.

« Ne parle pas. Fais un bon somme. Personne ne te reproche rien. Pourquoi te faire du mal toi-même, nous nous en tirerons », dit sa mère tendrement en évitant de le regarder.

Elle aussi souffrait : il avait les joues creuses et une mine à faire peur. Lors de leur arrivée, il était totalement différent. Elle se le rappelait très nettement : il avait des couleurs, une physionomie pleine.

« On dit que l'année prochaine, nous aurons la victoire, ce serait bien, sinon tout le monde... », ces paroles cherchaient à consoler son fils mais Shüenn n'attendit pas que sa mère se soit tue.

« Mère, vous parlez de la victoire ? Voyez, l'ennemi nous a battus et il arrive. Peut-être serons-nous obligés de fuir tout à l'heure... » Là l'inquiétude le prit à la gorge.

« Qu'as-tu entendu raconter ? demanda sa mère stupéfaite, mais pas le moins du monde effrayée, ce n'est pas sérieux. Tout le monde dit qu'ils sont entrés cette fois au Hou-nann et au Kwangsi, mais ils ne font que piller. Ils ne pourront conserver ces provinces et reculeront d'eux-mêmes.

— Ce serait le mieux », répondit Shüenn.

Les propos de sa mère l'apaisaient. Son point de vue n'était pas très assuré et il avait l'impression d'être réconforté.

Il dit encore :

« Je n'y vois pas très clair, mais à mon travail j'ai entendu les gens discuter, la situation actuelle est critique. Une partie de notre firme sera envoyée à Lann' djoh.

— Lann' djoh, si loin ! mais pas tout le monde, qui voudrait y aller ? Vouloir déménager quand on est bien logé ! Ceux qui ont de l'argent sont heureux comme des coqs en pâte. Depuis deux ans, les Japonais n'osent même plus venir bombarder, que pourraient-ils détruire encore ? »

La mère ne pensait qu'à ses griefs ; elle aurait voulu s'en prendre à sa belle-fille (mais à cause de l'état de son fils, elle en gardait la moitié pour elle), elle se défoula donc sur les Japonais, exploitant le sujet jusqu'au bout.

« Mère, je suis de votre avis, mais toute vérité n'est pas bonne à dire. »

Le regard de Shüenn s'arrêta sur le visage de sa mère qui paraissait si solitaire, à la recherche d'un soutien. Il lui dit avec compassion :

« Mère, vous êtes surmenée. Reposez-vous.

— Je ne suis pas fatiguée », répondit la vieille dame d'une voix pleine de tendresse et elle vint s'asseoir sur le rebord de son lit.

« Vas-tu bien maintenant ?

— Beaucoup mieux. »

En dépit de cette réponse, Shüenn se sentait à bout de forces mais il n'avait pas du tout sommeil.

« Ces dernières années, nous avons souffert sans cesse et nous ne savons pas du tout ce que nous réservent les jours à venir. » La tête penchée, la mère se parlait à elle-même. « Ce qui me tracasse c'est Shousheng. »

Lorsqu'elle prononça le nom de Shousheng, elle baissa la voix pour n'être pas entendue, mais Shüenn, c'est certain, l'entendit. Il poussa un soupir et ce fut tout.

Après être restée quelque temps assise au bord du lit, la mère se leva. Elle contempla brièvement son fils et constata qu'ayant fermé les yeux, il reposait dans le calme. Elle le crut profondément endormi et sortit sur la pointe des pieds. Très peu de temps après, elle revint et tira la portière sans verrouiller la porte, la calant cependant avec une chaise. Elle éteignit alors la lampe puis retourna dans sa chambre.

Lui, en réalité, ne pouvait s'évader dans le sommeil. S'il avait fermé les yeux, c'était seulement pour que sa mère puisse aller se reposer sans inquiétude. Il n'arrivait pas à s'assoupir. Ses pensées défilaient avec cruauté et elles évoquaient tant de choses en même temps, mais au centre de toutes ces préoccupations flottait toujours un visage féminin, parfois pleurant, parfois riant, irrité ou mélancolique. Shüenn était si fatigué, des maux de tête le prenaient. Couvert de sueur, il guettait sans relâche un bruit de pas.

Dans la pièce, l'obscurité n'était pas totale, un rai de lumière filtrait de la chambre de la mère et Shüenn voyait distinctement la chaise placée devant la porte. Et « Elle », pourquoi ne rentrait-elle pas ? Sa mère toussait et ne dormait pas encore ! Femme âgée, elle avait la vie trop dure. Il devait être tard.

En effet, la deuxième heure fut frappée dans la rue [1]. « Elle » n'allait pas tarder. Shüenn tendait l'oreille aux bruits de dehors. Il perçut quelque chose. Des rats couraient dans le corridor et, par-dessus le marché, il y

1. Le veilleur, employé municipal, passe la nuit dans les rues. Il frappe les heures sur un petit gong et crie : « A vos flammes et vos bougies », de manière à éviter les incendies.

en avait un dans la pièce ! Il lui sembla que l'animal s'était arrêté au pied de son lit. Qu'y faisait-il ? N'était-il pas en train de ronger ses souliers ? Ce serait assurément un désastre si le rat taillait une seconde fois dans cette paire de chaussures qu'il mettait depuis plus de cinq mois. Si ce rat recommençait, il ne pourrait plus les porter dans la rue. Tous les soirs, au moment de se coucher, il prenait soin de les poser sur une vieille valise de cuir placée sous son lit. Aujourd'hui, il n'y avait pas pensé et maintenant il ne pouvait rester tranquillement étendu sans agir. En hâte, il se redressa, tendit la main et s'empara de ses souliers. Le rat fila sans demander son reste. En fin de compte, il ne savait pas si le rat avait réussi à les abîmer, mais comme auparavant il rangea soigneusement ses chaussures sur la valise.

Shüenn se recoucha en se disant : « Il faut dormir ! » Mais à peine eut-il fermé les yeux qu'il eut l'impression d'entendre le pas d'une personne en train de monter l'escalier. Attentif, il ouvrit les yeux. C'était une fausse alerte. « Elle », pourquoi ne rentrait-elle toujours pas ?

Finalement, il s'assoupit mais d'un sommeil très léger. Il perdit conscience une dizaine de secondes puis se réveilla et se rendormit encore pour se réveiller presque aussitôt. Il fit des cauchemars. Une fois, il s'éveilla en pleurant tout bas, puis fut repris par le sommeil. A ce moment la chambre de sa mère était plongée dans l'obscurité et il n'avait aucun moyen de connaître l'heure. Tout était calme dans la rue. D'une voix triste, un vieil homme criait : « Sirop de riz caramélisé ! » Shüenn était habitué à sa complainte. Souvent le vieux faisait résonner son appel d'un bout à l'autre de la nuit, sans souci de la rigueur de la température. Cette fois pourtant, le froid lui arrachait des éternuements, comme si cette faible toux de vieillard avait pu le défendre contre le vent glacial.

Il entendit alors s'élever dans la rue un bruit de pas familier. Enfin, « Elle » rentrait !

Shousheng poussa la porte avec douceur et tout en fredonnant une mélodie occidentale, pénétra dans la pièce où elle alluma.

La lumière était particulièrement vive. Elle blessa les yeux de Shüenn mais il entrouvrit les paupières pour apercevoir sa femme. L'air heureux, elle souriait. Comme ses lèvres étaient rouges, ses sourcils fins et son teint velouté ! Elle resta un moment au milieu de la pièce. A quoi pouvait-elle penser ? Soudain, elle se mit à le regarder. Feignant de dormir, Shüenn ferma précipitamment les yeux.

Elle s'avança lentement jusqu'à son lit. Le parfum de sa poudre frappa les narines de Shüenn. Elle inclina la tête pour le contempler et étendit sur lui la couverture. Elle vit qu'il ne s'était pas déshabillé et l'interpella doucement. Il se contenta d'ouvrir les yeux comme s'il sortait d'un rêve.

« Tu t'es endormi sans te déshabiller, tu m'as attendue ? » dit Shousheng avec un sourire chaleureux.

Il ne sut que lui répondre et silencieux, hocha la tête.

« Je t'avais demandé de ne pas m'attendre, pourquoi l'as-tu fait ? poursuivit-elle mais son visage exprimait de la reconnaissance.

— Je me suis quand même assoupi », répliqua-t-il gauche. Une foule d'explications lui venaient à l'esprit, mais il n'eut pas le courage de les énumérer.

« Tu n'as pas donné ma lettre à lire à ta mère ? s'enquit-elle en baissant la voix.

— Non, répondit-il avec son signe de tête.

— Elle n'a rien dit ?

— Elle n'est pas au courant. » A son tour, il lui posa une question : « T'es-tu bien amusée ce soir ?

— C'était très gai, dit-elle satisfaite, il y avait longtemps que je n'avais pas dansé, aussi y ai-je pris particulièrement plaisir. Je suis aussi allée me changer chez des amis avant de rentrer. »

Elle redressa la tête et se détourna avec souplesse.

« Qui t'accompagnait ? » Il se contraignit à lui présenter un visage souriant.

« Quelques amis, mais il y avait également Tchenn D'jou-jenn avec qui j'ai pas mal dansé », répondit-elle joyeusement mais elle ne lui expliqua pas qui était Tchenn D'jou-jenn.

« Ah », fit-il. Il réfléchit : Tchenn D'jou-jenn était probablement ce jeune homme avec lequel elle buvait un café au Gouoti et il contempla tristement le corps épanoui et dynamique de sa femme.

« Il vaut mieux que tu te déshabilles pour dormir, tu es trop gentil envers moi. »

Et Shousheng lui sourit tendrement, le réconfortant elle se pencha et lui posa un baiser léger sur les lèvres. A nouveau, elle pressa sa douce joue contre sa figure puis elle se dirigea vers la table, s'assit et, face au miroir, se coiffa.

Il tourna la tête vers la gauche, le parfum de sa femme venait jusqu'à lui ; l'esprit vide, il contemplait l'épaisse chevelure noire. Un moment plus tard, il pensa : « Ses sentiments envers moi n'ont pas changé. Elle n'est pas fausse. Elle doit se distraire. Ces dernières années, elle m'a suivi à travers mes revers. » En proie à ces réflexions, Shüenn se détourna vers le mur et versa quelques larmes confuses.

XI

Le lendemain matin, Shüenn se leva en même temps que sa femme. Sa mère aurait aimé qu'il reste toute la journée couché. Il s'y refusa. Il déclara qu'il se sentait parfaitement bien et que, de plus, il devait assister ce jour-là au banquet donné en l'honneur du chef de bureau D'joh. S'il n'y figurait pas, ses collègues pourraient croire qu'il était avare ou bien miséreux, ce qui accroîtrait leur mépris à son endroit. Elle admit ses raisons. Tous deux terminèrent le potage qui restait de la veille. La vieille dame partit faire les provisions, il sortit avec elle. Shousheng, encore installée devant la table, se maquillait.

Dans la rue, la mère dévisagea attentivement son fils. Que pouvait-elle avoir en tête ? Tous deux firent ensemble un bout de chemin, ils auraient à se séparer bientôt. La mère s'écria soudain d'une voix tremblante :

« Shüenn, cela ne peut plus continuer !... Tu te sacrifies pour ta famille. »

Il fronça les sourcils puis, après quelques secondes, dit sur un ton contrit :

« Mère, puis-je faire autrement ? Ne payez-vous pas aussi de votre personne ?

— Mais elle, cette Shousheng, elle en prend à son aise : ce maquillage moderne pour aller travailler, comme pour se rendre à une noce », éclata la vieille dame.

Il baissa la tête en silence.

« Shüenn, crois-moi, elle ne peut suivre la même route que nous, tôt ou tard, elle nous quittera. »

Shüenn s'arrêta un instant :

« Nous sommes mariés depuis quatorze ans déjà.

— Quelle sorte de mariage est donc le vôtre ? » persifla la mère.

Cette phrase lui fit mal à entendre, il fut gagné par la tristesse et ne desserra plus les lèvres.

Sa mère n'ajouta rien et ils partirent chacun de leur côté.

Shüenn se rendit à son entreprise. Toujours là, Vieux T'chong, la face épanouie, l'interpella :

« Pourquoi ne te reposes-tu pas une journée, et de plus, pourquoi viens-tu si tôt aujourd'hui ? s'écria-t-il en passant sa grosse main sur son crâne chauve et luisant.

— Je ne suis pas malade. Je me porte très bien », répliqua Shüenn avec un sourire. Il discerna une nuance de condescendance dans le regard et l'attitude de Vieux T'chong, ce vieil homme le plaignait, mais lui ne supportait plus de se sentir humilié. Après avoir échangé quelques mots, il monta l'escalier.

Il s'attela à nouveau à sa tâche fastidieuse. Encore et toujours ces traductions à peine lisibles, utilisant des termes et des expressions bizarres. Il n'avait pas le droit de les modifier, il devait les relire mot à mot. A peine installé depuis quelques secondes, il se sentit le dos glacé, la tête en feu. Il ne voulut pas s'écouter : « Je dois gagner de l'argent », se répéta-t-il douloureusement à de nombreuses reprises et il se força à travailler jusqu'à midi.

Il n'avait pas faim mais il se dit : « Il faut que je mange un minimum pour ne pas tomber malade. » Il descendit alors, se mit à table et vint quand même à bout d'un bol de riz. Jamais son riz quotidien ne lui avait paru si difficile à avaler. Reposant son bol, Shüenn se planta devant la porte pour observer le mouvement de la rue. Il y resta un moment sans y prendre aucun plaisir puis retourna à son bureau.

Il regagna sa place, bouleversant les documents selon son humeur, regardant à nouveau des épreuves qu'il avait déjà corrigées. Un collègue lui apporta une lettre ; d'après l'écriture, il comprit que c'était son fils qui la lui avait envoyée de l'école. Il éprouva un peu de réconfort, poussa un léger soupir et l'ouvrit :

« ... Le maître nous a dit que les prix montaient. Nous avons reçu cette semaine la note des livres et celle de la pension, toutes deux augmentées. Chacun doit verser encore trois mille deux cents yuans, il a ajouté que si c'était trop, on pourrait ensuite être remboursé de la différence. La plupart de mes camarades ont payé. Je sais que Papa est en difficulté et qu'il n'a pas beaucoup d'argent et je n'ose lui en demander. Mais le maître est venu me relancer avec sévérité, disant que je n'étais pas en règle et que je ne serais pas présenté aux examens semestriels. Je préfère faire appel à vous, Papa et Maman, je vous en prie, Papa, Maman, envoyez cet argent à l'école avant trois jours... »

Le peu de réconfort que Shüenn avait éprouvé, disparut. Son regard s'arrêta sur les lignes tracées par une main enfantine. « J'ai déjà versé vingt mille yuans et il faut payer encore ! Que d'argent pour l'école ! » se plaignit-il tout bas. Personne ne fit attention à lui.

« Un collège n'est pas un commerce. Cette école ne sait que gagner de l'argent, comment est-ce possible ? En Chine, l'éducation est dans les mains de ces gens-là, voilà le résultat ! » proféra-t-il. La lettre, indifférente, était étalée devant lui et ne lui fournissait aucune solution.

« Il me faut en discuter avec Shousheng, ai-je un moyen de la voir ? J'y vais maintenant.

« Non, pas maintenant, je pourrai la voir ce soir, peut-être n'est-elle pas à la banque. Je suis encore fatigué et ne dois pas trop m'agiter. »

Il plia ensuite la lettre et, avec précaution, la remit dans l'enveloppe qu'il glissa dans sa poche. Le travail de l'après-midi commençait.

Les traductions, à nouveau cette plaie, d'où venaient-elles ? Elles lui brouillaient le cerveau, véritables soporifiques. Sa fatigue était à son comble, mais il ne pouvait les envoyer promener. Il n'était que souffrance et aurait tant aimé fermer les yeux, oublier tout cela ou mieux encore faire un somme sur la table ! Mais le regard du chef de bureau était toujours sévèrement braqué sur son visage (il s'en rendait compte), l'empêchant de souffler moindrement. Puis il ne releva même plus la tête. « Ah ciel, comment pourrais-je modifier ce genre de personnage ! Faut-il tout endurer ! Les vexations de la part de tels individus ! La correction de ces caractères embrouillés serait-elle par hasard devenue question de vie ou de mort pour moi ? Qui eût dit que je serais un jour obligé de m'abaisser à ce point pour glaner un peu d'argent ? » Une résistance silencieuse s'organisait en lui.

Vainement, il avait déjà mené ce genre de combat des centaines de fois ! Personne ne pouvait l'entendre, personne ne savait que fermentaient en lui des idées de révolte. De face aussi bien que dans son dos, tout le monde aimait à l'appeler : la « bonne pâte », lui-même aussi se reconnaissait comme : une « poire ». Cela durait depuis des années.

« Depuis ces dernières années seulement : auparavant, c'était différent. Auparavant avec Shousheng, ma mère et Petit Shüenn, nous menions une vie autre. Le bonheur m'a été arraché par la guerre, la vie, les discours de propagande et même les placards affichés partout dans la rue. »

Le regard de Shüenn parcourait sans cesse les épreuves mais son esprit était ailleurs.

« Pourquoi est-ce que je me laisse aller à ce genre de méditation ? Comment en suis-je rendu là ? Par lâcheté, peur de la mort, égoïsme ? » Une pause, puis il reprit sa réflexion. La migraine le tenaillait. Il posa la main sur son front. Il avait encore de la fièvre ! La fièvre, quelle importance ! Ces récentes années, il était souvent fiévreux le matin, il s'y était déjà habitué. Le regard sévère du chef de bureau était toujours sévèrement fixé sur lui. « Pourquoi m'humilier comme ça ? Tout au plus, je cesserai de travailler pour vous et puis voilà, en quoi vous suis-je inférieur ? » Mais s'il quittait ce gagne-pain, où échouerait-il ? Il ne possédait dans cette ville de montagne aucun ami proche qui ait de l'influence ou occupât un poste élevé. Le seul compatriote à la situation modeste qui aurait encore pu lui fournir un appui sérieux avait perdu toutes ses possibilités, au chômage depuis trois mois, il vivait sur le salaire de sa femme. Et cet autre, bien disposé à son égard, qui avait déjà quitté la province... Il ne pouvait plus compter sur personne.

« Pour gagner ma vie, tout ce que je peux, c'est me résigner. » Il faisait souvent cette réponse aux velléités de résistance qui se levaient en lui ; il y eut recours encore cette fois.

Shüenn tint le coup assez facilement jusqu'à cinq heures. Il arrêta alors le travail, s'adossa pour se délasser et se prépara à assister au banquet donné au Grand Restaurant de Canton. Ses collègues avaient choisi cet établissement en l'honneur du chef de bureau D'joh qui était lui-même cantonais. Lorsque Shüenn y arriva, tout le monde, le héros de la fête y compris, se trouvait déjà là, mais personne n'était entré, on attendait le directeur T'zong. Tous bavardaient et riaient gaiement dans la cour brillamment éclairée. Deux personnes seulement dont Shüenn, ne se joignaient pas aux conversations. Il se dissimula dans un coin. Assis, il ne se détendait pas et promenait sur l'assistance un regard vague en commençant à siroter quelques gorgées de thé.

Ils attendirent une bonne demi-heure, et le directeur arriva en voiture. De toute l'année, Shüenn n'avait jamais aperçu ce personnage maigre comme un clou. Celui-ci fit, appuyé sur une canne, une entrée majestueuse. Bourdonnant comme une ruche, l'assemblée l'accueillit et l'escorta. Shüenn, intimidé, suivit derrière tout le monde.

Le directeur s'excusa avec un sourire : « Pardonnez-moi, je suis en retard.

— Mais non, mais non, nous n'étions pas là non plus », lui répondit-on de toutes parts. Shüenn ne joignit pas sa voix, il ne désirait pas parler à ce gros bonnet, que celui-ci lui jette ou non un coup d'œil. Tout le monde semblait avoir oublié sa présence et comme auparavant, on l'abandonna dans son coin.

Deux tables avaient été dressées pour le banquet. Au moment de se placer, chacun se mit à faire des cérémonies. Shüenn se leva et s'éloigna silencieusement. Bavardant et riant, presque tous ses collègues s'étaient assis, mais Vieux T'chong l'interpella, il lui avait réservé un siège.

Les autres se mirent à boire et à manger, la bonne humeur régnait. Le directeur T'zong et le chef D'joh avaient pris place à l'écart. Les compagnons de table de Shüenn avaient déjà porté des toasts et il restait le seul à ne l'avoir pas fait. En dehors de Vieux T'chong, personne ne se serait soucié de lui, même Petit P'ann, aujourd'hui, ne daignait pas lui adresser la parole. Shüenn ne pouvait se résoudre à encenser ainsi le directeur et le chef de bureau et ces basses flatteries lui donnaient envie de vomir. Cette situation ne lui convenait pas du tout, particulièrement en ce moment où il aurait eu grand besoin de calme. Tous ces gens ne lui étaient en rien nécessaires et la réciproque était vraie. Rien non plus ne le contraignait à se trouver là, mais il avait considéré comme une obligation d'assister à ce banquet. Il était venu de son plein gré et, depuis son arrivée, il ne s'était pas écoulé une seconde sans qu'il ne le regrette. Il désirait partir mais il était comme paralysé.

Suivant son habitude, dissimulant son visage, il buvait silencieusement. Vieux T'chong, par-ci par-là, lui glissait quelques mots ; il se contentait d'acquiescer. Vieux T'chong disait que du fait de l'interdiction de la consommation d'alcool, l'alcool jaune versé dans les gobelets à thé faisait parfaitement illusion. Ceci, par crainte des ennuis possibles avec la police. Shüenn avait, jusqu'à maintenant, bu de l'alcool comme s'il s'était agi de thé. Autour de lui, personne n'appréciait l'alcool, mais lui-même en but quelques gobelets. Il savait qu'il ne le supportait pas, il voulait se soûler, anesthésier son cerveau ; mais bien qu'il eût dépassé la dose, il demeurait tout à fait conscient. Le chef D'joh cependant était ivre et, alignant des paroles sans suite, n'arrêtait pas de rire. Shüenn profita du brouhaha et du désordre suscités par l'annonce du programme des réjouissances, pour filer à l'anglaise.

Il sortit du restaurant et s'engagea dans la rue tranquille ; il sentait le froid, mais c'était agréable de respirer à pleins poumons. Il s'en fut à grands pas.

Il se hâta de rentrer chez lui, se disant, ravi : « J'ai encore cru tomber malade aujourd'hui mais je vois maintenant que j'y ai échappé. » Il monta l'escalier. La porte de son appartement était entrouverte. Sa mère, assise près de la table, confectionnait un vêtement. Il n'y avait qu'elle à l'attendre, pas trace de Shousheng dans la pièce.

« Tu rentres ? demanda la mère en levant la tête et en lui adressant un sourire accueillant.

— Oui, Mère, répondit Shüenn tandis que son regard fouillait les lieux à la recherche de quelqu'un d'autre.

— Aujourd'hui, tu n'étais pas bien. Je me suis tracassée toute la journée, quand tu es parti ce matin, tu n'avais pas bonne mine », dit la vieille dame en posant son ouvrage sur la table. Elle ôta ses lunettes et se frotta les yeux.

« Je vais très bien. Mère, ne vous êtes-vous pas reposée ? Vous avez encore du travail en train ce soir ? »

Elle prit son ouvrage et le lui remit :

« Je te confectionne des sous-vêtements. Aujourd'hui en rangeant la valise, j'ai trouvé un morceau de coton blanc que j'avais acheté en solde. Tes sous-vêtements sont dans un tel état d'usure qu'il vaut mieux ne pas en parler. Il faut profiter de ce que je peux encore tenir une aiguille pour t'en faire un rechange.

— Mère, vous êtes trop lasse, ça ne presse pas, dit Shüenn avec gratitude, je peux encore porter les vieux quelques mois, ensuite j'en achèterai des neufs.

— T'en acheter des neufs ? Avec ton salaire pitoyable, où trouverais-tu de l'argent ? Ces deux dernières années, tu ne t'es même pas acheté une paire de chaussettes. Tu es trop bon de t'inquiéter pour moi. Si je ne me trouvais pas à ta charge, tu ne serais peut-être pas aussi gêné. Tu ne penses jamais à toi. Ces dernières années, il t'est venu pas mal de cheveux blancs et tu parais plus que tes quarante ans, protesta la mère les yeux humides.

— Mère, il ne faut pas toujours ressasser ; en ce moment où tout le monde vit au jour le jour, estimons-nous déjà satisfaits d'avoir pu subsister. » Il poussa un soupir et demanda abruptement : « Elle n'est pas rentrée ?

— Elle, tu veux parler de Shousheng ? Elle est rentrée et ressortie, elle avait, paraît-il, à faire à la banque et reviendra pour vingt-deux heures au plus tard. » Le ton changea pour ajouter : « Tu vois, c'est elle, sa petite personne. Elle ne se soucie pas de son foyer. Toute sa journée est consacrée aux mondanités. »

La vieille dame le dévisagea soudain et poursuivit prévenante :

« Tu as encore bu de l'alcool, mais pas trop j'espère. Ta santé est déficiente et boire te fait du mal.

— Je n'ai pas bu grand-chose », répondit Shüenn avec un nouveau soupir.

Non, il n'était pas brillant. La tête lui tournait, la gorge le brûlait. Il voulut aller se chercher un verre d'eau bouillie, mais au premier pas, il trébucha comme s'il allait tomber. Il se rattrapa aussitôt mais chancela encore.

— Qu'as-tu ? s'écria sa mère surprise en se levant.

— J'ai bu deux verres », il s'efforça de lui sourire. Elle vint près de lui pour le soutenir. Il secoua la tête et se libéra :

« Ce n'est rien, ce n'est rien, je ne suis pas ivre.

— Dans ce cas, couche-toi de bonne heure.

— Non, je n'ai pas envie de dormir, j'attendrai Shousheng. »

Shüenn se laissa tomber sur la chaise placée devant le bureau. « L'attendre ? Mais sais-tu donc quand elle rentrera ?

— Ne m'avez-vous pas dit qu'elle serait de retour à vingt-deux heures ?

— Ne t'y fie pas. Tu ferais mieux d'aller dormir.

— Bon, j'y vais. Il est en effet préférable de m'étendre un moment. »

Il se mit debout.

Hou... Hou... Hou... Hou... Hou..., hurla la sirène.

« L'alerte, Mère, descendez. Moi, ce soir, je ne bouge pas. »

Shüenn alla jusqu'à son lit et s'assit sur le bord.

« Si tu ne descends pas, moi non plus. Le mieux pour toi, c'est de t'allonger. De toute façon, ce n'est pas encore une attaque aérienne », commenta calmement la mère.

La maison, calme jusque-là, s'anima soudain. A l'extérieur, ce n'étaient que bruits de voix, de pas, de portes claquées. Dans la rue, les gens couraient, beaucoup s'interpellaient, discutaient.

« Un tel, tu n'y vas pas ? cria-t-on de l'autre côté.

— Non, les avions ennemis ne viendront pas. A quoi bon se donner du mal pour rien », répondit quelqu'un.

Bien que l'appartement fût isolé par un couloir, les cloisons minces laissaient facilement passer les bruits et Shüenn et sa mère entendaient les conversations.

« Ces jours-ci, poursuivit-on, les ennemis attaqueront vigoureusement le Kweichow. Il est possible qu'ils se livrent à un bombardement massif pour ébranler le moral des populations. Je tiens ces nouvelles de la Banque Mondiale, hier Kweiyang a été cruellement pilonné. On n'a même pas osé en parler dans le journal. Je te conseille d'aller te coucher.

— Alors, s'il faut sortir, allons marcher dans la rue. »

Ensuite il y eut des portes claquées et des paroles échangées au-dehors.

« Mère, allez-y ! insista Shüenn.

— Rien ne presse. Maintenant c'est une préalerte. »

Quelques secondes passèrent, brusquement s'éleva le chant perçant de la sirène. Il la supplia :

« Mère, partez.

— J'attends qu'ils sonnent " l'urgence ", et alors j'irai. »

Mais elle ne bougeait toujours pas.

Shüenn dit avec quelque précipitation :

« Je préfère y aller tôt, car ensuite je crains qu'il ne soit plus possible d'y pénétrer. »

La mère ne répondit pas. Se levant brusquement, il reprit :

« Alors, allons-y ensemble.

— Il n'est pas certain que les avions ennemis se montrent et c'est trop pénible de descendre à l'abri. Je préfère attendre " l'urgence ", et alors j'irai », dit-elle obstinée. Après un silence, elle ajouta : « En fin de compte, mourir sous les bombes n'a aucune importance. Après tout ce que nous avons enduré, le pire ne serait pas cette mort.

— Mère, il ne faut pas dire cela. Sommes-nous donc des voleurs, des pillards, des assassins, pour que nous n'ayons plus droit à la vie ? » s'écria Shüenn amèrement en reprenant sa place sur le bord du lit.

On poussa la porte.

« Vous n'êtes pas encore partis ? » s'exclama Shousheng entrant et paraissant heureusement surprise.

Shüenn se leva pour l'accueillir.

« Tu n'es pas allée à l'abri ? Pourquoi arrives-tu en courant ?

— Je vous apporte vos certificats pour l'abri. Je ne savais quand vous les donner, je les ai trouvés tout à l'heure et je suis revenue exprès pour vous les remettre », répondit-elle souriante.

Elle ouvrit son sac et les lui tendit.

Il lui adressa un sourire de remerciement et glissa les certificats dans sa poche dont il tira une lettre.

« En réalité, dit-il, je n'ai pas encore l'intention de me servir de mon certificat. Ce n'est que si l'on sonne " l'urgence " que nous ne nous coucherons pas.

— Allons-y maintenant, pressa Shousheng toujours souriante, mieux vaut arriver tôt. »

Elle regarda encore la mère. Celle-ci s'écria :

« Je n'y vais pas. Je ne crois pas qu'ils puissent tout détruire », et ses traits se figèrent dans une expression butée.

Shousheng, vexée, accusa le coup, mais aussitôt elle dissimula ses sentiments derrière un sourire pour demander à son mari :

« Alors, toi non plus, tu ne crains pas la mort ?

— Je suis très fatigué. Je n'ai pas envie de descendre, répondit Shüenn à bout de forces.

— C'est bien, j'y vais seule ! décida-t-elle en simulant toujours la bonne humeur et elle fit demi-tour.

— Shousheng ! » la rappela-t-il se souvenant de la lettre qu'il pétrissait.

Elle se retourna. Il lui tendit la lettre, expliquant :

« C'est de Petit Shüenn ; au collège on lui demande de verser trois mille deux cents yuans. Vois. »

Elle revint sur ses pas, prit la lettre et l'ôta de son enveloppe puis déclara d'un ton léger :

« Bien, je les lui envoie demain. »

Elle mit la lettre dans son sac et se prépara de nouveau à sortir.

« Tu n'es pas contrariée ?

— Ne te tracasse pas. J'ai la possibilité d'emprunter à la banque. Cela m'est plus facile qu'à toi », répondit Shousheng d'un air détaché. Puis elle enchaîna : « Tu ne vas pas t'étendre ? » Le voyant hésiter elle sortit hâtivement toute seule.

« Tu vois, elle fait la fière..., encore une chose à encaisser ! s'écria la mère furieuse alors que le bruit de pas résonnait haut dans le couloir.

— Mais elle prend à sa charge les frais scolaires de Petit Shüenn. Ce sera grâce à elle s'il n'interrompt pas ses études. Un père de mon espèce ne lui sert à rien.

— Si cela dépendait de moi, je préférerais que Petit Shüenn arrête », siffla la mère entre ses dents.

Il toussa, pris d'une envie de cracher.

« Je vais te donner un verre d'eau bouillie, retienstoi », s'écria sa mère. Il ne put attendre et cracha sur le sol, éclaboussant au passage le revers de sa main. Il vit des filets de sang. Son cœur se glaça. Il essuya précipitamment sa main sur son vêtement et fit disparaître avec le pied les traces sur le parquet.

« Bien, tousse et ça ira mieux », lui dit-elle pour le calmer en lui tendant le verre.

Shüenn le prit, but quelques gorgées puis, s'efforçant de sourire, répondit :

« Oui, ça va beaucoup mieux maintenant », et posant le verre sur la table : « Je suis épuisé, je vais faire un somme.

— Dans ce cas, ne te déshabille pas. S'il y a " urgence ", tu gagneras du temps. »

Il répondit indistinctement, déjà il se trouvait devant le lit et quitta ses vêtements. A ce moment, sa lucidité, sa vigueur étaient anéanties. Dans cet état second, il sentit sa mère tirer sur lui la couverture de coton.

XII

Aussi bien à sa mère qu'à sa femme, il voulut laisser ignorer qu'il avait craché du sang. Le lendemain, prenant sur lui, il se rendit à son travail. Le soir, il dormit mal, il était patraque. C'était toujours cette tâche fastidieuse et ces traductions confuses et difficiles à lire, l'expression antipathique du chef de bureau D'joh, les regards hostiles du chef de section et les physionomies inexpressives de ses collègues. Une souffrance de chaque instant l'empêchait de se concentrer et il ne parvenait pas à réaliser le nombre de mots incorrects qu'il avait corrigés au total. Il entendit la clochette annoncer le repas, il posa son pinceau et poussa un léger soupir, tel un prisonnier recevant l'amnistie. Il n'avait toujours pas d'appétit, il mangea peu, sans parler. Toute la table, il s'en rendait compte, l'observait avec pitié et il n'arrivait pas à se détendre. Il fut heureux de laisser son bol et quitta les lieux avec soulagement. Il n'osa pas regarder ses voisins et personne ne fit attention à lui.

Shüenn retourna à l'étage et se réinstalla à son bureau. Il n'eut pas un coup d'œil pour les épreuves. Ce n'était pas encore l'heure de la reprise du travail, inutile de gaspiller le reste de ses forces. Il laissait errer son regard, tout lui apparaissait brouillé. Il était éreinté, le cerveau engourdi. Ses paupières s'abaissaient, sa tête devenait de plus en plus lourde. Il s'endormit.

Les rires de ses collègues l'éveillèrent. Il se redressa d'un coup. Quelques scènes bizarres flottaient toujours dans son esprit. Il émergeait d'un cauchemar dont la tristesse l'imprégnait encore.

L'heure approchait. Le chef de bureau D'joh et le chef de section Wou n'étaient pas là. Ses collègues bavardaient gaiement et riaient. Soudain l'un d'eux évoqua les combats, un autre enchaîna en donnant des nouvelles de la veille au soir. Du même coup, l'atmosphère devint tendue. Les Japonais ne cessaient d'avancer. Nul ne leur barrait la route. L'ennemi aurait, paraît-il, déjà atteint Yichann.

« Les journaux ne racontent pas tout, vous savez ! Ils n'arrivent pas à suivre l'actualité », protesta Wang Wen'shüenn en lui-même, gardant cette réflexion pour lui, par timidité.

« Je ne vois pas comment vous parvenez à obtenir des nouvelles aussi précises, coupa Petit P'ann ; ces deux derniers jours, les journaux affirmaient que tout se passait pour le mieux.

— Tu y crois, toi, aux journaux ? Ignores-tu que chaque jour il y a un tas d'informations censurées ? rétorqua le collègue bien renseigné.

— Bien sûr, ces deux derniers jours n'ont pas été merveilleux, j'ai un parent qui habite à Kweiyang depuis quatre ans et le voilà forcé de déménager avec toute sa famille, reprit un autre.

— Ce n'est rien, moi, j'ai un ami qui a déjà pris les billets d'avion pour évacuer sa famille à Lann'djoh.

— Si l'on veut se sauver, il faut le faire jusqu'au bout, ajouta un autre encore.

— C'est pourquoi notre entreprise va se transporter à Lann'djoh. Elle va jusqu'au bout, expliqua l'homme bien informé.

— Vous y allez ? demanda Petit P'ann.

— Si j'y vais ? Je crains que la firme n'y veuille pas des employés subalternes comme nous. Caresses-tu encore cet espoir ? » répondit son interlocuteur. En réalité, celui-là ne pouvait estimer faire partie des petits employés, il était le chef de la section de publication, avait de l'ancienneté et gagnait beaucoup plus que Wang Wen'shüenn.

« Si elle ne veut pas de nous, nous obtiendrons toujours une indemnité de licenciement, trois mois de salaire, cela irait ! commenta Petit P'ann décontracté.

— Trois mois ? Je crains que cela ne dépasse pas deux mois. A quoi nous servirait si peu d'argent ? C'est insuffisant pour fuir. De plus, cette maison est mi-nationalisée, mi-privée... »

Le collègue qui savait toujours tout en était arrivé là, lorsqu'on entendit un bruit de pas dans l'escalier, il débita précipitamment la fin de sa phrase, l'accompagnant d'une grimace comique.

Le chef de bureau D'joh fit son entrée. Aussitôt, tout devint calme. Furtivement, Petit P'ann retourna au rez-de-chaussée. Le travail de l'après-midi commença.

Sans bruit, retenant sa respiration, Wang Wen'shüenn s'assit devant son bureau. Il avait l'impression de rêver. Ses yeux ne voyaient pas les épreuves étalées devant lui. Les propos tenus par ses camarades l'absorbaient tout entier. Fuir..., être licencié..., ne serait-ce pas là sa fin ? Et sa famille ?... Le drame de l'évacuation de Siang et de Kwei, il en avait entendu parler par les autres..., en plus, il est lui-même une nullité !... Et si jamais ce jour arrivait ?... Cela lui faisait froid dans le dos. Il n'osait plus y penser davantage mais pourtant ne pouvait s'en empêcher. Plus il y réfléchissait, plus grande était sa détresse. Il retourna deux épreuves, mais les mots ne parvenaient pas à son cerveau. Travailler, il s'en moquait et encore plus des regards du chef Wou ou de l'expression du chef D'joh. Il lui semblait entendre une voix familière susurrer : « C'est la fin ! » Les autres le condamnaient à la peine capitale. Il n'avait aucun recours.

Il passa la demi-heure qui suivit dans un état de prostration. Il avait mal partout. La fièvre le prit brutalement. La tête lui tournait. Quelques minutes s'écoulèrent, puis un quart d'heure, une demi-heure. Une heure plus tard, la fièvre n'avait pas diminué. « Je suis tuberculeux, sans aucun doute. Hier soir, j'ai craché du sang mais c'est sans importance, de toute façon je vais mourir », se dit-il en guise de réconfort. Petit à petit, il se calma et la peur qui l'avait étreint disparut. Pourtant une appréhension d'un autre ordre l'accablait.

« Si je meurs, je mourrai seul, quel isolement ! » Que ne pouvait-il courir sur-le-champ jusqu'à son foyer, y serrer dans ses bras sa mère, sa femme, Petit Shüenn et pleurer à satiété.

Lorsque la journée de bureau se termina, sa fièvre était tombée. Shüenn se sentait un peu moins mal et il rentra chez lui en marchant lentement.

Le repas était prêt, sa mère l'attendait. Elle l'interrogea affectueusement sur sa journée au bureau. Pendant le dîner, elle aborda le sujet de Shousheng et recommença à déverser sa bile. Il acquiesçait. Tout n'était pas faux dans ce qu'elle disait, mais il avait aussi l'impression que Shousheng n'avait pas entièrement tort non plus.

« Elle ne dîne pourtant pas à la banque, elle devrait donc rentrer à la maison. Constate-le toi-même, combien de jours a-t-elle passés à la maison de tout un mois ? Si ce n'est pas pour aller chercher son amant, qu'est-ce donc ? »

La mère rangea son bol. Shüenn ne pouvait supporter la franchise sans ménagement de ces paroles. Il ne répondit rien. Il n'y croyait pas, mais ces propos le faisaient souffrir. Toujours revenait ce genre d'accusation, cette aversion. « Pourquoi ne pas me laisser en paix ? Tu m'aimes pourtant, pourquoi n'aimes-tu pas aussi Shousheng ? Tu sais à quel point je lui suis attaché ! » pensait-il, mais il n'osa pas s'exprimer tout haut. Ce mot « attaché » le blessait, lui faisait ressentir davantage son isolement. A cet isolement se mêlait un sentiment d'inquiétude. Silencieusement il se leva, se mordit légèrement les lèvres et rentra dans sa chambre.

« Puisque tu n'as rien à faire, pourquoi n'irais-tu pas au cinéma ? lui suggéra sa mère qui, ayant terminé sa besogne, était revenue lui parler. Nous sommes en fin de compte des gens cultivés, et ce n'est pas parce que nous sommes pauvres que nous ne devons pas nous divertir.

— Je suis très fatigué, je n'ai pas envie de sortir », répondit-il avec lassitude. Après un moment, il ajouta avec un rire douloureux : « Actuellement ce sont les intellectuels qui sont au bas de l'échelle. Seuls les spéculateurs et les trafiquants de drogue peuvent s'offrir le cinéma et le théâtre. »

Shousheng poussa la porte et fit son entrée.

« As-tu dîné ? lui demanda Shüenn à la fois surpris et heureux.

— Oui, répondit-elle en souriant, je pensais tout d'abord rentrer à la maison pour dîner, mais une collègue m'a invitée et elle ne m'a pas lâchée. Aujourd'hui à la banque, il s'est passé quelque chose de très amusant, attends, je vais te le raconter. »

« Comme son rire est éclatant, comme sa voix est fraîche ! » pensa-t-il, mais sa mère marmonna une vague réponse et se réfugia dans sa chambrette.

Alors que Shousheng se déshabillait, la lumière s'éteignit brusquement. En hâte, Shüenn chercha des allumettes pour la bougie.

« Ce quartier, c'est la barbe, se plaignit Shousheng dans l'obscurité, le courant est toujours coupé. »

La bougie ne donnait qu'un éclairage faible et tremblant. Toute la pièce baignait dans l'ombre. Il se tenait encore debout devant la table. Elle avança et s'assit légèrement sur le rebord du meuble. Elle dit comme se parlant à elle-même :

« J'ai peur de l'obscurité, j'ai peur du silence, j'ai peur de la solitude. »

Sans mot dire, il tourna la tête de son côté, la regardant. Quelques minutes passèrent, elle leva soudain la tête et s'écria, les yeux fixés sur lui :

« Shüenn, pourquoi ne me dis-tu rien ?

— Je crains de te fatiguer, délasse-toi », répondit-il en s'efforçant de lui présenter un visage détendu.

Shousheng secoua la tête :

« Non, je ne suis pas fatiguée. A la banque, le travail est peu astreignant et nous sommes pratiquement libres, ces temps-ci, le chef de bureau est très chic avec moi et les collègues ne sont pas désagréables. Alors... » Elle fit une pause, puis changeant brusquement de ton et fronçant les sourcils : « Quand je suis au-dehors, je pense souvent à la maison, mais quand je reviens, je me sens toujours glacée, solitaire et insatisfaite. Ces derniers temps, toi non plus, tu ne m'as pas beaucoup fait la conversation.

— Ce n'est pas que je ne veuille pas te parler, c'est que je crains d'ajouter à ta fatigue », lui expliqua-t-il timidement. Mais il n'était pas sincère, en réalité il craignait de l'attrister en se livrant à elle ; en plus, le temps qu'ils passaient chaque jour ensemble était bien court.

« Tu es vraiment la " crème des hommes " ! lui lança-t-elle en souriant, je suis tous les jours en forme, je me porte bien mieux que toi et tu te fais encore du souci pour moi ! Voilà l'homme que tu es : toujours à se préoccuper des autres en s'oubliant lui-même.

— Mais non, je ne m'oublie pas », répondit-il gauchement.

Aucun bruit ne filtrait de la chambre de la mère, la bougie donnait une lumière vacillante et parcimonieuse, dans les recoins l'ombre s'épaississait. Au premier, un marmot se mit à tousser et à pleurnicher. Une pluie fine commença à frapper la fenêtre.

Shousheng se leva aussitôt et s'écria avec entrain : « Faisons une partie de bridge à deux. »

Shüenn était éreinté et n'avait aucune envie de jouer. Cependant, il accepta immédiatement, alla chercher les cartes et les posa sur la table. Il s'assit et se mit à les battre.

Il s'aperçut qu'au fur et à mesure du jeu, l'enthousiasme de Shousheng diminuait. Lui-même avait peu de goût pour les jeux de cartes. A peine avaient-ils terminé la deuxième partie qu'elle se leva, lassée.

« Ne jouons plus. A deux, cela n'est pas amusant et de plus, on n'y voit pas clair. »

Déçu, il rangea en silence les cartes dans leur boîte. Il remarqua que la mèche de la bougie était de travers. La cire coula sur la table, formant une grosse flaque. Shüenn prit les ciseaux et raccourcit la mèche.

Debout devant la table, Shousheng l'avait regardé faire et elle dit, émue :

« Shüenn, vraiment je t'admire. »

Surpris, il leva la tête dans sa direction, ne comprenant pas ce dont elle voulait parler.

« Comme tu es patient. Tu encaisses tout, poursuivit-elle sur un ton de reproche.

— Que puis-je faire d'autre ? répliqua-t-il avec un sourire d'excuse.

— Alors, jusqu'à quand tiendras-tu le coup ?

— Je n'en sais rien.

— Je te rase, Shüenn. Dis-moi combien de temps nous devrons attendre avant de pouvoir mener une autre vie ? Jusqu'à quand, avant d'espérer une amélioration ?

— Il nous faudra sans doute attendre jusqu'au jour de la victoire... »

D'un geste de la main, elle interrompit la phrase :

« Je ne veux plus entendre parler de la victoire. Si je dois attendre la victoire, j'ai peur d'être déjà vieille ou d'être morte. Je n'ai plus aujourd'hui aucun idéal, tant que je suis en vie, tout ce que je désire c'est de faire ce qui me plaît, du moins ce que je peux. » Allant et venant à travers la pièce, elle s'excita jusqu'à atteindre le seuil de la colère.

Au bout d'un moment, douloureux et pitoyable, Shüenn s'écria :

« Tu m'en veux parce que je n'ai pas d'avenir.

— A quoi bon t'en vouloir ? Je n'en veux qu'à moi-même de m'être montrée aveugle », s'exclama-t-elle impétueusement. Ces paroles à peine prononcées, elle s'adoucit, mais le mal était fait. Chaque mot s'était planté dans le cœur de Shüenn comme une pointe acérée. Il porta ses mains à sa tête et silencieusement agrippa ses cheveux. En hâte, elle s'approcha de lui et lui dit tendrement : « Je te demande pardon, je dis n'importe quoi. » Elle lui prit la main et la pressa longuement et fermement entre les siennes. Soudain, elle éprouva un coup de cafard et pour le masquer alla jusqu'à la fenêtre, puis elle poussa un long soupir.

XIII

Shüenn continua à mener cette vie médiocre, tissée de jours tristes et monotones. Lui-même ignorait à quel point la maladie l'avait atteint. Chaque après-midi, la fièvre le prenait et chaque soir, il transpirait d'une sueur glacée et peu abondante. Il recherchait attentivement les traces de sang dans ses crachats et en trouva à deux reprises. Il n'en parla pas aux siens. Seule, sa mère, attentive à sa mine, disait souvent :

« Tu n'as pas l'air bien aujourd'hui. »

Et Shüenn, comme d'habitude, répondait :

« Mais si, je me sens en forme. »

La vieille dame jetait à son fils un regard attristé mais n'ajoutait rien. Elle ne pouvait connaître ses pensées. Une fois, Shousheng qui avait assisté à ce dialogue, coupa froidement :

« Ces deux dernières années, il a eu mauvaise mine tous les jours ! »

Et c'était la vérité, mais sa femme, non plus, ne lisait pas en lui. Attentionnées, compatissantes..., toutes deux ne pouvaient pas lui apporter grand-chose. Sa mère était plus prévenante que sa femme, ne pensant jamais à elle-même, et pourtant elle ne parvenait pas à atténuer ses tourments intérieurs.

Shüenn se demandait fréquemment : « De la vie ou de la mort, quel est le mieux ? » Et cette pensée lui venait généralement lorsqu'il se trouvait au bureau. Il sentait que la « Mort » le guettait. L'expression du chef D'joh et les regards du chef Wou semblaient le pousser vers elle. A chacun de ses retours à la maison, les soins de sa mère, la sympathie de sa femme ne lui apportaient guère de réconfort. Sa mère se complaisait dans l'énumération de leurs ennuis et Shousheng était toujours en train de lui souligner sa propre vitalité et le fait que sa jeunesse n'était pas encore perdue. Maintenant, Shüenn commençait à redouter d'apercevoir le visage chagrin et fané de sa mère tout autant que la physionomie resplendissante de sa femme. Il devenait encore plus taciturne. Elles et lui, vivaient dans des mondes séparés. Lorsque, soucieuses, elles le dévisageaient ou lorsqu'elles lui parlaient avec tendresse, Shüenn pensait toujours en lui-même : « Vous ne pouvez pas comprendre. » Et, bien sûr, elles ne comprenaient pas. Il leur lançait parfois un coup d'œil étrange, peut-être en avaient-elles conscience, mais cela ne les alarmait pas spécialement. Il n'était pas impossible cependant que sa mère soit inquiète : ses recommandations, ses questions (elle lui recommandait de prendre garde à sa santé, elle lui demandait s'il n'était pas souffrant), accroissaient au contraire son angoisse et son déchirement. « Elle finirait par s'en apercevoir », se disait-il et il redoublait de prudence. Une fois où sa mère abordait le sujet de sa santé, Shousheng s'écria aussitôt :

« Laissez-le aller à l'hôpital se faire examiner, et son

regard exprimait le désir sincère de le soulager, Shüenn, vas-y.

— Mais je me porte très bien, répondit-il troublé.

— Il serait en définitive beaucoup plus sûr de te faire examiner », insista Shousheng.

Il ne lui répondit pas directement, mais seulement après une pause, il expliqua à bout de forces :

« Actuellement, consulter, prendre des remèdes, se faire voir à l'hôpital, tout cela coûte cher. S'ils mangent déjà, des gens comme nous peuvent se dire heureux. On raconte que dans la rue Kweilin, beaucoup sont morts de faim. »

La mère poussa un soupir coléreux. Shousheng réfléchit :

« Certes, un jour nous pourrions finir ainsi. Étant donné l'époque à laquelle nous vivons, il faut avant tout trouver des expédients. » Elle fronça les sourcils et une ombre effleura son visage pour se dissiper très vite et faire perdre à sa physionomie son air mélancolique.

« Trouver des expédients ! » s'écria la mère d'un ton railleur. « A mon avis, jusqu'à la mort il n'y aura pas d'expédients. Il y a deux ans, on avait dit que l'année suivante notre sort s'améliorerait, l'année suivante, on disait que tout allait s'arranger, l'année d'après que dira-t-on ? Cela ne fait qu'empirer ! » Elle changea d'attitude, enchaînant : « J'aime mieux mourir de faim que de me laisser aller. Shüenn n'a pas du tout tort. »

Shousheng fit entendre de petits ricanements puis après quelques secondes, elle dit comme pour elle-même :

« Je crois que dans la vie, on ne doit pas se prendre

au sérieux à ce point, à quoi bon réclamer des verges pour se faire battre ?

— Et si c'est ce que je cherche moi. En tout cas, il est préférable d'être une mère âgée plutôt qu'un " Vase de fleurs ", répliqua la vieille dame du tac au tac.

— Mère, vous n'avez pas voulu dire cela. En réalité Shousheng pense absolument comme nous », trancha Shüenn précipitamment pour les réconcilier. Il redoutait de les entendre se quereller à nouveau.

« Comme vous, sûrement pas ! repartit avec force sa femme cramoisie, maintenant elle m'insulte, me traite de " Vase de fleurs ", c'est démodé...

— Shousheng, n'ajoute rien. C'est ma faute si nous sommes tous trois dans la misère. Il ne faut pas en vouloir à ma mère. On dit n'importe quoi quand on est fatigué. » Il s'inquiétait, suppliant, s'efforçait de l'écarter, en même temps qu'il lui glissait tout bas : « Elle est âgée, elle ne peut évoluer, sois indulgente.

— Si ce n'est pas elle qui le pense, alors il est bien évident que c'est toi », lança-t-elle dans une attaque furieuse mais contenue. Elle s'assit sur le rebord du lit et se tut.

La mère pesta à nouveau, en aparté :

« Assurément, les gens aujourd'hui sont effrontés, ils ne respectent plus rien. »

Shüenn aurait voulu aller consoler sa mère. Soudain, ils entendirent appeler :

« Monsieur Wang, monsieur Wang. »

Étonné, Shüenn regarda vers la porte de l'appartement. Leur voisine Mme Tchang, le visage blême, se tenait dans l'embrasure.

« Madame Tchang, entrez, je vous prie et asseyez-vous », s'empressa-t-il alors que sa mère et sa femme s'avançaient vers la nouvelle venue pour l'accueillir.

A peine installée, la visiteuse, ouvrant de grands yeux effrayés, s'écria :

« Monsieur Wang, à votre avis, courons-nous un danger ? J'ai si peur que nous soyons obligés de fuir et nous, gens d'une autre province, sommes désarmés. »

Ce fut Shousheng qui répondit la première :

« Je ne crois pas la situation critique. Quantité de fausses nouvelles nous parviennent de l'extérieur, je ne les écoute pas.

— De fausses nouvelles, quelles fausses nouvelles as-tu entendues ? demanda Shüenn surpris, alors que son cœur se mettait à battre violemment.

— On raconte que les Japonais sont déjà à Lan-n'djoh et qu'ils auraient pénétré au Kweichow. A la banque, on ne parle que de ça, répondit sa femme assez sèchement.

— J'ai entendu dire qu'ils avaient pénétré au Kweichow. La Société qui emploie mon mari s'apprête à déménager, mais nous, petits employés, nous ne partons pas avec elle. Et ensuite, que deviendrons-nous ? Monsieur Wang, vous qui êtes d'ici, accepterez-vous de nous aider ? » s'écria la voisine d'un ton suppliant et effrayé.

En lui-même, Shüenn pensait : « Tu comptes encore sur moi et moi-même je ne puis rien ! » Il répondit cependant :

« Bien entendu, je vous aiderai.

— Nous pensions nous réfugier à la campagne. Le mieux serait où que ce soit, de partir ensemble, dit aussi Mme Tchang.

— Partir dès maintenant, c'est prématuré. Madame Tchang, il ne faut pas avoir peur. Le moment venu, il sera bien temps de penser à s'organiser, et Shousheng adressa un sourire réconfortant à la jeune femme au visage souffreteux.

— Ce que je veux dire, c'est que si un jour nous devons fuir..., Madame et Monsieur, Vieille Madame, comme je vous suis reconnaissante, ah oui combien ! Je cours en informer M. Tchang, dès qu'il le saura, il sera rassuré. »

Mme Tchang se leva et tandis qu'elle exprimait sa gratitude, un sourire éclairait son visage.

« Restez encore un moment, se récria Shousheng.

— Il faut que je rentre », répliqua Mme Tchang en se dirigeant vers la porte.

Après son départ, tous trois restèrent silencieux quelques instants. Soudain la mère demanda :

« Shüenn, faut-il vraiment fuir ? »

Le cœur de son fils battait avec violence, il n'osait pas lui donner une réponse.

« Mais non, nous n'en sommes pas là ! » dit Shousheng avec un sourire apaisant.

Mais le lendemain, lorsqu'elle revint du bureau, elle avait un air soucieux et annonça :

« Aujourd'hui, les nouvelles ne sont vraiment pas encourageantes. Même la région de Douchann est en danger et il y aurait chaque jour des alertes à Kweiyang.

— Alors, qu'allons-nous faire ? s'écria la mère effrayée.

— Nous n'avons pas d'autre solution que d'attendre la défaite des Japonais », dit Shüenn avec un sourire triste comme s'il renonçait à un projet. Il ne ressentait aucune crainte, mais plutôt un sentiment d'incertitude. La vie, la mort, le malheur, quelle différence ? Il n'y avait aucun moyen d'arrêter le cours du destin. Et si celui-ci se montrait clément, à quoi bon alors le redouter ?

« Nous ne pouvons nous résigner à attendre la mort ! » dit la mère affolée.

Shousheng eut un rire de commisération :

« Nous n'en sommes pas à ce point. Au moment où cela deviendra nécessaire, tout le monde pourra fuir. Aujourd'hui encore un collègue m'a invitée à partir me réfugier provisoirement à la campagne, il disait craindre un bombardement ennemi important. Je n'ai même pas répondu.

— Naturellement, tu as plus de ressources que nous, commenta la mère irritée.

— Peut-être ! Lorsqu'il me plaira de partir, j'en aurai la possibilité, répondit par provocation Shousheng, d'un air fier.

— Et Petit Shüenn, alors ? Et Petit Shüenn ? Tu peux ne pas t'occuper de ton mari, ni de moi, mais Petit Shüenn est ton propre enfant, tu ne peux l'abandonner », cria la mère rouge de colère.

Le regard de Shüenn allait de l'une à l'autre. Il pensa :

« Voilà que je vais mourir et vous vous disputez encore ! mais il n'osa pas le dire tout haut.

— Petit Shüenn a l'école pour prendre soin de lui, il est inutile de se faire du souci pour lui, dit Shousheng froidement.

— Parfait, en ce cas tu peux t'enfuir avec ton bon ami. Je n'ai encore jamais vu de mère de ton espèce, siffla la mère sur un ton insultant.

— Pardon, je ne suis pas la personne que vous décrivez, je ne pense pas non plus vivre aussi âgée que vous, cria Shousheng qui commençait à changer de couleur.

— Shousheng, laisse Mère parler, nous appartenons tous à la même famille, à quoi bon se comporter ainsi ! La catastrophe peut se produire dans quelques jours, tout le monde sera... », s'écria Shüenn d'une voix affligée, il était à bout. Il avait un fort mal de tête. Il se mordit les lèvres.

« Ce n'est pas moi qui cherche querelle, c'est ta mère. A toi de la raisonner, dit Shousheng en redressant la tête avec orgueil.

— Je ne veux pas entendre ses paroles insidieuses », s'exclama agressivement la mère en désignant sa bru.

« Vous vous déchirez, vous vous déchirez », se dit-il avec irritation. Leurs voix s'entrechoquaient sous son crâne, il sentait sa tête enfler, cela redevenait intolérable. Silencieusement il se dirigea vers la porte. Elles ne le remarquèrent même pas. Il sortit et fut très vite au bas de l'escalier.

Le cerveau en feu, Shüenn avança sur le trottoir. L'air glacial de la nuit commença à couler sur son visage et petit à petit, ses idées devinrent plus claires.

« Où vais-je ? » se demanda-t-il sans même se répondre. Il avançait sans but. Il avait atteint la porte de ce bar peu fréquenté et il lui sembla qu'une voix glissait à son oreille : « Force-toi à tout oublier. » Il regarda vers la petite salle. Toutes les tables étaient occupées. Solitaire à une table pratiquement vide, était assis un client à la robe de coton usagée, à la figure maigre et basanée, aux cheveux longs. Ignorant ses voisins, la tête basse, il buvait de l'alcool. « Je me risque avec ce type », se dit Shüenn à voix basse. Il entra et tirant à lui le tabouret, il s'installa en face de l'homme.

« Un verre d'alcool rouge ! » commanda-t-il d'une voix forte. Le patron le lui apporta. Il le porta aussitôt à ses lèvres et le vida en quelques gorgées. Quand l'alcool atteignit son estomac, une bouffée de chaleur l'envahit et il ne put retenir un hoquet.

Son vis-à-vis leva soudain la tête et l'interpella par son prénom :

« Wen' shüenn ! »

Il dévisagea interloqué la longue face brune, décharnée et souffreteuse, sans réussir à l'identifier.

« Tu ne me reconnais pas ? Serais-tu ivre ? Même un vieux camarade..., dit l'autre avec un rire douloureux.

— B'ail-tching ! Comment as-tu pu changer ainsi ? » l'interrompit Shüenn stupéfait en ouvrant de grands yeux ; comme la physionomie de son ami s'était transformée, sa voix altérée, ses joues creusées ; des filets de sang sillonnaient ses paupières. Une courte moustache noire s'arrondissait au-dessus de sa bouche.

« Que t'est-il arrivé ? Cela fait moins d'un mois ! poursuivit Shüenn avec un frisson horrifié.

— Je suis foutu, je suis déjà mort, hurla celui-ci qui tentait encore de rire, mais d'un rire convulsif qui découvrait ses dents jaunies à faire peur.

— Il ne faut pas dire ça, B'ail-tching, tu as sans doute été malade ? lui demanda Shüenn avec sollicitude, oubliant ses propres tourments.

— Malade..., malade..., où ça ? s'exclama l'autre en se martelant le front.

— De toute façon, je t'en prie, ne bois pas. Rentre rapidement chez toi te reposer.

— Si, je vais boire ! Je boirai jusqu'à ce que je me sente bien ! »

Il riait d'un rire mauvais sans cependant avancer la main en direction de son verre, un grand verre à moitié plein encore.

Shüenn le pressa :

— Alors, tu te dépêches, mieux vaut rentrer chez toi !

— Chez moi ! Où ai-je encore un chez-moi ? Où veux-tu que j'aille ? ricana B'ail-tching.

— Où habites-tu, je te raccompagne.

— Je n'habite nulle part, nulle part. J'ai tout perdu », il était furieux, brusquement il prit le verre et le vida, « joie ! Joie ! cria-t-il, toute une vie d'études pour rien, pour devenir ce que je suis, impensable ! Et sais-tu où je crèche ? Il m'arrive de dormir dans les entrepôts, à même la rue ou encore sous votre porche...

— Tu es ivre, ne parle pas tant, allons-y », coupa Shüenn en se levant. Il appela le patron pour lui régler les consommations. Tirant son ami par l'épaule, il reprit : « allons, allons.

— Je ne suis pas ivre, je ne suis pas ivre, protestait l'autre en secouant sans arrêt la tête et en refusant de se lever.

— Dans ce cas, cherchons un endroit où boire du thé, insista Shüenn.

— D'accord ! »

Tang B'ail-tching se leva, chancela et retomba assis. « Pars devant, je vais m'asseoir encore un peu. » Sa voix était éteinte et son regard douloureux.

« Alors, allons nous asseoir chez moi. Shousheng se souvient toujours de ta femme », dit Shüenn avec cordialité. A peine ces mots : « ta femme » lui eurent-ils échappé qu'il comprit sa gaffe, serra les lèvres et se tut.

« Comment pourrais-je me présenter chez toi dans cet état ! » dit B'ail-tching les joues tremblantes. Il baissa la tête contemplant sa poitrine. Ses doigts tambourinèrent sur le devant de sa vieille robe de coton graisseuse, « habillé comme ça » ? Il se palpa le menton, « et avec cette gueule » ? Il fit encore un signe de dénégation : « Non, je n'y vais pas, je suis déjà mort. Ton vieux condisciple Tang B'ail-tching est déjà crevé. Pourquoi me ferais-je encore du souci ? Quels vêtements porter, où habiter, avec quels amis entretenir des relations ? Aucun de mes amis ne s'inquiète de moi, c'est mieux ainsi, de toute façon, oui, je suis déjà crevé. » Il s'efforça de rire : « Rentre chez toi, ne t'occupe pas de moi. Ah, au fait, tu viens de me dire, " nous nous souvenons tous de ta femme ". Comment, si vous vous en souvenez tous, arriverais-je moi, à l'oublier ? »

Le regard de Shüenn fit le tour de la salle, tous les consommateurs avaient les yeux tournés vers B'ail-tching. Il rougit.

« Partons vite ! Tous ces gens t'observent ! le pressa-t-il tout bas.

— M'observent ? Qu'ils me regardent, nous en sommes tous au même point ! » Il leva la tête et le dévisagea avec, dans les yeux, comme une lueur de folie : « Aucun homme heureux de vivre ne viendrait boire dans ce bar, toi non plus. »

Le froid fit brusquement frissonner Shüenn. Comme auparavant, il chuchota, suppliant :

« Ne parle plus, partons.

— Intéressés, intéressés, remâchait B'ail-tching en avançant, il n'y en a pas un qui ne soit intéressé. Je vois jusqu'au fond des gens. Ces vieux amis, il y a un an, quand je me suis marié, ils sont venus participer aux festivités et maintenant quand ils m'aperçoivent dans la rue, tous m'évitent. Ah, le fric ! le fric ! » Il essaya l'ironie : « Il n'y a pas d'homme qui n'aime l'argent, qui ne le révère ! moi, pauvre va-nu-pieds ! Tu mourras, mieux vaut mourir tôt, quel sens a mon existence !

Foutu ! » Il se leva brusquement : « Je vais avec toi voir ta femme. Lorsque ma femme vivait, elle disait que nous irions chez vous présenter nos respects à madame ta mère. Maintenant... », il ne termina pas et éclata en sanglots.

Shüenn le poussa par l'épaule pour sortir du bar. Ils firent quelques pas sur le trottoir. B'ail-tching s'immobilisa brusquement :

« Je n'y vais pas.

— Alors où vas-tu ?

— Je n'en sais rien. » Sa voix s'était affermie. « Ne te soucie plus de moi.

— B'ail-tching, pas d'accord, tu viens chez moi passer la nuit, dit Shüenn amicalement en continuant à le tirer par l'épaule.

— Non ! Non ! reprit l'autre en secouant la tête.

— B'ail-tching, ça suffit ! Rappelle-toi tes ambitions passées, secoue-toi ! » insista Shüenn avec une vigueur attristée, en réalité il avait envie de pleurer.

Ils firent à nouveau quelques pas, à peine allaient-ils pénétrer dans la rue où demeurait Shüenn que B'ail-tching s'écria avec obstination :

« Non, je m'en vais, lâche-moi ! »

Il se dégagea, descendit sur la chaussée et traversa en courant.

« B'ail-tching ! B'ail-tching ! » appela Shüenn sans espoir. Il aurait voulu courir après lui. Il entendit le vrombissement d'un poids lourd suivi d'un cri atroce. Tout se brouilla devant ses yeux, il se rendit compte qu'un énorme camion se précipitait sur son ami.

Les gens couraient affolés et s'attroupaient. Une foule se formait au carrefour. Shüenn s'avança hébété, il se tenait en arrière et ne pouvait rien voir. Mais il sentait une ombre terrifiante planer au-dessus de lui.

« Quelle horreur ! Sa tête est en bouillie, c'est effroyable ! dit une voix à côté de lui.

— A mon avis, les poids lourds ne devraient vraiment pas passer par ici. Ce mois-ci, ils ont écrasé un grand nombre de personnes. Il y a dix jours, une jeune femme a été tuée au croisement. Quelle tragédie ! Une voiture a aussi renversé et tué un agent de police et pris la fuite », dit quelqu'un d'autre.

Shüenn sortit de son hébétude. Il comprit tout. Il eut un cri d'effroi et de douleur, mais sa gorge se noua. Il fondit en larmes, il était bouleversé et se sentait glacé de la tête aux pieds.

Il se détacha furtivement du groupe et se remit en route vers sa maison. Nul ne faisait attention à lui, mais une voix l'escortait tout au long du chemin. Cette voix familière qui sans cesse lui criait :

« Je suis foutu ! Je suis foutu ! »

Il poussa la porte. La lampe était allumée. Assise seule devant la table, sa femme lisait. Elle posa le livre, leva la tête et le regarda. Sur son visage apparut une expression de surprise heureuse, elle dit avec gentillesse :

— « Tu es encore allé à ce bar ? »

Il hocha la tête, un moment passa, puis il dit en se forçant :

« J'ai fait un rêve, un rêve effrayant. »

De sa chambre, la mère s'écria :

« Shüenn, c'est toi ?

— Quel rêve ? Qu'est-ce qui t'est arrivé ? Repose-toi », lui dit Shousheng tendrement.

Il voulut répondre, mais le cri perçant et terrifiant continuait à résonner dans sa tête. Toute son énergie était tombée. Il se raidissait. Deux paires d'yeux attentifs au regard affectueux et compatissant le guettaient. Les deux femmes attendaient sa réponse. D'un coup il s'affola, bougea les lèvres, son cœur se souleva.

« Du sang ! Du sang ! Tu craches du sang ! » s'écrièrent les deux femmes stupéfaites. Elles l'aidèrent à gagner le lit et à s'y étendre.

« Je suis fini. Je suis fini », il prononça d'une manière indistincte ces mots terribles, sous son cerveau résonnait encore l'appel déchirant, ses larmes coulaient toutes seules, il sentait qu'il n'aurait plus la force de se battre. Docile, il ferma les yeux.

XIV

D'incessants cauchemars hantèrent la nuit de Shüenn. Au matin, en s'éveillant, il était épuisé et fiévreux, rompu et angoissé.

Sa mère et sa femme n'avaient pas recommencé à se disputer. Attentionnées, elles veillaient sur lui. Dans la matinée, le médecin passa l'examiner. C'était un médecin chinois que sa femme avait appelé pour lui. Shousheng avait foi en la médecine occidentale et elle préconisait le médecin-conseil de la banque Da T'chouann, mais sa mère avait insisté pour qu'on appelle le médecin chinois. Il ne voulut pas offenser sa mère, et ne pouvant faire autrement, sa femme dut s'incliner. Elle se rendit à la librairie-papeterie demander pour Shüenn un jour de congé et en fit autant pour elle à la banque, puis elle alla chercher le médecin. Le docteur Tchang Boh-tching était un lointain parent de la mère, il exerçait à Tcheng-tou depuis trente-quatre ans et jouissait d'une certaine renommée. Chaque fois que les Wang allaient le consulter chez lui, il ne leur en coûtait que les frais de transport. Ceci avait influencé la décision prise par Shüenn d'approuver le choix du médecin chinois.

« Moins nous dépenserons, mieux ce sera ! Les remèdes occidentaux sont si coûteux. Où trouver cet argent ? »

Le docteur Tchang était un homme âgé et bienveillant. Il lui prit le pouls très soigneusement et l'interrogea sur ses malaises puis réconforta avec douceur le malade et les siens. Il ne s'agissait que d'une inflammation du foie à laquelle s'ajoutait un peu de surmenage mais en aucun cas de tuberculose. Shüenn devait se reposer quelques jours et reprendrait tout doucement le dessus.

Sa femme ne croyait pas trop à ce diagnostic, mais sa mère était très confiante, quant à lui, il balançait entre la certitude et le doute. Mais de toute façon, le médecin les rassura tous les trois. Shüenn se faisait à l'idée que la médecine chinoise reposait sur la raison. « Nous Chinois, nous nous sommes soignés ainsi pendant quelques milliers d'années, comment pourrait-on dire qu'il n'y ait là-dedans rien de sensé ? » Cette pensée le réconfortait, de nouveau, un mince espoir était en vue masquant légèrement l'ombre noire de la mort.

Shousheng sortit acheter les remèdes. Une fois infusés, sa mère les lui fit prendre. Après cela, Shüenn fit un petit somme, mais respirant difficilement, il dormit mal.

Vers le soir, sa température remonta, à nouveau il fut pris dans un filet de cauchemars. Une gigantesque silhouette sombre titubait devant ses yeux. Shüenn était encerclé par une foule de faces maigres et basanées, aux yeux rougis, semblables à celle de son ancien condisciple Tang B'ail-tching. Chaque bouche disait : « Je suis foutu, foutu ! » Il était terrifié, il s'enfuyait, s'éloignait, courait. C'était éreintant ! mais il ne pouvait mouvoir ses jambes. Soudain il arriva sur une montagne déserte. Il n'apercevait pas trace humaine. Il ne savait pas non plus où il voulait aller. Il faisait nuit. Il tâtonnait dans l'obscurité. La randonnée d'un homme épuisé, vraiment ! Soudain une clarté ! Tout autour, les arbres s'embrasaient. Tout était en flammes, ce feu vigoureux le cernait. Ses vêtements brûlaient. La douleur n'était pas supportable, il poussa un cri perçant :

« Au secours ! »

Il s'éveilla, il était étendu sur son lit, la couverture de coton rabattue sur lui. Il était trempé de sueur. Il poussa un gémissement.

« Shüenn, qu'y a-t-il ? » Shousheng était assise sur le rebord du lit et se penchait sur lui. « Tu souffres ? » lui demanda-t-elle avec tendresse.

Il exhala un soupir et la regarda sans répondre. Après un moment, il l'interrogea à voix basse :

« Il y a longtemps que tu es rentrée du bureau ?

— J'ai demandé ma journée, ne te l'avais-je pas dit ? lui répondit-elle surprise.

— J'avais oublié. » Puis il reprit pour s'expliquer : « Mes rêves m'ont perturbé..., j'ai vu en rêve..., comme si..., mon vieux camarade de classe écrasé par une voiture. »

Il s'abusait lui-même, ne distinguant plus la réalité du rêve.

« Un vieux camarade, de qui parles-tu ? »

Shousheng posa doucement la main sur son front, il ruisselait, la fièvre reculait déjà.

« Tang B'ail-tching, nous étions à son mariage au restaurant Lingtsan, sa femme est morte en accouchant, il me l'a appris il y a quelques jours, dit Shüenn avec effort.

— Oui, je m'en souviens. Il ne faut pas trop parler, ni penser aux ennuis des autres. Tu es faible et tout à l'heure, tu avais à nouveau la fièvre. Rendors-toi, le réconfortait Shousheng avec gentillesse.

— Je crains de m'assoupir et d'être à nouveau la proie de cauchemars, se plaignit-il comme un jeune enfant.

— Mais non, ne pense à rien et ton sommeil sera paisible. Je vais rester près de toi et tu ne feras pas de mauvais rêves.

— Et Mère ?

— Elle fait la cuisine. Dors. Dans un moment tu reprendras tes remèdes. » Shousheng détourna son visage.

Un instant plus tard, Shüenn demanda :

« S'il te plaît, apporte-moi un peu de thé. »

Il n'en avait aucune envie, mais il voulait entretenir la conversation.

Elle lui apporta un gobelet rempli plus qu'à moitié. Il leva la tête et, pendant qu'elle tenait le gobelet, but quelques gorgées.

« Merci, dit-il en laissant retomber sa tête.

— Essaie de dormir un peu », conseilla Shousheng en se levant puis elle alla poser le gobelet sur la table.

A peine avait-il fermé les yeux qu'il les rouvrit. Il observa sa femme à la dérobée, prenant garde à ce qu'elle ne s'en aperçoive pas. Mais une dizaine de minutes plus tard, ne pouvant endurer plus longtemps cette situation, il l'appela pour reprendre la conversation.

« Shousheng, mon mal est incurable.

— Tu recommences à dire des sottises ! protesta-t-elle affectueusement, le visage éclairé d'un sourire, le médecin ne t'a-t-il pas prescrit deux remèdes ? Patiente, repose-toi quelques jours et ça ira mieux. »

Plus tard, il reprit :

« Mais toi, tu ne crois pas du tout à la médecine chinoise. »

Après une courte hésitation, Shousheng répondit :

« Mais ta mère y croit pleinement elle, et comme elle est notre plus proche parente, comment pourrait-elle chercher à nous abuser ?

— Qui cette année ne cherche pas à s'abuser ? dit Shüenn avec un sourire douloureux. Je sais ce que j'ai. Ma carcasse ne sortira pas victorieuse de ce combat. Dans le meilleur des cas, si je survis, non seulement je ne pourrai plus vous venir en aide, mais encore je serai un poids mort pour vous », ajouta-t-il comme pour lui-même ; sa voix s'altéra et très vite ses yeux se fermèrent.

Shousheng vit qu'il était couvert de sueur et en fut peinée. Elle remarqua seulement :

« Il ne faut pas dire cela, et elle se mordit la lèvre avec force.

— Encore une chose : Mère est âgée, elle mène une vie pénible, son caractère s'aigrit et parfois elle laisse échapper des remarques désagréables. J'espère que tu auras le courage de les lui pardonner, elle n'est pas méchante », poursuivit Shüenn implorant. Son excitation était tombée, il articulait lentement.

« Je sais », dit-elle en baissant la tête. Elle prit sa main dans la sienne, elle avait envie de pleurer.

« Je te suis reconnaissant, maintenant je vais dormir », conclut-il comme apaisé.

Une unique ampoule éclairait la chambre. La lumière était très faible, à peine plus forte que celle d'une bougie. Cette lumière, d'un jaune maladif, ajoutait à la tristesse de la pièce. Shüenn avait les paupières closes et la bouche entrouverte ; son visage maigre et cireux inspirait la plus grande pitié.

Shousheng était toujours assise au bord du lit, elle n'avait pas lâché sa main. D'un regard qui exprimait sa solitude, elle inspectait le cadre qui l'entourait. Elle souffrait par sympathie, parce qu'elle aimait Shüenn, parce qu'elle éprouvait de la compassion pour lui, mais un autre sentiment agitait son cœur.

« Pourquoi faut-il vivre une telle époque ? » demandait à son oreille une voix révoltée.

Elle sentait dans la sienne la main molle et sans force, l'extrémité des doigts glacés. Elle voulut se rebeller : « C'est là la récompense de ce qu'il a supporté ! Je ne peux pas... »

Elle fut surprise, en le regardant, de constater sa respiration régulière. Il paraissait bien mieux maintenant. Aucun cauchemar ne semblait plus venir troubler son sommeil. Elle reposa doucement sa main, tâta son front puis se leva et s'étira, lassée.

A travers le mur, parvenaient des éclats de voix rauques. De la rue s'élevait le grondement continu des voitures. Les rats alternaient leurs cris aigus et leurs attaques contre les plinthes : leur remue-ménage ne cessait jamais, ajoutant encore à son tourment. Shousheng se sentait misérable. Elle avait l'impression que le souffle glacé de la nuit traversait le plancher et l'enveloppait. Elle frissonna sous la morsure du froid. Elle fixait sans penser à rien l'ampoule électrique. La teinte pâle des filaments rouges ne parvenait pas à lui communiquer leur chaleur.

« Voilà notre vie : jamais une lueur, jamais non plus le total désespoir ; c'est ainsi que nous l'endurons. Il y a deux ou trois ans, il y avait encore un peu d'idéal, un peu d'espérance, on pouvait continuer, maintenant... Si la mère ne me cherchait pas querelle chaque jour, si Shüenn était moins faible, je pourrais encore... », se disait-elle à elle-même avec une expression soucieuse. Elle était de plus en plus déprimée, elle ne savait plus comment reprendre le dessus. Elle parcourait la chambre de long en large, mais craignant que le bruit ne réveillât le malade, elle arrêta sa marche.

La porte entrouverte s'écarta en grand et la mère entra, portant la marmite.

« Pourtant, elle aussi, elle souffre », ne put s'empêcher de penser Shousheng en voyant les traits tirés de la vieille dame.

« Dort-il ? » demanda la mère à voix basse, en regardant dans la direction du lit et sur le visage fané apparut un sourire.

Shousheng fit oui de la tête et répondit doucement :

« Cette fois-ci, il semble avoir un bon sommeil.

— En ce cas, laissons-le bien dormir. Attendons qu'il se réveille pour lui donner ses médicaments. D'abord, déjeunons ! »

Toutes deux s'installèrent face à face pour vider leur bol. La mère n'avait guère d'appétit. Shousheng se sentait solitaire et déprimée, mais elle se contraignit à échanger quelques paroles avec la mère au cours du repas.

« Elle encaisse tout, elle semble s'adapter tranquillement à cette forme de vie et moi, pourquoi pas moi ? » se reprocha-t-elle intérieurement, mais le sentiment d'isolement qui l'étreignait ne se fit pas moins pesant.

« Pourquoi est-ce que je me sens toujours insatisfaite ? Pourquoi ne puis-je me sacrifier ?... », se reprocha-t-elle pour la seconde fois, se culpabilisant encore davantage.

Le lendemain Shüenn était un peu mieux. Shousheng comme chaque jour, partit travailler à la banque, mais le matin, elle s'y rendit relativement tard et l'après-midi, elle rentra à la maison dès la sortie du bureau. Elle mit provisoirement un terme à la fréquentation de ses collègues. Elle aida la mère à faire la cuisine et prit soin de son mari, lui donnant son déjeuner, son dîner, ses médicaments. Après le repas, alors qu'il ne désirait pas dormir, elle lui tint encore compagnie et lui fit la conversation. Elle lui parla de ce qui se passait à la banque, de toutes sortes de choses mais ne l'entretint pas de la situation militaire.

Il semblait que les remèdes fissent de l'effet. La santé de Shüenn s'améliorait de jour en jour. Devant sa belle-fille, la belle-mère louait bien haut la médecine chinoise. Celle-ci ne ripostait rien et se contentait de sourire légèrement. En réalité, le remède efficace, c'était le changement d'attitude de Shousheng. Ce dont Shüenn avait précisément besoin, c'était de repos et de réconfort.

« Jusqu'où les Japonais sont-ils en fin de compte arrivés ? » Il sentait l'emprise de la maladie se faire progressivement moins forte, il parvenait à se concentrer, aussi ses pensées se portaient-elles souvent sur ce problème. Pourtant, craignant d'apprendre des catastrophes, il n'osait interroger Shousheng. Parfois, à dessein, il observait ses traits, cherchant à deviner d'après son expression, si la situation était bonne ou mauvaise, en vain. Pendant ces quelques jours, elle présenta tout le temps un visage affable et détendu. S'il lui arrivait de la surprendre, absorbée dans ses réflexions, elle s'empressait de dissimuler ses préoccupations derrière un sourire. Elle ne s'était plus accrochée avec la mère. Parfois aussi il observait (lorsqu'il semblait fermer les yeux ou ne les ouvrir qu'à demi), les deux femmes assises en train de converser et il pensait, ravi : « Si le résultat était que désormais elles s'entendent, alors cela vaudrait bien la peine d'avoir craché du sang. »

Un jour, Shousheng, rentrant de la banque, lui annonça tout excitée :

« Je vais t'apprendre une bonne nouvelle. Les graves bombardements de Kweiyang ne sont en tout et pour tout qu'un bobard, de même la chute de la montagne Dow et en fin de compte, les Japonais ne sont pas entrés au Kweichow. »

Elle éclata de rire. Il aimait la voir avec ce visage souriant.

« Vraiment ! » s'écria-t-il joyeusement. Et avec un regard de gratitude, il dit lentement : « J'aurais aimé aller m'en rendre compte demain.

— Tu n'as fait que cinq jours de lit ; il t'en faudra au moins dix ou quinze avant d'être sur pied. Tu ne dois te préoccuper que de guérir !

— Et l'argent ?

— J'ai quelques réserves, ne t'en fais pas ! rétorqua Shousheng.

— Mais, observa Shüenn contrarié, tu aurais tort de gaspiller ton argent comme cela ! Nous dépensons de l'argent à toi pour bon nombre de choses et pour Petit Shüenn aussi, c'est toi qui paies. »

Elle le gronda en riant :

« Après tout, Petit Shüenn est mon fils. Et qu'est-ce que cela fait, qu'il s'agisse de ton argent ou du mien, n'est-ce pas pareil ? »

Shüenn ne trouva rien à répondre et se tut.

Shousheng le voyait qui serrait les lèvres et réfléchissait profondément, elle lui expliqua plus souriante encore :

« Il y a quelques jours à la banque, on discutait au sujet d'une révision des salaires puis les combats de Siang et de Kwei ont tout interrompu. Maintenant, on en reparle et, dès le retournement de la situation militaire en notre faveur, ces révisions seront effectives. Après le réajustement, nos revenus s'accroîtront d'un tiers, voilà pourquoi une petite dépense n'importe guère.

— Mais ce n'est tout de même pas très bien, je me sens gêné. Qui aurait pu penser qu'à mon âge, je ne sois pas encore capable de subvenir à mes besoins ? dit-il sombrement.

— Que tu peux être vieux jeu, comment peux-tu encore t'obnubiler sur ce petit détail ? Tu vas mieux, la situation est meilleure, les Japonais reculent, alors tu as des atouts. Crois-tu donc que je sois satisfaite de mon travail à la banque ? Maintenant, je suis coincée, mais plus tard je veux à nouveau entreprendre avec toi un travail au but plus élevé, t'aider à enseigner.

— Oui, si les Japonais sont mis en déroute, alors j'ai mes chances », murmura Shüenn *in petto*.

La mère entra portant la marmite.

« Mère, laissez-moi. »

Et Shousheng s'avança au-devant de la mère pour la décharger.

« Va vite jeter un coup d'œil au bouillon de riz de Shüenn, il ne faut pas qu'il brûle. Ça, je peux le faire », dit la mère en hochant la tête.

Mais comme à l'accoutumée, Shousheng veilla à déplier sur la table un vieux journal pour caler la marmite.

Shüenn observa la silhouette de sa femme disparaissant derrière la porte et se dit ému : « Elle est toujours si attentionnée avec moi ! Peu importe que je sois un bon à rien, elle se montre toujours bienveillante. Quelle chic fille ! Seulement il m'est désagréable de me servir de son argent. Elle pourrait un jour en arriver à me mépriser. Il faut me secouer ! » Il s'arrêta pour réfléchir et se répéta les paroles de Shousheng : « Oui, lorsque la situation s'améliorera et que les Japonais reculeront, tu auras des atouts, et dans l'avenir, je réintégrerai le corps enseignant ! »

« Désires-tu quelque chose, Shüenn ? lui demanda sa mère croyant que c'était à elle qu'il s'adressait.

— Je n'ai rien dit. »

Il lui semblait sortir d'un rêve dont sa mère venait de le tirer brusquement. Quel genre d'espérance pouvait lui procurer cette chambre sombre et froide !

Sa mère était encore à son chevet. Elle étendit la main pour lui tâter le front, lui demandant avec enjouement :

« Comment te sens-tu maintenant ?

— Très bien, j'ai l'impression que le médicament est efficace.

— Demain, je redemanderai au médecin de passer.

— C'est inutile, je suis déjà guéri. »

Mais à part lui, Shüenn pensait : « Où trouverais-je de quoi payer la visite et les remèdes ? Voudrais-tu vraiment que je vive entièrement aux crochets de Shousheng ? »

Celle-ci entra dans la pièce pour veiller à lui faire prendre son bouillon. L'ampoule électrique s'éteignit brusquement.

« Comment, ce soir encore, le courant est coupé ! »

remarqua-t-il dégoûté et il ajouta plaintivement : « Ils ne nous donnent jamais de lumière.

— De la lumière, maintenant toi aussi, tu veux de la lumière ? » dit sa femme et il ne sut si elle le raillait ou prenait son parti.

La mère alluma la bougie et s'écarta. La pièce s'éclaira. Mais la flamme tremblante d'un jaune sinistre enveloppa chaque objet d'une couleur maussade. Deux rats traversèrent la chambre en courant. A l'étage au-dessous, d'une voix triste, une femme appelait l'esprit errant de son fils malade[1].

« De la lumière, dit Shüenn résigné, oserai-je, ici, avoir cette prétention ?

— Ne sois pas pessimiste, tu vas de mieux en mieux. Tu dois prendre ton médicament, je vais te le préparer, ensuite tu pourras dormir de bonne heure, dit Shousheng affectueusement.

— Mais non, dîne d'abord et ensuite nous en reparlerons. Que je prenne ou non ce remède n'a pas réellement d'importance et je sais que tu ne crois pas à son efficacité. Après ton dîner, tu m'en donneras encore et ça ira ; après tout, peut-être ce médicament est-il très actif, ce soir, je me sens bien mieux. Je redoute toujours de l'avaler tant il est amer, mais on dit aussi que plus un médicament est amer, plus il est souverain. Mère croit à cette sorte de médication. Dans son univers, il n'y a que moi et Petit Shüenn mais malheureusement je ne suis plus bon à rien », il se contraignit à rire. « Va vite dîner, pourquoi Mère n'est-elle pas là ? Est-elle encore en train de faire la cuisine ?

1. T'iao rroun' : lorsque le malade a perdu conscience, la famille se livre à des invocations pour persuader l'âme de réintégrer son enveloppe charnelle.

Non, bien sûr, elle me prépare mon remède. Elle est vraiment trop bonne ! Va vite la retrouver. Hâtez-vous de dîner. Je peux fermer les yeux et faire un somme. » Il eut de nouveau un rire. « Va vite ! Aujourd'hui, je suis très heureux. La situation militaire s'améliore, de plus, cela nous évite l'exode à tous, autrement dans l'état où je suis, ma santé vous aurait handicapées. »

Shousheng sortie, le regard affaibli de Shüenn fit le tour de la chambre. La flamme incertaine de la bougie l'éblouissait. Il ne pouvait rien distinguer dans l'obscurité où la pièce se trouvait entièrement plongée. Il soupira douloureusement.

Le lendemain, Shousheng rentra de très bonne heure. Le front soucieux, elle pénétra dans la chambre d'une démarche fatiguée. Elle s'efforça de sourire pour saluer Shüenn et sa mère, puis s'assit silencieusement devant le secrétaire.

« Comment se fait-il, remarqua la mère, que tu rentres aujourd'hui si tôt ? Les bureaux ne sont pas encore fermés. »

Shousheng, lasse, répondit :

« Il n'y avait plus de travail à la banque ; à rester assise, je m'ennuyais à périr, c'est pourquoi je suis revenue. »

La mère ajouta pour dire quelque chose :

« Tu n'as pas d'invitation aujourd'hui ?

— Non », répondit Shousheng en secouant la tête. Un moment passa, elle reprit : « Les nouvelles à présent ne sont pas fameuses. Là-bas, tout le monde avait mauvais moral.

— Alors, où en est-on ? demanda la mère pâlissant.

— On assure que Douchann est déjà tombée, que les Japonais l'ont traversée et vont arriver à Douyunn.

— Alors que faire, Shüenn est encore malade ! s'écria la mère effrayée. Est-ce qu'à ton avis, les Japonais risquent d'envahir le Seutchouan ?

— Je ne le pense pas. Si néanmoins ils arrivaient, nous n'aurions plus qu'à fuir. Moi, je pourrai partir avec la banque, néanmoins il y aurait un problème pour Shüenn... », dit Shousheng préoccupée, mais la mère l'interrompit :

« Toi, naturellement tu as des possibilités. Mais Shüenn et moi, et encore Petit Shüenn, les mains vides, comment évacuer dans de bonnes conditions ? Malheureusement cela fait presque deux semaines que Petit Shüenn n'est pas rentré en ville, on est en plein dans la période scolaire. Shüenn est encore malade et moi, je meurs d'inquiétude ! » La mère ne pensant qu'à se plaindre avait l'air misérable d'une personne en plein désarroi.

« Mère, je suis pratiquement rétabli, je peux marcher, ne vous alarmez pas. Notre entreprise a aussi certainement les moyens de nous caser ! » s'exclama Shüenn. Ce disant il n'avait eu d'autre ambition que de rassurer sa mère. A peine eut-il prononcé ces paroles, qu'il se rappela avec effroi le regard sévère et la froideur du chef D'joh.

« Ton entreprise pouvoir faire cela ! Tu te fais des illusions sur elle ! A mon avis, le chef D'joh est une canaille et je déteste son air de faux jeton, jeta sa femme agressive, sois-en sûr, si cela dépendait de moi, je ne te laisserais pas rester sous sa coupe. »

Shüenn savait qu'elle avait raison, mais il était vexé de l'entendre dire cela devant sa mère et il lui en voulut.

« Pour quelle raison ne pourrais-je rester sous ses ordres ? se récria-t-il, c'est grâce à mon travail que je mange.

— C'est juste, mais est-ce à ta faim ? Rappelle-toi la

vie qu'il t'a fait mener. Cela valait bien la peine de subir de bon gré les brimades d'un type de cet acabit !

— A quoi sert de se souvenir, soupira-t-il, ce qui est passé, est passé.

— Mais Shüenn, tu as encore de l'avenir, ne désespère pas ! » protesta Shousheng les yeux humides.

Cette gentillesse surprit Shüenn et il déborda de reconnaissance pour le regard si tendre de sa femme.

« Monsieur Wang ! Monsieur Wang ! »

La voix de Mme Tchang résonnait derrière la porte ; Shüenn regarda dans cette direction. La mère s'empressa de crier :

« Entrez, entrez, je vous en prie ! »

Mme Tchang ouvrit et fit son entrée, elle ne pensait pas trouver Shousheng dans l'appartement.

« Madame Wang, vous êtes rentrée de bonne heure aujourd'hui de la banque ! Monsieur Wang, est-ce que vous allez mieux ? » S'adressant ensuite à la mère : « Vieille Madame, ces derniers jours semblent vous avoir bien fatiguée !... Madame Wang, monsieur Wang, Vieille Madame, je viens vous supplier de nous venir en aide. Si jamais il faut fuir, permettez-nous de vous accompagner. Mon mari et moi-même, chargés de notre petit d'un an, sommes étrangers à la province ; sans famille, nous n'avons pour fuir, ni argent ni moyens de transport. L'entreprise où mon mari travaille peut d'un moment à l'autre fermer ses portes et nous abandonner. Nous ne pourrions partir. Au cas où les Japonais avanceraient, ayez la bonté de nous assister ! Vous êtes du pays, vous pouvez donc aller à la campagne, aussi bien que dans n'importe quel district. En un mot, voyez-vous un inconvénient à ce que nous partions avec vous ? »

En plein désarroi, elle se faisait suppliante.

« Il paraît invraisemblable que les événements aient pris cette tournure, fit Shüenn s'efforçant de sourire pour montrer sa tranquillité.

— On prétend que Dotunn serait déjà tombé et les Japonais sont seulement à quelques dizaines de lis[1]. » Mme Tchang baissa la voix et l'air grave comme si elle craignait que quelqu'un d'autre ne l'entende : « Il y aurait encore une route qui permettrait de traverser le Kweiyang pour atteindre le Seutchouan. Monsieur Wang, madame Wang, j'en suis sûre, vous nous aiderez !

— Madame Wang, intervint Shousheng d'une voix douce, rassurez-vous, ce sont de faux bruits, les événements ne peuvent être aussi désastreux.

— Depuis deux jours, les gens sont très inquiets. Mon mari qui est si peu débrouillard ne pense qu'à boire. Comment ne pas s'alarmer ? Bien, je vous remercie. Je crains que mon petit ne se réveille, je rentre ; s'il y a du nouveau, je reviendrai, merci encore. »

Un léger sourire éclaira le visage blême de Mme Tchang, mais ses sourcils restaient froncés et son front soucieux. Elle s'esquiva sans bruit.

« Shousheng, alors les nouvelles t'ont été confirmées ? demanda Shüenn à mi-voix, sans émotion apparente comme s'il n'était pas concerné.

— Moi non plus, je ne me rends pas exactement compte, mais le chef Tchenn me conseille de partir, répondit Shousheng avec une feinte indifférence comme si elle, non plus, n'avait pas été touchée ; mais au fond, elle éprouvait un désarroi secret.

— Partir, mais où partirais-tu ? chuchota-t-il.

1. Le li équivaut à peu près à 576 mètres.

— Le chef Tchenn est déplacé et nommé à Lann'djoh, ça a été annoncé aujourd'hui, il occuperait des fonctions d'administrateur. Il veut me muter là-bas, dit Shousheng qui s'efforçait de parler doucement et fuyait le regard de Shüenn.

— Alors, tu y vas ? demanda-t-il à nouveau, affermissant sa voix, sans cependant parvenir à dissimuler son trouble.

— Je n'en ai pas envie et si je peux l'éviter, j'aimerais autant.

— Auras-tu la faculté de refuser si la banque t'y nomme ?

— Bien sûr ! Je suis encore libre ! Au pire j'irai jusqu'à démissionner. »

Elle avait l'air résolu.

« Si tu pars seule, intervint soudain la mère dont l'expression s'était durcie, qu'adviendra-t-il de Petit Shüenn et de Shüenn ?

— Je n'ai jamais dit que je devrai y aller. En réalité, je n'y tiens pas, répliqua Shousheng sans animosité.

— Mais tu n'as quand même pas dit non ! souligna la mère, restant sur la défensive.

— Mais si ! J'ai bien précisé que j'avais une famille et qu'il me serait difficile de partir. En plus, serai-je nommée ou non ? Pour le moment, c'est encore très vague. »

Une pointe d'agacement perçait sous son calme.

« Tu cherches à nous abandonner, à partir seule. Va, je lis en toi ! » insista la mère.

Shousheng ne répondit pas. Elle s'avança vers le lit, s'assit sur le rebord, inclina doucement la tête et regarda Shüenn. Elle aperçut des larmes dans ses yeux. Silencieuse, elle lui prit la main et après un effort, déclara :

« Non, je ne pars pas !

— Je sais. » Et, hochant la tête, il ajouta très ému : « Merci ! » Puis, plus doucement : « En fait, il te faut partir. Quel avantage as-tu à t'accrocher à moi ? Pour moi, cette vie est finie.

— Tu ne devrais pas parler ainsi. Ce sont les circonstances. On ne peut t'en vouloir. Toi aussi tu as eu ta part de difficultés ces dernières années. Guéris d'abord, après on verra !

— Si tu ne m'en crois pas responsable, alors qui ? Pourquoi les autres s'en tirent-ils toujours ? »

Ce que disait Shousheng ne parvenait pas à le déculpabiliser.

« Tu es un trop brave type ! » Elle eut un sourire tandis que son regard disait sa pitié et sa résignation.

Brave type..., l'expression le blessait profondément. Il détestait le terme et pourtant elle n'y avait mis aucune intention railleuse. Il se tut. Il réfléchissait à ce problème pour lui insoluble : « Je ne veux pas être un brave type ! » « Impossible, c'est ma vraie nature. » Ces tentatives de révolte l'épuisaient. Il avait ainsi gaspillé des années... Il laissa échapper un léger soupir.

« Te voilà encore à broyer du noir ! » Shousheng était surprise.

« Mais non ! »

A ce moment seulement, il remarqua que sa mère s'était déjà retirée dans sa chambrette.

« Alors, dors un peu, je reste ici avec toi. Je ne partirai pas sans vous, tu n'as pas à t'inquiéter.

— Je sais, je sais », répondit-il d'une voix faible en hochant la tête.

Elle se leva et se dirigea lentement vers la fenêtre pour observer le mouvement de la rue. Cette fenêtre s'ouvrait sur le côté droit du mur de brique du bâtiment. En bas, on apercevait une toute petite rue transversale (en réalité, c'était seulement une ruelle). Ce bâtiment dominait les quatre immeubles contigus faisant que ni murs ni toits ne venaient limiter la vue. Aussi Shousheng pouvait-elle apercevoir l'avenue en enfilade descendant le flanc de la montagne ; son regard pouvait embrasser une grande partie du spectacle. Elle voyait ainsi quelques tireurs de pousse-pousse, se suivant à la queue leu leu, dévaler la pente en courant. Dans cette course où ils semblaient ne pas toucher terre, le mouvement de leurs jambes lui donnait le vertige.

« Comme ils sont affairés ! » pensait-elle. Cette idée apparemment anodine avait pourtant un sens profond. Un tas d'images traversaient son cerveau qui, malgré cela, paraissait totalement vide. Elle ne cherchait pas à distinguer un objet précis, mais debout à la fenêtre, elle contemplait l'avenue d'où s'élevait un nuage de poussière. Elle sentait le Temps couler lentement le long de son corps comme l'eau d'un ruisseau et sans jamais s'arrêter, et son sang circuler au même rythme.

« Faut-il vraiment subir ces querelles et mener cette existence misérable jusqu'à mon dernier jour ? » C'était une voix intérieure. Elle ne trouvait pas de réponse. Après tout à quoi bon !

Soudain, deux coups furent frappés à la porte. Surprise, Shousheng se détourna. Écartant le battant, un coursier de la banque entra.

« Mademoiselle T'seng[1], voici une lettre du chef Tchenn », et il la lui remit.

Shousheng l'ouvrit et la lut. Le chef de bureau

1. En se faisant appeler ainsi, Shousheng souligne son indépendance et son modernisme.

Tchenn l'invitait à dîner au palais de la Victoire. Posément, elle la déchira.

Le commis, debout, attendait sa réponse.

« J'étais au courant, rentre, lui ordonna-t-elle.

— Bien ! » fit-il en refermant la porte et il s'esquiva.

Adossée à la fenêtre, elle pétrit jusqu'à en faire une boulette les morceaux déchirés de la lettre. La nuit, en tombant, effaçait comme avec un pinceau les contours de la pièce. Le visage du malade s'estompait. Dans son lit, il haletait. Quel genre de rêves s'étaient emparés de lui ? Comment savoir ? Du côté de la chambre de la mère ne parvenait aucun bruit. Tous deux la laissaient à sa solitude. Sa jeunesse se flétrissait. Petit à petit l'inquiétude l'envahissait et soudain un doute se fit jour en elle : « Est-ce que je vais me laisser dessécher comme ça ? » Elle fit quelques pas. Elle ne savait plus elle-même ce qu'elle devait décider. Elle ne pensait absolument plus à l'invitation du chef Tchenn. Elle avait oublié jusqu'à la boule de papier froissée dans sa main.

La mère sortit de sa chambre, alluma l'ampoule électrique qui recommença à diffuser cette lumière d'un jaune cendré, génératrice de tristesse.

« Ah, tu n'es pas encore sortie ? lui demanda-t-elle avec un sous-entendu.

— Sortie, sortie pour aller où ? répliqua Shousheng surprise.

— N'est-on pas venu te porter une invitation ?

— Il est encore tôt », répondit Shousheng de manière ambiguë. Elle baissa lentement la tête et regarda la boule de papier qu'elle avait pétrie. Elle eut soudain un sourire vengeur. Sa décision était prise.

« Tu es donc encore invitée aujourd'hui ? insista la mère.

— Oui..., des collègues, répondit-elle laconiquement.

— Ce sont les gens qui vous offrent à tous deux un repas d'adieu ? »

Cette remarque piqua Shousheng au vif. Elle rougit, fronça les sourcils mais elle se domina tout de suite et acquiesça avec un sourire :

« Bien entendu ! »

Elle changea de toilette, refit son maquillage. Elle aurait voulu échanger quelques mots avec Shüenn, mais il était profondément endormi. Elle lui jeta un regard, puis avec un contentement affecté, franchit le seuil. Elle entendait encore la mère continuant à grommeler dans son dos, ce qui eut pour effet de l'inciter à descendre plus rapidement l'escalier.

« Je n'avais pas l'intention d'y aller, mais c'est toi qui m'y pousses avec tes piques », maugréait-elle toute seule.

XV

Elle prit un pousse-pousse pour se rendre au palais de la Victoire. Le chef Tchenn l'attendait devant l'entrée principale. Il l'accompagna dans la grande salle au premier étage où il avait déjà réservé deux places. Il l'aida à ôter son manteau et à s'asseoir. Souriant, il s'installa en face d'elle en remarquant qu'elle paraissait intimidée. Shousheng commença par demander :

« Avez-vous trouvé des billets d'avion ?

— Oui, répondit-il préoccupé, le départ est dans trois jours.

— Très bien, alors je vous fais mes adieux. Vous reverrai-je l'an prochain ? »

Le sourire de la jeune femme ne laissait pas deviner ses véritables sentiments, mais Tchenn se sentit encouragé. Dans un élan sincère, il murmura :

« Shousheng. »

Pour la première fois, il l'appelait par son prénom ; jusque-là, c'était toujours : « Miss T'seng. » Ceci n'échappa pas à son interlocutrice troublée et surprise. Il poursuivit :

« Je viens de l'apprendre de source sûre, l'ennemi est

déjà entré à Doyunn, dès lors, il n'y a plus d'obstacles devant lui, des rumeurs disent encore qu'on ne peut plus se fier au Kweiyang. »

Shousheng sentit son cœur se serrer, elle fit un geste de protestation :

« Cela peut-il aller si vite ?

— C'est d'une rapidité inimaginable ! » dit-il avec emphase. Le garçon apporta la soupe, Tchenn se tut, saisit la cuiller et avala quelques gorgées, « que comptez-vous faire ? »

Elle s'efforçait de sourire :

« Moi, où faudrait-il que j'aille ? Je suis bloquée ici.

— Mais si les Japonais arrivent, que deviendrez-vous ?

— Ils ne sont pas encore là ! S'il est encore temps, alors je prendrai la fuite, s'il est trop tard, alors je me terrerai dans la campagne. »

Elle affectait l'insouciance, et se pencha sur sa soupe.

« Impossible, si les Japonais arrivent, ils passeront la campagne au peigne fin à la recherche des jeunes filles. Plus tôt vous partirez et mieux ce sera ; il n'y a pas de problème avec la banque. Je peux vous procurer un billet d'avion au marché noir et partir avec vous dans trois jours », lui proposa-t-il avec gravité.

Elle leva les yeux vers lui :

« Trois jours, c'est trop court. Je ne puis être prête. »

Puis elle baissa à nouveau la tête.

« Vous vous plaignez du manque de temps ? Mais les Japonais peuvent être là encore plus rapidement, répliqua-t-il avec vivacité, c'est une occasion et si on la laisse échapper, il ne sera pas facile d'en trouver une autre. Je vous affirme que la situation actuelle est sans issue et je vous presse de prendre une décision. »

Silencieuse, Shousheng se mit à réfléchir. Elle revoyait le visage exsangue de Shüenn, les regards de sa belle-mère, chargés de haine et de jalousie et cette chambre éternellement sombre... On racontait déjà l'exode sur la route de Kweilinn, les atrocités ennemies... Tout ceci l'ébranlait. Elle ne parvenait pas à maîtriser sa frayeur, à découvrir une issue. Elle ne pouvait feindre davantage. Elle posa sa cuiller, releva le front et dit en soupirant :

« Et à présent, comment pourrais-je partir !

— Vous ne pouvez pas partir ? Mais vous avez pourtant compris que c'est le moment ou jamais de fuir. Votre famille n'est-elle pas indigne de tout intérêt ? Laissez-la tomber ! »

Tchenn la savait flanquée d'un mari et d'une belle-mère, il savait aussi le mari très malade. Il connaissait les frictions avec la belle-mère et l'affection modérée que Shousheng leur portait. Mais ce qu'il ignorait, c'était l'existence d'un garçon d'une douzaine d'années. Dans son esprit, le « laisser tomber » visait seulement le mari gravement malade.

« Trop court, laissez-moi réfléchir encore », dit Shousheng en hochant la tête, elle espérait qu'il ne ferait pas à nouveau pression sur elle. Elle ne voulait pas trancher immédiatement cette importante question.

« Alors, j'attends votre réponse demain matin. Après, il serait difficile de se procurer un billet d'avion.

— Laissez-moi peser le pour et le contre », répondit-elle d'une voix réservée. Mais ensuite, souriante, elle se reprit : « Je pense qu'il vaut mieux dire non tout de suite.

— C'est la dernière chance, ne la repoussez pas. » Il avait pâli : « Vous ne devez pas vous sacrifier à votre famille : eux ne prennent pas soin de vous, alors pourquoi vous soucier d'eux ? »

Les assiettes à soupe avaient été ôtées, maintenant on leur présentait du poisson frit. Shousheng baissa la tête et se tut.

« Shousheng, vous avez trop de scrupules », il la suppliait, « vous ne pouvez ainsi vous dévouer pour rien, partons ensemble.

— Mais que vont-ils devenir ? se dit-elle tout haut.

— Ils peuvent bien s'arranger seuls. A quoi cela les avancerait-il que vous restiez avec eux ? Tandis que si vous partez, vous pouvez encore leur laisser un bon pécule.

— Mais lui », elle avait voulu dire le « malade », mais à peine eut-elle prononcé ce « lui » qu'elle s'arrêta. Ce qu'elle n'aurait jamais dû évoquer, c'était cette face amaigrie, cireuse et maladive. Elle répugnait à s'entretenir de son époux devant ce garçon de deux ans son cadet, c'était par trop délicat.

« En ce moment, vous ne pensez encore qu'aux autres. Vous êtes trop généreuse. Mais si la générosité est une qualité, se justifie-t-elle encore ? A quoi bon vous sacrifier pour rien ? »

Les arguments qu'il développait la mettaient mal à l'aise. Elle répétait froidement :

« Si je ne pars pas, cela ne signifie pas que je vais mourir inévitablement !

— Shousheng, ignorez-vous que la situation est des plus graves. Je n'ai absolument pas voulu vous raconter d'histoires, dit Tchenn précipitamment.

— Je ne l'ai pas pris à la légère », fit-elle avec un sourire. Et elle poursuivit : « Mais si des dizaines de milliers de gens se trouvent ici, pourquoi vous occuper de moi seule ?

— Parce que je... »

Elle redoutait d'entendre la suite : déjà elle avait saisi ce qu'il voulait exprimer. Elle rougit et très vite, détourna la conversation.

Ayant vidé leurs tasses à café, ils entendirent soudain leur voisin qui disait :

« Je suis résolu à emmener toute ma famille à la campagne. Et vous, il faudrait vous décider le plus tôt possible.

— Je viens de parvenir jusqu'ici en fuyant, je suis épuisé. Qu'est-il encore possible de faire ? demanda un autre, nous, les gens du Tchekiang, nous fuirons n'importe où.

— Vous les entendez ? lui fit remarquer le chef Tchenn très bas, assurément la situation est au pire. Il faut absolument que vous partiez avec moi !

— Même si je voulais fuir, cela ne serait pas si facile, j'ai encore beaucoup de choses à régler », dit Shousheng tout à trac.

Elle était plus ou moins effrayée, elle hésitait.

« Occupez-vous dès maintenant de tous les détails, dit Tchenn ému, n'en parlez à personne et soyez prête à partir dans trois jours. »

Shousheng souriait pour dissimuler son irrésolution.

« A vous écouter, on dirait que vous me forcez à vous suivre.

— Naturellement, vous ne m'êtes pas indifférente. » Sa voix frémissait, il tendit la main vers la sienne comme pour s'en saisir[1].

Elle baissa la tête, resta silencieuse et avec douceur, retira sa main, quelques secondes s'écoulèrent, soudain elle se leva et murmura :

1. En Chine, ce geste est considéré comme osé.

« Je dois rentrer.
— Attendez encore, rien qu'une minute, et je vous raccompagnerai. »

Shousheng se rassit sans dire un mot.

Le chef Tchenn paya l'addition et accompagna Shousheng jusqu'au rez-de-chaussée. Ils s'arrêtèrent devant la porte. Quelques automobiles arrivaient en avertissant. Dans un brouhaha, des officiers étrangers très élégants, des dames huppées aux toilettes voyantes et d'autres, plus discrètes, en descendaient et pénétraient dans la salle de bal, les uns après les autres.

« Ils n'ont pas l'air de fuir. Il semble que ces rumeurs étaient sans fondement », fit Shousheng soupçonneuse.

Tchenn exprima sa déception :

« Des rumeurs ? Ne me faites-vous plus confiance ? Moi, je me permets d'affirmer que dans une semaine, tous ces gens-là se seront sauvés. »

Pour lui, l'avenir de cette ville était très compromis ; il ne pouvait rien imaginer d'autre que son anéantissement.

« Mais les gens qui ne partent pas sont la majorité et ceux qui réussissent à s'en aller sont en définitive très peu nombreux, constata-t-elle affligée et prise d'une grande pitié pour son mari.

— Qu'importe ce que font les uns ou les autres, ceux qui ont les moyens de partir doivent le faire. »

Ils marchaient lentement, se faufilant entre les voitures, flânant dans les ruelles.

« Il est encore tôt pour rentrer chez soi, si nous nous promenions ? proposa Tchenn.

— Je ne voudrais pas être de retour trop tard !

— Pas trop tard ? Je ne vois pas pourquoi. Si vous

avez une demi-heure de retard, qu'est-ce que cela peut bien faire ? Je croyais que chez vous, vous vous sentiez toujours seule. »

Cette dernière phrase l'atteignit à son point sensible. Elle aurait voulu dire non, se défendre mais elle était retenue par son honnêteté. Ne pouvant en dire plus, elle se mordit les lèvres. Ses pas, cependant, s'accordaient à ceux de Tchenn.

Bien qu'il ne fût pas très tard, la nuit était très sombre. Les réverbères jetaient une lumière trouble et les portes des commerces étaient pour la plupart fermées. Seules quelques petites boutiques d'alimentation travaillaient encore ; il avait beau y avoir du monde, l'animation n'était pas comparable à celle des jours passés. Un vent glacé soufflait traîtreusement. Les passants, les tireurs de pousse-pousse couraient pour échapper au froid.

« Regardez comme tout a changé ! l'intonation de Tchenn semblait menaçante, deux jours encore et ce sera le désert. »

Elle ne répondit pas, se contentant de le suivre, les yeux fixés sur le sol. Elle revoyait en pensée les silhouettes des belles femmes au sortir du palais de la Victoire. « Toutes sont plus heureuses que moi ! » pensa-t-elle avec un sentiment de frustration.

Ils s'engagèrent dans la rue où elle habitait. Elle n'eut même pas l'idée de lever la tête pour jeter un coup d'œil à sa propre fenêtre. Ils allaient vers le fleuve. Ils suivaient maintenant la large rive qui formait là un méandre. Ils prirent la direction de l'aval. Chemin faisant, ils s'arrêtèrent à un endroit d'où l'on pouvait voir l'autre rive. Ils s'accoudèrent à la balustrade de pierre et regardèrent au loin des lanternes semblables à des étoiles. La surface du fleuve était d'un noir de laque. En amont et en aval, les flammes des lanternes brillaient et s'éteignaient comme d'innombrables yeux clignotants, comme une infinité d'étoiles chuchotant entre elles.

Sur cette portion de rive, séparés d'un à deux pas, se tenaient deux amants, jeunes tous les deux, appuyés à la balustrade. Tous deux, amoureusement, bavardaient sans trêve.

« J'ai suffisamment vécu ici, je dois partir », affirma le chef Tchenn comme pour lui-même.

Shousheng lui fit écho au bout d'un moment :

« Vivre ici, bien sûr, ce n'est pas attrayant ! Mais partir ailleurs, comment savoir si c'est mieux ?

— Sans aucun doute, tout sera mieux qu'ici. Le climat de Lann'djoh est bon, c'est connu.

— Si j'allais à Lann'djoh, mon travail ne me poserait-il pas de problèmes ?

— Compte sur moi, il ne t'en posera pas, je te l'affirme !

— Malgré tout..., finalement je n'y vais pas. »

Tchenn ne pouvait se rendre compte si elle était sincère ou si elle plaisantait.

« Demain, nous reparlerons de ce départ, pour ce soir ne reprenons pas cette discussion, coupa-t-il, regarde comme la nuit est sereine, cela m'inspire un poème. »

Shousheng eut envie d'éclater de rire mais s'efforça de se contenir. Avec un sourire, elle demanda :

« Chef Tchenn, vous écrivez des poèmes ?

— Oui, j'aime lire des poèmes aussi bien anciens que modernes, également en écrire quelques-uns à la dérobée ; cependant mes œuvres ne sont pas bonnes et j'aurais peur qu'elles ne vous paraissent ridicules, répondit-il à la fois modeste et satisfait.

— Je n'aurais pas pensé que le chef de bureau Tchenn fût aussi un poète. Je lirai ses poèmes avec respect.

— Ne m'appelez plus chef de bureau Tchenn, donnez-moi mon prénom Fong-gouang, je vous en prie.

— Nous étions habitués à vous appeler chef de bureau Tchenn, changer n'ira pas tout seul, votre titre me vient naturellement sur les lèvres. »

Shousheng souriait, elle était, elle aussi, un peu excitée et, dans sa tête, trottait une sorte de petit rêve dont elle n'était pas très sûre.

« De toute façon, par la suite, il vous faudra adopter de nouvelles habitudes. » Il était ravi de lui glisser cette phrase à double entente, il marqua une pause intentionnelle avant de lui jeter : « A Lann'djoh, ce sera moi le directeur ! » et il rit.

« Dans l'hypothèse où nous partirions en exil à Lann'djoh, nous serions dans l'obligation de solliciter auprès de vous des moyens d'existence, il faudrait penser à nous, dit-elle en accompagnant ses propos d'un rire forcé.

— Dans l'hypothèse où..., mais n'était-il pas entendu que vous partiez ? » reprit Tchenn mi-figue, mi-raisin.

Un frisson la parcourut tout entière. Elle sentit le souffle brûlant de Tchenn sur sa joue. Elle s'écarta légèrement :

« Ma décision n'est toujours pas prise, il m'est impossible de les abandonner et de partir seule.

— Ne refuse pas ce billet d'avion ! Ce n'est pas ton devoir de te sacrifier pour eux ! De plus, si tu pars la première, ils pourront suivre. De plus... », son débit était précipité.

Soudain, avec douceur, il lui enlaça la taille. Elle

tenta de l'en empêcher, mais, trop tard ! Shousheng sentait son visage rougir et son cœur battre la chamade. Elle n'avait pas le loisir d'analyser ses sentiments et s'efforça de les maîtriser. Elle l'arrêta : « Regardez l'autre rive, la surface du fleuve, les environs, regardez comme tout est calme, paisible. Quand tout est si serein, comment pouvons-nous au contraire être aussi tourmentés ? Il est bien évident que vous devez partir, mais moi ?

— Parce que..., parce que je t'aime », murmura-t-il à son oreille, transporté et rassemblant toute son audace.

Cette déclaration n'était pas faite pour la surprendre. Mais, malgré tout, elle sursauta. Elle se sentait envahie d'une vive chaleur. Les battements de son cœur s'accéléraient. Un sentiment étrange s'était emparé d'elle. Elle ne savait que répondre. Elle inclinait davantage la tête et ses yeux parcouraient la surface foncée de l'eau.

« Maintenant que tu connais mes sentiments, tu refuserais de me suivre ? » chuchota-t-il.

Elle revoyait la figure maladive et inondée de larmes de Shüenn, l'air courroucé et haineux de sa belle-mère et même l'expression si sérieuse de Petit Shüenn, tellement peu appropriée à un visage d'enfant, son teint blafard. Elle secoua la tête et s'écria douloureusement :

« Non ! Non ! Non ! »

Il crut qu'elle ne voulait pas l'accompagner. Mais Shousheng elle-même ne comprenait pas le sens de ces trois « Non ».

« Et pourquoi dire encore " Non " ? N'as-tu pas confiance en moi ? » lui demanda Tchenn tendrement, le bras toujours glissé autour de sa taille.

Il se pencha vers elle, espérant lire sur ses traits mais quand leurs visages furent très proches, il sentit le parfum délicieux de sa poudre et cela lui donna la hardiesse de la prendre dans ses bras et de presser ses lèvres sur sa joue.

« Non ! Non ! » dit-elle d'une petite voix effarouchée, elle se dégagea au plus vite et recula de deux pas, la face empourprée. A nouveau, il se rapprocha pour lui parler encore, à peine eut-il prononcé le mot « Je » qu'elle se mit à agiter la main.

« Je ne suis pas encore certaine de mes sentiments, raccompagnez-moi. » Shousheng était à la fois intimidée et énervée, mais aussi elle souffrait, ressentant avec cela une impression d'égarement : comme si elle se trouvait à la croisée de plusieurs routes sans réussir à décider dans laquelle s'engager.

« Mais tu ne m'as toujours pas répondu. »

Shousheng gardait le silence. Son visage continuait à être brûlant, plus spécialement à l'emplacement du baiser et, de surcroît, son cœur battait à tout rompre comme s'il n'allait jamais reprendre son rythme normal. Impossible de faire un choix, sa volonté était annihilée. En travers du fleuve, s'avançait une nappe de brume blanche, quand était-elle apparue ? On commençait à sentir l'humidité de ce brouillard gênant la respiration, et une odeur de pourriture se répandait. La nuit pâlissait mais l'atmosphère cotonneuse envahissait tout, même le quai, qu'elle cernait. A part Tchenn et elle-même, elle n'apercevait aucun être humain. Ce couple de jeunes gens avait été, sans aucun doute, happé et dévoré par la brume. Le trouble de Shousheng grandissait. Il lui semblait entendre sans cesse la voix douce et familière de Shüenn répéter :

« Je ne suis qu'un poids dans votre vie. » Elle frissonna et dit :

« Mieux vaut rentrer. »

Les sentiments romanesques qu'elle venait d'éprouver s'estompaient déjà.

« Nous avons encore le temps ! Ne ferions-nous pas bien de chercher un autre endroit pour nous asseoir ?

— Je désire rentrer tôt, dit-elle brièvement, demain matin à huit heures, je vous attendrai au parc Gouann.

— Alors, demain tu me fixeras. » L'attitude de Tchenn était empreinte de solennité, tout à sa joie, il était persuadé qu'elle ne pouvait lui donner qu'une réponse positive.

« Demain, entendu », acquiesça-t-elle.

Descendant du trottoir vers le milieu de la rue enfouie sous l'épais brouillard, elle glissa sa main sous son bras et se blottit contre lui.

Ils marchèrent en silence puis il lui demanda avec intérêt :

« Que se passe-t-il chez toi ? Tu me parais bien triste aujourd'hui.

— Rien. » Elle nia de la tête.

Continuant à marcher tout contre lui dans l'air embrumé, elle éprouvait confusément à la fois un peu de crainte et d'ennui et désirait seulement se rassurer. C'est pourquoi inconsciemment, elle s'appuyait sur lui.

« Je suis inquiet de te quitter dans cet état, tu ne peux pas être bien ici. »

Ces paroles firent refluer en elle une foule d'événements. Mélancolie et anxiété l'assaillirent tout à coup, sans qu'elle pût s'en défendre. Elle eut envie de pleurer mais réussit à retenir ses larmes. Elle n'avait pas de foyer doux et tiède, mais seulement un brave type d'époux, malade et faible, une belle-mère étouffante, égoïste à l'extrême et butée. Vivant dans l'hostilité et les querelles, la solitude et la pauvreté constituent son lot. Sa jeunesse est gâchée par la guerre. Elle consacrait vainement toutes ses forces à préserver son bonheur mais l'avenir était bien sombre... Toutes ces réflexions s'entrechoquaient dans sa tête. Tchenn avait raison : pouvait-elle prétendre vivre avec plénitude ? A peine trente-trois ans, rayonnante encore d'énergie, pourquoi devrait-elle ne pas s'épanouir ? Elle avait le droit de rechercher le bonheur. Il fallait lutter. Elle conclut :

« Oui, c'est mieux de partir, de toute façon cela ne peut plus durer, elle parlait d'une voix à peine perceptible comme si elle s'adressait à son propre cœur.

— Alors, c'est décidé. Je prends les passages sur cet avion et tous les problèmes pour se rendre à Lann'djoh se résoudront facilement, s'écria-t-il heureux et surpris.

— Non ! elle parut s'éveiller en sursaut, je vous répondrai demain seulement !

— Demain ? » Tchenn eut un soupir découragé, « la nuit me semblera longue.

— Je dois rentrer et bien réfléchir. Cette fois, je veux prendre une décision. »

Elle n'était pas éprise et l'amour de Tchenn lui importait peu, mais elle hésitait comme toujours entre deux chemins divergents et voulait choisir sa voie elle-même : elle ne pouvait se résoudre à aller tout droit.

« Je sais que demain tu ne pourras pas les quitter », finit-il par dire. Il espérait toujours ne pas l'avoir perdue tout à fait. « Demain à huit heures, j'attendrai ta réponse au parc Gouann-sheng.

— Demain, peut-être pourrai-je me décider ? En réalité, je ne peux supporter le brouillard de cette région, il me semble qu'il me corrompt le cœur. Ces deux dernières années, j'en ai suffisamment souffert. »

Sa volonté faiblissait, elle aurait voulu lutter. Mais devant ses yeux, il n'y avait que cette immense couche de brume blanche qui lui masquait l'horizon.

XVI

Shousheng rentra chez elle. Elle franchit la porte de l'immeuble comme elle l'aurait fait des frontières d'un autre monde. Tout lui était si familier, mais malgré elle, elle eut un mouvement de recul comme si une main invisible l'avait retenue à la porte de son appartement.

Il y avait encore de la lumière dans la chambre de la mère mais tout était silencieux. Shüenn reposait paisiblement sur son lit. Il ne dormait pas. Il la vit entrer :

« Tu es de retour ? »

Comme sa voix lui était chère, il ne se plaignait pas et cela la culpabilisait. Elle marcha vers le lit et lui demanda tendrement :

« Tu n'as pas encore dormi ?

— Je t'attendais. »

Elle était émue.

« Tu as bien assez à faire avec ta propre santé sans te soucier de la mienne.

— Toute la journée, j'ai pas mal dormi, c'est pourquoi je ne puis trouver le sommeil, répondit-il avec gentillesse. Ce soir Mme Tchang est revenue. Elle raconte qu'un grand nombre de bagages sont entassés devant la porte de la maison, ce sont les réfugiés de Kweiyang, Mme Tchang les a entendus dire que même le Kweiyang n'était plus défendu. Elle nous conseille de partir au plus tôt. Qu'en penses-tu ?

— Je n'ai rien remarqué. Sous le porche, tout était calme. Je ne pense pas que la situation puisse être aussi grave, répondit-elle l'esprit ailleurs.

— Moi aussi, je suis persuadé que cela n'a pu aller aussi vite. La vérité, c'est que nous sommes sans fortune, sans relations. Cela ne vaut pas la peine de nous enfuir. Même si un malheur nous atteint, notre vie ne vaut pas plus qu'une plume [1]. La mort n'est pas pire que la vie. De telles pensées me rassurent et comme toujours, j'attends ton retour pour bavarder avec toi, il fit attention à baisser la voix, je ne suis pas souvent d'accord avec ma mère et n'ose pas trop discuter avec elle. Tu me comprends bien mieux et plus profondément qu'elle, c'est pourquoi j'aspire à ton retour pour avoir une conversation.

— A quel sujet ? Tu veux parler de l'évacuation ? dit-elle sans réfléchir.

— Oui, c'est cela, répondit-il avec un bon regard franc, il y a de gros problèmes. Moi, je ne puis bouger, mais qu'ai-je à craindre ? Toi, cependant, tu dois te tenir prête le plus tôt possible. Il n'y a aucune raison pour que tu restes là à me garder. Si tu pouvais faire évacuer Petit Shüenn et trouver un refuge pour ma mère, quel soulagement pour moi ! »

La voix de Shüenn ne tremblait pas le moins du monde et on n'y décelait aucune trace d'amertume.

« Je ne pars pas ! » dit Shousheng laconique.

1. Allusion au proverbe : Parfois notre vie est légère comme une plume et parfois, elle est lourde comme le T'ail chann, le mont T'ail.

Elle ne s'attendait pas à ce qu'il lui parle dans ce sens ; en ce moment il paraissait tout à fait bien, et pourtant, elle éprouvait des remords : « Il veut que je parte..., lui aussi..., qui l'aurait cru ? » Et cela l'attristait.

« Tu seras bien obligée de partir si les Japonais arrivent. Ne te soucie pas de moi, je te suivrai quand notre entreprise évacuera, lui déclara-t-il très vite, finalement, nous les hommes nous sommes avantagés. Tu ne vas pas me dire que la banque n'a pas l'intention de t'envoyer à Lann'djoh. Tout à l'heure..., j'ai beaucoup réfléchi, le mieux est que tu partes. C'est une occasion unique.

— Je n'ai pas envie de partir », s'obstina-t-elle.

Elle s'assit au bord du lit. L'abnégation de Shüenn la confirmait dans son malaise. Elle détourna la tête pour ne plus voir son mari.

« Shousheng, dit-il d'une voix tremblante, mais elle ne bougea pas, je ne puis me tromper, j'y ai réfléchi à tête reposée. »

Elle l'arrêta :

« Mère t'en a-t-elle parlé ?

— Non, je ne lui en ai pas parlé, je n'ai pas l'habitude de dire du mal des gens dans leur dos ! » (C'était la mère se mettant à crier cela de sa petite chambre.)

Shousheng ne pipa pas mais, furieuse, se mordit les lèvres.

Shüenn éleva la voix pour répondre :

« Mère, il ne s'agissait absolument pas de dire du mal de Shousheng, je vous en prie, ne vous montrez pas aussi soupçonneuse.

— Je sais, je sais tout, poursuivit la mère, en tout

cas, si elle ne reste pas, laisse-la partir, le plus vite sera le mieux.

— Je fais exprès de rester, et d'après vous, quels moyens aurais-je de partir ? dit Shousheng renfrognée, mais à voix basse, de manière que la mère ne puisse l'entendre distinctement.

— Tu connais ma mère, ne la prends pas au sérieux, laisse-la dire, conseilla Shüenn étouffant sa voix.

— J'en ai trop supporté toutes ces dernières années, tu le constates toi-même, reprit-elle aussi bas.

— Alors si tu dois partir seule d'abord, pars, que tu puisses emmener Petit Shüenn ou pas, dit-il tendrement en articulant bien, mais pas assez fort pour être entendu de la vieille dame.

— En ce cas, tu es bien d'accord ? demanda Shousheng avec froideur, s'efforçant de rester impassible.

— Franchement, il n'y a pas d'autre solution. C'est mieux pour tout le monde.

— Alors tu me chasses ? Pourquoi vouloir que je parte la première et seule ?

— Non, non, tu n'y es pas du tout ! Mais la situation s'aggrave. Il faut d'abord te sauver et puisque tu as une occasion pourquoi n'en profiterais-tu pas ? Moi aussi, j'aurai sûrement un moyen et nous pourrons nous retrouver très rapidement. Écoute-moi, pars la première et nous viendrons par la suite.

— Venir ? Et si vous ne réussissez pas à partir ? » elle restait encore impassible.

... Il dit à voix basse :

« Qu'au moins, toi, tu sois tirée d'affaire. »

Il livrait enfin le fond de sa pensée.

Shousheng inclina alors son visage vers la poitrine de Shüenn les yeux remplis de larmes, le cœur déchiré.

Elle avait envie d'éclater en sanglots..., puis elle surmonta ses hésitations et choisit sa voie.

« Shüenn, dors. Pourquoi ne penses-tu jamais à toi-même ? »

Elle poussa un soupir et se frotta les yeux.

« Je ne compte pas. »

Shousheng dit comme pour elle-même :

« Non, je ne peux faire cela. »

Elle fit quelques va-et-vient dans sa chambre.

« Je ne pars pas ou si je pars, nous partons tous ! »

Elle avait fini par se décider, mais cette décision ne lui apportait aucune joie.

Le lendemain matin, la réponse de Shousheng au chef de bureau Tchenn fut nette :

« Je ne pars pas. »

Tchenn changea brutalement de couleur. Après un moment, il se força à sourire pour lui demander :

« C'est ton dernier mot ?

— J'ai envisagé la question sous tous les angles, j'ai résolu de rester. »

Il laissa passer quelques minutes, prit une expression sévère et dit tout bas :

« Mon intention n'est pas de te faire peur mais je dois t'apprendre une nouvelle. Hier soir, un télégramme est arrivé de la succursale de Kweiyang : ici, on doit fermer. Alors, que décides-tu ?

— Ma décision est irrévocable, répondit-elle avec froideur.

— Réfléchis, réfléchis bien, demain la situation aura encore évolué ; tu le vois, de jour en jour, les clients sont moins nombreux et tout est perturbé. La catastrophe devient imminente. Nous ne pouvons plus attendre au-delà de quelques jours. »

Shousheng coupa :

« Avez-vous déjà les billets d'avion ? » Elle n'avait pas envie de l'entendre reprendre ses explications.

« Pas encore, seulement cet après-midi, répondit-il découragé.

— Allez-y plus tôt. Ne craignez-vous pas que d'autres vous les raflent ? demanda-t-elle faussement attentionnée.

— Si je suis seul, quelle importance ? » dit-il comme pour lui-même, cherchant à l'émouvoir par un regard plein de tristesse.

A ce moment, le serveur lui apporta le bol plein de bouillie de riz qu'il avait commandé, il se pencha et prit la cuiller pour manger.

Shousheng ne savait quoi dire ; portant la tasse à ses lèvres, elle aspira le thé et regarda Tchenn bien en face. Il ne simulait pas, pensait-elle. Elle croyait sa douleur et son désespoir sincères. Elle commença à le plaindre et à douter de ce qu'elle avait affirmé. Elle réfléchissait : « Si je le suis, qu'en sortira-t-il ? » Ses prises de position étaient ébranlées.

« Si vous partez avant moi, qui peut affirmer que je serai en mesure de vous rejoindre par la suite ? »

Elle n'avait pas du tout eu l'intention de lui dire cela, mais c'était venu naturellement, à ce moment précis, dans le seul but de le réconforter.

« Plus tard ? Qui peut garantir qu'il y aura un avenir ? » dit-il très vite. Il la regarda les yeux grands ouverts comme pour lui adresser un reproche : « N'as-tu pas encore compris ? » Ce message irrita Shousheng, elle se renfrogna et répondit méchamment : « Alors dans l'avenir, vous pourrez toujours revenir nous enterrer.

— Dans ce cas, moi non plus, je ne pars plus. »

Les traits de Tchenn s'étaient durcis.

« Vous ne partez plus ? s'écria Shousheng surprise, et cette situation que vous avez longtemps convoitée ? Vous aviez même pris votre billet d'avion.

— Je pensais d'abord tout préparer là-bas pour ta venue. »

Aussitôt Shousheng s'empourpra. Il la perçait à jour. Elle ne voulait pas l'entendre dire cela, mais c'était elle qui lui avait, une fois encore, involontairement arraché cette sorte d'aveu. Pour le moment, elle n'osait répliquer, elle réalisait que sa décision n'était pas assez ferme, qu'il risquait de l'ébranler. Lui non plus ne disait rien. Il contemplait en silence la jeune femme et la fixité de son regard était difficile à supporter. Il semblait à Shousheng ne plus pouvoir endurer cet examen soutenu qui brûlait son visage comme du feu. Elle dit tout bas :

« Allons-nous-en. »

Elle-même était assise, immobile. Tchenn ne parut pas l'avoir entendue. Un moment passa, puis elle reprit :

« Certes, si à la banque on me donne l'ordre de partir, je partirai aussi. »

C'était une concession que l'un et l'autre feignirent de n'avoir pas remarquée.

Ils sortirent du parc. Il l'accompagna à la porte de la banque et ils entrèrent. Elle pensait qu'il irait ensuite à la compagnie aérienne. A vrai dire, Tchenn ne savait pas du tout où porter ses pas ; plus tard, sans aucun doute, il irait tuer le temps au café Gouoti.

Shousheng s'avança dans la banque, aperçut ces bureaux, ces comptoirs de verre, ces abaques, ces livres de comptes, les figures de ces gens (comme si tout était immuable) et soudain, elle se sentit assaillie par la solitude. Elle eut envie de courir après Tchenn, de lui dire de revenir, mais elle n'avait pas le droit de se diriger vers la grande porte et elle ne savait pas où le trouver, ni à quoi il pouvait être occupé. Taciturne, elle se dirigea vers sa place et s'y installa.

Le nouveau comptable était déjà à son poste, c'était un homme d'une cinquantaine d'années, au caractère borné. D'un air bizarre, il lui jeta quelques coups d'œil, secoua la tête, puis reprit sa tâche.

Shousheng s'assit à son bureau. Elle éprouvait une sensation de vacuité. La journée était commencée mais l'atmosphère joyeuse et calme des autres jours avait complètement disparu. Ses collègues entraient et sortaient en désordre, bavardaient, en prenaient à leur aise avec l'horaire. Elle s'aperçut soudain que deux tables se trouvaient vides. On ne savait où étaient passés les occupants. Brusquement entra un bon client qui annonça :

« Kweiyang est déjà tombé. »

Kweiyang, à deux journées de voiture seulement. Certains ne se contrôlaient plus et se mettaient à crier.

« Bobards ! » pensa Shousheng.

« Qu'allons-nous faire ? demanda le caissier affolé.

— Et que craignez-vous en définitive, puisque vous êtes du pays ? Moi, c'est sûr, je reste. Fuir ou ne pas fuir, c'est du pareil au même, alors, autant ne pas bouger », dit tranquillement un homme entre deux âges qui ne paraissait pas du tout effrayé.

Un autre, celui qui était aux mandats, déclara :

« Dès demain, je compte évacuer toute ma famille. »

Le caissier desserra les lèvres :

« S'il était vrai que les ennemis arrivent à une telle vitesse, on n'aurait même pas le temps matériel de fuir. »

« Bobards ! » protestait Shousheng intérieurement.

Mais les gens, au contraire, ne cessaient de répandre ces bruits et on ne parla plus que de cela à la banque, tout au long de l'après-midi. Administrateurs et chefs de section téléphonaient au loin pour s'informer. Ils échangeaient les nouvelles, elles étaient contradictoires, pas toujours vraisemblables, mais inquiétantes. Personne n'avait la tête au travail. A entendre des clameurs pareilles, tout le monde se remémorait les alertes.

Shousheng ne put supporter plus longtemps cette ambiance. Elle se mit à penser à son foyer, à son mari, à son fils. Sur-le-champ, elle rédigea une lettre pour Petit Shüenn, elle voulait qu'il demande un congé pour rentrer à la maison. Elle écrivit une longue lettre et la remit au commis pour l'expédier, ensuite elle se sentit plus soucieuse encore ; en réalité, elle ne tenait pas en place, aussi se leva-t-elle et quitta-t-elle son travail avant l'heure, personne n'intervint.

Alors qu'elle marchait dans la rue, elle eut l'impression que plus rien n'était comme autrefois ; il lui semblait vivre un rêve. Son passé, son présent se mélangeaient confusément. « Que suis-je en train de faire, pourquoi est-ce que je rentre chez moi ? Après quoi enfin est-ce que je cours ainsi ? se demandait-elle. Suis-je sûre de moi ou non ? Pourquoi ne puis-je l'être ? Comment dois-je agir ? »

Le temps lui manquait pour trouver une réponse : elle était déjà arrivée.

Devant l'entrée, un groupe de personnes discutait de la situation. Des portefaix soulevaient de grandes malles de cuir et s'éloignaient avec leurs fardeaux. Des gens quittaient la maison ou la ville. Shousheng fut un peu secouée par ce spectacle. Elle gravit l'escalier en hâte.

Au second, tout était silencieux. Cette Mme Tchang qui s'était plainte d'être sans possibilités était partie à l'aube, Dieu sait pour où et l'appartement était fermé à clef [1]. Sa propre porte qui était d'ordinaire simplement poussée se trouvait aujourd'hui verrouillée. Ne pouvant ouvrir, Shousheng frappa quelques coups.

Naturellement, ce fut la mère qui vint. En entrant, du premier coup d'œil, Shousheng remarqua le lit vide, Shüenn n'était pas là.

Étonnée, elle demanda :

« Mère, Shüenn est sorti ?

— Il est au bureau.

— Il n'était pas guéri, pourquoi donc est-il allé au bureau aujourd'hui ? reprit Shousheng d'une voix incrédule.

— C'est lui qui y a tenu, que pouvais-je faire ? » rétorqua la mère bougonnant.

Le coup parut dur à Shousheng, un moment s'écoula, elle dit alors comme si elle se parlait à elle-même :

« Vraiment, elle n'aurait pas dû le laisser, il y a de quoi aggraver sa maladie ! »

Elle s'était réjouie de rentrer chez elle, la déception était cruelle. La mère pouvait éprouver à l'expression de son visage, au ton de sa voix, combien elle était contrariée.

Celle-ci n'avait pu retenir son fils et elle était en train de le regretter. Les reproches de sa bru éveillaient sa colère. « Même si je suis fautive, ce n'est pas à toi de me faire des remontrances, d'autant que tu ne t'es jamais souciée de lui, ne te préoccupant que de tes

1. En Chine, les portes sont toujours ouvertes. Fermer à clef, signifie que l'appartement est inoccupé.

galants. Une personne comme toi, une fille qui se désintéresse de son foyer et ne pense qu'à partir avec un amant ! Et tu as l'audace de me faire la morale ! »

Le visage écarlate, la mère attaqua, étendant deux doigts sous le nez de sa belle-fille :

« Alors, pourquoi n'es-tu pas revenue plus tôt pour le retenir ? Maintenant ce sont de belles paroles ! Je te le demande : dans quel but es-tu finalement sortie si tôt aujourd'hui ?

— Je vais rencontrer mon ami. Et ça ne vous concerne pas, je vous le dis tout net, claironna Shousheng, le visage tout aussi rouge et l'air combatif.

— Cela me concerne. Tu es ma belle-fille. Cela me regarde et je t'ai à l'œil », cracha la mère.

Ainsi se querellaient les deux femmes.

XVII

Pendant ce temps, Wang Wen'shüenn était à son bureau, à cent lieues de se douter de la scène qui se déroulait sous son toit.

Le matin même, à peine Shousheng avait-elle franchi le seuil qu'il s'était levé. Après son petit déjeuner, il déclara brusquement qu'il allait partir pour son travail. Sa mère tenta de l'en empêcher.

« Aucune importance, je suis déjà guéri. Je ne veux pas exagérer avec les congés. Si je ne retourne pas au bureau, je crains que mon emploi ne soit remis en question. Nous ne pouvons pas vivre aux crochets de la seule Shousheng. C'est elle qui a eu la charge des frais occasionnés par ma maladie. »

La mère ne trouva rien à répliquer, au fond elle pensait aussi : « Plutôt mourir de faim, plutôt en voir de toutes les couleurs que de consentir à être entretenus par Shousheng. »

« Laisse-moi à mon tour essayer de faire quelque chose en tant que gouvernante, domestique ou bonne d'enfant », s'écria-t-elle.

Elle regardait son fils unique avec amour et compassion et ses yeux étaient rouges.

« Mère, vous n'y pensez pas ! Vous êtes une femme instruite, comment feriez-vous des besognes de ce genre ? » se récria Shüenn avec chagrin et il détourna son regard.

La mère reprit avec amertume :

« Tout ce que je regrette du passé, c'est d'avoir fait des études, je n'aurais pas dû te laisser étudier non plus, je t'ai fait un tort irréparable et à moi aussi. A vrai dire, je ne serais même pas capable d'être bonne.

— Par les temps qui courent, tout le monde a une combine mais pour des gens comme nous, ça ne marche pas. Moi, je ne vaux pas un employé de banque et vous ne valez pas une domestique », dit-il avec indignation. Il poussa un long soupir et s'en alla.

La mère le poursuivit pour le rappeler, elle voulait le faire rester, mais il ne tourna même pas la tête en descendant l'escalier.

Il se rendit à son entreprise. Au rez-de-chaussée, la salle de la direction générale était plus paisible qu'à l'ordinaire. Le registre des signatures avait déjà été ôté. Lui adressant un sourire, Vieux T'chong lui fit un signe. Shüenn gravit l'escalier ; au premier, dans la salle présidentielle, quelques sièges étaient vides. Le chef de section Wou terminait précisément une communication téléphonique. Il lui jeta un regard morne et lui demanda platement :

« Vous voilà guéri ?

— Tout à fait, je vous remercie.

— Je constate que votre santé n'est guère florissante. Vous auriez dû vous reposer encore un bon moment », ajouta Wou dédaigneux. Shüenn ignorait ce qu'il avait derrière la tête, cependant il entendit un toussotement de contrariété venir du petit bureau du chef D'joh.

Il répondit un : « Oui » confus et s'assit précipitamment à sa place.

A peine était-il installé que le commis posa devant lui une pile épaisse de nouvelles épreuves :

« Le chef Wou dit que ces épreuves sont urgentes, il faut les terminer aujourd'hui », lui intima cavalièrement le commis.

Shüenn pensa : « La situation est si tendue que parmi mes collègues, certains ne sont pas venus travailler, tout le monde s'est affolé, pourquoi m'obliger à faire le double de ma tâche ? Et si je n'étais pas venu aujourd'hui ? La seule chose qu'ils savent faire, c'est de m'exploiter, c'est trop injuste ! » Mais il ne poussa pas une plainte et se pencha sur son travail.

« Le chef Wou a dit qu'il fallait les terminer aujourd'hui. » Se tenant à côté de lui et le dévisageant, le commis le lui répéta encore une fois comme pour le tourmenter.

Shüenn leva la tête, mais il ne paraissait même pas contrarié. Il répondit avec douceur :

« Ça va. »

Et le commis s'éloigna.

Silencieux, Shüenn ouvrait et feuilletait les épreuves et les manuscrits sans avoir conscience de ses changements de physionomie. C'était un livre d'allégeance au Kuo-Min-Tang, il débutait par une longue série d'avant-propos[1] d'hommes politiques influents pour laquelle on avait utilisé le numéro quatre de la typographie. Il s'y attaqua et lut en silence cette introduction et à nouveau le texte lui-même. Son esprit battait la campagne. Il se sentait sans forces, la tête vide. Mais

1. Un livre chinois est souvent précédé de plusieurs préfaces et avant-propos.

il se contraignit encore à se pencher sur la pile d'épreuves et à l'examiner.

Sur ces entrefaites, comme les chefs Wou et D'joh s'étaient retirés l'un après l'autre, les collègues de Shüenn commencèrent à commenter à haute voix les nouvelles de la guerre. Chacun faisait part de son inquiétude. Plus personne n'avait d'ardeur au travail. Seul Shüenn, par routine, se penchait sur les épreuves. « N'arrêtez pas de la journée ! » répétait sans cesse à son oreille une voix rude, il ne put s'empêcher de lui répondre : « Ne me contraignez pas, je ne peux vous donner que ma vie. »

Deux heures arrivèrent, la cloche sonna pour le déjeuner, Shüenn eut l'impression d'être arrivé au port et il quitta la salle. Comme d'habitude, il n'éprouvait aucun appétit. Il se força à manger. Il sentait tous ses camarades porter sur lui des regards à la fois curieux et pleins de commisération. De plus, avec une intention perfide, certains d'entre eux l'assaillirent de « propos alarmants », concernant la guerre.

« Ami Wang, bientôt vous serez augmenté puisque vous arrivez encore à travailler par des temps pareils ; à la fin de l'année vous toucherez certainement une prime », lui dit l'un d'eux persifleur.

Shüenn ne répondit pas, mais se réfugia derrière son bureau. Il n'était pas fumeur et n'avait pas l'humeur à lire. S'ennuyant ferme, il se tenait sur son siège face à la fenêtre et le sommeil le gagnait.

Il n'avait pas idée du temps qui s'était écoulé, au moment où il s'entendit appeler :

« Monsieur Wang ! »

La surprise lui fit ouvrir les yeux, il s'étira. C'était le commis qui le regardait, lui disant :

« On vous a apporté un mot, s'il vous plaît, venez tout de suite. »

Le message, posé sur la table, était de l'écriture de Shousheng :

« Shüenn,

« Il faut que je te parle. Je t'en prie, viens immédiatement au café Gouoti.

« Shousheng, ce jour. »

Il fut déconcerté : « De quoi peut-il s'agir ? »

Il se leva et descendit au rez-de-chaussée.

« Et où vas-tu donc comme cela, cher Wang ? » lui demanda Vieux T'chong.

Shüenn murmura une vague réponse puis sortit sur le trottoir.

Il pénétra dans la salle du café. Les clients étaient rares, plus de la moitié des tables se trouvaient vides ; Shousheng assise, était accoudée à une table ronde, le regard dirigé vers la porte. Son visage maquillé exprimait la colère.

Elle avisa Shüenn, se leva d'un bond, se rassit aussitôt, ne le quittant pas des yeux jusqu'à ce qu'il fût près d'elle. Il prit place.

« J'ai reçu ton mot et je suis accouru. Qu'y a-t-il ? »

Elle le regarda intensément, avança la lèvre et lâcha tout à trac :

« Je veux divorcer. »

Il n'en croyait pas ses oreilles, pourtant l'expression de Shousheng, il pouvait le voir, ne comportait aucune ambiguïté. Certes, il n'ignorait pas l'existence d'une vague intrigue mais il n'osait pas encore la questionner.

Il baissa la tête en silence.

« Je ne puis plus supporter l'humeur de ta mère. J'ai pris une décision aujourd'hui. Je suis à bout, ce sera moi ou elle. Choisis ! Cette semaine, j'en ai enduré plus qu'il n'était possible. »

Il respira, la menace lui paraissait moins sérieuse qu'il n'avait cru. Il pourrait lui donner des explications, lâcher du lest, en acceptant de laisser passer sa mère pour coupable envers Shousheng.

« Qu'est-ce que cela veut dire ? Explique-moi d'abord, dit-il reprenant courage, l'humeur acariâtre de ma mère, tu la connais, son cerveau est sclérosé, ses idées ne sont plus très claires, elle radote, mais au fond elle est bonne.

— Eh bien ! toi aussi, tu es en cause. J'arrive du travail, espérant te voir et voilà que j'apprends que Monsieur est sorti ! Je lui dis qu'elle n'aurait pas dû te laisser faire, et alors quel flot de paroles ! Quelle histoire elle me fait... », s'écria Shousheng, rouge de colère.

Il l'interrompit :

« Mais c'est injuste ; au début Mère ne voulait pas me laisser partir et c'est moi qui ai pris cette décision. J'ai craint de mécontenter les chefs ici en demandant un temps de congé trop long. Tu n'es pas sans savoir que notre chef de section D'joh et notre chef de bureau Wou sont des gens mesquins. Je travaille sous leurs ordres, aussi je n'ai pas le choix.

— Mais tu es malade, tu craches le sang, comment pourrait-on te refuser un congé de maladie ? Tu ne leur as pas vendu ta vie !

— Une entreprise n'est pas un organisme philanthropique. Ici, pas de cadeau ! » Shüenn eut un sourire amer, « il fallait entendre aujourd'hui le ton du chef

Wou grognant contre ma mauvaise santé, allant jusqu'à espérer ma démission.

— Démission ! Quelle démission ? bougonna Shousheng, tu n'as pas de souci à te faire puisque je puis te nourrir. »

Le visage de Shüenn se couvrit d'une légère rougeur, il baissa lentement la tête et dit tout bas :

« Mais...

— Oui, je sais, il y a encore ta mère qui n'admet pas cette situation, poursuivit-elle avec colère, elle me méprise et elle me hait.

— Non, tu fais erreur, elle ne te hait pas. Ça n'a rien à voir, coupa-t-il hâtivement.

— Si, elle me hait et elle me méprise. Elle vient encore de me le dire : je ne suis pas officiellement mariée avec toi, je ne suis pas ton épouse mais ta maîtresse. Elle me traite d'effrontée, elle dit que je suis moins qu'une prostituée. Je la plains de ne pas avoir plus de jugement et ne m'abaisse pas à discuter avec elle. Je ne plaisante pas et je te le dis tout net, si tu ne lui trouves pas un autre domicile, je divorce. Si nous vivons à trois, nous gâcherons toute notre vie, dans le fond, elle n'a aucune envie de nous voir nous entendre. Quand on a une telle mère, alors on ne devrait pas se marier. »

Plus Shousheng parlait, plus elle se montait. Son indignation augmentait, son visage devenait pourpre, ses prunelles étincelaient.

« Shousheng, ne peux-tu prendre patience ? dit Shüenn effrayé, attends la victoire et Mère retournera à K'un-ming...

— Attendre la victoire ! elle eut un rire sarcastique, tu nages vraiment en plein rêve. Les Japonais ont déjà envahi le Kweiyang et tu attends encore la victoire !

— Alors, à quoi bon se quereller encore ? Ne vaudrait-il pas mieux nous efforcer les uns et les autres à la patience ? »

Il cherchait à la faire sourire, mais intérieurement il était déchiré.

Elle, de son côté, était furieuse.

« Patienter, patienter, tu parles sans cesse de patienter ! Je te le demande, combien de temps faudrait-il patienter ?

— Seulement jusqu'à ce que les circonstances s'améliorent. Nous pourrions alors tous nous réconcilier, lui proposa-t-il avec une lueur d'espérance.

— Attendre que les circonstances s'améliorent, tu m'as déjà dit cela il y a des années ! Et elles n'ont fait qu'empirer de jour en jour. Je ne crains pas d'en avoir de dures avec toi, voilà pourquoi je désire que nous nous épousions. Mais s'il faut que je supporte quotidiennement les sarcasmes de ta mère, alors je ne marche plus. »

Sa colère persistait et la rougeur envahissait à nouveau son visage.

« Pardonne-lui, je t'en prie, à cause de moi. Ces deux dernières années, elle aussi en a vu de vertes et de pas mûres. »

Shousheng changea de couleur et s'écria :

« Eh bien, tant pis, elle a mis au monde un tel trésor de fils ! »

Elle tira de son sac trois billets de cent yuans et les jeta sur la table puis, sans ajouter un mot, se leva et sortit au comble de la fureur.

Il restait stupidement assis sur sa chaise et marqua un temps avant de s'élancer à sa poursuite.

Où la retrouver ? Partout, il y avait foule. Il regarda

tout autour de lui sans réussir à distinguer sa silhouette.

« Elle ne peut être qu'à la banque. » Elle prit cette direction. Couvert de sueur, brûlant de fièvre, il avançait à grandes enjambées.

Il avait parcouru la moitié de la rue lorsque, enfin, il l'aperçut. Stimulé, il appela : « Shousheng ! »

Elle fit celle qui n'avait pas entendu. Il rassembla ses forces pour courir vers elle. Il approchait. Quand il cria son nom pour la deuxième fois, elle s'arrêta et tourna la tête vers lui. En hâte, il se précipita et agrippa son bras. Les yeux grands ouverts, il la dévisageait et d'une voix à peine audible, expirante :

« Shousheng, j'ai toujours été de ton côté. »

Son front ruisselait, les stigmates de la maladie marquaient sa face, il avait le souffle court, la bouche relâchée et une expression toute d'imploration.

« Pourquoi te fais-tu souffrir ainsi ! dit Shousheng le contemplant avec pitié, pourquoi ne retournes-tu pas à la maison t'allonger ? Tu n'es pas du tout guéri, comment peux-tu aller au bureau ?

— Je vais te parler à cœur ouvert », et toujours très ébranlé il poursuivit : « Je vais au bureau parce que j'ai l'intention d'y emprunter un peu d'argent.

— Je te l'ai déjà dit, j'ai de l'argent, je peux t'en prêter, pas la peine d'aller là-bas.

— Je voudrais faire un petit achat... Dans deux jours, c'est ton anniversaire... Je désire te faire un petit cadeau... Je ne voudrais pas acheter moins qu'un gâteau aux œufs... », il s'interrompit, honteux et baissa tout doucement la tête.

Shousheng était surprise, elle ne s'attendait pas à cela. Sa physionomie s'adoucit et la pitié y fut remplacée par de l'émotion et de la tendresse.

« Voilà ce que tu complotais », dit-elle d'une petite voix émue.

Hésitant, Shüenn ajouta :

« Mais je ne me suis pas encore procuré d'argent.

— Pourquoi ne pas m'en avoir parlé plus tôt ? demanda-t-elle avec un sourire affectueux.

— Si je t'en avais parlé, tu ne m'aurais pas laissé faire. »

Il se détendait, s'épanouissait. Shousheng se montra touchée.

« Tu te souviens encore de mon anniversaire, moi-même j'en ai oublié la date, vraiment je t'en suis bien reconnaissante.

— Alors, tu n'es plus fâchée ?

— Je n'ai jamais été fâchée.

— Alors, tu ne nous quittes pas ? lui demanda-t-il encore et sa voix tremblait un peu.

— Je n'ai jamais eu l'intention de vous quitter. » Elle le vit se rasséréner puis d'une voix chaleureuse : « Tranquillise-toi, je n'ai pas d'arrière-pensée, mais ta mère... », elle se mordit les lèvres puis reprit : « tu feras mieux de rentrer de bonne heure pour te reposer. Ne retourne pas au bureau.

— J'y fais un saut, j'ai des affaires à prendre, puis je rentrerai. »

Shousheng hocha la tête. Ils se séparèrent au carrefour.

Shüenn repartit vers l'entreprise. C'était déjà l'heure. Il était rempli de joie, mais il se sentait physiquement anéanti. Il s'assit et commença aussitôt à travailler. Le souffle lui manquait ; c'était très pénible. Il allait prendre la résolution de rentrer chez lui se reposer quand il pensa à la recommandation du commis : « Il faut finir aujourd'hui », et il n'osa plus bouger.

Il tournait les épreuves feuille après feuille. Il ne parvenait plus à distinguer clairement les articles. Il avait des palpitations cardiaques. Son cerveau se bloquait. Une sorte de brume montait devant ses yeux et les caractères noirs se brouillaient sur le papier. Furtivement, il lorgna dans la direction du regard mauvais du chef D'joh (celui-ci venait de rentrer). Il pensa avec rage : « Même à cette heure, tu ne veux pas me lâcher. Ta seule supériorité sur moi, c'est de détenir argent et pouvoir. »

Sans qu'il sût comment, il se mit à tousser à plusieurs reprises ; puis il eut envie de cracher. Il se dirigea vers le crachoir placé dans le coin de la pièce et y retourna deux fois en moins de dix minutes.

Mécontent, le chef Wou toussota ou, plus exactement, fit entendre un grognement. Shüenn n'osa pas se déplacer une troisième fois. Une nouvelle envie d'expectorer lui venait progressivement, mais il se domina. Il réussit même à se retenir, le temps de corriger plus d'une dizaine d'épreuves.

Trois ou quatre minutes plus tard, il se sentit à nouveau la gorge irritée et se crut capable de s'empêcher de tousser, mais il éprouvait d'incoercibles haut-le-cœur puis il eut une quinte et malgré lui, cracha sur les épreuves. Son crachat était sanglant et exhalait une sorte de senteur fétide. Il restait sans réagir à le regarder. Sa maîtrise de lui-même, son combat acharné avec la mort, sa force et sa patience, tout cela sombrait tout à coup.

« Pourtant ce n'est pas le moment de demander de l'aide », pensa-t-il douloureusement. Soudain il entendit D'joh se racler la gorge discrètement, les yeux à nouveau braqués sur lui. Il revint à lui, se pencha précipitamment vers la corbeille à papier et y cueillit un vieux morceau jeté qu'il utilisa pour nettoyer les traces. A peine eut-il terminé qu'il se remit à tousser. Il se dirigea vers le crachoir et se courba pour expulser. Sa gorge le faisait souffrir. Il eut envie de boire un verre de thé mais personne ne faisait attention à lui. Il comprima sa poitrine pour ralentir son souffle.

Le chef D'joh appela le commis et lui dit d'aider Wang Wen' shüenn à s'isoler.

« Correcteur Wang, arrêtez votre travail pour aujourd'hui, vous feriez mieux de rentrer chez vous vous reposer. J'ai vraiment l'impression que vous êtes très mal en point », dit avec lenteur et souriant sadiquement D'joh, appuyé sur le dos branlant de sa chaise.

Shüenn rassembla ses forces pour affirmer avec calme : « Ça n'est pas grave, ça peut aller. »

Mais son corps le trahissait. Sa tête tournait, des taches dansaient devant ses yeux. Il se sentait vidé, un frisson le secoua.

« Wang, vous êtes souffrant, mieux vaut vous reposer, sinon votre maladie va s'aggraver et les médicaments coûtent cher ! »

Shüenn pensa avec colère : « Rentrer, rentrer ! Ce n'est pas ton bol de riz que je mange, as-tu l'intention de me faire mourir de faim ? » Il était indigné et cependant il répondit avec douceur : « Dans ce cas, puis-je obtenir une demi-journée de congé ? »

En hâte, il mit son mouchoir devant ses lèvres pour étouffer sa toux.

« Une demi-journée, je ne pense pas que ce soit suffisant... Il vaudrait mieux que vous restiez chez vous et vous nous tiendrez au courant », ajouta D'joh avec une expression légèrement ironique, puis il regarda à nouveau dans la direction de son élégant bureau.

Shüenn fut à court de repartie. Il eût donné n'importe quoi pour quitter sur-le-champ cet endroit maudit, mais il ne put faire autrement que de s'humilier jusqu'à aller demander à cet homme :

« Je voudrais que vous m'avanciez un mois de salaire, je vous en prie, chef. »

D'joh ne le laissa pas s'expliquer, il l'interrompit aussitôt, l'air courroucé il agita la main :

« Un demi-mois seulement, allez chercher l'argent chez le comptable. »

Shüenn n'avait rien à ajouter, il valait mieux souffrir la mortification d'aller à la caisse recevoir trois mille cinq cents yuans. Il pensa : « A quoi peut servir une si petite somme ? » et eut un sourire amer pour ramasser les billets.

Après avoir terminé son paquet d'épreuves, il descendit l'escalier. Personne ne s'occupa de lui, mais quelques regards de commisération l'accompagnèrent.

« A quoi bon ? » murmura le chef D'joh en secouant la tête.

Shüenn espérait rencontrer Vieux T'chong au pied de l'escalier et se faire dire quelques paroles de réconfort. Il se sentait si bas. Il avait besoin de chaleur humaine. Mais au rez-de-chaussée, il n'y avait pas trace de son ami.

Le ciel était encore couleur de cendre comme s'il allait pleuvoir. Le chemin familier de la maison lui parut brusquement très long, escarpé et dur à monter. Il ne reconnaissait pas son décor familier ; tous les passants lui semblaient respirer la vigueur et la prospérité, entre eux et lui, pas de comparaison possible. Il se courba, traîna le pas et se mit à marcher lentement vers la mort.

XVIII

Il arriva chez lui. La porte de l'appartement était entrouverte, il la poussa et entra. La mère, debout devant la table, se livrait à des travaux de lavage. Au premier coup d'œil, Shüenn reconnut son veston dans la vieille cuvette d'émail.

Heureusement surprise, la mère s'écria :

« Te voilà ! »

A bout de souffle, il répondit :

« Je suis très fatigué », et enchaîna avec un rire douloureux : « Mère, vous lavez encore mes vêtements ! Ne vous ai-je pas dit de les donner au-dehors ? »

Il se laissa tomber sur la chaise qui se trouvait devant la bibliothèque et la fit tourner dans sa direction.

« On me demande huit cents yuans par mois pour laver, c'est trop cher ! De toute façon, je n'ai rien d'autre à faire à la maison, je ne suis pas comme Shousheng, capable de gagner ma vie », ajouta-t-elle agressive.

Shüenn ne put s'empêcher de demander :

« Est-elle rentrée ? »

La mère aussitôt se rembrunit et repartit maussade :

« Elle s'est mise en colère sans raison et puis elle est sortie. A mon avis, plus ça va, plus elle y va fort. Toi aussi, il faut que tu t'en mêles. Je ne puis faire front à une telle irascibilité. Je vais attendre un peu que ta santé s'améliore et je retournerai habiter K'un-ming un certain temps. Hélas..., elle prit un ton plaintif, il y a plus de vingt ans que j'ai quitté le Yün-nann ! Mes deux frères sont bien vieux maintenant... », des larmes apparurent dans ses yeux.

En voyant sa mère pleurer, Shüenn ressentit une telle tristesse qu'il eut lui-même envie d'en faire autant. Vite, cependant, il la réconforta :

« Mère, ne soyez pas chagrinée, je ne peux prendre parti, je suis votre fils...

— Ah oui ! Mais elle, elle est ta maîtresse, interrompit la vieille dame, elle a piqué une colère puis elle a dit qu'elle fichait le camp. Si c'était vrai, bon débarras ! Je t'en trouverais une autre bien mieux ! »

Les paroles de sa mère choquèrent Shüenn. Il n'osa pas exprimer son mécontentement, cependant ce fut d'une voix contrainte qu'il dit :

« Y a-t-il, dans les familles du genre de la nôtre, encore de l'argent pour se marier ? Qui donc consentirait à m'épouser alors que je n'arrive pas à me nourrir moi-même ? » et il rit amèrement.

« Tu n'arrives pas à te nourrir ? La belle affaire ! Cette année, est-ce que ce sont les gens honnêtes qui ont vécu à leur aise ? De toute façon, il faut continuer à vivre au jour le jour. Et ce n'est pas parce qu'on est pauvre qu'on doit renoncer à avoir une famille, riposta la mère en colère.

— Mais, je vous l'assure, je n'ai pas du tout l'intention de me séparer de Shousheng, nous sommes mariés depuis quatorze ans et nous ne nous entendons pas mal... », dit-il déchiré.

Il n'avait pas fini sa phrase qu'il fut pris brusquement d'un étourdissement, il approcha la chaise et posa la tête sur le bureau.

Il cessa de parler un bon moment, comme assoupi. Sa mère s'approcha et le couva d'un regard où l'amour se mêlait à la compassion.

« Ce n'est pas toi qui abandonnerais avant d'avoir atteint ton but [1] ! » murmura-t-elle et, à court d'imagination, elle secoua la tête puis elle prononça encore son nom : « Shüenn. »

Il parut entendre sa voix, mais ne bougea pas. Elle lui suggéra tendrement :

« Va donc t'allonger sur ton lit. Il n'est pas impossible qu'elle rentre.

— Oh, ce n'est pas à cause d'elle. Bien sûr qu'elle rentrera, je l'ai vue tout à l'heure. »

La mère s'écarta, rouge de colère :

— Tu l'as vue ? Elle est allée à ton entreprise ? Quelle honte ! C'était encore pour te faire des histoires ! »

Dans sa fureur, elle pensait : « Cette créature, quel genre de jeu joue-t-elle en fin de compte ? »

Avec un regard de souffrance, contractant le front, Shüenn ajouta :

« Non, elle ne m'a rien dit. Elle..., elle a parlé des événements..., non, ce n'est pas brillant.

— Que les nouvelles soient bonnes ou non, c'est une histoire sans rapport avec elle, s'écria la mère irritée,

1. Allusion à l'histoire du général Yuefei : victorieux, il poursuit l'ennemi malgré l'interdiction du ministre Ting-Rrail. Il sera exécuté.

elle veut partir, qu'elle parte seule. Pourquoi reviendrait-elle te nuire ?

— Mère ! »

Il ne put s'empêcher de l'interpeller sur un ton impatient, c'était vraiment exagéré ! Pourquoi haïssait-elle Shousheng de la sorte ? Pourquoi les femmes se montraient-elles aussi impitoyables les unes envers les autres ?

« Elle ne part pas. Elle l'a assuré. Non, elle ne part pas. Elle va revenir !

— Elle va revenir ? Elle aurait encore l'aplomb de revenir me voir ? s'exclama la mère à la fois surprise et outrée.

— Mais c'est moi qui désire qu'elle revienne, émit-il timidement.

— Tu désires encore qu'elle revienne ? Tu n'as rien compris, rien du tout ! »

Elle fit quelques pas dans la pièce, soudain elle alla jusqu'au lit sur lequel elle s'assit, cachant son visage dans ses mains pour pleurer. Puis, se reprenant, elle se leva et dit comme pour elle-même :

« Elle m'en a tellement fait voir, je ne supporte plus ses scènes, j'aimerais mieux mourir et même que nous mourions tous plutôt que de la revoir. »

Et elle se mordit les lèvres comme elle aurait mordu dans la chair de cette femme. Aussitôt après cette déclaration, sans un mot de plus, elle se réfugia dans sa petite chambre.

Ces éclats de voix étaient parvenus de manière indistincte au cerveau de Shüenn. Hébété, il avait regardé la mère comme à travers un rêve. Petit à petit, la situation s'éclaircissait et brusquement, il réalisa tout ; il se rendit sur-le-champ chez sa mère.

Tournée sur le côté, celle-ci était allongée sur son lit et, la tête vers le mur, elle pleurait tout bas.

« Mère ! » s'écria-t-il.

Elle réagit et se dressa sur son séant, les cils humectés de larmes.

« Qu'as-tu à me dire ? demanda-t-elle d'une voix sourde.

— Mère, je ne veux pas vous voir souffrir. Je ne la laisserai pas revenir et c'est tout. »

Il se tenait debout, à son chevet, et sa voix était imprégnée de tendresse.

Elle essuya ses larmes avec son mouchoir et son visage parut rasséréné.

« Est-ce bien vrai ?

— Mère, oui c'est vrai, répondit Shüenn tout de go.

— Alors, tu me gardes ? lui demanda-t-elle peu rassurée encore.

— Je vous le promets. Tranquillisez-vous », poursuivit-il impulsivement devant l'expression douloureuse de sa mère. Il s'oubliait lui-même, oubliait sa maladie et oubliait son passé aussi bien que son avenir.

La mère ravie, débita d'un trait :

« Ta promesse me suffit : assurée de ne plus revoir cette femme, je supporterai n'importe quelle difficulté, la vie la plus dure (elle se leva), risque-t-elle vraiment de revenir ici ? A mon avis, elle va sûrement accompagner quelque chef de bureau à Lann'djoh en avion. »

Ce disant, elle jubilait quelque peu, se sentant certaine de la victoire. Sa colère s'était évanouie, envolé aussi son chagrin. Apaisée, elle sortit de sa chambre, revint se planter devant la cuvette d'émail et plongea dans l'eau glacée ses mains qui étaient devenues rêches.

Taciturne, il la regardait avec un sourire amer frotter les vêtements. Soudain tout se brouilla dans sa tête et devant ses yeux, il avait très mal au cœur et était sur le point de tomber. En hâte, fermant les yeux, il s'appuya au mur pour se soutenir.

La mère, la tête inclinée, ne s'apercevant de rien, lui parlait toujours :

« A la maison, sans cette femme, tout deviendra beaucoup plus simple... Certainement Petit Shüenn va venir cette semaine. Cet enfant est à plaindre, sa mère ne s'est jamais occupée de lui... Aujourd'hui, on raconte un tas de choses, les gens sont effrayés comme si un grand malheur allait leur fondre dessus. Mais moi, cela ne m'émeut pas. Avec tout ce que j'ai enduré, je serais étonnée que cela puisse devenir pire... A ton entreprise, quelles sont les nouvelles ?

— Oh (il semblait s'éveiller d'un rêve), je ne sais pas, répondit-il en secouant la tête.

— Alors, ils ne vont pas déménager à Lann'djoh ?

— Parfois il semblerait que oui, parfois il semblerait que non, je n'y vois pas très clair. »

Une toux le secoua.

« Comment, tu recommences à tousser ? Dépêche-toi d'aller t'étendre et de te reposer un peu, dit-elle avec sollicitude et le dévisageant, va vite dormir, tu as vraiment mauvaise mine ! Justement tu allais un peu mieux et maintenant, j'en ai peur, tu fais une rechute. »

Il se mordait les lèvres pour se retenir, mais les commentaires maternels sapèrent rapidement son moral. Il ne répondit rien, mais se dirigea vers son lit en titubant, et laissant échapper un gémissement de souffrance, s'y laissa tomber.

« Qu'as-tu ? Qu'as-tu ? » demanda la mère surprise en s'approchant précipitamment.

Il répondit faiblement :

« Je vais dormir, je vais dormir.

— Shüenn, tu ne te sens pas bien ? demanda-t-elle affolée et larmoyante, tout va si mal. Te voir malade à nouveau ! Et moi, que dois-je faire ?

— Je ne suis pas malade, non ! » répétait-il avec une colère impuissante.

Puis la toux le reprit, cette toux caverneuse et épuisante, si impressionnante.

« Et tu prétends que tu n'es pas malade ! Tu ne veux toujours pas te reposer ! Si vraiment tu t'écroules, comment t'en sortiras-tu ? le grondait sa mère, laissant couler des larmes sur ses joues.

— Mère, tranquillisez-vous. Je n'ai pas l'intention de mourir. Cette carcasse bonne à rien n'a pas envie d'en finir si facilement. »

Mais en réalité, Shüenn pensait à la « Mort », et ce mot « Mort » le remplissait de crainte.

Sa mère refrénant son chagrin l'enveloppa de la couverture de coton.

« Ne parle plus, commence par dormir.

— Il vaudrait mieux que je sois mort, il n'y a plus de place pour nous en ce monde, dit-il comme pour lui-même.

— Tu ne dois pas avoir de telles idées, nous ne sommes ni des voleurs, ni des bandits, ni des assassins, nous ne sommes pas de méchantes gens, pourquoi ne devrions-nous plus vivre ? »

A cet instant précis, la porte s'ouvrit toute grande et Shousheng apparut.

« Comment Shüenn, encore allongé ? » dit-elle sans mesurer les conséquences de cette réflexion. Elle avait toujours cette voix pure et claire et sur son visage naissait un sourire.

« Marcher m'a épuisé, maintenant je m'étends un moment », et précipitamment il se dressa à moitié pour lui répondre.

Voyant Shousheng faire son entrée, la mère fut pétrifiée. La rougeur envahit son visage. Furieuse et humiliée, elle resta un long moment sans pouvoir sortir un mot.

« Reste étendu, je t'apporte de bonnes nouvelles. Nous sommes vainqueurs à Douchann, s'écria joyeusement la jeune femme, on le dit dans le journal du soir, et elle lui tendit le quotidien qu'elle tenait à la main.

— Alors plus de raison de partir ! » dit Shüenn apaisé lorsqu'il eut terminé sa lecture.

Il essaya de quitter son lit. Mais à peine eut-il remué les jambes qu'il retomba et laissa échapper un long soupir.

Muette et hostile, la mère partit se réfugier dans sa petite chambre.

« Mère, appela Shüenn de son lit, mais elle ne montra même pas le nez.

— Laisse-la aller ! Laisse », dit Shousheng tout bas, s'accompagnant d'un geste.

Il secoua la tête.

« Ça ne peut plus continuer. Tu vois ma mère. Fais-le pour moi, conserve-lui un peu de respect. Réconciliez-vous.

— Elle me hait. Comment consentirait-elle à se réconcilier avec moi ? » répondit Shousheng sans se départir de son attitude enjouée.

Shüenn s'irrita :

« Les deux êtres dont il ne m'est pas possible de me séparer, toi et Mère, vous ne cessez pas de vous quereller. Je me trouve coincé entre vous deux, comment pourrais-je le supporter ?

— Alors, l'une de nous deux partira et tout ira bien ! C'est à celle qui en a envie de partir. N'est-ce pas équitable ? » dit-elle partagée entre la colère et l'amusement.

Il était indigné :

« Envers toi, c'est peut-être juste, mais envers moi ? »

Shousheng répondit avec franchise :

« En ce qui te concerne, je ne vois pas de bonne solution. En vérité, être enchaîné à deux personnes ne peut que t'être néfaste.

— Tant pis, j'aime mieux que ce soit moi qui souffre. » Et il ne put retenir une toux déchirante qui couvrit leurs paroles.

Shousheng se précipita à son chevet et la mère accourut. Les deux femmes, debout de chaque côté du lit, s'écrièrent en chœur :

« Comment, voilà que tu te remets à tousser ! »

Il se tourna sur le côté, graillonnant, haletant, la gorge en feu, en proie à une souffrance aiguë, distinguant les deux femmes à travers ses larmes.

« Tu vas boire un peu de thé », dit Shousheng.

Il fit oui de la tête tandis que sa mère se précipitait et revenait avec un gobelet plein. Shousheng la fusilla des yeux, mais se tut.

Il expectora, reprit son souffle, but et haletant, s'écria :

« Je vais mourir.

— Qu'est-ce que tu racontes, dit Shousheng tendrement, tu n'as rien à craindre, dans deux jours, tu seras guéri.

— Je n'ai pas peur, dit-il niant de la tête, mais je sais

que je ne guérirai jamais. J'ai dans la bouche un goût affreux et je recommence à cracher du sang. »

Machinalement, Shousheng jeta un coup d'œil en direction du crachoir, elle frissonna mais prodigua encore à Shüenn des propos réconfortants :

« Que tu craches du sang ne veut rien dire. La dernière fois que cela t'est arrivé, tu as pris quelques remèdes et puis ça a été, n'est-ce pas ? »

Shüenn regarda sa femme avec reconnaissance :

« Toi-même ne crois pas à la médecine chinoise. Mon mal peut-il guérir en ingurgitant quelques vagues médicaments ? »

La mère restait silencieuse, baissant la tête et essuyant ses larmes. S'obligeant au calme, Shousheng poursuivait ses recommandations :

« C'est donc la tuberculose. On s'en guérit. »

Shüenn eut un sourire douloureux, ses yeux s'embuaient.

« Guérir ? Ai-je de l'argent pour me soigner ? C'est une malédiction pour nous autres pauvres gens d'attraper cette maladie coûteuse. Dire ainsi que je vais guérir... Nous avons vu passer comme en rêve trois, puis cinq années. L'argent est-il venu ? Et maintenant alors que nous sommes tous dans la misère, je vais jeter l'argent par les fenêtres.

— Je peux me débrouiller, quant à toi, tu n'as qu'à cesser de te faire du souci et te soigner ; pour l'argent on s'arrangera toujours », lui affirma Shousheng, et il était évident que tout en parlant, elle réfléchissait. Soudain ses yeux s'illuminèrent, elle venait de penser au chef Tchenn, elle exposa :

« Nous avons gagné pas mal avec cette petite affaire pour laquelle nous nous sommes associés. » Le moyen elle l'avait ! Et elle ajouta avec un sourire contenu :

« Toi, occupe-toi seulement de te rétablir, l'argent ne pose aucun problème.

— Je ne peux pas t'infliger cela en plus, protestat-il, je sais que tes revenus ne sont pas formidables, et que tu as beaucoup de frais. Tu dis que tu peux trouver de l'argent, mais dans l'avenir, comment te rembourserais-je ? Je ne peux vous laisser une dette.

— Ta santé passe bien avant. Je ne puis me résigner à te laisser sans soins pour une question de gros sous. Seule ta guérison importe et je peux m'en procurer les moyens.

— Si tu continues à dépenser comme tu viens de le faire, nous n'arriverons plus à vivre et cet argent n'aura-t-il pas été jeté par les fenêtres ? En tirerons-nous réellement quelque avantage ? poursuivit-il obstiné.

— Mais la vie est en réalité bien plus importante que l'argent ! Il y a même des gens qui font soigner leurs chiens et leurs chats. Combien plus un homme ! se récria Shousheng avec douleur.

— Tu dois le comprendre, cette année, les gens sont fauchés au maximum, à plus forte raison, les intellectuels comme nous dont la conscience n'est pas complètement morte et moi, naturellement, au milieu de tous, je suis le moins valide. Parfois je pense que je serais mieux mort. »

Il se remit à tousser, sa toux ne s'était pas tellement aggravée, mais elle le faisait beaucoup souffrir.

La mère, les traits durcis, s'écria :

« Tu ne dois plus le faire parler, regarde comme il tousse, te rends-tu compte qu'il souffre ! »

Shousheng rougit et resta un bon moment décontenancée, puis elle répondit :

« Je ne veux que son bien ! Je veux seulement qu'il

consente à se soigner sérieusement et alors il guérira. » Et elle ajouta : « Et moi, si je souffre, cela vous est égal ! »

Elle se détourna et alla se planter devant la fenêtre.

« Avec cette terrible toux tu ne le laisses pas en paix, que cherches-tu donc ? » La mère foudroyait sa bru du regard, mais ne parlait pas assez bas pour qu'elle ne puisse l'entendre.

De la fenêtre, Shousheng tourna la tête et reprit avec un sourire sardonique :

« Je cherche à épouser quelqu'un d'autre... Comme ça vous serez heureuse !

— Je sais bien que c'est plus fort que toi... Tu es ce genre de femme ! » cracha la mère méprisante et elle pensait : « Enfin tu as montré ton vrai visage. »

« Oui, je suis ce genre de femme, mais je vous vaux bien ! répliqua Shousheng sans changer de ton.

— Peuh ! Comment peux-tu te comparer à moi, tu n'es que la maîtresse de mon fils, moi je suis arrivée en palanquin de mariée[1] », dit perfidement la mère, cherchant à la blesser.

Shousheng devint blême, se contenant avec peine, elle imaginait sa vengeance, mais il y avait Shüenn, fils de l'une et époux de l'autre, et elle se tut.

Enfin, pourquoi ne cessaient-elles de se quereller ? Pourquoi l'entente ne pouvait-elle régner dans une famille aussi simple, au milieu de circonstances aussi banales ? Pourquoi ces deux femmes qui l'aimaient et qu'il aimait, devaient-elles toujours s'affronter comme des ennemies ?... Ce problème, insoluble depuis longtemps, venait tourmenter Shüenn. Le bruit de leurs

1. Dans le mariage traditionnel, arrangé entre deux familles par un intermédiaire, la jeune fille que son fiancé n'a jamais entrevue, arrive en palanquin au domicile de sa belle-famille où elle vivra désormais.

disputes résonnait sous son crâne, non, pire, leurs voix aiguës lui martelaient les tempes. Sa tête le faisait souffrir, se congestionnait. Il était de plus en plus malheureux. Qu'étaient devenues les paroles pleines de sollicitude et d'amour ? Toutes les deux maintenant se fusillaient du regard ; il s'enfouit sous la couverture pour les oublier. Depuis quand durait cette scène, quand pourrait-il enfin prendre du repos ?

« Mère, Shousheng, taisez-vous toutes deux. Vous appartenez à la même famille. Je vous en conjure, faites-vous mutuellement quelques concessions. »

Et il pensait : « Par pitié, laissez-moi me reposer ! »

« C'est ta mère qui a commencé, tu as pu le constater ; je ne l'ai en rien offensée, de quel droit m'insulte-t-elle en m'appelant " ta maîtresse ", j'exige une explication », répondit Shousheng dont le visage s'enflamma ; elle était de toute évidence ulcérée.

« Tu es sa maîtresse, tout le monde le sait : dis-moi donc, quel jour t'a-t-il épousée ? Qui a été le témoin de votre mariage ? »

Désespéré, Shüenn se cacha la tête sous les couvertures.

« Ne vous en mêlez pas, c'est notre affaire, riposta fièrement Shousheng.

— Tu es ma bru alors j'ai le droit de m'occuper de tes affaires et j'entends bien le faire, répliqua la mère avec méchanceté.

— Je vous rappelle que la démocratie a trente-trois ans, on n'est plus sous l'empire, s'écria Shousheng en ricanant, je n'ai pas les pieds bandés, je peux trouver moi-même un époux et je me passe des services des marieurs.

— Te moques-tu de mes pieds bandés ? Ce n'est pas une tare. De toute façon, je suis toujours la mère de

Shüenn, j'ai sur toi la supériorité de l'âge, je méprise les femmes de ton acabit. Va-t'en ! »

Pour Shüenn, c'en était trop. Il avait la tête en feu. Son cœur se brisait. Cette dernière phrase : « Va-t'en ! », lui fit l'effet d'un violent coup de poing en pleine poitrine. Il appela d'une voix lourde de chagrin, souleva aussitôt la couverture et frénétiquement se frappa le front de ses poings, répétant sans cesse :

« Il vaudrait mieux que je sois mort !

— Comment ? Qu'est-ce que tu nous dis ? s'écria, effrayée, Shousheng accourue à son chevet et se penchant sur lui.

— Shüenn, que t'arrive-t-il ? demandait sa mère affolée.

— Cessez de vous disputer ! » dit-il consterné. Il avait à peine commencé à parler que des larmes inondèrent son visage.

« Tu ne dois pas souffrir..., c'est fini... Nous ne nous querellerons plus, affirma sa mère désolée.

— Si, vous vous disputerez, si, encore et toujours... », dit-il pleurant maladivement.

Shousheng, silencieuse, se mordait la lèvre en réfléchissant. Elle s'apitoya :

« C'est promis, Shüenn, nous ne nous querellerons plus.

Il ôta les mains de son visage. Ses yeux humides allaient de l'une à l'autre.

« J'ai bien peur de ne plus vivre très longtemps, laissez-moi connaître quelques jours paisibles.

— Shüenn, non, tu ne vas pas mourir ! s'écria la mère, guéris tranquillement.

— Contente-toi de ne plus te tracasser, ajouta Shousheng.

— Si vous faites cesser vos disputes, oui, je guérirai

vite », dit-il satisfait. Les pleurs faisaient place à la joie, il esquissait presque un sourire.

Lorsqu'il sombra dans un profond sommeil, la mère sortit pour demander le médecin tandis que Shousheng restait seule. Elle suivait de la fenêtre le spectacle de la rue. Cette femme de trente-quatre ans se sentit soudain très mal dans sa peau. Un doute l'assaillait progressivement : où mène en définitive cette vie, quelle satisfaction m'apporte-t-elle ?

Elle aurait aimé trouver une réponse précise à ces questions, mais ses pensées s'enchevêtraient telles des ronces. Cet état se prolongea un bon moment, puis elle constata : « Non, aucune satisfaction vraiment. Tant sur le plan psychologique que matériel, je n'en obtiens aucune. Alors, si je sacrifie mes rêves, quelle récompense en retirerai-je ? Et ensuite ? Ensuite me restera-t-il quelque espoir ? » se demandait-elle.

Machinalement, elle secoua la tête. Elle revoyait son existence au cours des dernières années : une existence dure et tourmentée. A son oreille parvenait vaguement les réflexions amères de Shüenn sur sa vie épuisante, sa voix morose, les railleries agressives de sa mère, ses insultes corrosives et ainsi tout doucement ses pensées s'engagèrent dans une sorte de chemin étroit. Là, elle entendit une voix qui prononçait cette unique phrase : « Il faut t'en aller ! »

Elle toussota, tourna la tête et jeta un coup d'œil vers le lit de Shüenn. Le visage du malade avait pris une mauvaise couleur cireuse, ses joues s'étaient creusées, il respirait lourdement comme un homme oppressé. Elle ne pouvait déceler en lui trace de vigueur ni même de vie. « Un moribond ! » pensa-t-elle effrayée. Et elle reprit sa contemplation à travers la fenêtre.

« Pourquoi continuer cette longue station à son chevet ? Pourquoi l'arracher à cette femme ? »

« " Va-t'en ! " D'accord, je vous le laisse, je n'en veux plus ! Le chef de bureau Tchenn l'avait bien dit, je dois prendre rapidement ma décision... Maintenant, il est encore temps ! » Son cœur battait follement, son visage se colorait.

« Comment faire ?... " Va-t'en ! " Tu l'as bien dit ! J'irai mon chemin ! Ne t'en mêle pas ! Pourquoi hésiterais-je encore ? Je ne dois pas me montrer trop faible. Il ne faut plus hésiter. Il faut transformer mon cœur en pierre, pour moi-même, pour mon bonheur ! »

« Réussirai-je à être heureuse ? J'en ressens le besoin, il faut que j'y arrive... »

Un visage d'enfant apparut brusquement devant ses yeux, un petit visage d'enfant avec une expression adulte.

« Petit Shüenn ! »

« Je me sacrifie pour Petit Shüenn... »

« Il peut très bien se passer de moi. Il ne me manifeste jamais beaucoup d'affection et par la suite, rien ne m'empêche de lui venir en aide comme auparavant. Il ne doit pas constituer un obstacle à mes décisions, même son père ne peut en être un. »

A nouveau, elle tourna la tête pour voir l'homme endormi sur le lit. Il était toujours plongé dans un profond sommeil. Cet être pitoyable ne pouvait connaître ses pensées.

« Faut-il vraiment que je le quitte ?... Ou dois-je sacrifier mon propre bonheur pour rester à ses côtés ?... Il ne veut pas guérir, il est fini. Est-ce que je peux lui être d'un quelconque secours ? Arriverai-je à ce que sa mère ne me haïsse plus, à ce qu'elle et moi, nous coulions des jours faits d'une entente harmonieuse ? »

Elle réfléchit un moment puis conclut à voix basse : « Impossible !... Cela ne sert à rien, il faut que je m'en sorte... »

Le vrombissement d'un avion l'interrompit, le bruit se rapprocha. C'était un avion militaire chinois.

Elle avait pris sa résolution : aller trouver le chef de bureau Tchenn. C'est lui qui pourrait l'aider à quitter cet endroit affreux.

Excitée, le cœur battant, elle releva la tête. Maintenant, elle n'hésitait plus. Elle prit son sac dans un tiroir et quitta l'appartement. Elle s'engageait dans le corridor lorsqu'elle réalisa que la mère n'était plus à la maison et que Shüenn, assoupi, restait seul. Elle s'alarma, repassa la porte et revint dans l'appartement pour aller voir comment il dormait.

Elle venait de s'approcher de son lit, quand du fond de son rêve, il prononça son nom dans un appel déchirant ; elle sursauta et demanda précipitamment : « Qu'y a-t-il ? Qu'as-tu ? » et se pencha sur lui.

Shüenn se tourna et tendit la main pour saisir celle de Shousheng. Elle la lui abandonna. Il s'en empara et la tint très serrée tandis qu'il continuait à gémir doucement. Trois, quatre minutes s'écoulèrent puis il ouvrit les yeux. Son regard fixa le visage de sa femme :

« Tu es là, dit-il avec une expression heureuse, mais sa voix était faible et assourdie, tu n'es pas partie ?

— Partie ? demanda-t-elle, mais où ?

— Partie... à Lann'djoh..., dans mon rêve..., tu me quittais..., tu partais à Lann'djoh. Et moi, je restais seul, abandonné dans un hôpital où je me sentais si isolé, si effrayé ! »

Shousheng, silencieuse, frissonna.

« Heureusement, ce n'était qu'un rêve... Non, tu ne m'abandonnerais pas, tu ne partirais pas ? » (La voix de Shüenn tremblait fortement.) « En réalité, les jours qui nous restent à passer ensemble sont comptés, cette maladie ne me dit rien qui vaille. »

Son regard joignait sa supplication à celle de sa voix.

« Je ne m'en vais pas, tranquillise-toi », lui assura-t-elle émue et attristée. Les résolutions qu'elle avait prises, s'étaient encore effondrées.

« Moi, je sais que tu ne partiras pas, dit Shüenn touché, bien que ma mère affirme toujours le contraire. Je t'en prie, pardonne-lui. Les personnes âgées sont parfois difficiles à comprendre. »

Médusée, Shousheng ressentit ce mot « mère » comme une gifle. Son visage frémit comme si elle se sentait forcée d'encaisser ce coup.

« Merci ! Ah oui, je te remercie, s'écria Shüenn excité, je ne te fatiguerai plus longtemps. Et au sujet de Petit Shüenn, à vrai dire, je me sens un peu gêné. J'ai mal rempli mon rôle de père envers lui.

— Mais non ! Ne dis pas cela ! »

Elle lui prit la main. Elle en avait assez : elle aurait aimé découvrir un endroit calme pour pleurer à son aise après toutes les injustices dont elle avait souffert. Et pourtant, elle se trouvait encore assise sur le rebord de ce lit.

Shüenn resta silencieux un long moment, puis soudain il soupira et l'appela d'une voix tendre : « Shousheng. »

Elle tourna la tête vers lui.

« En fait, tu aurais mieux fait de partir. J'y ai beaucoup réfléchi. Tu as passé parmi nous de si mauvais moments, je t'en demande bien sincèrement pardon. Pas question de transformer le caractère de ma mère..., son esprit est très étroit... Les jours qui viendront..., je n'ose y penser... A quoi bon atermoyer ?... Je suis sans le sou..., ma santé est compromise... Tu peux encore t'échapper... » Les mots s'étouffaient dans sa gorge, il se tut.

Shousheng se leva.

« Dors encore un moment, à quoi te sert de remuer toutes ces pensées maintenant ? La seule chose importante pour l'instant, c'est ta guérison. »

D'un coup, une quinte déchirante le secoua. Il toussait comme pour expulser les mucosités qui encombraient sa gorge et ses vains efforts le congestionnaient.

Shousheng lui tapota le dos et lui apporta un verre d'eau bouillie. Il en avala quelques gorgées et la toux reprit, lui arrachant cette fois-ci un crachat où surnageaient quelques filets de sang qu'il réussit à dissimuler à sa femme.

« Le médecin sera bientôt là, dit involontairement Shousheng pour le réconforter.

— Quoi ? Encore le médecin ? Pour quoi faire ? Vous dépensez votre énergie et votre argent pour rien... » Il soupira. « C'est la faute de ma mère.

— Arrivé là où tu en es, tu ne penses encore qu'aux autres, tu es trop bonne pâte, lui dit Shousheng avec une certaine gentillesse, mais la nuançant d'un léger reproche, tu ne dois pas tenir compte de l'opposition de ta mère, tu dois aller à l'hôpital et te servir de mon argent pour guérir vraiment ! Seule ta santé compte !... Ce monde-ci n'est pas pour les hommes comme toi. Tu te fais du mal à toi-même et tu en fais aux autres... »

Un bruit de pas l'interrompit. Elle comprit que la mère revenait et très probablement accompagnée du médecin. Elle se dirigea vers la table et s'assit sur un tabouret.

La porte s'ouvrit et la mère entra, flanquée du

docteur Tchang Boh-tching. Le médecin salua, sans se départir de son habituelle physionomie rassurante et compréhensive. Comme toujours, il fit semblant de se concentrer sur son diagnostic.

« Il n'est venu ici que pour prolonger ses souffrances. Comment serait-il capable de le guérir ? » pensa Shousheng plissant le front.

« Aucune inquiétude à se faire ! Aucune, après deux ou trois doses de médicament, cela ira déjà mieux, dit le docteur Tchang, très sûr de lui.

— J'ai bien l'impression que c'est la tuberculose, émit Shüenn intimidé.

— Mais non, voyons ! (Le médecin faisait des signes de dénégation.) Si c'était la tuberculose, quelle catastrophe ! C'est seulement un gros surmenage. Prenez deux doses de médicament, reposez-vous et je réponds de votre guérison, dit le vieil homme avec un sourire encourageant.

— Merci beaucoup », dit la mère qui, raccompagnant le médecin, était toute gratitude.

Quant à Shousheng, elle ne soufflait mot.

« Mère, dit brusquement Shüenn, il est inutile d'aller commander ces médicaments. »

La mère qui tenait l'ordonnance à la main, tressaillit.

« J'en suis certain, que je prenne ou ne prenne pas ces médicaments, cela revient au même ; ma maladie ne relève pas de ces remèdes, poursuivit-il désespéré.

— Et pourquoi donc les remèdes ne te feraient-ils aucun bien, demanda la mère incrédule en pliant soigneusement l'ordonnance, j'y vais quand même. » Elle prit son sac à main et se prépara à sortir.

Shousheng dit aussitôt :

« Avez-vous assez d'argent sur vous ? Sinon, moi j'en ai.

— J'en ai », dit la mère s'adressant à son fils, affectant d'ignorer sa bru à laquelle elle n'accorda pas un regard.

Shousheng rougit, ses sourcils se rejoignirent mais elle n'ouvrit pas la bouche et retourna devant la fenêtre.

« Mère, prenez mille yuans, j'ai demandé aujourd'hui une avance sur salaire, dit Shüenn étendant la main pour extraire la somme de sa poche, si vous avez besoin d'argent pour les provisions, je vais vous en donner davantage, d'autant plus que tout à l'heure, pour régler le médecin, vous avez déjà prélevé sur l'argent de la nourriture.

— Calme-toi, j'ai de l'argent. J'ai réussi à m'en procurer.

— Comment cela ? Ah, je comprends ! Bien sûr, vous avez vendu votre bague en or !

— Je suis une vieille femme. Je n'ai plus besoin de porter de bagues, conserver ce bijou ne servait à rien.

— C'était un souvenir de Père, vous n'auriez pas dû le vendre pour moi ! s'écria Shüenn avec douleur.

— De toute façon, les jours où je reverrai ton père sont proches ; que je possède ou ne possède plus cette bague, cela revient au même, répliqua sa mère en se composant un visage souriant.

— Mais c'est le seul objet de valeur qui vous restait et vous l'avez vendu maintenant. C'est parce que je suis un poids mort. Je vous en demande pardon, reprit-il d'une voix chargée de regrets.

— Ce qui est fait, est fait, pourquoi en parler encore ? Toi, rétablis-toi. Si seulement ta santé s'améliore, je serai heureuse », ajouta la mère et elle sortit rapidement sans lui laisser le temps de répondre.

Profondément plongée dans ses réflexions, Shousheng n'avait pas quitté la fenêtre. Les seuls bruits perceptibles de la chambre étaient ceux provoqués par les rats en train de ronger le bois. Anxieux, Shüenn se tournait et se retournait sans pouvoir trouver le sommeil.

Il dit avec émotion :

« Ma mère connaît aussi bien des peines ! Être allée jusqu'à vendre cette bague pour moi ! »

Ces paroles s'adressaient à Shousheng, mais celle-ci resta impassible devant la fenêtre, sans même tourner la tête.

XIX

Le lendemain soir, le chef de bureau Tchenn fit porter une lettre ainsi rédigée :

« Mon passage en avion suscite quelques complications, cela peut encore traîner une huitaine de jours, mais nous pouvons compter partir le mercredi de la semaine suivante... Tes affaires sont déjà arrangées, la confirmation de ta nouvelle affectation devrait t'être envoyée dans le courant de cette semaine... Comme la dernière fois, je t'attendrai au restaurant cantonais, demain un peu avant huit heures... »

Le regard de Shousheng qui relevait la tête après avoir pris connaissance de cette lettre, rencontra involontairement celui de la mère. Elle y lut du ressentiment et de l'ironie. « Je sais tout ce que tu fricotes ! » semblait lui dire celle-ci.

« Ça ne te regarde pas ! » pensa-t-elle et elle toussota. Elles dînèrent alors toutes les deux et la mère termina son bol la première.

Sur son lit, Shüenn ne cessait de tousser. Cette toux continuelle devenait presque familière. Parfois il se frictionnait légèrement la poitrine avec la main. A l'intérieur de son corps couvait la maladie, il souffrait atrocement et la douleur lui arrachait des gémissements. Les frictions lui apportaient un soulagement relatif. Par intermittence, il sentait l'inflammation de sa gorge. Il ne pouvait s'empêcher de tousser, mais ne crachait plus. A d'autres moments, il devait se forcer pour tousser, mais là, la douleur reprenait. Il la supportait sans un gémissement, de façon à n'être pas entendu. Il voulait laisser ignorer jusqu'au bout son véritable état. Il observait aussi très attentivement les allées et venues de sa mère et de Shousheng et prêtait l'oreille à leurs conversations.

« Y a-t-il quelque chose d'important dans cette lettre de la banque ? » Sa toux avait cessé, il parlait d'une voix basse et précautionneuse.

Shousheng ne l'entendit pas, mais sa mère se tourna vers lui. Apparemment, elle n'avait pas saisi clairement ses paroles, elle lui demanda :

« Shüenn, qu'y a-t-il ?

— Rien du tout, répliqua-t-il en secouant la tête, mais après deux à trois minutes, il reprit : je m'adresse à Shousheng, y a-t-il quelques nouvelles importantes dans cette lettre ? »

Cette fois-ci, il avait parlé plus haut et sa femme l'avait également entendu.

« Mais non, rien d'important, c'est la lettre d'un collègue », répondit-elle désinvolte.

La mère aussitôt la dévisagea avec une expression qui signifiait : « Tu le roules, je le sais ! »

« J'avais cru comprendre que c'était le chef de bureau Tchenn qui t'écrivait, poursuivit-il absorbé.

— Oui », répondit Shousheng sur le même ton léger.

Shüenn réfléchit un instant.

« Ne devait-il pas partir en avion pour Lann'djoh ? Comment se fait-il qu'il soit encore ici ? »

Elle répondit, toujours détachée :

« Il pensait partir demain, mais il a des problèmes pour son billet, il faut patienter une semaine. »

Quelques secondes s'écoulèrent. Shousheng se leva et rassembla les assiettes et les bols sur la table. La mère sortit et revint portant une théière d'eau bouillie. Soudain, Shüenn demanda à nouveau :

« Je m'en souviens, tu as parlé d'être envoyée à Lann'djoh avec la banque, pourquoi n'en a-t-il plus été question ces derniers jours ? »

Shousheng tourna la tête et le regarda comme étonnée, affectant un ton calme et enjoué pour répondre :

« Ce n'était que des projets qui ne se réaliseront pas forcément. »

La mère qui entrait à ce moment, saisit cette phrase, elle se racla la gorge et fusilla sa bru du regard comme pour lui dire : « Tu mens ! »

Celle-ci rougit, ses lèvres s'agitèrent, mais sans dire un mot, elle détourna les yeux.

« Et si la banque t'affectait là-bas, irais-tu ou non ? » questionna encore Shüenn.

Shousheng ne voyait pas où il voulait en venir.

« Je ne suis pas encore décidée, répondit-elle brièvement, cet interrogatoire lui portait sur les nerfs.

— Mais si on te donne l'ordre de partir, je crains bien que tu ne puisses te dérober (il ignorait le fond de sa pensée et ne se préoccupait que de meubler le silence).

— Si je n'en ai pas envie, je démissionnerai, assura-t-elle, mais en réalité, elle n'avait pas vraiment réfléchi à la question.

— Démissionner, il faut pouvoir ! Je suis retenu par la maladie et Petit Shüenn doit aller en classe. De quoi vivrions-nous ? murmura-t-il.

— Eh bien, nous vendrons nos affaires et nous emprunterons. Comme cela au moins, nous ne mourrons pas de faim. »

Shousheng se tut, mais elle avait fait en sorte d'être entendue par la mère. Elle trouvait qu'aujourd'hui c'était trop d'avoir à supporter cette femme et cherchait une occasion de la piquer.

Shüenn eut un sourire douloureux.

« Qu'est-ce qui nous reste ? Nous avons tout liquidé ces dernières années. A qui emprunter ? Il n'y a que toi à fréquenter encore des amis fortunés...

— Ne parle plus, je t'en prie, l'interrompit-elle agacée, malade comme tu es, tu dois parler le moins possible, tu ferais mieux de dormir », et elle se détourna.

Il se plaignit :

« Je ne peux trouver le sommeil ; dès que j'ai fermé les yeux, sous mes paupières se déroule tout un cinéma et mon cerveau ne me laisse pas en repos.

— Tu te casses trop la tête, lui reprocha-t-elle tendrement, le couvrant d'un regard de sympathie. Tu ne dois pas penser autant, mais dormir calmement.

— Comment pourrais-je m'abstenir de penser : à peine trente-quatre ans et être démoli par cette maladie, ne pas savoir si on peut ou non s'en sortir, dit-il accablé.

— Shüenn, tu ne dois pas broyer du noir, intervint la mère, bien sûr que tu peux guérir. Le docteur Tchang Boh-tching t'a ordonné des médicaments pour te rétablir et sans nul doute, tu seras sur pied dans une quinzaine.

— Mon avis personnel, dit Shousheng avec gravité, c'est que tu dois aller à l'hôpital te faire examiner à fond. Comme ça nous saurons à quoi nous en tenir, je m'oppose... »

Shüenn ne la laissa pas poursuivre :

— Et si, à l'examen, il ressort que j'en suis au troisième stade de la tuberculose, qu'est-ce que nous ferons ?

— C'est une maladie qui guérit quand elle est soignée, affirma Shousheng.

— Mais qui revient cher, repartit Shüenn avec un sourire amer, il faut de grosses sommes d'argent, non seulement pour les soins, mais encore pour la convalescence.

— Les gens pauvres et malades sont-ils donc condamnés à mourir ? répliqua Shousheng irritée, et le regardant avec sollicitude : ne t'inquiète pas, je peux encore me débrouiller, la question du prix des remèdes ne se pose pas.

— Mais je ne veux pas gaspiller ton argent », protesta-t-il ébranlé.

Il voulait parler, mais il avait l'impression d'avoir le cerveau serré dans un étau. Son souffle devenait très court, il paraissait suffoquer. Une toux rauque le secoua qui le laissa complètement oppressé.

« Je t'en prie, laisse-le se reposer un peu », dit la mère, foudroyant sa bru des yeux. Puis, s'approchant du lit, elle enveloppa son fils d'un regard de compassion et ajouta d'une voix douce :

« Il ne faut pas trop parler ; cela te fatigue l'esprit et peut aggraver ta maladie. Ferme les yeux et dors ! »

Avec un léger soupir, il obéit.

Shousheng se sentit vexée et quelque peu dépossédée, elle rougit et fut sur le point de se mettre en colère.

Mais elle réfléchit : « Quel profit tirer de ce genre de querelle ? Cela ne débouchait jamais ni sur une réconciliation ni sur une rupture, aussi pourquoi se donner le mal de réfuter des paroles dépourvues de sens, pourquoi échanger des regards haineux ? » Shüenn ne parvenait pas à réconcilier les deux femmes et il n'avait pas non plus le courage de faire un choix entre elles. Ce serait toujours les vagues compromis, les solutions bâtardes et jamais rien d'autre de mieux. Maintenant que Shüenn était malade, alité, que pouvait-il encore lui apporter ? Réconfort ? Protection ?... Il geignait. Et maintenant, ce serait bien son tour de pouvoir geindre : elle sacrifiait sa jeunesse dans cette chambre sombre et glaciale et elle en arrivait à le détester. Elle sentait que sa patience arrivait à son extrême limite.

« Vous pouvez le cajoler ! Bon, je vous le laisse, il ne m'est plus rien. » Elle eut un rire léger et sarcastique puis, à pas lassés, se dirigea vers la fenêtre ; appuyée contre la vitre, elle s'intéressa au spectacle de la rue.

La nuit était assez fraîche, un souffle glacé passait sur son visage. En bas, tout était obscurité. Seules brillaient quelques lampes clairsemées. En effet, l'appartement constituait la limite d'un secteur, et les immeubles voisins faisaient partie d'un autre, aujourd'hui privé de lumière. Shousheng frissonna et de nouveau haussa les épaules. « A quoi servent ces perpétuelles coupures de courant ? » s'irrita-t-elle. Personne ne se souciait d'elle. Ici, nul ne lui accordait de l'importance. La solitude où elle était plongée la terrifia. Elle fit demi-tour et alluma la lampe électrique. Ni cette lampe ni le regard de Shüenn, ne pouvait réchauffer son cœur un tant soit peu. Elle observa le malade dans son lit. La bouche tirée et la respiration difficile, il semblait s'amaigrir d'heure en heure. Elle pensa : « Il est vraiment pitoyable ! »

La mère était sortie. Shousheng se dirigea vers Shüenn et remonta légèrement la couverture de coton. Il ouvrit brusquement les yeux et la regarda avec fixité comme s'il ne la reconnaissait pas. Elle en fut saisie, cependant elle lui expliqua gentiment :

« Tes couvertures glissaient, je les ai remontées.

— Vraiment ? Mère dort-elle ? Et toi, tu ne te reposes pas ?

— Il est encore tôt. Rendors-toi. »

Il sourit.

« J'avais dit que je ne dormirais pas et j'ai dormi quand même, je n'ai plus sommeil. J'ai à te parler, demain c'est ton anniversaire... »

Elle l'interrompit affectueusement :

« Même moi, je l'avais complètement oublié. Comment as-tu fait pour t'en souvenir encore ?

— Voici mille six cents yuans, va, je te prie, à ma place, commander pour demain un gâteau de quatre livres. Je n'ose pas importuner ma mère, je te demande seulement d'aller le commander et tu m'en vois très confus... »

Et il tendit vers elle une main tremblante dans laquelle était roulé un vieux billet de banque.

— Aurai-je encore le courage de fêter ici mon anniversaire ? N'achète rien, dit-elle émue aux larmes.

— Tu iras le commander... n'est-ce pas ?... A ma place... Moi-même je ne me risque pas à sortir... Je suis obligé de passer par toi. Prends mon argent. »

Quelqu'un frappa à la porte. Shousheng pensa : « Est-ce lui qui m'envoie une lettre une fois de plus ? » Le « lui », désignait le chef de bureau Tchenn. Elle s'écria :

« Entrez ! »

Contrairement à ses prévisions, celui qui entra était un vieil homme chauve, le collègue de son mari : Vieux T'chong.

« Bien, je te remercie du fond du cœur », dit-elle à voix basse en prenant le billet.

— Sacré Wang, qu'est-ce qui t'arrive ? Tu dormais ? » s'exclama Vieux T'chong en franchissant le seuil. Il se tourna vers Shousheng et la salua : « Comment allez-vous, madame Wang ?

— Monsieur T'chong, je vous en prie, asseyez-vous, s'empressa celle-ci.

— Vieux T'chong, te voilà ! Je ne suis pas très malade, ça va s'arranger. Excuse-moi de t'avoir obligé à venir ! Ce matin quand je me suis levé pour aller au bureau, la tête m'a subitement tourné, et alors je me suis recouché jusqu'à maintenant, se justifiait Shüenn tout en s'efforçant de s'asseoir.

— Recouche-toi, voyons ! Je te tiens compagnie un moment et puis je m'en vais. »

Vieux T'chong, devant le lit, lui faisait tout en parlant, signe de s'allonger.

« Ne t'inquiète pas, dit Shüenn se mettant sur son séant. Je vais m'asseoir un peu. Je n'ai pas envie de dormir, tu vois, je ne me suis même pas déshabillé.

— Ne prends pas froid, il vaut mieux te recoucher, protesta Vieux T'chong avec gentillesse, on peut très bien discuter allongé.

— Monsieur T'chong, je vous en prie, prenez un siège, vous boirez bien un peu de thé ? »

Et Shousheng posa un gobelet sur la table.

Souriant, Vieux T'chong remercia cérémonieusement puis il s'installa sur un tabouret et annonça :

« Je viens de lire le journal du soir. Nous avons

repris Liou D'jail. C'est une bonne nouvelle, pas vrai ? »

Il porta le gobelet à ses lèvres et but une gorgée.

« Vraiment ! s'écria Shüenn réconforté. (Une toux sèche le secoua...) Ainsi notre entreprise n'a plus à déménager ?

— Certes, les projets de déménagement à Lann'djoh deviennent inutiles, il n'y a plus lieu maintenant de fuir le danger.

— Dans ce cas, puis-je te prier d'aller demander pour moi demain une journée de congé. J'ai l'intention de me reposer encore vingt-quatre heures, et puis je retournerai au bureau, de cette façon, on me retiendra moins sur mon salaire.

— Tu n'as pas besoin d'y aller non plus après-demain, tu peux bien te reposer encore quelques jours chez toi. Le travail de correcteur est néfaste à ta santé, et c'est elle qui passe avant tout, dit Vieux T'chong avec douceur.

Shüenn se rembrunit.

« Mais tu connais le mauvais caractère du chef de section Wou et du chef de bureau D'joh. Si je veux gagner ma vie, je suis bien forcé de les supporter.

Vieux T'chong ouvrit la bouche, mais Shüenn demanda brusquement :

« Hier, après mon départ, tu n'as pas entendu ce qu'ils disaient à mon sujet ?

— Travaillant au rez-de-chaussée, comment pourrais-je les entendre ? (Cependant, il sortit un rouleau de billets, se leva et s'approchant du lit, le posa sur le coin de l'oreiller du malade.) Il y en a pour une valeur de dix mille cinq cents yuans, c'est ton salaire d'un mois et demi et le chef D'joh m'a demandé de te le remettre.

— Le salaire d'un mois et demi ? Il t'a demandé de

me le remettre ? Pourquoi ? » s'exclama Shüenn stupéfait. Il se tut un instant puis : « A-t-il l'intention de se débarrasser de moi ?

— Il a dit... Il a dit..., balbutia Vieux T'chong ne pouvant s'empêcher de rougir fortement.

— Qu'est-ce que j'ai fait de mal ? Il ne peut pas me congédier sans raison », protesta Shüenn indigné. La colère le gagnait. Sa tête était brûlante. Une douleur le tenaillait au côté gauche. Il était oppressé. « J'ai toujours fourni un travail correct, je n'ai jamais osé dire quoi que ce soit. J'ai déjà enduré plus qu'il ne faut. Je supporterai tout et je suis... »

Vieux T'chong rassembla tout son courage :

« Cher Wang, ne t'excite pas, il ne te congédie pas... Il dit... que ta santé est mauvaise... Sans aucun doute, il s'agit de la tuberculose. Il désire que je te conseille un repos de six mois et après on verra. Naturellement, c'est faux, à mon avis, tu ne présentes pas les signes de cette maladie. Mais tu étais sous-alimenté et surmené. Après un mois de repos, tu devrais être à nouveau sur pied. Pourtant le chef D'joh ne raisonne pas ainsi, il veut que tu te reposes plus longtemps. Il m'a dit de te remettre deux mois de salaire. Tu avais déjà touché une quinzaine, voilà pourquoi je ne t'ai apporté qu'un mois et demi. Tant mieux si tu te reposes encore quelques jours, ta santé étant meilleure, tu pourras chercher une autre situation. » Il baissa la tête et se tut.

« C'est un comble, dit Shousheng outrée, alors c'est vraiment pour cela que tu t'es éreinté deux ans pour eux comme une bête de somme et quand tu es à terre, ils te frappent. Shüenn, M. T'chong a raison, attends d'être guéri et tu chercheras un emploi plus agréable.

— De nos jours, il n'est pas facile de trouver du travail.

— Je peux essayer autour de moi, et je crois que même toi, tu y arriveras, dit Shousheng.

— Madame Wang, enchaîna Vieux T'chong, votre idée n'est pas mauvaise. Notre entreprise mi-administrative, mi-commerciale est mal organisée. Et tant mieux si mon ami Wang quitte cette boîte.

— Il est trop bon dans son travail, reprit Shousheng, il se laisse facilement marcher sur les pieds. S'il n'avait ces deux dernières années bénéficié de votre protection, monsieur T'chong, il y a longtemps qu'il n'y serait plus.

— Madame, vous me faites trop d'honneur, on ne peut pas vraiment dire que je me sois occupé de lui et je m'en excuse, poursuivit Vieux T'chong avec un sourire empreint de modestie, mais nous nous entendions bien en général. J'approuve le comportement de mon ami Wang. Là-bas, tout le monde savait que nous étions liés et c'est pourquoi le chef D'joh m'a chargé de cette mission. »

Shousheng eut un sourire contraint.

« Je sais, nous avons compris. Puisque le chef D'joh le signifie, Wen'shüenn n'a plus qu'à s'incliner et à démissionner. » Elle se tourna aussitôt vers son mari et lui demanda : « Shüenn, tu es d'accord ?

— D'accord, marmonna celui-ci.

— Madame, votre proposition est excellente, approuva Vieux T'chong, puisqu'il n'y a pas d'avenir dans l'entreprise, cela ne vaut pas un regret. Je conseille à mon ami Wang de bien se soigner. Une fois rétabli, il ne lui sera pas difficile de chercher une place... (Il prononça encore quelques phrases banales et cérémonieusement :) Si cela ne vous dérange pas, je reviendrai dans quelques jours. Ami Wang, prends bien soin de toi, de nos jours, la santé est le bien le plus précieux.

— Vieux T'chong, ne pars pas, nous avons tout notre temps », dit Shüenn qui essayait de le retenir.

Shousheng se rendit compte que c'était lui qui faisait les politesses à sa place. La venue d'un hôte apportait dans sa chambre un peu de changement, de chaleur et de vie.

« Il faut que je parte, je reviendrai bavarder dans quelques jours. » Et il expliqua avec un sourire : « J'ai encore à faire.

— Alors, je ne te raccompagne pas, bonne route, dit Shüenn déçu.

— C'est inutile. Par la suite, je pourrai revenir souvent, répondit Vieux T'chong courtoisement en se dirigeant vers la porte.

— J'accompagne M. T'chong, dit Shousheng.

— Madame, je suis confus, je vous en prie, restez, protesta Vieux T'chong qui avait déjà franchi le seuil.

— Dehors, il fait très sombre. Je vous accompagne jusqu'à la sortie », reprit-elle. Elle alluma sa lampe de poche pour reconduire son hôte au bas de l'escalier et le suivit, l'éclairant et lui faisant des recommandations.

« J'y vois, madame, je vous en prie, remontez », disait Vieux T'chong avec civilité.

Shousheng se détourna lentement pour regagner son appartement. Soudain, elle entendit Vieux T'chong causer avec quelqu'un d'autre. « La voici de retour », pensa-t-elle. Ce « la » désignait naturellement la mère de son mari. Aussitôt un sentiment de mécontentement s'empara d'elle et elle s'empressa de regagner l'appartement.

« Vieux T'chong est parti ? » demanda Shüenn. C'était une question inutile, manifestement posée pour meubler sa solitude. Déjà il s'était rallongé.

« Oui ! Il est parti », répondit-elle démoralisée.

Dans la chambre, il n'y avait pas un souffle de chaleur, seulement ces quelques vieux meubles abîmés et cette ampoule électrique à la lumière d'un jaune maladif. Et aussi Shüenn avec cette même apparence qui n'était ni celle de la mort ni celle de la vie. Cela n'était plus supportable. Elle-même se sentait encore vivante et désirait ardemment voir quelqu'un qui le soit également.

« Cet argent, il te revient, dit Shüenn avec un sourire douloureux, c'est ma vie que j'ai vendue. »

Elle acquiesça d'une voix étouffée et esquissa le geste de se rapprocher de lui, mais fit aussitôt un pas en arrière et dit avec douceur :

« Remets-le à ta mère, sinon elle sera contrariée. »

Il poussa un léger soupir et n'ajouta rien. Le pas de sa mère résonnait déjà dans le corridor extérieur, puis la vieille dame entra.

« Mère, d'où venez-vous ? » questionna affectueusement Shüenn, et sa voix tremblait solitaire dans la chambre sombre et glacée.

— Je suis allée voir le docteur Tchang Boh-tching. Je n'étais pas tranquille. Je lui ai demandé ce qu'était en fin de compte ton mal. Il a affirmé que ce n'était pas grave. Il n'est pas question de tuberculose. Il faut que tu prennes tes remèdes et alors, tu guériras, dit la mère tendrement, pourtant le ton de sa voix était un peu inquiet.

— Mais oui, ça n'est pas grave et je le savais, bien sûr, dit-il ému, pourquoi êtes-vous encore allée chez le médecin ? Dehors, il fait certainement très froid et vous vous fatiguez suffisamment chaque jour, vous comportant comme si vous étiez notre servante. Je vous en demande pardon. »

Des larmes jaillirent de ses yeux.

« Toi, soigne-toi bien. Ne t'occupe pas de ces vétilles. Ces dernières années déjà, je me suis accoutumée à ce rôle de servante. Je ne suis pas née sous une bonne étoile, moi ! »

Cette déclaration lui procura un moment de plaisir et elle jeta un regard furtif à sa belle-fille.

Shousheng, près de la table, avait suivi la tirade de sa belle-mère. Elle reçut cette phrase comme un soufflet inattendu, se raidit et rendit le regard. Mais la mère déjà se rapprochait du lit et reprenait :

« Le docteur Tchang m'a pourtant dit qu'en réalité l'hiver brumeux de cette contrée convenait mal à ta santé et il nous conseille d'aller ailleurs.

— Ailleurs ! Ailleurs !... Et où irions-nous ? Avons-nous encore de l'argent pour partir ? »

Toujours ces propos agaçants. Ainsi cette vie insipide s'écoulait goutte à goutte. La patience de Shousheng était à bout. Elle n'y était pour rien, pourquoi devait-elle être punie ? Ici ne gaspillait-elle pas ses jours, tout comme derrière les barreaux d'une prison ? Elle devait s'envoler, il le fallait, elle devait en profiter tant qu'elle avait des ailes. Pourquoi ne partirait-elle pas ? Entre eux et elle, il n'y avait plus rien de commun, elle n'avait plus la force de partager leur sacrifice. Elle devait tirer son épingle du jeu.

La mère, là-bas, parlait encore. Ses paroles étaient autant de flèches décochées dans sa direction. « Tire, je n'ai pas peur. Je ne m'abaisserai pas à me battre avec toi... », pensa-t-elle fièrement, et soudain elle eut chaud au cœur.

XX

Le samedi après-midi, Shousheng rentrait chez elle en tenant son avis de mutation et tandis qu'elle montait l'escalier, des sentiments contradictoires d'enthousiasme et d'affliction s'affrontaient en elle. Elle poussa la porte de l'appartement. Petit Shüenn assis sur la chaise d'osier devant la bibliothèque, lisait, la mère était installée sur un tabouret près de la table, Shüenn était toujours allongé sur son lit de malade. Ils étaient en train de bavarder. Petit Shüenn la regarda entrer, se leva et s'écria : « Maman ! » un sourire forcé sur son visage pâlot.

« As-tu reçu ma lettre ?

— Oui, je l'ai reçue. Il y a trop de travail à l'école. La plupart de mes camarades ne peuvent en venir à bout », dit Petit Shüenn avec une expression butée. Cela expliquait pourquoi il n'avait pas regagné la maison depuis bon nombre de jours.

Elle marmonna une vague réponse, détaillant ce fils qui était sien. Anémique, sage, tranquille, il donnait l'impression de n'avoir jamais été jeune. A treize ans, c'était encore un enfant, mais il était déjà vieux. Fronçant les sourcils, elle en détourna son regard. S'avançant vers le lit, elle demanda au malade :

« Comment te sens-tu aujourd'hui ?

— Plutôt bien », répondit celui-ci en hochant la tête.

Ce genre de dialogue faisait partie de leur « routine ». Chaque jour, elle posait la même question et chaque jour, il fournissait la même réponse bien que son état ne s'améliorât pas le moins du monde.

Elle l'entendit tousser et le vit saisir à la tête de son lit le verre qui lui servait à se gargariser et à cracher (occasionnellement, il l'utilisait en guise de crachoir), et lentement, le remettre en place. Les joues de Shüenn paraissaient plus creuses, ses yeux la dévisageaient avec une sorte d'effroi.

« As-tu pris ton remède ? » lui demanda-t-elle prise de pitié.

Il inclina la tête, il paraissait se sentir très misérable.

Elle ne put s'empêcher de lui redire ce qu'elle avait déjà répété maintes fois : qu'un examen à l'hôpital s'imposait.

« On verra ça dans quelques jours. »

Shousheng reprit avec chaleur :

« Pourquoi ne pas y aller plus tôt, je te le demande ? Je te supplie de ne pas prendre ton mal à la légère », tout à coup quelques larmes brillèrent dans ses yeux et elle détourna peu à peu son visage.

Il répondit avec lassitude :

« Ça peut encore aller comme ça. A part ma toux, je ne suis pas malade.

— Si tu tousses, c'est que tu es encore malade et tu as de la fièvre tous les jours. Je me fais du souci... » Elle s'interrompit.

« Voudrais-tu dire que je suis atteint de tuberculose ? »

Shousheng, embarrassée, n'osait répondre. Elle était navrée de ne pouvoir lui parler franchement.

« En réalité, je n'ai pas besoin d'examen. C'est la tuberculose, je le sais. Mais à quoi cela m'avance-t-il de le savoir ? Si je vais me faire examiner, je serai comme un criminel écoutant prononcer la sentence de mort. »

Ses propres paroles le désespéraient, il ne voulait plus poursuivre.

Elle le regardait en silence et pensait : « Il sait tout..., jusqu'à cette atroce certitude. » A quoi lui servaient ses recommandations ? Il était couché à attendre péniblement la succession des jours. Quelles étaient les chances qui lui restaient ? Aucune, il ne l'écoutait pas, il ne voulait même pas envisager sa guérison. Elle n'avait qu'à attendre un miracle, ou... ou bien s'en sortir d'abord seule. Des pensées contradictoires l'agitaient. C'est pourquoi d'une part, elle versait des larmes en les dissimulant et de l'autre, elle nourrissait de secrets espoirs.

« Je ne crois pas, même la tuberculose se soigne parfaitement. Tu ne dois pas lésiner sur la dépense. Je te le répète, je me débrouillerai, lui assura-t-elle dans un effort, puis elle ne put retenir ses larmes plus longtemps.

— Pour guérir, il ne suffit pas de payer, il faut aussi le moral, tu le sais bien ! Comment une telle existence me forgerait-elle un bon moral ? »

La mère intervint avec impatience :

« Shüenn, tu parles trop. Dors un peu et bientôt tu prendras ton remède. »

Shousheng lui lança un regard sombre. Elle alla jusqu'à la table et prit un siège. Une fois là, elle ne sut plus à quoi s'occuper. Personne ne faisait attention à elle. Petit Shüenn lui-même, ne venait pas lui faire la conversation. L'ennui la gagnait et maintenant, elle ne savait même plus où poser ses yeux.

Elle resta un moment piquée sur sa chaise sans savoir quoi faire. Était-elle obligée d'attendre là que la mère ait terminé et apporté le repas ? Et même alors, ce serait mortel, ensuite le froid serait plus sensible encore. La lampe jetait toujours cette lumière d'un jaune blafard et lors des coupures de courant si nombreuses, c'était un noir d'encre. Toujours ces entretiens tristes et monotones, ce visage maladif. Elle ne pouvait vraiment plus endurer cette vie, ni gaspiller ainsi vainement sa jeunesse. C'est seulement après s'en être elle-même sortie, qu'elle pourrait porter secours aux autres. Sinon, elle mourrait là, dans cette chambre.

Elle se leva brusquement. A nouveau elle avait pris une décision. Elle n'avait plus besoin d'hésiter. Elle rangea son ordre de mutation dans son sac. Pourquoi laisserait-elle passer cette occasion ?

Elle alla jusqu'à Petit Shüenn.

« Je sors. M'accompagnes-tu ? »

Il leva la tête, la regarda et répondit sans enthousiasme :

« Tu n'attends pas d'avoir dîné ? »

Cet enfant s'exprimait comme un adulte, plus exactement comme son père.

« Nous dînerons dehors, dit-elle brièvement.

— Alors, on n'invite pas grand-mère à venir avec nous ? » questionna Petit Shüenn en élevant la voix.

Shousheng changea brusquement d'avis.

« Bon, n'y allons pas, ce sera aussi bien. »

Elle se sentait énervée sans savoir pourquoi. Son fils l'avait agacée.

Petit Shüenn la regarda surpris et demanda encore :

« Tu ne sors plus ?

— Non », dit-elle en secouant la tête et pensant : « Cet enfant a la langue trop longue. »

Petit Shüenn lui jeta un coup d'œil, il n'ajouta rien et se replongea dans son livre.

« C'est comme s'il n'était pas mon fils », pensa-t-elle. Elle se tenait debout derrière le garçon, le détaillant attentivement à son insu. Il lisait une pièce de théâtre. Peu à peu la lumière du jour baissait et celle de l'ampoule électrique qu'on venait d'allumer n'éclairait pas grand-chose, aussi se courbait-il sur son texte. Elle pensa encore : « Il va s'abîmer la vue », et ne put s'empêcher de lui dire gentiment :

« Petit Shüenn, repose-toi un peu, tu n'as pas besoin de travailler autant. »

Petit Shüenn releva la tête, lui jeta un coup d'œil surpris et obéit. Ses paupières clignaient sans arrêt comme irritées. Puis il ferma le livre et se leva nonchalamment.

« Ainsi, il ne rit jamais et il se meut si lentement ! Il n'a plus rien d'un enfant. Maintenant, c'est l'image de son père », se dit encore Shousheng.

Le garçon marcha doucement vers le lit pour voir le malade. « Il ne me témoigne pas la moindre affection, on dirait que je suis sa marâtre », se chagrina-t-elle, et elle prit place sur le siège qu'il venait de quitter.

La mère, assise sur le bord du lit, parlait avec Shüenn. Petit Shüenn, debout, écoutait silencieux. La conversation semblait très intime.

« Elle ne veut pas que je lui parle, et elle, pourquoi ne le laisse-t-elle pas se reposer ? Vieille égoïste ! » s'indigna Shousheng. Machinalement, elle tendit la main vers le rayonnage et y prit le livre que Petit Shüenn venait d'y déposer. « Elle me hait, je suis son ennemie. Petit Shüenn me montre de la froideur, c'est elle évidemment qui l'influence. Shüenn ne veut pas la contrarier. Non, en réalité, c'est elle qu'il préfère. » Plus Shousheng réfléchissait, plus elle se sentait déprimée. Elle était lasse de cette solitude, de cette indifférence. Elle avait besoin de se changer les idées. Son regard tomba sur le livre qu'elle tenait. Elle aperçut d'abord deux mots imprimés en rouge : *Prairie sauvage*. C'était une pièce de Ts'ao Yü[1]. Elle l'avait vu représenter sur scène, mais avait entendu dire par la suite qu'elle avait été interdite. Au fur et à mesure de sa lecture, l'œuvre lui paraissait excellente. Pourquoi fallait-il qu'elle choisît précisément cette pièce : il y avait dans l'intrigue une belle-mère qui haïssait aussi sa belle-fille. Le mari coincé entre les deux femmes, était déchiré entre ses affections. Et le dénouement, le dénouement était affreux. Mais elle, elle n'était pas le même genre de femme et n'accepterait pas une fin pareille. Ici, elle était de trop, mais elle avait une porte de sortie. Son ordre de mutation était toujours dans son sac, pourquoi ne pas en profiter ? C'était une affaire réglée. La banque n'enverrait certainement personne à sa place à moins qu'elle ne démissionne, et évidemment, elle ne pouvait démissionner. Si elle quittait la banque en ce moment, il lui serait impossible de trouver un autre emploi, de plus, elle y avait des

1. T's ao Yü, de son vrai nom Wann Tia-bao, dramaturge né au Hupei en 1905. Ses œuvres principales sont une trilogie : *Pluie d'orage, Lever de soleil, Prairie sauvage.* Il a également écrit : *L'Homme de Pékin.*

Professeur à l'école dramatique, il dirige le conservatoire d'art dramatique à Pékin de 1953 à 1955. Il est critiqué à la révolution culturelle, mais fait une réapparition en public, aux fêtes d'octobre 1974 avec Pa Kin et Mao Touenn.

dettes car elle s'était associée pour spéculer avec le chef de bureau Tchenn.

« S'envoler ! Oui, s'envoler ! » Il lui semblait qu'une voix l'encourageait en répétant cette phrase à son oreille. L'ordre de mutation occupait peu à peu tout son horizon. Lann'djoh, les deux syllabes métamorphosées en avion, volaient dans sa tête. Peu à peu, la joie l'envahissait. Elle se sentit à nouveau remplie de résolution. Elle eut pour la mère un regard méprisant. Elle pensait : « Vous êtes alliés contre moi, mais je n'ai pas peur, j'ai ma propre voie ! Je pars en avion. »

XXI

Shüenn avait fait un rêve terrifiant : Shousheng l'avait quitté pour partir avec un autre homme et sa mère était décédée. Il pleurait encore quand il s'éveilla. Son cœur battait à tout rompre, il prêta l'oreille à ce bruit rythmé. Il ouvrit largement la bouche et écarquilla les yeux pour voir à travers l'obscurité. Mais la chambre était plongée dans les ténèbres et il lui semblait être entièrement enveloppé dans un épais rideau noir. Il se sentait oppressé et sa respiration était haletante. Il éprouvait toujours une douleur tapie au fond de sa poitrine. Avec lassitude, il ferma les yeux mais les rouvrit aussitôt car le cauchemar se reformait.

Un doute le prit : « Où suis-je donc ? Suis-je mort ou vivant ? » Autour de lui, il n'y avait pas trace d'existence humaine, pourtant le silence n'était pas total. A l'intérieur de la chambre, de légers bruits troublaient la paix. « Je suis seul », se dit-il brusquement envahi de tristesse et il se remit à pleurer. « Est-ce vrai que Shousheng soit partie ? Ma mère est-elle réellement morte ? » se demanda-t-il avec désespoir. Personne ne répondait. Il se tourna et se retourna. « Comment se fait-il que tout soit si calme ? Ai-je été la proie d'un rêve ? » Il effaça sur sa joue la trace d'une larme. Sa gorge était irritée, il se mit à tousser.

Soudain, il repoussa sa couverture et sauta à bas du lit. Il alluma. Une lumière d'un blanc de neige envahit la pièce, l'éblouissant presque. Debout devant la table, il enfila ses vêtements. Au premier coup d'œil, il aperçut sa femme endormie sur le lit. Loué soit le ciel ! Elle dormait parfaitement, la couverture de coton lui couvrant à demi le visage, ses longs cils lui donnaient l'air de dormir avec les yeux grands ouverts. Pas une ride sur le front, elle paraissait aussi jeune que dix ans plus tôt. Il s'examina lui-même : sa robe de soie ouatée était déjà décolorée et son manteau de coton bleu était également passé. Son corps entier le faisait souffrir, il avait envie de se nettoyer la gorge. Shousheng et lui, ne semblaient pas être du même âge. Il avait changé ! Ce n'était pas une découverte, mais cette fois cependant, Shüenn la reçut comme un coup de poing en pleine poitrine. Il eut un étourdissement et en hâte, se rattrapa à la table.

Il resta là un moment. Soudain il frissonna, rentrant malgré lui le cou dans les épaules. La chambre continuait d'être très éclairée. Le rat, à nouveau, rongeait le parquet. Dehors, dans la rue, quelqu'un avançait lentement et criait d'une voix triste de vieillard :

« Riz au caramel ! »

Shüenn ne put retenir un soupir. Son regard tomba sur la porte de la chambre de sa mère. A travers la porte close, parvenait le ronflement léger de Petit Shüenn. Lui et sa grand-mère étaient profondément endormis. Shüenn prêta à nouveau l'oreille et entendit encore son fils. « On peut s'apitoyer sur cet enfant, pensa-t-il, quel malheur d'être né dans notre famille !

Ma mère aussi est à plaindre, avec l'âge, lui sont venus les tracas, mais par bonheur tous dorment paisiblement. » Cette constatation le réconforta un peu.

Il se mit à tousser, il avait besoin de dégager sa gorge. Il se retint, de peur d'éveiller sa femme et sa mère. Il haletait doucement, la poitrine douloureuse. Il s'essuya la bouche avec un mouchoir et marchant vers la bibliothèque, se laissa tomber sur la chaise d'osier.

Il se racla la gorge un bon coup, il avait besoin de cracher. Il voulut cracher par terre, mais le crachat collait à sa langue, à ses lèvres et ne voulait pas se laisser expulser. Le cœur en deuil, il songea amèrement : « Même pour cela, la force me manque. »

Après s'être débarrassé, il se sentit la gorge sèche et voulut boire un peu de thé. Il se leva. Par mégarde, il fit tomber un objet noir qui se trouvait sur la bibliothèque. Il se baissa aussitôt pour le ramasser. C'était le sac de Shousheng. Au moment où Shüenn le saisissait, le sac s'ouvrit en grand et un bâton de rouge ainsi qu'une feuille de papier s'en échappèrent. Il se baissa pour les récupérer et aperçut l'ordre de mutation.

Il le prit, retourna s'asseoir et le lut avec attention. Il ne comportait que quelques lignes, mais il le relut à plusieurs reprises. Il lui sembla recevoir une douche froide, il était glacé des pieds à la tête.

« Elle me trompe », se dit-il à voix basse, puis il pensa : « Pourquoi le ferait-elle puisque je ne me mettrais pas en travers ? » Mais il éprouvait la douleur et l'indignation d'un homme qui vient d'être trahi. Silencieux, il se mordait les lèvres, ne parvenant pas à renouer le fil de ses idées. Il ressentait une souffrance latente dans la poitrine. Il se mit à la masser doucement. « Les microbes dévorent mes poumons, bon, alors laissons-leur cette joie ! »

Il se pencha sur l'ordre de mutation, se demandant : « Va-t-elle vraiment partir ? » Il était inutile qu'il se pose la question une seconde fois, ce papier lui prouvait qu'elle allait partir.

« Qu'elle parte et ce sera tant mieux. Elle devrait se chercher de nouveaux horizons. Si je la garde près de moi, tout ce que je gagne, c'est de gâcher sa vie pour rien », se dit-il en guise de consolation. A nouveau, il regarda du côté de Shousheng, mais elle s'était déjà retournée et il ne put distinguer que sa chevelure.

« Comme elle dort bien », murmura-t-il.

Il appuya sa tête au dossier, ferma les yeux et s'assoupit un moment. Il tenait toujours l'ordre de mutation, serré dans sa main.

Réveillé en sursaut, il ouvrit les yeux. Dans la chambre, quelle clarté ! Quel calme ! Quel froid ! Il tourna la tête pour voir Shousheng. Étendue sur son lit, elle dormait toujours, mais elle avait changé de position, le visage était maintenant orienté vers lui, l'épaule était découverte, une épaule blanche et potelée. « Elle va prendre froid », pensa-t-il. Il se leva, marcha vers le lit et la recouvrit. Avec précaution, il prit sa main, la reposa tout doucement, mais malgré tout, la réveilla.

Elle poussa une faible plainte, ouvrit lentement les yeux et lui demanda :

« Tu ne dors pas ? » Puis elle s'exclama, surprise : « Comment, te voilà debout !

— J'ai vu que tu avais l'épaule découverte et j'ai craint que tu ne prennes froid », lui expliqua-t-il à voix basse, tenant toujours à la main l'ordre de mutation.

Elle lui adressa un sourire reconnaissant puis, comme insensiblement, son regard se déplaça, et elle aperçut soudain son ordre de mutation.

« Qu'est-ce que tu as dans la main ? » questionna-t-elle surprise ; elle se mit sur son séant et resserra l'encolure de sa chemise de nuit. « Où l'as-tu trouvé ?

— Je l'ai vu », répondit-il en baissant la tête et son visage devint écarlate. Et il ajouta, très vite, pour se justifier : « Ton sac est tombé de la table et il s'est ouvert.

— Je l'ai reçu juste aujourd'hui. Je ne sais toujours que faire », dit-elle sur un ton d'excuse, se rappelant qu'elle avait, par négligence, oublié son sac sur la table.

Elle éternua et se hâta de se pelotonner sous les couvertures.

Il dit à voix basse :

« Vas-y, je ne formule pas d'objections.

— Je sais », opina Shousheng.

Elle remarqua que Shüenn la regardait comme s'il avait une foule de choses à exprimer, mais il les taisait ; elle aussi en souffrait intérieurement.

« Au début, je ne voulais pas partir, mais si je reste, comment vivrons-nous tous... »

Il l'interrompit en balbutiant :

« Bien sûr, bien sûr.

— Le chef de bureau Tchenn m'a aidée à obtenir un billet d'avion, il dit que le départ est mercredi.

— Oui, acquiesça-t-il machinalement.

— De toute façon, j'aurai peu de bagages. Le magasin de pelleterie du Nord-Ouest est bon marché et je pourrai m'y procurer des vêtements.

— Certes, il est très intéressant, répliqua Shüenn avec abattement.

— A la banque, je pourrai recevoir des frais de route, je pourrai également emprunter, je laisserai en priorité cinquante mille yuans à la maison.

— Bien », répondit-il laconiquement. Il souffrait atrocement.

« Soigne-toi bien. Lorsque j'arriverai là-bas, je monterai d'un échelon, je gagnerai plus et pourrai envoyer davantage à la maison. Ne te soucie que de ta guérison. » Au fur et à mesure qu'elle parlait, Shousheng reprenait de l'assurance et un sourire apparut sur ses lèvres.

Shüenn ne pouvait plus se dominer. Il dit alors : « Je vais dormir. »

Il se contraignit à aller jusqu'à la bibliothèque et à replacer l'ordre de mutation dans le sac ; ensuite il retourna vers son lit et s'y abattit à bout de forces. Se cachant la tête sous sa couverture, il se mit à pleurer tout bas.

Shousheng avait à peine fermé les yeux, lorsqu'elle entendit les sanglots de Shüenn. Sa joie, son excitation s'évanouirent. Elle ressentit un vif déchirement. Elle l'appela : « Shüenn ! »

Il ne répondit pas. Elle renouvela son appel. Il ne répondit toujours pas mais ses pleurs se firent plus audibles. Elle ne put retenir son émotion. Elle écarta sa propre couverture et se glissa sous la sienne. Il voulut s'écarter, mais elle le prit dans ses bras. Elle versait des larmes et d'une voix hachée, disait :

« Moi non plus, je ne voulais pas partir. S'il n'y avait pas eu ta mère, s'il n'y avait pas eu la vie actuelle... Moi aussi, j'ai beaucoup de peine ! Moi, une femme toute seule, moi... »

XXII

A partir de ce soir-là, il ne cessa de faire des rêves. Ceux-ci le tourmentaient. Jamais, il ne passait une nuit calme. Un rêve succédait à l'autre. Il s'y voyait sans cesse en train d'être séparé de Shousheng, elle partait pour Lann'djoh ou pour ailleurs et même parfois après s'être querellée avec la mère, elle le quittait fâchée. Lorsqu'il se réveillait, il était la plupart du temps couvert d'une sueur glacée. Il poussait un long soupir d'impuissance, il se savait déjà très gravement malade.

La nuit, Shousheng reposait à ses côtés. A cause de son mal, il évitait de tourner vers elle son visage. Lorsqu'ils ne dormaient pas, leurs cœurs cependant étaient très loin l'un de l'autre. Sa femme était sortie tout le jour, et le soir, elle rentrait relativement tard. Elle menait la vie de société et ses collègues s'étaient cotisés pour lui offrir un repas d'adieu. Chaque soir, lorsqu'elle regagnait la maison et qu'elle apercevait comme à l'accoutumée la mère en train de tenir compagnie à son fils, Shousheng attendait pour franchir la porte que celle-ci se fût retirée dans sa chambre. Puis elle s'asseyait sur le rebord du lit, ou devant la table sur le tabouret, et elle racontait à

Shüenn sa journée. A ce moment, elle parlait avec abondance et lui, comparait cette animation avec le calme qui avait précédé. Souvent, il la buvait des yeux, se demandant si après leur séparation, il aurait à nouveau l'occasion de la regarder.

Quand Shüenn ne rêvait pas, il se torturait à compter les moments et les jours qui leur restaient à passer ensemble. Le nombre s'en amenuisait et cela ne faisait qu'attiser sa révolte et accroître son accablement. Laisserait-il aller Shousheng ou la retiendrait-il ? Lui permettrait-il d'être heureuse ou l'entraînerait-il à l'abîme ?

« Après ton départ, penseras-tu encore à moi ? » voulait-il souvent lui demander, mais il n'osait pas.

Shousheng lui remit cinquante mille yuans : vingt mille en liquide et une traite à valoir sur la banque. Elle lui expliqua que ce compte bimensuel, les formalités ayant été effectuées une fois pour toutes, rapportait des intérêts de sept pour cent. Au fond, elle était plus savante que lui.

Elle préparait ses bagages avec soin. Elle revint brusquement avec une excellente nouvelle : il se pouvait que la date de son départ soit différée de deux semaines. Elle-même s'en réjouissait, elle lui dit encore qu'elle aurait été heureuse de commencer avec lui la nouvelle année. Quant à Shüenn, rien ne pouvait le réconforter davantage. Il n'avait aucun moyen de la retenir, simplement son espoir de la conserver était violent et il se rassasiait de son joli visage plein de vie.

Mais parfois aussi, ces tête-à-tête ne lui apportaient que du chagrin, il était bien obligé de constater combien Shousheng aspirait à cet endroit lointain et aussi que l'idée de le quitter ne semblait pas lui causer une grande peine. A plusieurs reprises, elle lui dit en riant :

« Je pourrai revenir te voir dans trois ou quatre mois. Le chef de bureau Tchenn connaît l'employé de la compagnie aérienne et il lui est facile de se procurer un billet. Pour mon retour, ce sera également très commode. »

Il ne put qu'acquiescer, mais en lui-même il pensa : « J'attendrai que tu reviennes, mais serai-je encore de ce monde ? » Il aurait aimé pleurer un bon coup pour se soulager.

Lorsque Shüenn avait besoin d'expectorer, l'effort lui faisait venir une douleur au poumon gauche. Il haletait en s'efforçant de ne pas faire de bruit. Shousheng avait fini par prendre l'habitude de l'entendre, mais à chaque fois, elle lui témoignait une attention apitoyée ou l'interrogeait avec sollicitude.

Après être resté longtemps assis, Shüenn se mettait à arpenter sa chambre. N'eût été sa mine, sa toux et certains de ses gestes, personne n'aurait pu se douter de la gravité de son mal. Il prenait toujours des médicaments, mais ceux-ci ne lui faisaient plus d'effet. Sa mère insistait maintenant pour qu'il se rende à l'hôpital pour y subir un examen, se faire radiographier et s'y faire faire les prescriptions nécessaires. Mais lui trouvait toujours un moyen de différer. Il voulait s'en tenir aux remèdes pour limiter les dépenses, et de plus, ne s'attachant pas au résultat réel, il poursuivait son traitement uniquement parce qu'il lui apportait du réconfort et de l'espoir.

Parfois aussi, parce qu'il était seul et que les journées d'hiver étaient longues, Shüenn s'adonnait à la lecture. Il dormait son content la nuit, mais ne pouvait rester les yeux clos durant le jour. Il aimait également lire, marcher, bavarder. Tout ceci l'entretenait dans l'illusion qu'il n'était pas gravement atteint, il allait même jusqu'à oublier l'existence de son mal. Mais sa mère l'empêchait de trop lire, bavarder ou s'agiter : il était souffrant, donc pas question de vivre comme les gens bien portants.

Et pourquoi pas ? Rester toute la journée allongé sur son lit, ne réussissait qu'à le laisser en proie à ses pensées et à augmenter son inquiétude et sa dépression. Presque quotidiennement, il calculait combien il avait dépensé et combien il lui restait. Il se trouvait si désargenté ! Les prix ne cessaient de monter, son indemnité de licenciement et la somme que Shousheng avait laissée pour la maison, rapportaient chaque mois un petit intérêt, est-ce qu'additionnées, elles pourraient lui suffire encore longtemps ? Il lui semblait voir chaque jour l'argent s'écouler sans jamais s'arrêter, il avait les mains liées et était impuissant à endiguer cette fuite. Il ne touchait pas le moindre revenu, seules existaient ces dépenses sans fin... C'était effrayant, et lorsqu'il y pensait, il restait transi.

Un jour, sa mère acheta un poulet à son intention. Elle prépara joyeusement un potage et le lui porta dans un grand bol peu de temps après le repas de midi. Depuis l'avant-veille, il manquait totalement d'appétit.

« Si tu l'apprécies, je pourrai t'en faire souvent », dit sa mère pour le tenter.

Shüenn répliqua agacé :

« Merci, c'est trop coûteux, ce ne sont pas là des nourritures à notre portée. » Cependant, il accepta le bol.

« Ce poulet m'a coûté plus de mille sous, mais c'est

encore très bon marché. Quand tu auras pris ton potage, tu te sentiras beaucoup mieux. »

Son fils l'avait contrariée, néanmoins elle gardait son habituelle prévenance.

« Mais voyons, nous sommes pauvres, s'entêta-t-il, je n'ai pas de santé et j'ai malheureusement perdu mon emploi. Même les riches ne peuvent vivre sans rentrée d'argent, sinon c'est la catastrophe ! »

La mère eut un sourire un peu forcé :

« Quelle importance, ne te mets pas martel en tête. De toute façon, nous avons quelques ressources, rétablis-toi, ensuite nous en reparlerons.

— Chaque jour, la vie est plus chère et l'argent plus rare. Shousheng même pas encore partie, je crains bien d'être obligé d'entamer la provision qu'elle nous laisse », dit-il soucieux. Le potage, dans ses mains, fumait.

Le sourire de la mère s'effaça. Elle détourna la tête, pensant pouvoir dissimuler son inquiétude, mais en vain. Elle lui fit à nouveau face et dit, agacée :

« Mange vite ! »

Shüenn leva le bol pour boire, une cuiller ou des baguettes n'étaient pas nécessaires : il était encore légèrement troublé. A ses côtés, sa mère laissa échapper un faible soupir. Il lui semblait voir le visage triomphant de « cette femme ». Elle sentit son propre visage s'embraser et baissa la tête, mais son attention fut attirée par le bruit qu'il faisait en buvant. Il la complimenta :

« Délicieux, délicieux ! » Son irritation s'était dissipée, il scruta avidement le bol, y cueillit un pilon et se mit à le ronger.

Soudain, fixant sa mère, il lui sourit :

« Mais toi aussi, manges-en un peu.

— Je n'ai pas faim », répondit-elle doucement. Elle le dévisageait avec une tristesse apitoyée, reflet de sa souffrance intérieure.

« Je ne suis pas vraiment malade. Je suis seulement sous-alimenté, ma santé va s'améliorer progressivement.

— Bien sûr, ta santé va s'améliorer ! » répliqua mécaniquement la mère.

A nouveau, il se mit à mâcher avec application la chair du poulet et il lui paraissait n'avoir jamais rien consommé d'aussi exquis. Il se dit brusquement : « Si je m'étais toujours aussi bien nourri, je n'aurais pas attrapé cette maladie. » Tout en se restaurant, il monologuait. Sa mère, debout à son côté, l'observait et, malgré un sourire, s'essuyait les yeux, pensant : « Apparemment il reprend le dessus, il peut manger, c'est bon signe. »

« Mère, vous aussi, mangez un peu. Le goût est savoureux, savoureux. Il faut prendre des forces. »

Tenant le bol d'une main huileuse, Shüenn termina la volaille et adressa à sa mère un sourire de contentement.

« C'est d'accord, je vais manger. »

La mère ne voulait pas le faire trop parler, c'est pourquoi elle lui répondait vaguement, en réalité, elle pensait : « Un poulet aussi maigre, n'importe qui d'autre l'aurait trouvé insuffisant. » Elle récupéra le bol vide et l'emporta. Lorsqu'elle revint, il dormait, retenu par le dossier du fauteuil d'osier. La mère s'approcha de son fils sur la pointe des pieds pour le recouvrir, mais juste à ce moment, il ouvrit les yeux et s'écria en l'agrippant :

« Shousheng !

— Qu'y a-t-il ? »

Le regard de Shüenn fit le tour de la pièce, puis il demanda étonné :

« Shousheng n'est pas encore rentrée ?

— Non, je n'en ai pas vu l'ombre », répondit la mère dans un souffle désespéré. Il ne devait pas constamment penser à Shousheng. Celle-ci ne lui faisait aucun bien, se contentant de le tourmenter et de le tromper purement et simplement.

Au bout d'un instant, un sourire triste lui vint aux lèvres :

« J'ai rêvé cette fois-ci encore », dit-il en se levant avec lenteur.

« Shousheng est vraiment trop occupée. Elle va partir et elle ne peut non plus passer ces deux prochains jours avec nous », se dit-il en s'appuyant à la bibliothèque. Il fit demi-tour, écarta la chaise et, toujours avec lenteur, marcha jusqu'à la fenêtre et se mit à l'ouvrir et à la refermer.

« Fais attention de ne pas prendre froid », dit sa mère avec sollicitude. Lorsqu'elle avait entendu son fils prononcer encore le nom de cette femme, elle n'avait pu s'empêcher d'être contrariée et de se taire mais elle ne pouvait continuer maintenant à lui faire la tête.

« Je suis épuisé, répondit Shüenn, il faut que je respire un peu d'air frais. »

A l'atmosphère glacée, cependant, se mêlait la puanteur du gaz. En même temps, quelque chose lui raclait le visage, c'était inconfortable et douloureux.

Le ciel avait perpétuellement une apparence de tristesse. Le temps aussi était mélancolique. La rue était gris foncé et les passants qui allaient et venaient, rentraient la tête dans les épaules.

« Va donc encore dormir, lui conseilla sa mère, tu es là à ne rien faire et à t'ennuyer. »

Il ferma la fenêtre et se retourna, répondant avec un hochement de tête : « Bien. »

Il regarda son lit. Il avait envie d'aller s'y étendre et en même temps, il en éprouvait de l'appréhension. Finalement il poussa un soupir et se dit : « Les journées sont vraiment longues. »

Enfin, il marcha jusqu'au lit et ôta ses vêtements, mais, comme toujours, il resta les yeux grands ouverts.

La mère s'installa sur la chaise, les paupières closes. Elle se détendait. Elle entendait son fils se retourner sans arrêt, elle savait ce qui le tourmentait et en ressentait une irritation mêlée de tristesse. Au bout d'un moment, elle n'y put tenir. Elle tourna la tête dans sa direction et lui dit pour le réconforter :

« Shüenn, n'y pense pas tant, calme-toi et dors !

— Je ne pense à rien, répondit-il à voix basse.

— N'essaie pas de me tromper, tes pensées sont encore tournées vers Shousheng.

— C'est moi qui lui ai conseillé de partir. Elle n'y tenait pas du tout, expliqua-t-il, ce changement est peut-être une amélioration. Elle n'aimait pas cet endroit et en allant à Lann'djoh, son traitement augmentera et elle espère gravir un échelon.

— Je sais, je sais, s'impatienta la mère, mais tu ne penses qu'à elle, pourquoi ne penses-tu pas à toi, pourquoi ne te préoccuper que des autres ?

— A moi ? s'étonna-t-il, pour ce à quoi je suis bon ! » Shüenn prononça ces mots sans avoir réellement l'air d'y croire, ajoutant : « Je suis pratiquement guéri. De Lann'djoh, Shousheng peut m'aider davantage. »

La mère eut un rire sarcastique :

« Elle ! Tu la crois ! C'est un oiseau sauvage. Si jamais tu la lâches, n'espère pas la récupérer. »

Shüenn s'assit sur son lit.

« Mère, vous qui vous montrez indulgente envers tout le monde, vous vous acharnez sur Shousheng ! Elle n'est pas du tout comme vous le dites. De plus, c'est dans notre intérêt qu'elle a accepté de se rendre à Lann'djoh. »

La mère le regarda, hébétée, puis se ravisant, elle hocha la tête, semblant céder :

« Alors, je me fie à toi, je te crois... Dans ce cas, calme-toi et dors. Si tu parles trop, tu vas te fatiguer et ton état empirera. »

Shüenn ne répondit pas, il se couvrit le visage comme absorbé par quelque préoccupation. Le regardant avec compassion, sa mère le plaignait dans son cœur : « Pourquoi t'aveugler ainsi ? » Cependant sa voix était encore empreinte d'amour maternel en lui disant :

« Shüenn, recouche-toi, tu vas prendre froid à rester assis. »

Il leva la tête et lui lança un regard de gratitude. Un instant immobile, il descendit soudain du lit.

« Merci, je sors » dit-il précipitamment et il se courba pour lacer ses chaussures.

« Tu sors, mais pourquoi ?

— J'ai à faire.

— Que peux-tu donc avoir à faire ? L'entreprise t'a licencié. Dehors on gèle, et tu n'es pas encore très solide », protesta la mère.

Shüenn se leva, le teint rougi par l'excitation.

« Mère, ça n'a pas d'importance, s'obstina-t-il, laissez-moi y aller pour une fois. »

Il se dirigea vers le portemanteau, en décrocha son pardessus de coton bleu et l'enfila.

« J'attends ton retour », dit vivement, après l'avoir aidé à mettre son vêtement, la mère qui était inquiète. « Tu ne devrais pas sortir, non ! Il ne le faudrait pas ! répétait-elle tout en lui enroulant autour du cou son vieux cache-nez blanc et noir, tu ne devrais pas sortir. Si ça ne va pas, envoie-moi un billet et j'irai te chercher, ajouta-t-elle encore.

— Ne t'inquiète pas, je pourrai rentrer, je ne vais pas loin », répondit-il en se dirigeant vers la porte.

Sa mère le regarda en ayant l'impression de vivre un rêve.

« Que va-t-il faire ? A vrai dire, je n'y comprends rien ! » se dit-elle une fois seule. Elle resta immobile à la même place à réfléchir puis, allant jusqu'au lit de Shüenn, elle se courba pour le retaper.

Le lit fait, elle examina la chambre : le plancher était très poussiéreux avec en plus quelques traces de crachats encore humides. L'air décidé, elle attrapa le balai dans le couloir extérieur et se mit en devoir de nettoyer. Sur la table s'accumulait déjà une couche de poussière. La pièce donnait sur un boulevard et à chaque passage de camion, s'élevait un nuage de poudre grise qui y pénétrait. La mère trouva brusquement cette saleté intolérable. A nouveau, elle se mit à frotter la table, le bureau et même le tabouret, jusqu'à ce que tout reluise.

Ayant terminé, elle s'assit sur sa chaise pour se reposer. Elle avait mal aux reins. Pendant un moment, elle se frictionna. « Si quelqu'un pouvait me rendre ce service, comme ce serait agréable », pensa-t-elle, mais aussitôt, elle réalisa dans quelle situation elle se trouvait et se tança : « Tu te comportes comme une vieille bête. Quel souhait ridicule ! » et elle poussa un soupir chargé de désespoir. Elle appuya sa tête contre le dossier. Une ombre apparut devant ses yeux. Un visage, flou tout d'abord, puis parfaitement distinct. Elle se sourit à elle-même : « Je pense encore à lui. » Cependant, elle poursuivit à voix basse : « Ce n'est pas pour moi, je sais que ma destinée est mauvaise, mais pourquoi ne bénis-tu pas Shüenn ? Tu ne peux pas le laisser vivre ainsi ! » Attristée, elle laissa échapper quelques larmes.

Peu de temps après, Shüenn poussa la porte et entra ; il aperçut, installée sur la chaise d'osier, sa mère qui essuyait ses larmes.

« Mère, qu'y a-t-il ? Pourquoi pleurez-vous ? »

Elle lui mentit.

« J'ai balayé, la poussière m'est entrée dans les yeux et je suis en train de l'ôter.

— Mère, vous avez fait mon lit, reprit-il, touché, en se dirigeant vers elle.

— Je n'avais rien pour m'occuper et l'oisiveté me remplit d'ennui. Où es-tu allé ? »

Il reprit sa respiration, toussota, puis détournant la tête :

« Je suis allé voir Vieux T'chong. »

Elle se leva et lui demanda avec étonnement :

« Mais dans quel but ? Tu es allé jusqu'à l'entreprise ?

— Je l'ai prié de se charger de me trouver du travail, murmura-t-il.

— Trouver du travail ? Mais tu n'es pas encore guéri, pourquoi cette hâte ? s'écria la mère contrariée, ta santé compte avant tout.

— La plupart des Chinois sont dans mon cas, on dit qu'ils sont malades, mais s'ils se traînent encore quelque dix ans, ils n'auront pas de problèmes. Je me sens maintenant beaucoup mieux et Vieux T'chong lui aussi considère que je me porte mieux. Il a dit qu'il chercherait pour moi. »

Le visage de Shüenn reflétait comme auparavant la fatigue et la maladie et il semblait avoir de la peine à parler. Il alla jusqu'à son lit et s'y assit.

« Ah, pourquoi te presses-tu autant, en ce moment, nous avons de quoi manger.

— Mais je ne peux tout de même pas rester couché toute la journée, à vous regarder vous affairer seule, répliqua Shüenn avec amertume, je suis un homme, je ne puis toujours demeurer les bras croisés et vivre à vos crochets. »

Sa mère, la gorge serrée, l'interrompit :

« Tu es mon fils, je n'ai que toi. Si tu persistes à ne pas vouloir te soigner, sur qui m'appuierai-je dans l'avenir ?... »

Shüenn se mordit le pouce, mais ne ressentit aucune douleur car le côté gauche de sa poitrine le faisait beaucoup souffrir. Un instant plus tard, il laissa retomber sa main sans prendre garde à la trace profonde qui s'y trouvait imprimée. Il regarda sa mère. Assise, la vieille dame restait silencieuse. Il la contempla, apitoyé, pensant : « Tous vos rêves, tous vos espoirs sont tombés à l'eau. » Il connaissait l' « avenir », l' « avenir » comme un masque féroce avec deux rangées de terrifiantes dents blanches.

Tous deux, immobiles, se taisaient. Ce silence était effrayant, torturant. Dans la pièce, il n'y avait plus trace de vie. La rumeur des voix, le bruit des voitures qui montait de la rue ne parvenaient pas à briser ce silence. Mais la mère et le fils étaient profondément plongés dans leurs pensées, celles-ci ne suivaient pas la même route, néanmoins elles se rencontraient en un point et se comprenaient : c'était un mot gigantesque : LA MORT.

Le fils vint se placer derrière sa mère.

« Mère, ne vous inquiétez pas, dit-il tendrement, vous pouvez encore compter sur Petit Shüenn, il a sûrement plus d'avenir que moi. »

La mère savait ce qu'il avait en tête et elle en fut davantage tourmentée.

« Cet enfant, c'est tout ton portrait quand tu étais petit, il te ressemble par trop », s'attrista-t-elle.

Elle ne voulait pas laisser Shüenn voir son chagrin, mais cette phrase lui révélait plus encore la solitude de sa vie. Elle n'avait pas tort. Petit Shüenn lui ressemblait trop, ce qui voulait dire que, comme pour lui, l'avenir était noir. Aussi, sur qui en définitive, pourrait-elle compter ? Shüenn lui-même, parfois, avait fait reposer ses espérances sur son fils, il comprenait maintenant que celles-ci manquaient de solidité.

« Il est encore petit, peu à peu il va s'améliorer. A vrai dire, je lui en demande bien pardon, en fin de compte, je ne me suis pas beaucoup occupé de son éducation, ajouta-t-il, cherchant à réconforter sa mère.

— Pour dire vrai, cela n'a rien d'étonnant. Tu n'as pu prendre aucun repos de toute ton existence et tu as durement peiné... » L'émotion lui coupa la parole, elle se leva brusquement et effectua une sortie qui ressemblait à une fuite.

Silencieux, il se dirigea vers la fenêtre et l'ouvrit. Le ciel lui faisait face comme un visage blafard. Les nuages gris-noir paraissaient des silhouettes menaçantes. Le froid aussitôt le fit frissonner. Il sentit quelque chose de glacé sur ses joues. « Il pleut », se dit-il tristement.

Derrière lui s'élevait un bruit de pas. Shousheng venait d'arriver. Elle n'attendit même pas qu'il se retournât pour s'écrier, excitée :

« Shüenn, je pars demain. »

Il fut stupéfait.

« Demain, déjà ? Tu m'avais parlé de dimanche prochain ?

— Demain, il y a un vol supplémentaire, le billet est déjà établi, je ne passerai pas le Nouvel An auprès de toi. En plus, c'est très ennuyeux, mais ce soir, je suis invitée à dîner. » Sa voix s'altéra et elle plissa machinalement le front.

— Alors, c'est vrai, tu t'en vas demain ? insistait-il désespéré.

— Je dois me rendre à l'aérodrome avant six heures demain matin. Je m'envolerai avant le jour.

— Dans ce cas, il faudrait retenir un taxi dès ce soir, sinon je crains que tu n'y sois pas à temps.

— Pas la peine, le chef de bureau me conduira en voiture. Je vais faire mes bagages maintenant. Ma valise n'est pas prête. » Tout en parlant elle s'affairait, elle se courba et attrapa la valise qui se trouvait sous le lit.

« Je vais t'aider », dit Shüenn en la rejoignant.

Elle avait déjà sorti la valise. Accroupie, elle l'ouvrit et commença à y ranger ses vêtements. Elle se releva et prit alors différentes choses pour les y placer, des effets, des produits de beauté, etc.

« Cela, tu l'emportes ? Et cela ? lui demandait-il de temps à autre en lui passant ses affaires.

— Merci, ne te dérange pas, je vais m'en occuper toute seule », répondait-elle la plupart du temps.

La mère s'encadra dans la porte, observant sévèrement leur manège. Elle ne fit pas la moindre remarque mais elle était toute rancœur. Soudain, Shüenn s'aperçut de sa présence :

« Mère, Shousheng prend l'avion demain matin.

— Elle prend l'avion ! Qu'est-ce que cela peut bien me faire ? » répondit la mère glaciale.

Shousheng s'était levée pour saluer sa belle-mère et lui adresser quelques paroles aimables. Devant son attitude rébarbative, elle reprit en silence sa position accroupie, une rougeur envahit son visage et elle eut seulement un murmure d'impatience.

La mère, en colère, rentra chez elle. Shousheng boucla sa valise et se releva à demi calmée. Shüenn la dévisagea, n'osant lui adresser la parole, mais le regard suppliant.

« Tu vois, reprit Shousheng d'une voix douce, elle ne peut pas me ficher la paix ! En réalité, elle me hait.

— C'est un malentendu, peu à peu elle comprendra. Il ne faut pas lui en vouloir. »

Elle lui adressa un sourire de tendresse.

« Par égard pour toi, je ne peux pas la détester.

— Merci », répondit-il en lui rendant son sourire. Et il ajouta en baissant la voix : « Demain matin, je t'accompagnerai jusqu'à l'avion.

— Mais non, ça serait mauvais pour ta santé ! De toute façon, le chef Tchenn s'occupe de moi. »

Cette dernière phrase l'atteignit au cœur, le blessant profondément.

« Alors, s'écria-t-il avec douleur, des larmes plein les yeux, c'est donc ici que nous allons nous séparer.

— Ne te torture pas ! Je ne suis pas encore partie. Ce soir, je rentrerai de bonne heure et nous pourrons encore beaucoup bavarder tous les deux. » Elle s'attendrissait, sa voix était chaleureuse. « Recouche-toi, c'est trop fatigant pour toi de rester debout, c'est que tu n'es pas encore guéri... Il me reste un petit moment pour m'asseoir sur ton lit. »

Il suivit son conseil. Elle l'aida à placer sa couverture à mi-corps puis s'installa sur le rebord du lit, pensant : « Qu'en sera-t-il de moi dans vingt-quatre heures ? Je l'ignore ! »

Elle dit alors avec sincérité :

« Je ne tenais pas du tout à m'en aller. Je suis un peu inquiète. Si vous aviez su me retenir, peut-être ne serais-je pas partie. »

Oubliant son chagrin, Shüenn la rassura affectueusement :

« Il vaut mieux que tu partes tranquillement. Puisque tu as pris cette décision, elle ne peut pas être mauvaise.

— En réalité, je ne sais pas moi-même s'il est souhaitable ou non, d'aller à Lann'djoh ; je n'ai pas réussi à me faire conseiller... Toi, tu es tombé malade, quant à ta mère, elle serait enchantée que je te quitte le plus tôt possible », poursuivit-elle triste et désorientée.

« Malade... », ce mot résonnait dans la tête de Shüenn, jamais les deux femmes ne lui laissaient oublier sa maladie ! Un malade..., c'est tout ce qu'elles verraient désormais en lui. Il poussa un soupir, il se sentait en état d'infériorité par rapport à elles. Il redoutait que ses espoirs, tels des fils de soie flottants, soient anéantis.

Oui, oui, il était désarmé et couvrait sa femme d'un regard attentif et aimant.

« Tu as encore mauvaise mine, tu as besoin de pas mal de repos, dit Shousheng attentionnée, nos problèmes financiers vont être faciles à résoudre, je pourrai t'envoyer de l'argent chaque mois et ton seul souci doit être de guérir tranquillement. »

Il battit des paupières.
« Je sais, je sais. »
Shousheng continua :
« Aujourd'hui, j'ai envoyé une lettre à Petit Shüenn », mais le coup de klaxon impératif d'une automobile dans la rue, l'empêcha de poursuivre. Un peu surprise, elle détourna la tête, chercha des yeux dans cette direction et dit : « J'aurais voulu que Petit Shüenn vienne en ville dimanche. » Le klaxon impatiemment répétait ses appels. Elle se leva et tout en s'affairant, s'écria : « Je vais sortir. Ils viennent me chercher en voiture. »
Elle arrangea ses vêtements, saisit son sac, l'ouvrit et y prit une petite glace, son poudrier et son rouge à lèvres.
Shüenn se mit sur son séant.
« Ne te lève pas ! Recouche-toi », lui dit-elle tout en refaisant son maquillage avec application.
Mais lui poursuivit son mouvement.
« Je sors et ce soir, je rentrerai un peu plus tôt. » Elle lui adressa un signe de tête et un sourire, puis se hâtant, elle franchit la porte.
La chambre glaciale était encore imprégnée du parfum de sa poudre, mais Shousheng avait emporté avec elle sa voix fraîche et son sourire cristallin. Avec le sentiment de sa solitude, il se dirigea vers la table. Il s'immobilisa, distrait, il fixait l'endroit où sa silhouette avait disparu. Les grains de poudre flottaient encore dans l'embrasure de la porte. « Reste, reste », semblait dire le cœur de Shüenn, mais les bruits de pas légers, toc, toc, s'étaient perdus dans la nuit.
La mère entra et le regarda avec pitié.
« Shüenn, résigne-toi, tôt ou tard vous auriez dû vous séparer. Toi, un pauvre intellectuel, tu n'as pas les

moyens de la garder ! » L'amour et la haine se partageaient son cœur, et elle éprouvait le besoin de s'épancher.

Il baissa la tête pour examiner son corps, puis plaça sa main devant ses yeux. Comme cette main était jaune ! Comme elle était décharnée ! Une vraie patte de poulet ! Elle frissonnait, tremblait de faiblesse. Il remonta peu à peu sa manche, comme ses poignets étaient minces ! Là, il y avait encore un peu de chair. Il se sentit glacé des pieds à la tête. Hébété, il contemplait cette main qui faisait peur. Il était comme un criminel qui vient d'entendre proclamer sa sentence de mort. A nouveau, retentissaient à son oreille les paroles de sa mère : « Résigne-toi, oui, résigne-toi. » Et certes, son cœur était condamné à mort.

Au nom de quel droit et pour quelle raison, aurait-il été autorisé à demander à Shousheng de rester ? C'est de son côté à lui que se trouvaient les problèmes et non de celui de Shousheng, il en prenait cette fois totalement conscience.

La mère alluma la lampe, inondant la pièce de lumière.

Silencieusement, il se dirigea vers la bibliothèque, jeta un regard d'adieu sur les objets épars sur la table puis s'effondra sur la chaise. Il se couvrit les yeux des deux mains. Il restait sans larmes, simplement il ne voulait plus voir ce qui l'entourait. Il renonçait à tout, y compris à lui-même.

La mère s'approcha et, d'une voix remplie d'amour, voulut le réconforter :

« Shüenn, ne le prends pas ainsi, il y a tant de femmes. Attends d'être rétabli et tu pourras en trouver une bien meilleure. »

Il laissa échapper un cri de souffrance, ôta ses mains

et jeta à sa mère un regard trouble. Il avait envie de pleurer. Pourquoi fallait-il qu'elle le tire vers la vie ? Qu'elle contraigne le condamné à mort qu'il était, à revoir ce monde coloré ? Déjà, il s'était préparé à subir son destin, pourquoi le tenter avec des rêves sans espoir ? En ce moment, il lui était impossible de réfléchir calmement, de porter un jugement objectif, il ne pouvait qu'analyser sa douleur intime. Shousheng emportait son amour, elle l'emportait lui aussi tout entier ; les beaux rêves du temps où ils fréquentaient l'université, la vie délicieuse de l'époque de leur union, les projets d'éducateurs formés avant la guerre... Terminé tout cela !

« Étends-toi vite ! Je vois bien que cela ne va pas fort. Veux-tu que j'aille maintenant chercher le médecin ; préfères-tu un médecin occidental ? »

Comme toujours, sa mère ne devinait pas ce qui se passait en lui, mais son apparence l'ayant effrayée, elle s'était mise debout précipitamment et lui parlait d'une voix tremblante.

« Non, Mère, n'appelez pas le médecin, c'est passager, dit-il avec désespoir d'une voix faible et haletante ; il se leva en titubant.

— Que dis-tu ? Attends, je vais te soutenir ! », s'écria sa mère impressionnée et elle se hâta de le saisir par le coude.

Il eut l'air de s'éveiller d'un rêve.

« Mère, n'ayez pas peur, tout va bien. Je peux marcher tout seul. »

Se dégageant de l'étreinte de sa mère, il quitta la chaise, se dirigea vers la table et, s'y appuyant des deux mains, parcourut la pièce d'un regard vague. La lumière jaune foncé éclairant le mobilier rudimentaire, répandait une impression de malaise. Tout d'un coup, sans préavis, l'ampoule s'éteignit. Les yeux de Shüenn baignaient dans l'obscurité, puis de cette obscurité naquit une clarté cendreuse insaisissable.

« Ils ont coupé le courant hier, pourquoi recommencent-ils aujourd'hui ? » se plaignit doucement la mère.

Shüenn soupira :

« En tout cas, il n'y a rien d'autre à faire que de prendre son mal en patience.

— Si j'allume une bougie, nous serons mieux, dit la mère, sinon c'est par trop triste. »

Elle alla rechercher la bougie à demi consumée de la veille et enflamma la mèche. La flamme vacillait fortement. Partout dans la pièce, s'allongeaient des ombres noires. Un vent venu d'on ne savait où faisait trembler la flamme. La mèche penchait, la cire coulait comme de l'eau. Une tasse fêlée, posée à l'envers, faisait office de chandelier et maintenant, une flaque de cire la collait sur la table.

« Vite, prenez les ciseaux, vite ! »

Ce n'était pas du tout ce que Shüenn voulait dire mais c'était spontané et dû à la hâte. Ce genre d'incident se produisait souvent et, à cause de l'habitude, il réagissait comme un automate.

La mère se saisit des ciseaux et coupa la mèche et la flamme petit à petit se stabilisa.

« Shüenn, tu vas dîner maintenant, je vais chercher le bouillon de poulet.

— Très bien », répondit-il à contrecœur. L'entrain et l'appétit, qu'il éprouvait quelques heures plus tôt, avaient maintenant totalement disparu, il se montrait seulement déférent. « Pourquoi veut-elle encore me faire manger ? Ne suis-je pas déjà rassasié ? » Il regarda sa mère à travers un brouillard, celle-ci prit dans sa main un moignon de bougie moins grand que le pouce et l'alluma pour sortir.

« Mère, prenez celui-ci qui est plus long, c'est plus commode... Moi, je n'ai pas besoin de lumière. »

« Qu'il y ait de la lumière ou non, cela ne change rien pour moi », se dit-il.

« C'est sans importance, cela me suffit », dit la mère prenant comme auparavant un morceau de bougie assez court.

Un bout entamé resta dans la chambre en guise de compagnie pour Shüenn. Il pensa : « Encore une journée écoulée, combien m'en reste-t-il à vivre ? » et malgré lui, il soupira.

Aucune réponse ne vint... Sur le mur, son ombre tremblait. Devait-il s'asseoir ou rester encore debout ? Devait-il s'allonger en demeurant éveillé ? Quelle décision prendre ? Comme auparavant, il restait là, planté devant la table et l'air glacial transperçant peu à peu sa robe ouatée et son manteau, il frissonnait. Il s'éloigna et fit quelques pas pour se réchauffer un peu. « Je n'ai que trente-trois ans et je n'ai pas eu le temps de réaliser quoi que ce soit ! se dit-il avec une douloureuse lucidité, maintenant, hélas, tout est fini. » Les aspirations ressenties durant sa période universitaire, brillaient devant ses yeux avec l'éclat d'un phare. Un décor de jardin, le visage de sa jeunesse, ses propos pleins de suffisance... Tout cela resurgissait dans son cerveau, l'imprégnant de nostalgie. « Comment, à l'époque, aurais-je pu imaginer ma vie actuelle ? J'étais alors très naïf, je désirais fonder moi-même une école secondaire idéale. » Sa bouche prit un pli amer. Il lui sembla qu'apparaissaient devant ses yeux les visages de sa jeunesse pleins de vigueur, de courage et d'espérance... Ils lui souriaient avec gratitude. Étonné, il ouvrit les yeux, la bougie s'était réduite à un infime lumignon dont la lueur allait en décroissant. La pièce était d'une tristesse infinie. « J'ai rêvé une fois de plus », constata-t-il désespéré. Il n'eut pas le courage d'aller raccourcir la mèche de la bougie. Soudain, il entendit le pas de sa mère résonner dans le couloir.

« Encore manger ! A quoi rime de traîner jour après jour comme un mort vivant ? »

Sa mère entra, portant un bol fumant de soupe au poulet et annonçant avec un sourire de satisfaction :

« Je t'apporte la soupe que je t'ai préparée, profites-en pour manger chaud.

— Bien, alors, je vais en prendre », dit Shüenn avec résignation.

La mère posa le bol sur la table. Il s'y installa, assis sur un tabouret. La vapeur chaude inonda aussitôt son visage. La mère baissa la tête vers les ciseaux. Il l'observa : comme elle avait vieilli ces derniers jours, elle avait pris de nouvelles rides, ses pommettes saillaient davantage, ses joues s'étaient ravinées.

« Même ma mère se ressent de ma fatigue. » Shüenn ne pouvait écarter de telles pensées, il avait une forte envie de pleurer et restait devant son bol, immobile et absent.

« Mange vite, cela va refroidir », le pressa la mère qui se tenait à son côté.

XXIII

Après avoir dîné, Shüenn attendit Shousheng, mais celle-ci rentra assez tard.

Le temps s'écoulait avec une lenteur extrême. Il le passait assis sur la chaise d'osier ou couché tout habillé sur le lit... Sa vieille montre, posée sur le coin de son oreiller, était déjà détraquée depuis plusieurs jours et il ne voulait pas faire une dépense importante pour la réparation. Sans cesse, il demandait l'heure à sa mère... sept heures... huit heures... neuf heures..., on eût dit que le temps lui cherchait noise. Cette attente était passablement éprouvante, mais il s'était armé d'une grande patience.

Finalement, dix heures arrivèrent. Sa mère posa son ouvrage puis sa paire de lunettes et se frotta les yeux.

« Shüenn, n'attends plus, déshabille-toi et dors. »

Il dit avec lassitude :

« Mère, je n'ai pas sommeil. Vous, couchez-vous. »

La mère irritée, s'écria :

« Si tard, et elle ne rentre pas encore. Crois-tu qu'elle pense toujours à nous ? Il aurait été correct qu'elle rentre tôt pour sa dernière soirée en famille.

— Elle a des tas d'obligations, plaida Shüenn, ses

occupations sont nombreuses, ce retard n'a rien d'étonnant.

— Des obligations, tu dis qu'elle a encore des obligations ! Elle est plutôt à nouveau allée danser avec le chef de bureau Tchenn ! ironisa la mère.

— Non ! Absolument pas ! protesta Shüenn en secouant la tête.

— Tu prends toujours son parti et tu la laisses faire ! Ce n'est pas que je veuille te refroidir, mais je ne puis me taire. Il y a entre elle et le chef de bureau Tchenn, quelque chose de pas très clair... » Après ces paroles peu amènes, elle changea de ton pour conclure en soupirant : « Tu es trop confiant, même maintenant tu vas jusqu'à la croire. Tu as vraiment des écailles sur les yeux !

— Mère, vous ne la comprenez pas du tout, elle a ses difficultés propres. Sa profession lui impose certaines obligations sociales auxquelles elle ne peut se dérober, et elle aime aussi paraître, poursuivit-il en défendant la cause de Shousheng, moi j'ai foi en elle et je n'ai pas l'impression qu'elle apprécie le chef Tchenn !

— Alors, je ne suis qu'une mauvaise langue », dit la mère en pâlissant.

Shüenn fut surpris, il regarda sa mère à la dérobée sans oser ajouter un mot. Après une ou deux minutes, le visage de celle-ci reprit son calme, sa colère était tombée et elle regrettait quelque peu ses propos. Elle jeta à son fils un regard apitoyé et lui dit avec gentillesse :

« Ne te tracasse pas, je suis vieille et mon humeur s'en ressent. Au fond, à quoi nous avancent ces discussions ?... Je ne comprends pas non plus le mépris qu'elle me témoigne. Tout de même, je suis toujours ta mère ! »

Rasséréné, il s'enhardit :

« Mère, ne vous méprenez pas sur son compte. Elle ne vous a jamais critiquée. En réalité, elle se comporte très bien à votre égard. » Il sentait que c'était le moment ou jamais pour dissiper les malentendus qui séparaient les deux femmes.

« Qu'est-ce qui te fait dire cela ? » s'écria la mère qui n'était pas d'accord.

Brusquement, l'ampoule électrique se remit à briller. Toute la pièce fut illuminée. La mère souffla aussitôt le lumignon noirâtre qui surmontait le chandelier fait d'une tasse renversée. Changeant de conversation, elle dit :

« Il est dix heures et demie, elle ne rentrera plus ! Crois-tu que nous comptions encore pour elle ! »

Il ne répondit pas et soupira doucement. Le côté gauche de sa poitrine le faisait à nouveau cruellement souffrir. Il adressa un regard furtif et suppliant à sa mère, il aurait voulu lui dire : « Pardonnez-lui ! » mais il n'en fit rien. Il maîtrisa son émotion et son envie d'éclater en sanglots, et s'adressa à sa mère sur un ton aussi banal que possible :

« Mère, inutile que vous l'attendiez. Allez vous coucher.

— Et toi ? s'inquiéta-t-elle.

— Moi aussi, je meurs de sommeil. »

A dessein, il feignit de ne plus arriver à tenir ses yeux ouverts et se mit à bâiller.

« Comment, tu ne te déshabilles pas ?

— J'attends encore un peu. Je vais d'abord m'allonger. Mère, éteignez-moi la lumière », ajouta-t-il affectant le calme. Et de nouveau, il bâilla.

« Bien, si tu te couches d'abord, c'est parfait, mais n'oublie pas de te déshabiller. »

La mère éteignit. Marchant sur la pointe des pieds, elle prit le tabouret et en cala la porte. Elle pénétra alors dans sa petite chambre. Là, la lumière brillait encore.

Shüenn n'avait aucunement l'intention de dormir. Ses pensées se bousculaient. Il gardait les yeux ouverts pour apercevoir la porte, la table, la chaise, tous les objets que sa femme avait utilisés, les sièges sur lesquels elle s'était assise, les endroits où elle s'était déplacée. Il pensa : « Demain matin, plus rien ne sera comme avant, sa présence aura déserté cette pièce. »

Enfouissant sa tête sous la couverture, il appela soudain d'une voix plaintive :

« Shousheng. »

Il espérait qu'une main écarterait la couverture et qu'à son oreille résonnerait la voix tendre :

« Shüenn, je suis là. »

Mais rien de tel ne pouvait se produire. La mère toussa dans la chambre voisine, puis le silence se rétablit.

« Shousheng, tu vas vraiment me quitter ainsi ? » Il souhaitait une réponse : « Shüenn, je ne te quitterai jamais. » Mais il n'y en eut pas. Non, aucune ; de la rue parvenait le son triste d'une voix :

« Riz au caramel. »

Une voix si faible, si dépersonnalisée, si solitaire. C'était le cri d'un vieux marchand seul au monde ! Shüenn avait l'impression de le voir, la tête rentrée, le dos courbé, les deux mains enfoncées dans ses manches, drapé dans une vieille couverture graisseuse qui laissait passer le vent. Un vieil intellectuel, si esseulé, si maladif. Maintenant..., dans l'avenir ? Shüenn réfléchissait en sanglotant sous sa couverture.

Par bonheur, sa mère ne pouvait l'entendre et il n'y

avait personne qui pût le consoler. Tout doucement, ses larmes se tarirent. Il entendit un bruit de pas venant du couloir. C'était « son » pas ! Tout excité, il souleva la couverture et sortit la tête. Il allait oublier que la trace de ses larmes n'était pas encore sèche, mais en attendant qu'elle poussât la porte, il s'en souvint. Il se frotta rapidement les paupières et se dépêcha de se retourner pour que son visage fût dissimulé lorsque Shousheng allumerait.

Elle entra et fit jaillir la lumière. Tout d'abord, elle aperçut le lit et crut qu'il dormait encore. Elle commença par se saisir de ses pantoufles puis se dirigea sans bruit vers le bureau. Prenant place sur la chaise, elle enleva ses chaussures et enfila ses chaussons. Elle prit ensuite une glace et arrangea sa coiffure en s'y mirant. Elle se releva, ouvrit sa valise et y disposa différents objets qui se trouvaient encore dans le tiroir. Elle s'efforçait d'agir en silence pour ne pas interrompre les rêves de Shüenn. Mais tandis qu'elle faisait sa valise, une idée lui traversa l'esprit, elle s'arrêta et s'approcha du lit. Là, debout, immobile, elle observait Shüenn. Il n'était pas du tout endormi. Des sons, à peine perceptibles, lui avaient permis d'imaginer les mouvements de sa femme comme s'il avait eu les yeux ouverts. Il savait qu'elle était venue près de son lit. Il croyait qu'elle allait repartir et, à sa surprise, elle resta plantée là un bon moment. Il se demanda ce qu'elle pouvait bien être en train de faire. Patienter davantage était au-dessus de ses forces. Il toussota, entendit Shousheng l'appeler à voix basse et se retournant, s'étirant, ouvrant les yeux, il fit semblant de se réveiller.

« Shüenn, appela-t-elle à nouveau, se penchant pour le voir, je suis rentrée tard. As-tu dormi longtemps ? »

Il lui sourit :

« Je ne voulais pas m'assoupir, j'ignore comment c'est arrivé.

— Je pensais rentrer de bonne heure. Qui aurait pu se douter que le dîner se serait autant prolongé ? En plus, mes collègues m'ont entraînée à prendre du café. J'avais beau dire que je voulais rentrer, ils ne consentaient pas à me laisser partir...

— Je comprends, l'interrompit-il, tes collègues ne voulaient vraiment pas se séparer de toi. » Ces propos de pure forme lui étaient venus machinalement et bien qu'il n'y ait mis aucune intention ironique, il sentit pourtant qu'il n'était pas dans la note.

« Tu m'en veux parce que je ne suis pas rentrée plus tôt, demanda-t-elle à voix basse, mais je ne me suis pas du tout moquée de toi. Tout le long du repas, je n'ai cessé de penser à toi. Nous allons nous quitter et mon désir est de rester bavarder le plus longtemps possible avec toi à cœur ouvert, et je crains que... » Tout en parlant, Shousheng tourna la tête à plusieurs reprises dans la direction de la chambre maternelle, regardant avec insistance.

« Je comprends, je ne t'en veux pas le moins du monde. Est-ce que tes bagages sont terminés ? questionna-t-il pour donner le change.

— A peu près.

— Alors, il faut les finir rapidement... Il ne doit pas être loin de onze heures. Il faut te coucher tôt. Demain, quand tu te lèveras, il ne fera pas encore jour.

— C'est sans importance. Le chef Tchenn a déjà emprunté la voiture avec laquelle il doit me conduire.

— Mais il faut quand même te lever de bonne heure, sinon tu risquerais d'être en retard, dit Shüenn s'efforçant de sourire.

— Alors toi... » Le sentiment de son attachement pour Shüenn revenait à Shousheng, ravivant sa souffrance. Le reste de la phrase lui resta dans la gorge.

Il affecta volontairement de bâiller.

« J'ai sommeil. »

Un moment, elle sembla plongée dans ses pensées, puis elle releva la tête pour lui faire ces recommandations :

« Alors, dors bien. Quand je m'en irai, tu n'auras pas besoin de te réveiller. Il sera trop tôt, tu pourrais prendre froid. Tu commences juste à aller mieux et tu dois constamment te surveiller.

— Oui, je sais, sois tranquille », répondit-il, s'efforçant de paraître satisfait, mais en attendant qu'elle se détournât pour mettre en ordre ses bagages, il enfouit sa tête sous les couvertures et fondit en larmes.

Elle s'affaira plus d'une demi-heure. Elle croyait Shüenn déjà profondément endormi, il n'en était rien : ses pensées défilaient rapidement, elles vagabondaient à travers tant de lieux, survolaient tant de mois et d'années ! Elles allaient au-delà des limites du temps et de l'espace mais du commencement à la fin, elles n'enveloppaient qu'une seule personne : Shousheng. Pour l'instant, elle se trouvait encore à ses côtés, mais il craignait de la déranger et n'osait ni cracher, ni tousser. Les souvenirs heureux, les années de leur jeunesse, se perdaient à l'horizon... Leurs douloureuses querelles et leurs tourments mutuels s'éloignaient aussi. Il ne restait à présent que l'approche de la séparation et bientôt, il ne resterait que la solitude. Il y avait encore son mal, la souffrance demeurait lancinante au côté gauche de sa poitrine. Shousheng pouvait-elle revenir ? Et lui-même pourrait-il attendre jusqu'au jour de son retour ? Shüenn n'osait penser jusque-là. Il tourna son visage vers le mur et silencieusement, ses larmes se remirent à couler. Par la suite, il somnola un moment, quelque temps après que Shousheng se fut mise au lit.

Il resta éveillé une bonne partie de la nuit, le corps couvert d'une sueur glacée, son gilet était déjà tout trempé. A l'intérieur de la chambre, il faisait un noir d'encre, il se retourna de l'autre côté, pris d'un léger étourdissement, il ne pouvait rien distinguer. Aucun bruit ne parvenait de la chambre de la mère. Il tendit l'oreille, près de lui, Shousheng respirant avec régularité, dormait très paisiblement. « Quand ? » se demanda-t-il. « Va-t-elle se réveiller à temps ?... Il est encore tôt, le ciel est si noir. Elle ne peut manquer cet avion puisque le chef Tchenn la conduit. » Lorsqu'il pensa : « Le chef Tchenn » il eut l'impression de recevoir un coup de bâton qui l'assomma un instant. Dans son tourment, il se sentit la figure brûlante. « Il est bien plus vigoureux que moi », pensa-t-il avec jalousie.

Insensiblement, il se rendormit, mais Shousheng s'éveilla brusquement. Elle sauta au bas du lit, enfila ses vêtements, alluma la lampe et regarda sa montre, poussa un cri de surprise et, en hâte, se maquilla.

Le klaxon d'une automobile retentit brusquement.

« Le voilà, je dois me hâter », murmura-t-elle en se pressant.

Elle acheva rapidement de se farder et jeta un regard vers le lit où Shüenn reposait immobile. « Je ne dois pas le réveiller, il faut le laisser bien dormir. » Elle regarda encore vers la chambre de la mère, la porte en était étroitement fermée, ce faisant, elle dit :

« Au revoir. »

Elle essaya de porter ses deux valises et à peine les

eut-elle soulevées qu'elle les reposa. Elle alla prestement jusqu'au lit. Shüenn lui tournait le dos, il ronflait. Elle restait plantée là sans savoir trop quoi faire. Dehors le klaxon retentit encore.

« Shüenn, dit-elle d'une voix tendre, nous nous reverrons. J'espère que tu n'es pas en train de rêver de mon départ. »

Envahie de tristesse, Shousheng se mordit la lèvre inférieure ; se détournant, s'éloignant du lit, elle fit aussitôt volte-face pour regarder Shüenn. Elle hésita un instant et brusquement se dirigea vers le bureau, s'empara d'une feuille de papier, la maintint à l'aide de la bouteille d'encre et avec son stylo, écrivit rapidement quelques lignes ; finalement, elle reprit ses valises et franchit la porte.

Tandis qu'elle parcourait le couloir et descendait l'escalier Shüenn poussa un cri au milieu de son sommeil et s'éveilla. Il rêvait que Shousheng l'abandonnait, dans une plainte il avait lancé son nom et l'appelait pour qu'elle revienne.

Il la chercha tout de suite du regard. La porte était ouverte. La lumière éclairait violemment. Elle n'était plus là, mais une valise restait au centre de la chambre. Il comprit très vite la situation. Il se retourna, s'assit, enfila précipitamment n'importe comment sa robe de coton sans même la boutonner complètement et, empoignant la valise, sortit à grands pas.

Il n'avait pas encore atteint la cage de l'escalier que ses bras lui parurent douloureux et ses jambes lourdes, mais il fit un immense effort pour descendre l'escalier. L'endroit n'était pas éclairé, sa robe déboutonnée le gênait dans sa marche, il ne pouvait se presser. Alors qu'il parvenait au troisième, deux personnes vinrent en hâte à sa rencontre. La lumière jaillit. Il baissa les yeux pour ne pas être ébloui.

« Shüenn, tu t'es levé ! » l'interpella la voix familière et étonnée de la femme qui montait. Elle braquait une lampe de poche dans sa direction. « Ah là là, tu portes ma valise ! » Elle se dépêcha de parvenir à sa hauteur, étendit la main et se saisit du bagage : « Donne », dit-elle reconnaissante.

Il refusa d'ouvrir la main et, continuant à avancer, dit :

« Ne te tracasse pas, je peux très bien la porter.

— Donnez-la-moi », dit une voix masculine, une voix jeune et vigoureuse.

Shüenn sursauta et dévisagea celui qui avait parlé... Dans les brumes de sa pensée, il vit un homme de belle taille et l'air suffisant, à côté de lui si minable.

Docile, il remit la valise à la main qui se tendait. Il entendit encore sa femme :

« Chef Tchenn, je vous en prie, descendez le premier, j'arrive tout de suite.

— Ne tardez pas », recommanda la voix jeune et la haute silhouette disparut.

« Toc... toc. » Le bruit des pas résonna un moment, puis le calme se rétablit. Silencieux, Shüenn se tenait debout dans l'escalier, Shousheng à son côté. Sa lampe de poche jeta un éclat et s'éteignit brusquement.

Tous deux se trouvaient dans l'obscurité et dans le froid, et chacun entendait la respiration de l'autre.

Le klaxon de la voiture lança deux appels. Shousheng fit un mouvement comme sortant d'un rêve.

« Shüenn, dit-elle, remonte et couche-toi. Il faut veiller sur ta santé... Nous allons nous quitter ici, ne m'accompagne pas. Je t'ai laissé une lettre dans la chambre. » Elle avança la main et pressa la sienne avec tendresse. Elle sentit cette main si maigre, si sèche mais pourtant pas tellement froide ! De toutes ses forces, elle refréna son émotion et dit, la voix tremblante :

« Au revoir. »

Soudain, il s'accrocha à elle, inquiet et douloureux.

« Quand pourrai-je te revoir ? Quand me reviendras-tu ?

— Je ne puis te le dire avec certitude, en tout cas sois assuré que je reviendrai, répondit-elle émue, je ne pense pas que mon absence dépasse un an.

— Un an ! Si longtemps ! Ne peux-tu pas rentrer plus tôt ? » Sa voix était faible et désespérée, il craignait de ne pas survivre jusque-là.

« Je trouverai sûrement le moyen de raccourcir ce délai. » L'importun klaxon retentit à nouveau. Elle réconforta Shüenn : « Ne te tourmente pas, dès que je serai là-bas, je t'écrirai.

— Oui, j'attendrai ta lettre, dit-il en essuyant ses larmes.

— Je pourrai... » A peine eut-elle prononcé ces mots que la tristesse s'empara subitement d'elle et elle l'étreignit avec douceur.

En hâte, il recula d'un pas et stupéfait, s'exclama :

« Ne t'appuie pas sur moi, je suis tuberculeux, je puis te contaminer. »

Elle ne s'écarta pas de lui, au contraire, elle l'entoura de ses bras et pressa ses lèvres rouges contre la bouche sèche de Shüenn en un baiser ardent. Le klaxon les dérangea à nouveau, elle se détacha de lui et le visage inondé de larmes, lui assura :

« J'aurais voulu contracter ta maladie, comme cela je n'aurais pu te quitter. » Elle se tamponna le visage de son mouchoir, poussa un léger soupir et reprit :

« Dis un mot de ma part à ta mère, je n'ai pas osé la déranger. »

Finalement, dans un effort sur elle-même, elle se dégagea, alluma la lampe de poche et descendit à toute allure les dernières marches de l'escalier.

Shüenn resta là hébété quelques secondes et, soudain, il se lança à sa poursuite. Dans l'obscurité, il trébucha sur quelque chose et fit une chute. Il arriva néanmoins juste à temps, la voiture démarrait. Il crut apercevoir le visage de Shousheng derrière la glace, mais la voiture continuait à rouler. Tout en criant, il la suivait mais, s'élançant comme une flèche, la voiture s'évanouit dans le brouillard. Il ne put la rattraper et, à bout de souffle, s'arrêta. Découragé, il reprit le chemin de la maison. Devant la porte d'entrée, une lanterne en forme de pleine lune jetait sur le trottoir une lueur solitaire. Près de la porte, au pied du mur, se tassait une forme humaine. Il chercha à l'identifier : c'étaient deux enfants d'environ dix ans ; roulés en boule, ils se tenaient embrassés. Visages bruns et graisseux, vestes de coton noires de crasse, éventrées, dont le molleton était dégoûtant. Ils dormaient profondément et la lumière de la lampe caressait leurs visages avec douceur.

Alors qu'il les observait, il frissonna des pieds à la tête. La nuit était terriblement froide. Il n'y avait là que ces deux enfants endormis, et lui, qui fussent dehors à cette heure. Il eut vraiment envie de les réveiller et de les faire monter chez lui ; il pensa aussi ôter sa veste pour les en couvrir, mais il n'en fit rien. « Tang B'ail-tching, lui aussi, a déjà passé des nuits comme ça », se dit-il soudain en se rappelant les propos de son ami disparu, et, se couvrant le visage comme pour fuir la tentation de l'imiter, il franchit le seuil de son immeuble.

Il atteignit sa chambre et aperçut sur le bureau le billet que Shousheng y avait laissé. Il s'en empara et le lut à voix basse :

« Shüenn,

« Je pars. Je te vois si bien dormir que je n'ai pas le courage de te réveiller. N'aie pas de chagrin. Dès que j'arriverai là-bas, je t'écrirai. Le chef Tchenn veille à tout, tu peux être tranquille. Je n'ai qu'une prière à t'adresser : soigne-toi, ne te soucie que de ta guérison.

« Et je t'en prie, dis à ta mère quelques phrases aimables de ma part.

« Ta femme. »

Tout en lisant, Shüenn versait des larmes. La signature « ta femme » le touchait plus que toute autre chose.

Tenant ce billet, il était resté quelques minutes debout devant le bureau. Il se sentit transi, ses jambes étaient comme engourdies par le froid. Il ne parvenait plus à se soutenir. Tenant toujours le billet, il se dirigea vers son lit, posa le papier sur le côté de son oreiller, puis ôta sa robe de coton et se glissa sous sa couverture.

Comme toujours, le sommeil le fuyait et il se retournait sans cesse ; de temps à autre, il fermait les yeux et les rouvrait aussitôt. Des cauchemars effrayants le guettaient. Il n'osa plus s'abandonner au sommeil et au rêve. Il était fiévreux, la tête lui tournait, ses oreilles bourdonnaient. Il faisait grand jour lorsqu'il entendit le vrombissement de l'avion. Il pensa : « Elle s'en va, elle s'en va au loin, plus jamais je ne la reverrai. » Il saisit le billet sur le bord de l'oreiller et se mit à pleurer tout bas.

« Tu n'es qu'un pauvre type fidèle, tout ce que tu peux faire c'est pleurer ! » Shousheng, il en était sûr, l'aurait rembarré pour de tels propos, mais il n'en pleura que plus amèrement.

XXIV

Deux jours après le départ de Shousheng, Shüenn retomba malade. Alors qu'il était alité, il reçut successivement trois lettres d'elle, la première était ainsi rédigée :

« Shüenn,

« Je suis arrivée à Lann'djoh, tout là-bas m'est étranger. Je trouve seulement que l'air est bon, bien que frais, mais d'une fraîcheur tonifiante.

« Les bâtiments de la banque sont encore en travaux et nous logeons tous à l'hôtel. L'administrateur Tchenn est parfait à mon égard, ne te fais aucun souci. Lorsqu'on arrive dans un endroit nouveau, on ne peut pas avoir l'esprit très tranquille, dans deux jours, je t'enverrai une longue lettre.

« Mère est-elle encore irritée envers moi ? Quand je me trouvais à la maison, elle voyait tout ce que je faisais d'un mauvais œil. Maintenant que je suis au loin, peut-être ne me détestera-t-elle plus autant.

« Tu dois prendre soin de ta santé, manger en quantité des aliments nourrissants et fortifiants. Surtout ne lésine pas, je t'expédierai régulièrement de l'argent chaque mois.

« Je t'envoie tous mes vœux.

« Ta femme, le... »

Elle n'avait pas mentionné clairement sa nouvelle adresse, mais cette courte missive le rendit très heureux, à part ces mots : « l'administrateur Tchenn ». Il attendit la lettre suivante. Il n'attendit pas longtemps. Après trois jours, la seconde lettre arriva. Cette lettre était non seulement assez longue, mais encore très chaleureuse. Shousheng lui conseillait à plusieurs reprises de bien se soigner, elle lui envoyait encore une lettre de recommandation pour le médecin-chef de l'hôpital Koua'n Jenn et cette dernière était signée : « Tchenn Fong-gouang. » Shüenn n'ignorait pas que c'était là le nom de l'administrateur Tchenn, il devint cramoisi. Machinalement, il dit à sa mère :

« Shousheng me demande d'aller consulter à l'hôpital Koua'n Jenn, et elle a prié l'administrateur Tchenn de rédiger une lettre de recommandation. »

Sa mère, sarcastique, lâcha :

« Peuh ! Et tu fais cas de sa recommandation ? »

Shüenn n'osa poursuivre, ni ultérieurement reparler de cette affaire. Il se mit à attendre la troisième lettre. Il croyait qu'elle serait encore plus longue que la seconde. Une semaine s'écoula et la troisième lettre arriva, mais elle était extrêmement brève. Sa femme disait seulement qu'elle était très occupée à préparer l'inauguration de la banque, que, pour le moment, elle n'avait pas le temps d'écrire davantage, néanmoins elle espérait que Shüenn lui écrirait longuement en donnant des nouvelles de sa santé. A la fin de la lettre, elle lui indiquait son adresse, cependant elle signait : « Shousheng. »

Il termina sa lecture et sans prononcer une parole, poussa un soupir. La mère tendit la main pour prendre la lettre, il la lui remit, toujours sans un mot.

« Elle est bien prétentieuse, cela fait à peine dix jours qu'elle est partie et elle a la tête montée », dit la mère mécontente en finissant la lettre. Elle n'avait pas eu connaissance de la première missive de Shousheng.

« Ne lui en veuillez pas, elle est très prise. La nouvelle banque va ouvrir avec un personnel très restreint. L'administrateur Tchenn est bien disposé à son égard, aussi doit-elle fournir un gros effort », plaida-t-il en faveur de Shousheng, faisant tout son possible pour dissimuler aussi bien ses propres espoirs que ses propres soucis (et certes, des soucis, il en avait beaucoup !).

« Et tu prétends encore que l'administrateur Tchenn est simplement bien disposé à son égard ? Attendons voir, un jour ou l'autre ces deux-là auront une intrigue ! ajouta la mère en colère.

— Mère, il faut que je prenne mon remède. »

C'était un moyen de détourner sa mère d'entamer une nouvelle discussion sur ce sujet qui le faisait trop souffrir.

« Oui, je vais te le préparer. »

La pensée de la maladie de Shüenn lui fit aussitôt oublier sa bru. Elle eut pour son fils un regard rempli d'amour, il était toujours si maigre et si jaune. Pourtant, son regard était plus vif, ses lèvres avaient repris des couleurs.

Elle sortit rapidement de la pièce.

A nouveau, il poussa un soupir et ses yeux se portèrent vers le mur. Au bout de deux à trois minutes, il regarda au-dehors puis vers le plafond, où que ce fût, il ne voyait que le visage épanoui de Shousheng, son sourire joyeux, son teint mis en valeur par le maquillage. Sa tête était congestionnée, ses oreilles bourdonnaient et ses yeux le brûlaient. Finalement, il sombra dans le sommeil.

Il fit des rêves courts et étranges et il lui arriva de gémir. Sa mère, entrant avec la potion, le tira de sa torpeur. Il sursauta violemment, fut inondé de sueur et lui jeta un regard de détresse.

« Shüenn, que t'arrive-t-il ? » s'effraya-t-elle, elle avait bien failli renverser le contenu du bol.

Il paraissait ne pas avoir saisi ses paroles. Un moment s'écoula, il soupira longuement. Son expression s'anima un peu et il dit avec peine :

« J'ai fait bon nombre de rêves bizarres, mais maintenant c'est fini. »

Sa mère le dévisagea sans comprendre.

« J'ai préparé ton remède, le liquide n'est plus brûlant, il est juste bon à prendre, le veux-tu ?

— Bon, donnez-le-moi, répondit Shüenn et écartant la couverture de coton, il se mit sur son séant.

— Vite, mets un vêtement, attention de ne pas attraper froid ! » Après lui avoir passé le bol qui contenait le remède, la vieille dame prit la robe de son fils pour l'en recouvrir. « Aujourd'hui, il fait très froid, dehors il neige. »

Il but quelques gorgées et tournant la tête vers elle, questionna :

« Beaucoup ?

— Pas beaucoup, la neige ne tiendra pas, mais le froid est arrivé, aussi il faut commencer par t'habiller. »

Shüenn finit de boire et rendant le bol à sa mère,

s'empara brusquement de la main rougie et enflée de celle-ci, s'écriant surpris :

« Comment, Mère, vous avez des engelures cette année ? »

La mère retira sa main et dit sur un ton détaché :

« J'en avais aussi l'année dernière.

— Aussi étendues ? Lorsqu'il fait froid, vous ne devriez pas laver, mieux vaut donner le linge.

— Donner le linge ! Tu sais à combien cela revient par mois ? mille quatre cents yuans, cela a pratiquement doublé ! »

Il dit, malheureux :

« Ce n'est pas parce que ça a doublé qu'il faut économiser mille quatre cents yuans et vous laisser avoir mal aux mains. Je suis bourrelé de remords.

— Mais l'argent, c'est toujours l'argent. Je préfère de beaucoup épargner cette somme pour te faire soigner et c'est à contrecœur que je le donnerais pour faire laver.

— Shousheng n'a-t-elle pas annoncé qu'elle en enverrait chaque mois ? A présent, nous ne serons plus aussi serrés. » Il s'étira, ôta sa robe et se rallongea.

La mère ne répondit rien. Sur son visage se peignit une expression joyeuse, mais aussitôt elle détourna la tête pour que son fils ne l'aperçoive pas.

« Mère, dit-il tendrement, vous aussi vous devez prendre soin de votre santé. A quoi sert de se précipiter au-devant des ennuis ?

— Mais je n'ai pas d'ennuis », protesta la vieille dame en s'efforçant de sourire, et sans même prendre conscience de son geste, elle dissimula les engelures qui lui brûlaient la main.

« Ne me racontez pas d'histoires ! Je sais que vous répugnez à utiliser l'argent de Shousheng.

— Certainement pas, ne m'en suis-je pas déjà servi ? » Elle élevait le ton, sa physionomie s'altérait, ses yeux se remplissaient de larmes. Se mordant les lèvres, elle se détourna.

« Mère, je vous demande pardon. Vous m'avez élevé jusqu'à l'âge adulte et aujourd'hui encore, je n'ai pu vous rendre vos soins. »

La mère avait bonne envie de s'enfuir dans sa chambre pour y sangloter tout son saoul.

« Détestez-vous toujours Shousheng ? lui demanda-t-il un peu plus tard.

— Je ne la déteste pas, je ne l'ai jamais détestée. »

Ah, si elle avait pu quitter cette pièce sur-le-champ pour éviter qu'il ne lui parle à nouveau de Shousheng.

« Elle dit qu'elle n'éprouve aucune antipathie à votre égard.

— Merci à elle », coupa la mère sur un ton mauvais.

Shüenn lui posa timidement cette question :

« Si elle vous envoie une lettre, lui répondrez-vous ? »

La vieille dame réfléchit un instant et assura :

« Oui, bien sûr », mais comme les autres fois elle se composa une expression.

Soulagé et ravi, il s'écria :

« Alors, tout est parfait.

— Tu crois qu'elle est susceptible de m'écrire ? demanda soudain la mère en se détournant.

— Je le crois », répliqua-t-il convaincu.

Elle secoua la tête et commença à lui dire : « Tu es naïf », mais aussitôt après le « tu », elle s'arrêta. Elle ne pouvait souffrir l'idée de briser son rêve et arrivait même à en souhaiter la réalisation.

Ils s'en tinrent là de leur conversation au sujet de Shousheng. Le soir, Shüenn attendit que sa mère se soit retirée pour dormir, il quitta alors son lit, s'habilla, s'installa confortablement au bureau et rédigea une réponse à sa femme. Il la mit au courant des derniers événements. Il lui rapporta aussi la conversation qu'il avait eue avec sa mère et pria Shousheng d'écrire par retour à la vieille dame une longue lettre où elle lui manifesterait ses bons sentiments, et lui exprimerait ses excuses et son respect. La lettre achevée, recru de fatigue, il se jeta sur son lit et sombra dans le sommeil.

Le lendemain matin, négligeant sa fièvre, il remit lui-même la lettre à sa mère, la priant de se rendre à la poste sans perdre de temps et de l'y expédier par avion. La mère la prit, sans commentaires, mais néanmoins la porte franchie, elle eut un hochement de tête. Shüenn ne cherchait pas à deviner ce que pouvait penser sa mère. La fièvre lui fardait les pommettes, l'espoir illuminait son regard et il était animé d'une merveilleuse certitude.

Après avoir écrit cette lettre, il eut un meilleur sommeil pendant quatre jours. Mais une semaine se passa sans que le facteur heurtât leur porte. La lettre de Shousheng n'arriva qu'au milieu de la seconde semaine. C'était aussi une lettre par avion. Son cœur battant la chamade, il l'ouvrit. La déception se peignit sur son visage, un mandat postal et une lettre, et sur la lettre, à peine quelques lignes : la banque ouvrait, Shousheng était occupée, elle n'avait pas le temps d'écrire une longue lettre à la mère et elle s'en excusait. Que la famille utilise le coupon-réponse. Elle espérait que Shüenn ne manquerait à aucun prix d'aller consulter à l'hôpital.

« Que dit-elle dans cette lettre ? demanda la mère qui avait remarqué l'expression de Shüenn.

— Elle se porte bien, elle est très occupée », répondit-il brièvement. Il tendit le coupon-réponse et le mandat à sa mère : « Je vous les remets. »

La mère les prit. Le visage rembruni, elle ne prononça pas une parole.

« Mère, désormais vous donnerez à laver. Aujourd'hui, je vous le confirme, il n'est pas nécessaire que vous soyez si économe. De toute façon, Shousheng enverra de l'argent chaque mois.

— Mais nous ne devons pas nous servir déjà de ces dix mille kuais, ils fileraient beaucoup trop vite.

— Mère, lui rappela Shüenn, vous oubliez la somme que Shousheng a laissée pour la maison.

— Ne l'avons-nous pas déjà entamée ? Je crains que ce qui reste ne suffise pas pour payer les frais de pension de Petit Shüenn. La dernière fois, il en a coûté quelque vingt mille. Pour la période en cours, cela peut dépasser cinquante mille (elle remarqua son mutisme et observa une pause), en réalité j'ai pensé à le changer d'établissement. Pour le fils d'une famille pauvre, à quoi bon fréquenter une école de luxe ? En le faisant entrer au lycée nous économiserions beaucoup.

— C'est le désir de sa mère qu'il soit dans ce collège, objecta Shüenn, et à mon avis, nous devons l'y laisser. Après son dernier succès aux examens, sa mère a fait de nombreuses démarches, trouvé des appuis et c'est par relations qu'il est entré dans cette école. » Et il pensa : « Je ne puis enfreindre la volonté de Shousheng. »

« Alors, écris-lui pour le lui signaler. Dis-lui que les frais de scolarité sont trop élevés et demande-lui de trouver rapidement une solution.

— Bien, répondit-il mais il n'était pas décidé.

— J'ai aussi envie de demander à Petit Shüenn de

revenir habiter ici, cela fera une personne de plus pour te tenir compagnie. »

Shüenn réfléchit puis déclara :

« Il nous a dit dans sa lettre que, pendant les vacances, il se ferait héberger par un camarade dans le voisinage de l'école. Laissons-le, il sera plus à son aise pour travailler.

— Tu es trop seul, s'il rentre, il mettra de l'animation. »

Il dit très bas :

« Mais je redoute de le contaminer. Il est préférable que nous soyons séparés. Sa jeunesse le rend fragile et il pourrait facilement attraper mon mal.

— Bien, comme tu veux », répondit brièvement sa mère. Rien n'en paraissait sur son visage, mais elle souffrait. Elle s'écarta, puis, passant à nouveau près de lui, alla jusqu'à la fenêtre et le regarda avec amour.

« Retrouve ta tranquillité, ne pense pas trop à ton mal. Après tout, tu es encore jeune et tu ne dois pas trop te tourmenter ! »

Shüenn leva doucement la tête et rendit son regard à sa mère.

« Je sais, je ne me tourmente pas.

— Ma vie, je l'ai vécue. Moi, je suis une vieille femme inutile, mais l'existence se montre par trop cruelle envers toi ; tu n'aurais jamais dû connaître une telle destinée.

— Mère, cela n'a pas d'importance. Je pense que nous pouvons tenir le coup et vous le tiendrez jusqu'au jour de la victoire », dit-il pour la réconforter. Il employa le « vous » et non le « nous » seulement, parce qu'il craignait, non, parce qu'il était sûr de ne pouvoir aller lui-même à la moitié du chemin.

« J'ai peur de ne pas atteindre ce jour, cela me paraît si lointain, reprit la mère sur un ton affligé, aujourd'hui au premier, j'ai rencontré un homme qui prétendait que la victoire serait pour cette année. Certes, nous l'entamons juste et il reste encore presque douze mois, mais comment nous viendra la victoire, je ne le réalise pas !

— Vous êtes une personne d'âge et vous réfléchissez trop. Maintenant de toute façon, les Japonais ne parviendront plus à nous battre (il eut un rire amer), nous pouvons tenir et notre moral est bon.

— Oui, c'est exact. Il y a quelques jours, les Japonais ont pris Kweiyang et tout le monde était affolé. Actuellement l'ennemi recule et il n'y a plus lieu de s'inquiéter, les riches ont encore à manger et de quoi se vêtir, ils ont des postes élevés et se livrent à des affaires fructueuses... Je ne parle pas des autres, ainsi son chef de bureau Tchenn, administrateur Tchenn...

— Eux aussi tiendront », dit Shüenn avec un sourire triste.

Indignée, la mère s'écria :

« Alors, tenir jusqu'à la victoire, c'est assurément travailler encore à leur prospérité. »

Il répliqua douloureux :

« Bien sûr ! C'est évident ! »

La mère n'ajouta rien et le dévisagea en silence. Shüenn aussi posait souvent son regard sur elle. Il leur semblait à tous deux qu'ils avaient épuisé leurs sujets de conversation. La pièce leur paraissait particulièrement grande, ce qui n'était pourtant pas le cas, et particulièrement froide, malgré les rayons du soleil qui y pénétraient timidement. Le temps s'était arrêté. Tous deux, déprimés, s'étaient assis, Shüenn sur la chaise d'osier et tournant le dos au bureau, les deux mains passées dans ses manches ; peu à peu sa tête s'alourdissait, son corps se tassait. La mère, un coude posé sur la table, se soutenait le visage dans la main. D'ennui elle battait fréquemment des paupières. Un gros rat passait et repassait tranquillement devant eux et ils n'avaient même pas l'idée de le chasser.

La chambre progressivement s'obscurcit et ce fut comme si leur état d'âme s'était en même temps assombri. Ils sentaient le froid grimper peu à peu du sol vers leurs jambes.

« Je vais faire la cuisine, dit la mère en se levant avec une certaine mollesse.

— Il est encore trop tôt, attendez », la pria son fils.

La mère se rassit en silence, elle ne trouvait rien à dire. Un moment passa et la pièce fut rapidement plongée dans l'ombre. De nouveau, la mère se leva :

« Maintenant, je vais faire la cuisine. »

Shüenn se leva également.

« Je vais vous aider. »

Elle le dissuada :

« Ne bouge pas, j'y suffis seule. »

Il l'accompagna en expliquant :

« C'est mieux pour moi de bouger un peu, à rester seul assis, je broie du noir. »

Ils préparèrent un vague repas et, tout en chipotant, le mangèrent machinalement. Le dîner terminé, après avoir rangé baguettes et bols, ils retournèrent s'asseoir sans chercher à entretenir la conversation : ils éprouvaient une fois de plus le sentiment de n'avoir rien à se dire. Shüenn regarda la montre (la montre de sa mère), elle indiquait sept heures, c'était encore tôt. Ils laissèrent passer le temps. Lorsqu'il fut huit heures, la mère rentra dans sa petite chambre et Shüenn s'allongea sur son lit.

Ce n'était là qu'un jour comme les autres : tout l'hiver, ils menèrent ce genre de vie. Seules les coupures de courant modifiaient cette routine, ils se couchaient alors beaucoup plus tôt. Parfois, la mère réparait leurs vêtements sous la lampe ; parfois, elle lui narrait quelque vieille histoire déjà cent fois répétée. De temps à autre, Petit Shüenn venait passer la nuit et mettait un peu d'animation. Lui qui n'aimait ni parler ni rire, « petit rat de bibliothèque », était quand même capable de quelque animation ! Quelquefois, la santé de Shüenn était meilleure, à d'autres moments, sa dépression était plus profonde.

« A part manger, dormir, être malade, à quoi suis-je bon ? » demandait-il en vain. Il écartait cette question avec un rire découragé. Un jour, il crut avoir obtenu la réponse, ce mot terrifiant : « la Mort » qui lui faisait courir des frissons glacés le long de la colonne vertébrale, trembler de tout le corps et comme assister à sa propre décomposition, les vers rampant sur sa chair. Par la suite, pendant assez longtemps, il n'osa plus laisser errer son esprit.

Aucun réconfort ne pouvait lui venir de sa mère, ce secret lui appartenait en propre ; Shousheng, non plus, ne pouvait lui être d'aucun secours, bien qu'habituellement elle écrivît de courtes lettres (au moins une par semaine). Elle était toujours aussi occupée et il n'y avait pas un instant où elle ne s'inquiétât de la santé de son mari. Dans chacune de ces missives, elle le priait de transmettre ses sentiments respectueux à la mère, mais jamais elle ne lui écrivit directement comme Shüenn le lui avait demandé. A cause de cela, à cause de ses « occupations », à cause du caractère laconique de ses lettres, il la sentait de plus en plus lointaine. Il ne parlait jamais de Shousheng avec sa mère, mais souvent en secret, il tentait d'imaginer la distance qui les séparait sa femme et lui.

XXV

Les journées glaciales de l'hiver passèrent, finalement, comme un cauchemar. Les jours de printemps ramenèrent l'espoir au cœur des hommes. Le vent printanier dispersa l'épais brouillard. Les gens avaient le sourire en commentant les nouvelles de la guerre.

Mais cela ne changea rien à la vie de Wang Wen' shüenn. Comme auparavant, sa santé connaissait des hauts et des bas. Lorsqu'il se portait bien, il ne sortait qu'exceptionnellement, autrement il restait au lit toute la journée. Sa mère d'habitude cuisinait, faisait le ménage, et s'il était malade, lui préparait ses remèdes. Deux semaines de suite, Petit Shüenn vint en ville, passa la nuit et raconta quelques histoires de l'école, il ne parlait pas beaucoup et souriait encore plus difficilement. Les rires ne résonnaient pas dans l'appartement pendant son séjour, mais dès qu'il fut parti, la maison parut encore plus morne. Shousheng, comme à l'accoutumée, envoya lettres et mandats : le mandat mensuel, la lettre hebdomadaire. Elle ne dépassait jamais trois feuilles par lettre, ce qui n'empêchait pas Shüenn de lire entre les lignes une affection profonde. Elle était toujours très occupée, mais Shüenn avait des trésors de patience. Chaque semaine, il lui écrivait longuement. Souvent, il inventait quelque mensonge, il ne voulait pas lui laisser connaître ses véritables conditions d'existence, écrire lui procurait une distraction, presque un travail.

Les journées de printemps s'allongèrent, plus amères à vivre. Shüenn sentit qu'il allait bientôt perdre la faculté de parler. Une fois, à la suite d'un rhume, il eut une extinction de voix et par la suite, il s'exprima toujours avec une voix rauque. La mère paraissait vieillie et devenait de moins en moins loquace. Souriants, la mère et le fils restaient assis l'un en face de l'autre dans la chambre sans échanger un mot. Parfois, il se passait toute une journée sans que Shüenn prononçât plus d'une trentaine de phrases.

Le temps était comme un vieux cocher souffreteux, les tirant lentement vers l'avenir, si lentement qu'il leur semblait parfois que la voiture s'était déjà arrêtée.

Mais Shüenn vivait toujours, il éprouvait toujours des sentiments et son cerveau fonctionnait. Son poumon gauche le faisait souvent souffrir. La nuit, une sueur glacée l'inondait fréquemment et des quintes de toux le secouaient. Parfois aussi, il crachait le sang en cachette..., des crachats avec des traces de sang. La douleur persistait et même s'aggravait sans cesse : rire de plaisir devenait déjà le plus lointain, le plus vague des rêves.

Il ne gémissait pas, il ne se plaignait pas. En silence, il faisait escorte à une journée couleur de cendre et toujours silencieux, accueillait le lendemain, plus sombre encore. Il parlait peu, il redoutait d'entendre sa propre voix éraillée. Parfois, lorsqu'il n'arrivait plus à surmonter sa mélancolie, il poussait seulement un long soupir, mais toujours à l'écart pour éviter que sa mère ne l'entende.

Plus cela allait, plus les journées étaient longues et plus elles étaient difficiles à vivre. Une pensée le tourmentait : ses forces s'épuisaient rapidement, il n'en pouvait plus. Mais personne ne lui permettait de lâcher prise : sa femme lui recommandait encore de guérir tranquillement et d'attendre son retour, Vieux T'chong affirmait trouver un moyen de découvrir un travail qui lui convienne, sa mère lui achetait sans cesse des remèdes. Il n'avait pas d'opinion sur l'efficacité de ces remèdes, il se montrait seulement docile et les prenait par intermittence. Il se comportait ainsi surtout par respect pour sa mère. Une fois, celle-ci l'entraîna consulter à l'hôpital Koua'n Jenn. Shüenn se rappela la lettre d'introduction que lui avait envoyée Shousheng, mais il ne put la trouver nulle part, sa mère l'avait déchirée. Il ne voulut pas dépenser le prix élevé d'une consultation en priorité et attendit trois grandes heures. Sa mère avait fait un effort, il pouvait bien attendre patiemment son tour. Il ne servait à rien d'être pressé quand on attendait à l'intérieur de la cour, mais comme il y faisait froid ! (Ceci se passait avant l'arrivée du printemps.) Un médecin à la barbe en pointe, à l'expression sévère, lui ordonna de se déshabiller et l'ausculta à fond avec un stéthoscope. Il fronça les sourcils, hocha la tête ; lui dit de se rhabiller et rédigea une ordonnance pour qu'il se fasse délivrer une potion à la pharmacie. Ce médecin n'était pas bavard, il lui enjoignit seulement de revenir la semaine suivante pour une « radioscopie ». Il ajouta qu'une cure de rayons serait préférable, mais la « radioscopie » était moins coûteuse. En sortant, Shüenn se renseigna sur le tarif, il eut un haut-le-corps et quitta les lieux sans faire de commentaires. Par la suite, il retourna une autre fois à l'hôpital. La scène se renouvela. Il calcula combien il avait déjà dépensé ce mois-là, se perdit en conjectures sur le résultat qu'on pouvait attendre d'une radioscopie et n'osa plus jamais y retourner.

« Il n'arrivera que ce qui doit arriver, faisons confiance au destin ! » En réalité, Wang Wen'shüenn ne devait plus jamais connaître la paix.

Un jour, après le déjeuner, Shüenn sortit se promener dans la rue. Le temps était superbe, mais comme d'habitude, il y avait beaucoup de poussière et la circulation était dense et désordonnée. Dans un coin s'amoncelaient de grands tas d'immondices d'où exhalait une odeur fétide. Il se protégea le nez et marcha jusqu'à un tournant. Machinalement, il tourna la tête et regarda autour de lui. Il se trouvait juste devant la vitrine du café Gouoti. Quelques gâteaux d'anniversaire et du chewing-gum y étaient exposés. Shüenn se trouvait reporté plusieurs mois en arrière. Ce qui changeait, c'est qu'il n'entendait plus le rire de cet homme et n'apercevait pas non plus la séduisante silhouette de Shousheng.

Il entra. A l'intérieur, les clients étaient assez nombreux, il s'était autrefois précisément assis à cette petite table ronde qui se trouvait libre et il se hâta vers elle. Deux garçons affairés, portant des plateaux, couraient de tous côtés. C'était parmi les clients à qui les appellerait à tue-tête. Il s'assit timidement dans un coin et attendit en silence.

Un serveur, vêtu de blanc, s'approcha enfin de lui.

« Deux cafés, commanda Shüenn à voix basse.

— Pardon ? s'étonna vivement le serveur.

— Deux cafés », reprit Shüenn en élevant la voix.

Le garçon ne répondit pas et fit brusquement volte-face. Un moment plus tard, il revint avec deux tasses, en posa une devant Shüenn et l'autre en face.

« Désirez-vous du lait ? » demanda-t-il en saisissant le pot. Shüenn secoua la tête :

« Non merci. » Puis, désignant la tasse posée en face : « Dans celle-ci, oui. »

Le serveur en versa, puis reprenant le pot, s'éloigna. Shüenn prit la cuiller, mit du sucre dans l'autre tasse, tourna, puis sucra la sienne.

Il leva sa tasse en s'adressant à la place vide :

« Tu bois. »

Il s'imaginait que Shousheng était assise devant lui, elle aimait le café avec du lait. Il croyait la voir lui adresser un sourire. Tout heureux, il but une gorgée. Il souriait aussi. Il ouvrit les yeux et regarda : la place était vide et personne n'avait touché à la tasse pleine. A nouveau, il but. Sur ses lèvres, le sourire persistait, mais il se transformait peu à peu et maintenant, c'était un sourire mélancolique.

« Te souviens-tu encore de moi ? » murmura-t-il, tandis que son cœur battait la chamade. Il se sentit prêt à pleurer. Il s'empressa de tourner la tête pour examiner les autres clients. Une épaisse fumée emplissait la salle, les gens discutaient avec animation et fumaient cigarette sur cigarette. Personne ne faisait attention à lui.

« Moi, je peux garantir par écrit qu'avant deux mois, l'Allemagne capitulera. Le Japon ne tiendra pas plus d'une année. C'est certain, nous pourrons fêter le Nouvel An à Nankin ! » dit à voix haute, à la table voisine, un homme qui portait un costume T'chong Shann[1].

Shüenn sursauta et regarda l'homme qui avait parlé. Cette prophétie lui donna une sensation étrange. Il n'éprouvait pas de la joie, mais de l'envie et de la jalousie. Il eut à nouveau un regard pour la place vide et la tasse pleine puis il soupira avec tristesse, se leva, paya et s'en fut.

De retour chez lui, il croisa sa mère qui sortait de l'appartement en portant un paquet de linge mouillé.

« Mère ! s'écria-t-il étonné, pourquoi avez-vous recommencé à laver vous-même ?

— Ne te fais pas de souci, répondit-elle souriante, j'en suis encore capable.

— Vraiment, vous ne devriez pas faire ce genre d'économies, mais plutôt ménager votre peine.

— Mais les prix ont à nouveau monté et Shousheng n'envoie pas assez d'argent pour qu'il soit possible d'épargner, souligna la mère avec un peu d'aigreur. Tout a augmenté depuis l'année dernière, de combien, je n'en sais rien, mais pas nos revenus et je ne puis vraiment pas me débrouiller autrement. »

Shüenn pensait : « Ce que Shousheng envoie est encore beaucoup par rapport à ce que je gagne », mais il n'osait pas le dire devant sa mère. La laissant procéder à l'étendage, il préféra rester silencieux et rentra dans sa chambre.

Là, il était seul. Il n'avait pas envie de s'asseoir, de s'étendre ou de lire. Il préféra parcourir la pièce à grands pas.

« Pourquoi est-elle toujours aussi occupée ? Pour-

1. T'chong Shann, en cantonais : Sun Yat-sen, 1866-1925. Leader révolutionnaire antimandchou, fondateur de la République chinoise.

quoi écrit-elle toujours des lettres aussi courtes ? Puisqu'elle s'intéresse à moi, pourquoi ne me parle-t-elle pas davantage de la vie qu'elle mène ? » se demandait-il anxieux.

Il ne trouvait toujours pas de réponse à ces questions.

Mais il fut interrompu, un pas lourd résonnait. Finalement, le facteur poussa la porte et entra, s'écriant :

« Une lettre pour Wang When'shüenn ! Lettre recommandée, il faut signer le récépissé. »

Et il lui remit une enveloppe très lourde, recouverte de timbres. Au premier coup d'œil, Shüenn reconnut l'écriture de Shousheng. Il eut un mouvement de joie, signa le récépissé et remercia le facteur avec émotion.

Enfin une longue lettre était arrivée ! C'était là la réponse dont il avait besoin... Avec dévotion, il embrassa l'enveloppe. Il riait tout bas, il relut l'adresse à plusieurs reprises. Il en oublia ses propres tourments et jusqu'à son mal.

Puis il déchira l'enveloppe et tira les feuillets épais.

« Elle m'a écrit une longue lettre ! Elle m'a écrit une longue lettre ! » se répéta-t-il plusieurs fois en souriant. Il déplia les feuillets mais à peine eut-il lu son nom : « Shüenn » qu'il replia la lettre et, tout excité, fit quelques tours dans la chambre.

Ensuite, il s'installa sur la chaise d'osier. Tranquillement, il déplia à nouveau la lettre et commença sa lecture.

XXVI

Toute la lettre était de la main de Shousheng ; l'écriture en était assez soignée, mais le ton inhabituel. Elle ne reparlait pas d' « occupations », ni des divers événements survenus à la banque. Elle dévoilait son cœur et lui exposait ses souffrances. Le doigt de Shüenn qui suivait les lignes, se mit à trembler. Retenant son souffle, il poursuivit sa lecture. Les mots le déchiraient comme des griffes d'acier mais il ne pouvait pas s'empêcher de penser : « Pourquoi dit-elle cela ? » Déjà, il était la proie d'un pressentiment.

Shousheng continuait à dénuder son âme :

« ... Je sais que peut-être ma forme de caractère me détruira et qu'elle causera des souffrances à de braves gens, je sais aussi que ces dernières années, je t'ai causé pas mal de soucis, j'ai conscience de ne pas m'être alors comportée à la maison comme une bonne épouse. C'est un fait. J'avoue également avoir eu des torts (mais je n'ai jamais agi de manière déshonorante dans ton dos), parfois ma conscience me fait des reproches mais... j'ignore comment m'exprimer au mieux, comment il me serait possible de te faire saisir le fond de ma pensée... Plus particulièrement ces deux dernières années, je pressentais constamment que nous pourrions être heureux ensemble. Il manquait à nos relations quelque chose d'essentiel, tu ne me comprenais pas. Souvent, j'étais de mauvaise humeur : tu me faisais des concessions, tu me répondais avec douceur et tu te contentais de me regarder d'un air implorant. Je craignais alors d'apercevoir ce regard qui me gênait tant. Pourquoi te montrer si faible ? A ces moments-là, j'espérais tant une querelle et que tu m'injuries, j'en aurais éprouvé de la joie. Mais tu ne savais que supplier, que soupirer, que verser des larmes ! Après ces scènes, j'avais toujours des remords et souvent je te demandais pardon. Je m'appliquais ensuite à être meilleure, mais je n'arrivais qu'à te plaindre et non plus à t'aimer. Tu ne montrais pas cette faiblesse autrefois !... »

L'interrompant soudain, un coup fut frappé à la porte. Du dehors, s'éleva une voix masculine :

« Ami Wang ! »

Shüenn sursauta. En hâte, il replia la lettre et la glissa sous son vêtement. Vieux T'chong était déjà dans la pièce, la face épanouie.

« Ami Wang, comment t'es-tu porté ces derniers temps ? Tu n'es pas sorti ?

— Assieds-toi, assieds-toi », dit Shüenn aimablement en se contraignant à sourire, mais il était encore sous le coup de la lettre. « Ces derniers temps, j'ai été très occupé », dit-il sans réfléchir tout en se préparant à offrir de l'eau bouillie à son invité. Ses gestes étaient très lents, devant ses yeux apparaissait encore un visage de femme, celui de Shousheng dont l'expression s'était durcie.

« Pas de thé, merci, je viens d'en boire », refusa courtoisement Vieux T'chong en secouant la tête.

Shüenn précisa, un peu honteux :

« Ici, nous n'avons que de l'eau bouillie. Te plairait-il d'en prendre un gobelet ? et il disposa un gobelet devant son ami.

— Certes, certes, répondit Vieux T'chong souriant, l'eau bouillie, c'est bon pour la santé ! » Après une gorgée, il reposa le gobelet. « Ta mère n'est pas à la maison, comment va-t-elle ?

— Très bien, merci » (Shüenn lui rendit son sourire, mais aussitôt son cœur se mit à battre bruyamment et ses pensées se fixèrent sur la lettre), ma mère vient juste de sortir. »

Tout à coup, il avait réalisé qu'on lui avait posé une question et il y répondait hâtivement. Il n'ajouta pas que sa mère était sortie pour procéder à l'étendage du linge.

« J'ai une bonne nouvelle pour toi, annonça Vieux T'chong, manifestement satisfait. A l'entreprise, le chef de bureau D'joh est monté en grade et nous a quittés. Le nouveau venu, le chef Fang, a des pouvoirs plus étendus et il me témoigne beaucoup d'amabilité. Hier, je lui ai parlé de toi et il s'est montré très compréhensif, il te demande de revenir et de reprendre ton ancien poste, et il m'a chargé de te prévenir. Donc plus de problème pour ton travail !

— Oui, très bien. » Incapable de feindre la joie, Shüenn ne parvenait à sourire qu'en se forçant. Il regardait ailleurs et ne semblait pas avoir écouté son collègue.

« Alors mon vieux, quand te présenteras-tu au bureau ? »

La réaction de Shüenn l'étonnait. Vieux T'chong

avait cru en venant que cette bonne nouvelle lui vaudrait un accueil chaleureux, mais son ami ne montrait pas trace d'enthousiasme.

« Dans deux jours, je te remercie de t'en être occupé », dit Shüenn comme s'il s'éveillait. Il avait haussé la voix, esquissé un sourire, mais à mi-chemin son humeur se rembrunit et son visage se ferma à nouveau.

« Et ta santé ? Te sens-tu encore souffrant ? demanda Vieux T'chong plein d'attention.

— Pas le moins du monde, je me porte très bien. » Shüenn secoua la tête et jeta un coup d'œil surpris à son ami. Il pensait : « Pourquoi Shousheng a-t-elle écrit cette lettre ? Est-ce que par hasard, elle voudrait vraiment... ? » Il devint brusquement écarlate et son visage fut agité de tics.

« ... Alors, viens le matin. Les journées sont longues et je craindrais qu'il n'advienne encore quelque changement. C'est aussi une occasion à ne pas rater.

— Oui, c'est sûr, je viendrai dans deux jours », répondit Shüenn brièvement, puis il se tut.

Surpris, Vieux T'chong lui jeta un coup d'œil, il comprit que Shüenn avait quelque chose sur le cœur et ne voyant pas l'intérêt d'une longue conversation, ne lui posa pas de questions. Le brave homme resta encore assis quelques instants, prononça quelques phrases sans importance et, sentant qu'il dérangeait, prit congé.

Shüenn ne le retint pas et l'accompagna hors de l'appartement. Parvenu à la cage de l'escalier, Vieux T'chong l'arrêta aimablement, mais Shüenn insista pour reconduire son hôte jusqu'à la porte cochère.

« Ami Wang, tâche d'arriver tôt au bureau, lui

recommanda Vieux T'chong alors qu'ils se quittaient devant la porte.

— Bien sûr », répondit-il reconnaissant.

Se détournant, il se hâta de remonter l'escalier et dans le couloir, il heurta une vieille femme qui portait une théière remplie d'eau bouillante. Quelques gouttes jaillirent et il les reçut sur la face extérieure de la jambe. La brûlure lui arracha un cri. La vieille femme marmonna une injure. Shüenn s'empressa de s'excuser et, dominant sa souffrance, reprit son ascension quatre à quatre. Son esprit ne se détachait pas de cette lettre. Rien d'autre ne pouvait retenir son attention, même pas la « bonne nouvelle » de Vieux T'chong qui ne lui avait apporté aucune joie.

Il rentra chez lui. Sa mère n'était toujours pas là, elle reviendrait lorsque les vêtements seraient étendus. Elle n'était pas là..., cela tombait bien, c'était l'occasion de lire tranquillement son courrier. Il s'installa sur la chaise d'osier et, prenant la lettre de Shousheng, se remit à sa lecture. Il n'avait pas encore commencé que son cœur se mit à battre très fort et ses mains à trembler comme sous l'effet du froid.

Il chercha d'abord l'endroit où il s'était arrêté et reprit :

« ... Tout ce que je dis est vrai, je t'en prie, crois-moi. Comme ces jours que nous avons vécus, je sens que nous n'avons pas été heureux, que nous ne le serons plus. Je ne puis dire que tout est de ta faute, et pas plus, que tout est de la mienne. Nous nous faisons mutuellement souffrir, nous faisons souffrir ta mère, et elle aussi, nous fait souffrir. J'ai beaucoup réfléchi, je n'en trouve pas la cause. De plus, nous n'avons aucun moyen de faire cesser ou d'alléger cette souffrance. Ce n'est la faute de personne, nous ne pouvons pas nous en vouloir, mais je ne crois pas que ce soit le destin. Les erreurs passées doivent nous servir de leçon. Je suis différente de ta mère et de toi : elle est âgée, et toi, tu es faible et malade, je suis jeune encore et pleine de vitalité. Je ne peux plus couler avec vous ces jours monotones, gaspiller ma vie dans ces sempiternelles querelles, endurer la solitude. J'aime bouger, j'aime la gaieté, j'ai besoin de mener une vie ardente. Je ne puis m'étioler dans cette maison qui ressemble à un vieux temple. Je ne sais pas te mentir. Bien sûr, j'ai réfléchi. J'ai essayé d'être une bonne épouse, une mère digne. Je sais que jusqu'à ce jour, tu m'as toujours beaucoup aimée. Je n'éprouve pas envers toi la moindre rancœur, j'ai vraiment désiré de toutes mes forces te rendre heureux, mais il m'a été impossible d'y parvenir. En vérité, sois sûr que je n'ai pas épargné ma peine et que j'ai refusé toutes sortes de tentations. J'avais fait le vœu de ne jamais te quitter, de prendre soin de toi, de te soutenir, de traverser à tes côtés ces temps infortunés. J'ai essayé et j'ai échoué. Tu n'as pas non plus compris mon déchirement. Et plus tu te montrais bon à mon égard (c'est-à-dire correct), plus ta mère me prenait en grippe. Il semble qu'elle me haïsse à mort. Réellement, je n'ai que de la pitié pour elle, marchant vers la vieillesse, apprenant le goût de la misère à un âge aussi avancé, en dépit du fait qu'elle se vante d'être une personne instruite et d'avoir une conduite aussi vertueuse ; elle a plus de cinquante ans et pourtant elle joue encore les secondes mères, cuisinant, lavant, balayant, n'est-ce pas remarquable ! Elle se comporte envers moi, comme l'esclave envers son maître, voilà pourquoi elle me déteste et s'emploie à détruire le bonheur de notre foyer et l'amour de notre vie.

« Aujourd'hui encore, je me souviens de son expression de cruelle satisfaction, au moment où elle m'a appelée ta " maîtresse ".

« Tout ceci n'est que bavardage, pardonne-moi de te donner mon opinion sur ta mère. Non, je ne la déteste pas. Elle aussi, très souvent, a connu une existence pénible. Pourquoi la détesterais-je ? Ce qu'elle a dit n'était pas absolument faux. Nous ne sommes pas régulièrement mariés et je ne suis au fond que ta " maîtresse ". Voilà pourquoi, je te le dis clairement aujourd'hui, à l'avenir, je ne le serai plus. Je vais te quitter. Peut-être pourrai-je épouser quelqu'un d'autre, assurément je le ferai avec ostentation pour que ta mère n'en ignore rien... Peut-être ne me marierai-je jamais. Te quitter pour épouser quelqu'un d'autre, quel sens cela aurait-il ? En un mot, je ne désire pas retourner dans ta famille, reprendre le rôle de la " maîtresse ". Tu voulais que j'écrive à ta mère une longue lettre pour lui exprimer mes regrets. Comme tu m'as blessée ! Si j'écris, si je reconnais son autorité, est-ce que cela suffira pour qu'elle ne me déteste plus ? Tu espères que je vais porter une pancarte " Maîtresse ", comme une belle-fille esclave pour te laisser mener une existence de miel à ton foyer. Vraiment, tu rêves ! »

Shüenn laissa échapper un cri de souffrance comme si un puissant coup de gong avait éclaté près de son oreille. La tête lui tournait. Après un moment, il poussa un soupir. La lettre était tombée sur le sol, il se hâta de la ramasser et reprit sa lecture avec voracité. Une sueur froide perlait à son front et son corps entier transpirait.

« Shüenn, je te prie de me pardonner, je ne suis pas

fâchée contre toi, mais je ne plaisante pas non plus. Je dis la vérité et j'ai réfléchi longtemps. En vivant ensemble, nous ne pouvons que nous tourmenter, nous faire mal. De plus, aujourd'hui, avec ta mère à notre foyer, nous ne pourrions connaître ni paix, ni bonheur. Nous devons nous séparer. Après nous être quittés, nous pourrions peut-être rester excellents amis, mais à vivre ensemble, nous finirions par devenir un jour des étrangers l'un pour l'autre. Je n'ignore pas que je te quitte alors que tu es malade et que probablement je te fais souffrir, mais aujourd'hui, j'ai trente-quatre ans et je ne peux laisser se perdre les années et les mois. Le temps qui nous est imparti à nous autres femmes, est très court. Je ne suis pas du tout égoïste, je désire seulement vivre et je désire vivre dans la joie. Je veux être libre. Jusqu'à maintenant, je n'ai pas eu, hélas, de joie dans ma vie. Pourquoi ne ferais-je pas un essai ? On ne vit qu'une seule fois et si on laisse échapper sa chance, c'est fini à jamais. C'est pourquoi, je dois te quitter pour sauvegarder mon avenir. Je veux être libre. Je sais que tu peux me pardonner et me conserver ta sympathie.

« Je ne te citerai pas en " divorce ", parce que d'après ta mère, nous ne sommes pas, à proprement parler, mariés. C'est pourquoi aucune formalité n'est nécessaire pour notre séparation. Je ne te réclamerai ni pension alimentaire, ni engagement écrit. Je ne te demanderai pas non plus de laisser partir Petit Shüenn. Rien de tout cela. Je te demanderai seulement de me permettre de t'aider à poursuivre ta guérison. A partir d'aujourd'hui, je ne suis plus ta femme, je ne m'appelle plus Mme Wang. Tu peux trouver ailleurs pour en faire ton épouse, une femme dotée d'un bon caractère qui puisse te comprendre, t'aimer davantage, révérer ta mère. Je ne t'apporte rien, je ne suis ni une bonne mère ni une bonne épouse. J'ai des excuses à te faire pour ces dernières années et aussi à Petit Shüenn. Je n'ai pas rempli le rôle de belle-fille à l'égard de ta mère. Je ne suis pas parfaite. Ces dernières années, j'ai beaucoup changé mais j'avais les mains liées. A notre séparation, peut-être souffriras-tu un certain temps, mais pas plus d'une ou deux années et ensuite tu m'oublieras. Il y a de nombreuses femmes meilleures que moi, et j'espère que celle qui me remplacera donnera aussi satisfaction à ta mère. Le mieux est que tu la laisses choisir à ta place et que la nouvelle mariée fasse son arrivée en palanquin fleuri et se plie aux rites de la tradition. »

Il poussa un gémissement et tira furieusement sur ses cheveux. Son poumon gauche le faisait beaucoup souffrir et maintenant, il semblait que la douleur gagnât tout son torse. « Pourquoi Shousheng lui infligeait-elle d'aussi cruelles blessures ? Elle aurait dû le savoir, chaque mot, comme une pointe acérée, fouillait son cœur jusqu'au sang. De quel crime le punissait-elle ? Le détestait-elle donc tant ! Pour acquérir sa seule liberté, il n'était pas nécessaire d'utiliser de telles armes contre un homme dépourvu de toute défense ! » L'abattement le disputait chez Shüenn à la révolte : « Pourquoi ce désastre m'est-il tombé sur la tête ? Pourquoi faut-il que je sois le seul châtié ? Quelle faute ai-je finalement commise ? »

Il n'y eut pas de réponse. Il n'y avait personne à son côté pour lui rendre justice. Il regarda bêtement le plafond, qu'espérait-il y découvrir ? Il n'en savait rien lui-même.

Quelques instants passèrent et soudain il pensa qu'il

n'avait pas terminé. Abaissant son regard sur la lettre, il poursuivit sa lecture :

(A cet endroit, l'encre avait bavé sur deux lignes et il ne put les déchiffrer.) « ... Je ne sais pas moi-même comment j'ai pu rédiger un tel journal. En réalité, mon intention première était seulement celle-ci : je ne veux plus revoir ta mère, et aussi, je veux être libre. Shüenn, je t'en prie, pardonne-moi. Tu vois, j'ai certes beaucoup changé ; une telle époque, une telle vie, moi une femme, je n'ai pas non plus porté préjudice à personne, ni commis de mauvaises actions. Ai-je une autre possibilité ? Il ne faut pas me parler d'idéal. Nous ne sommes pas qualifiés pour parler d'éducation ou d'idéal. Shüenn, ne souffre pas, laisse-moi partir, c'est tellement mieux. Oublie-moi, ne pense plus à moi. Nous ne sommes pas assortis. Mais je ne suis pas une mauvaise femme, je n'ai qu'un défaut : rechercher la liberté et le bonheur...

« Je n'ai pas l'intention d'écrire à Petit Shüenn. Je te demande de lui expliquer la situation à ma place, je ne m'exprimerais pas clairement. Il est bien évident que dans un avenir proche, je perdrai mes droits de mère. Mais, je ne voudrais pas que vous vous mépreniez, je ne te quitte pas pour épouser quelqu'un d'autre, bien qu'un homme m'ait déjà fait cette proposition. Jusqu'à aujourd'hui, je ne lui ai donné aucune réponse, et je ne tiens pas à lui répondre. Tu comprends ma situation, une femme seule connaît inévitablement des moments de vulnérabilité. En vérité, c'est de moi-même que j'ai peur. J'ai mes points faibles et je n'ai pas encore trouvé un ami cher qui veuille m'aider. Shüenn, cher Shüenn, je sais que tu m'aimes profondément. Alors, je t'en prie, laisse-moi partir, donne-moi ma liberté, ne m'appelle plus du nom usurpé d' " épouse ", afin de mettre fin à cette vie sentimentale et pleine de contradictions, et d'éviter aussi la haine que ta mère me porte, ce qui m'obligerait à m'engager dans une impasse de désespoir.

« Je t'en prie, pardonne-moi, tu ne dois pas me considérer comme une mauvaise femme. Je te demande de dire, de ma part, quelques phrases polies à ta mère. Je ne suis plus maintenant sa bru, ni la " maîtresse " de son fils. Elle n'aura plus à mettre son énergie au service de sa haine pour moi. J'espère de toutes mes forces que tu ménageras ta santé et que tu guériras paisiblement. La banque continuera son versement mensuel. Il ne faut pas que Petit Shüenn interrompe ses études. De plus, je te demande d'être mon ami le plus proche et de continuer à m'écrire. Porte-toi bien.

« Autant que possible, réponds-moi vite, même quelques lignes. Shousheng, le... »

C'était la fin de la lettre, et pour lui, la fin de tout. Il se laissa aller sur le dossier de sa chaise, ferma les yeux un moment et parut mort. Un appel de sa mère le tira brusquement de sa léthargie. Il sursauta, se pencha en avant, ouvrit la main et la lettre tomba à nouveau sur le sol.

« Mère, vous étendiez le linge, pourquoi avez-vous mis si longtemps à revenir ?

— Je suis sortie. Shüenn, pourquoi n'es-tu pas au lit à dormir ? » Elle aperçut la lettre sur le plancher, demanda : « C'est une lettre qui vient d'arriver ? » et s'avança pour la ramasser.

« Mère, attendez, j'y vais. » Shüenn se courba précipitamment et se saisit de la lettre tout en expliquant : « C'est une lettre de Shousheng.

— Elle en a écrit si long, qu'est-ce qu'elle raconte ? »

Il parut se troubler :

« Trois fois rien », et aussitôt il fourra la lettre sous son vêtement. Il était évident que c'était pour la cacher.

La mère pensa : « A coup sûr, ma bru dit du mal de moi à son mari », et elle ne put le supporter.

« Bien entendu, elle t'écrit des méchancetés sur mon compte. Cela ne me fait pas peur, laisse-la dire...

— Mère, elle ne parle absolument pas de vous. Il est question de tout autre chose, elle raconte sa vie là-bas, l'administrateur Tchenn se montre envers elle... », il plaidait d'une voix forte en faveur de Shousheng, mais à peine à la moitié de son discours, il se bloqua.

La mère s'en aperçut et ne reparla pas de la lettre. Une autre préoccupation lui vint à l'esprit et elle reprit :

« Je viens de rencontrer M. T'chong. Il m'a dit qu'il t'avait déjà vu. Tes affaires s'arrangent. Tu peux retourner travailler à l'entreprise. Mais moi je pense que si le nouveau chef est du genre conciliant, le mieux est qu'il te laisse encore deux mois de repos. Il faut seulement qu'il consente à t'aider. Si l'on convient de cela d'avance, il n'y aura plus de problèmes.

— Réflexion faite, j'irai demain, dit Shüenn sans qu'apparaisse sur son visage la moindre trace d'enthousiasme.

— Pourquoi si vite ? Attends que M. T'chong soit retourné lui parler et il ne sera pas trop tard.

— Vieux T'chong me demande de venir tôt. Il dit que les journées sont longues et il craint qu'il ne survienne un changement. » Shüenn s'efforça de feindre l'indifférence, mais en lui-même, il sentait un grouillement de vers lui ronger le cœur et les poumons.

« Y aller demain, serait peut-être trop précipité. Ou alors, vas-y après-demain, d'abord pour tâter le terrain... Non, pas demain, car j'ai prévu quelques plats savoureux et je voulais aussi inviter le docteur Tchang Boh-tching..., il t'a donné pas mal de consultations gratuites », reprit sa mère en affectant la gaieté.

Shüenn réfléchit et regarda le visage de sa mère. Il dit douloureusement :

« Vous vous êtes de nouveau rendue chez le prêteur. Que lui avez-vous vendu ? Il ne faut plus jamais acheter rien de coûteux pour moi !

— C'est sans importance, ne te tracasse pas », répliqua la mère et son sourire paraissait contraint.

Shüenn se récria avec indignation.

« Ne te tourmente pas, je puis fort bien mourir avant toi. De plus, il y a encore Petit Shüenn, il grandira et deviendra adulte. Et encore Shousheng, malgré tout, elle est ton épouse et ma bru ! »

Sa mère lui souriait, affichant un air détaché qui masquait un profond déchirement intérieur.

« Mère, comment pouvez-vous compter sur eux ! Petit Shüenn est beaucoup trop jeune et Shousheng... » Il s'arrêta net, mais il en avait trop dit..., ses yeux se remplirent de larmes, il se leva brusquement et sans un mot, sortit de la pièce.

Il entendit sa mère l'appeler. Il ne répondit pas et à grandes enjambées, descendit rapidement l'escalier. Mais parvenu devant la porte de l'immeuble, il hésita. Face à la rue poussiéreuse, il ne savait dans quelle direction partir. Il restait planté sur le trottoir, comme si ses jambes allaient y prendre racine, regardant à droite puis à gauche. Il n'avait devant les yeux que des inconnus, des indifférents. Dans cet univers immense, lui seul, faible, malade, insignifiant, ne pouvait découvrir un refuge ! Il était seul, et il ne pouvait dire à quel point sa solitude était profonde. Les traces de larmes sur son visage n'avaient pas encore séché. Il avait la tête vide.

Sur le comptoir de la boutique qui se trouvait à côté de lui, s'accumulaient des pièces de tissus de toutes les couleurs et de toutes les textures. Il semblait que le commerce marchât encore bien, trois jeunes femmes à l'élégance sobre, faisaient leur choix en bavardant et en riant. A côté, devant un petit restaurant nouvellement ouvert, on pouvait voir deux enseignes fleuries, sur chacune, face aux passants, souriait une jeune fille.

« Tous sont joyeux, alors que moi... », pensa Shüenn. Mais finalement, que désignait-il par « tous » ? Luimême n'y avait jamais réfléchi. Cependant, il sentit à nouveau dans sa poitrine, les élancements de la douleur habituelle. Instinctivement, il porta la main à cet endroit.

« Shüenn ! Shüenn ! »

Il entendit à nouveau les appels de sa mère et tourna machinalement la tête. La vieille dame s'avançait essoufflée ; quand elle l'eut rejoint, elle lui demanda :

« Où vas-tu ?

— Je me promène, répondit-il avec indifférence.

— Je trouve que tu n'as pas bonne mine. Attends donc un autre jour pour te promener. De toute façon, tu n'as rien d'urgent à faire. »

Il ne répondit rien cette fois, sa mère demanda encore :

« Rentres-tu ? »

Il réfléchit. En réalité, ce fut un passage à vide, puis :

« Non Mère, vous, rentrez. » Et, à voix basse, il ajouta : « Je crève de tristesse. »

La mère soupira, elle l'enveloppa d'un regard scrutateur et lui conseilla avec douceur :

« Ne t'éloigne pas, rentre rapidement.

— Oui. »

Et laissant là sa mère, il partit à grands pas tandis que celle-ci, plantée devant la porte, regardait sa silhouette disparaître progressivement.

Shüenn avançait sans but. Ce n'était ni une « marche rapide », ni une « promenade ». Il nourrissait l'espoir de découvrir un endroit où il pourrait tout oublier ou bien, carrément, s'anéantir lui-même. Le fardeau de sa souffrance était trop lourd, il ne parvenait plus à l'assumer. Il ne supportait plus ce déchirement sans fin, cette agonie multipliée. Mieux valait en finir une fois pour toutes.

Un passant le bouscula, un pousse-pousse le heurta et lui fit mal à la jambe. Ses pieds étaient meurtris par les pavés inégaux du trottoir et à plusieurs reprises, il manqua tomber. Il semblait à Shüenn qu'il ne distinguait plus ni couleurs, ni lumières. Devant ses yeux, il n'y avait que l'obscurité, son univers était rempli de ténèbres.

Il s'arrêta devant la porte d'un petit bar. Pourquoi ? Il n'aurait su le dire lui-même. Il entra et prit place sur un tabouret de bois. Le patron de ce bar peu fréquenté ne lui était pas inconnu. Shüenn s'était déjà assis dans le passé à une des tables.

Le patron s'avança vers lui et lui demanda :

« Un verre d'alcool rouge ?

— Oui, en vitesse ! » s'écria Shüenn, comme tiré d'un rêve, en réalité sans avoir compris la question.

Le patron lui apporta l'alcool. Shüenn avala mécaniquement une grande lampée. Sa gorge s'embrasa, il ne put le supporter et fut pris d'un hoquet. Il posa le verre et palpa aussitôt la lettre sur sa poitrine. Il commença par la mettre sur la table, puis reprenant le verre, il but à nouveau. Il eut encore un hoquet et repoussa l'alcool. Il prit la lettre, la tourna et la retourna, relisant quelques lignes à voix basse. Il était torturé, ses larmes revinrent. Il ne voulait plus lire mais à peine eut-il fini de plier la lettre qu'il ne put s'empêcher de la rouvrir et de la feuilleter à nouveau. Il lut encore plusieurs phrases tout bas. Sa souffrance augmentait ses pleurs. Avec détermination, il saisit son verre et but une bonne lampée d'alcool. Il sentit le liquide couler en lui comme d'une source brûlante. Sa gorge, son estomac étaient irrités. La tête en feu, les idées confuses, ses souvenirs peu à peu s'estompaient. Seul, le contenu de cette lettre réveillait sans répit, comme un fouet, sa conscience qui s'engourdissait graduellement.

Dans le bar, c'était une journée calme. Il ne s'y trouvait en dehors de lui que deux clients qui buvaient en tête à tête. Les autres tables étaient vides. Personne ne prêtait attention à Shüenn. Le patron aperçut son verre vide, s'avança et demanda :

« Encore un verre ?

— Non, non ! » marmonna-t-il en secouant la tête. Le peu d'alcool absorbé lui congestionnait déjà le visage.

Debout à côté de lui, le patron l'observait avec étonnement. Shüenn ne le remarqua pas. A plusieurs reprises, il retourna la lettre. Il ne savait plus lui-même combien de fois il l'avait lue. Ses larmes s'étaient taries. Il se contentait de secouer la tête et de soupirer.

« Encore un verre ? dit, après un moment, le patron

qui était revenu en voyant que son client ne faisait pas un mouvement pour s'en aller.

— Oui, d'accord », répondit-il brièvement. L'alcool arriva, il en absorba aussitôt une grande gorgée. Il reposa son verre, il se sentait brûlant, la tête lui tournait. Il s'inclina, les yeux fixés sur la lettre, le cœur plein de détresse. Il eut soudain conscience qu'en face de lui quelqu'un s'était assis. Il baissa la tête et but. Il la releva et écarquilla les yeux pour mieux voir. Pourtant, il n'y avait personne. « Je pensais à mon ami Tang B'ail-tching », se dit-il en se frottant les yeux. A nouveau, il baissa la tête, déconcerté, il vit encore en face de lui Tang B'ail-tching qui riait avec amertume. « Alors, moi aussi maintenant, j'en suis là ? » pensa-t-il tristement. Il lui sembla entendre sonner l'alerte, aussitôt il se leva, paya et s'élança au-dehors.

En chemin, l'ombre de Tang B'ail-tching le poursuivait. Il n'avait qu'une seule pensée : rentrer chez lui.

Une fois arrivé, il recouvra peu à peu son calme. Dès qu'il fut entré dans sa chambre, il s'assit pour écrire à Shousheng. A sa mère qui lui adressait la parole, il répondit n'importe quoi; il n'avait pas écouté. Il écrivit :

« J'ai bien reçu ta lettre et je l'ai lue à plusieurs reprises. Je ne peux rien te dire, sinon te demander pardon. Je n'ai pas tenu compte de ta jeunesse, c'est ma plus grande faute. Le seul remède maintenant possible, c'est de t'accorder ta liberté. Tout ce que tu m'as écrit, est vrai. Tu dis que tout peut s'arranger, je te demande seulement de me pardonner.

« L'entreprise autorise ma réintégration, je reprends le travail demain, je te prie en conséquence d'interrompre tes envois de mandats. Ma mère et moi, nous pouvons essayer de vivre sur mon salaire. Ne le prends pas mal. Je ne suis pas fâché contre toi, parce que je t'aimerai jusqu'à ma mort.

« Je te souhaite d'être heureuse.

« Wen'shüenn, le... »

Il écrivit cette lettre d'un jet, sans effort. Mais à peine l'eut-il écrite qu'il se sentit vidé de son énergie. Effondré, démoli, il était fini, tout son univers était anéanti. Désespéré, il appuya sa tête sur la table et se mit à pleurer tout bas. « Shüenn, qu'y a-t-il ? Qu'est-ce qui se passe ? » s'écria sa mère abasourdie et elle se précipita près de lui.

Il leva la tête, lui dévoilant un visage couvert de larmes. Il pleurait comme un enfant : « Regardez sa lettre. »

Mais au lieu de remettre à sa mère la lettre de Shousheng, il lui donna celle qu'il venait de rédiger.

La mère prit connaissance de cette brève missive et n'eut pas besoin d'explications pour tout comprendre.

« Je te l'ai toujours dit. Elle ne pouvait passer son existence à tes côtés. Voilà la conclusion ! Il y a longtemps que je l'avais percée à jour. »

Elle ne partageait pas du tout le point de vue de son fils. Pour elle, c'était une bonne nouvelle. Elle avait beau être en colère, au fond, elle se réjouissait.

XXVII

La lettre de Shousheng était comme un pavé jeté dans le lac de sa vie. Elle avait fait jaillir une gerbe d'éclaboussures à la surface, provoqué des remous puis tout était redevenu calme. Pourtant, la pierre était au fond et elle y resterait éternellement sans qu'on puisse l'en retirer. Par la suite, la jeune femme continua à écrire parfois jusqu'à trois lettres en l'espace d'un mois. Elle n'y disait pas grand-chose et ne lui donnait pas de détails sur son existence, mais s'informait seulement des derniers événements le concernant lui et son fils, ainsi que de sa santé. Comme par le passé, elle leur adressait des subsides. Sa mère voulut qu'il les lui retournât, il ne lui obéit pas. Il les accepta, sans toutefois les dépenser. Lorsque l'argent lui parvenait, il le déposait intégralement à la banque, sur un compte à terme, suivant le désir de Shousheng. Lorsque Shüenn lui avait écrit, il lui avait demandé de cesser ces envois, mais elle agit comme si elle n'avait pas lu sa lettre et la mensualité suivante arriva comme à l'accoutumée. Il aurait voulu qu'elle lui parlât d'elle, mais elle n'en faisait rien. Parfois, tombait de sa plume un « occupée », ou un « tout va bien ». Il encaissait le tout silencieusement, il n'aurait pas voulu risquer un mot ou une allusion qui risquât de la blesser.

Il avait maintenant un travail et un salaire. Le lendemain du jour où était arrivée la longue lettre de Shousheng, Shüenn s'était rendu à l'entreprise. D'âge moyen, Fang, le nouveau chef, était un homme compréhensif. Il s'était montré aimable envers Shüenn, lui adressant même des paroles d'encouragement. Ses collègues (excepté Vieux T'chong), sans lui manifester de chaleur, l'avaient néanmoins tous salué. Son bonheur intérieur atténuait l'ennui qu'il éprouvait en face de ces traductions bizarres ou de ces écrits au style de circulaires officielles.

A la maison, il y avait toujours aussi peu d'animation. En dehors du samedi et du dimanche, généralement une semaine sur deux où Petit Shüenn venait, prenait un ou deux repas, ou passait la nuit, il n'y avait que lui et sa mère et parfois seulement l'un des deux.

Comme auparavant, les jours s'égrenaient monotones, ni rapides ni lents. Shüenn en retirait seulement comme un sentiment d'« écoulement », de « pénible endurance », et de « traîne ». Il ne connaissait ni plaisir ni distraction et même écrire ou bavarder ne lui apportait plus de satisfaction. Finalement, le laissant dans l'indifférence, le printemps passa.

Avec l'été, Shüenn s'affaiblit davantage. Irréversible, son mal, d'un coup, s'aggrava. Il ne savait pas lui-même d'où il tirait la force qui lui permettait de survivre. Chaque après-midi, la fièvre l'assaillait, le soir, il était pris de sueurs glacées, la marche prolongée l'essoufflait, il recommençait à tousser sans arrêt et parfois, il crachait du sang. Son poumon gauche le faisait quelquefois bien souffrir, et même le droit se mettait aussi de la partie. Au début, il luttait en serrant les dents ; par la suite, il s'y habitua peu à peu : se traîner jour après jour devenait facile. Sa vie n'était que grisaille, il avait renoncé à tout, il n'osait plus prétendre à rien. Et même la capitulation de l'Allemagne ne lui apporta ni joie ni réconfort. Il entendit des gens prédire l'effondrement du Japon dans l'année, il n'eut ni une parole ni un sourire. Ces belles et éclatantes victoires semblaient ne lui être plus rien. Il avait l'impression d'être lui-même un vieillard, traînant péniblement pas à pas une charrette lourdement chargée, et qui a depuis longtemps cessé de penser au moment où il parviendra à destination. Il décharge sa voiture, il a déjà parcouru bon nombre d'étapes et se contente d'avancer très lentement, tirant droit devant lui jusqu'à l'épuisement de ses forces.

Un soir, après le dîner, sa mère soudain le regarda et dit :

« Shüenn, ne t'es-tu pas senti souffrant ces derniers jours ? Que tu as mauvaise mine !

— Mais non, je vais bien », répondit-il, simulant la gaieté. Mais sa gorge le trahit et il se mit à tousser. En hâte, il dissimula sa bouche derrière sa main. Il eut peur de cracher du sang comme cela lui était déjà arrivé dans la journée. Au bureau, il en avait projeté sur les épreuves, et bien qu'il se fût efforcé d'en faire disparaître les traces, on pouvait encore les distinguer vaguement sur le papier.

« Cependant, reprit sa mère soucieuse, tu dois te montrer prudent, voilà que tu recommences à tousser, et à mon avis, c'est une mauvaise toux.

— Non, cela me soulage un instant, mais ça n'ôte pas le mal. Cela reprend avec la fatigue. »

Il mentait délibérément pour abuser sa mère en même temps que lui-même.

La mère garda le silence un long moment, puis elle poussa un soupir et dit :

« En réalité, tu ne devrais pas aller travailler, mais nous n'avons pas le choix. »

Il se sentit très malheureux et ne répondit rien. Plus il tentait de retenir sa toux et plus il toussait fort. Une quinte qu'il ne put réprimer lui empourpra le visage et lui arracha des larmes. La mère courut à travers la chambre, prit de l'eau bouillie et lui tapa dans le dos. Finalement, il se calma, prit la serviette des mains de sa mère et s'essuya la figure.

« Ce n'est rien, dit-il péniblement en lui adressant un regard de gratitude.

— Étends-toi », lui conseilla sa mère avec compassion.

Shüenn répondit d'une voix rauque :

« Ce n'est rien, attendez, je reste assis un moment.

— Shüenn, demain je me rendrai à l'entreprise pour demander qu'on t'accorde un ou deux mois de congé, déclara la vieille dame avec détermination, tu dois prendre du repos et mener une vie exempte de soucis. Et s'il n'y a pas d'autres moyens, j'irai chez le prêteur sur gages. »

Il secoua la tête et murmura sans force :

« Mère, comment une personne de votre âge peut-elle supporter cela ? Où mène ce genre de procédé ? Nous ne sommes pas les seuls à souffrir, nous ne pouvons que nous résigner...

— Me résigner ?... J'aimerais mieux mourir.

— De nos jours, on ne peut même pas mourir tranquille. »

Alors qu'il prononçait cette phrase, la poitrine de

Shüenn recommença à le faire souffrir sourdement. Les microbes dévoraient ses poumons. Il n'avait plus la force de lutter. Il allait mourir, consentant ou non, il allait mourir bientôt.

Shüenn semblait ne pas remarquer le regard hébété de sa mère. Il repensait à ce jour où, au bureau, il avait entendu des collègues discuter à propos de la tuberculose. C'était pendant le déjeuner, Petit P'ann narrait avec un luxe de détails les circonstances du décès d'un de ses parents, mort de tuberculose.

« Il n'y a rien de plus tragique, rien de plus douloureux que la mort d'un tuberculeux. Si j'avais attrapé cette maladie, et si j'en arrivais à la seconde phase, soyez certains que je préférerais me suicider. »

Et Petit P'ann disait cela en fixant Shüenn dans les yeux, et Shüenn était persuadé que Petit P'ann avait parlé à son intention.

« J'ai entendu dire, enchaîna Vieux T'chong, qu'il existait un remède spécial, un produit d'importation d'un prix effrayant.

— Mais il n'est absolument pas efficace ; de plus, les médicaments ne réussissent pas à guérir cette maladie », déclara Petit P'ann avec suffisance.

« ... De plus tragique,... de plus douloureux. » Shüenn ressassait cette idée sans pouvoir s'en débarrasser. Le désespoir et l'épouvante le traquaient. Il frissonna (bien que l'été fût déjà là, il ressentait encore le froid et il avait l'impression d'être tombé dans la glace).

Il s'interrogeait désespérément : « Comment se fait-il qu'il n'existe pas un médicament à la fois efficace et à la portée de tout le monde ? Pourquoi faudrait-il que j'endure cette mort misérable et cruelle ? »

« Shüenn, couche-toi de bonne heure. Tu n'as plus à

te soucier de quoi que ce soit. J'irai demain matin demander ton congé. »

La mère remarqua son air souffreteux, son teint jaune à faire peur, son regard fixe, empli de terreur. Elle fut pénétrée d'inquiétude, et n'osa plus causer avec son fils, ni lui conseiller avec douceur d'aller se coucher.

Shüenn sursauta, il eut l'impression d'émerger d'un cauchemar. Il laissa errer son regard autour de lui, les derniers rayons du soleil venaient de quitter la pièce ; au pied de l'immeuble, retentissaient des clameurs ; gongs et tambours accompagnaient des chants, des invectives fusaient, des querelles, toutes sortes de bruits bizarres se mêlaient. Shüenn avait la bouche sèche. Il alla chercher la théière et se versa un peu d'eau tiède qu'il but.

« Bien, maintenant je vais dormir, dit-il tristement. Mère, vous aussi, allez vous coucher. Je trouve que vous aussi, vous êtes très seule.

— Je ne crains pas la solitude, je m'y suis faite. » La vieille dame soupira : « De toute façon, je serai bientôt dans la tombe. »

Elle pénétra dans sa petite chambre et ferma la porte. Shüenn s'étendit sur son lit. Son poumon gauche était douloureux, non seulement le poumon gauche, mais il semblait que son corps entier participât à cette douleur. Il était complètement éveillé. Il ne parvenait pas à trouver le sommeil. Le vacarme, dans la rue, ne cessait pas... Il ignorait quelle était la famille qui se livrait à des rites [1]. Une voix aiguë chantait à tue-tête. Il ne voulait plus entendre ces gens, mais ceux-ci,

1. Ces rites sont destinés à ramener l'âme d'un mourant dans son corps.

sans ménagement, faisaient violence à ses oreilles et perturbaient ses pensées. Shüenn se retournait sur son lit. Mais plus il cherchait le sommeil, plus celui-ci le fuyait ; plus il s'agitait, plus il était baigné de sueur. Il n'osait pas écarter sa mince couverture. Il craignait de prendre froid et ne voulait pas délibérément altérer sa santé. Pourtant, il savait déjà que les microbes viendraient rapidement à bout de son organisme et que sa mort était proche.

Il y avait encore de la lumière dans la chambre de sa mère. Elle ne dormait pas, il l'entendit éternuer. Que faisait-elle ? Pourquoi travaillait-elle toute l'année sans s'arrêter ? Qu'en avait-elle retiré ? Elle leur consacrait, à lui et à Petit Shüenn, toute son existence. Mais que faisait-il pour la remercier ? Il réfléchissait en se grattant la tête.

Puis ce fut, à nouveau, l'image de Shousheng. Son beau visage lui souriait. Se moquait-elle ou avait-elle pitié de lui ? La veille, Shüenn avait reçu une lettre d'elle. Comme l'aurait fait une amie intime, Shousheng s'informait de la santé de Shüenn et de ce qu'il devenait. Elle lui avait encore envoyé un mandat. Naturellement, comme les autres fois, il l'avait mis en dépôt à la banque. Il l'avait remerciée, sans toutefois lui dire qu'il ne se servait pas de son argent. Quel but poursuivait-elle ? Elle s'était déjà dégagée des liens du mariage, il fallait s'y attendre et le comprendre. Alors pourquoi ne l'oubliait-elle pas ? Pourquoi envoyait-elle encore ces mensualités, ces lettres ? Plus il réfléchissait, moins il comprenait. Mais une sorte d'espoir prenait corps à partir de ces pensées.

Mortellement atteint, Shüenn nourrissait cependant les espérances d'un homme sain, et celles-ci le tourmentaient très douloureusement ; et bien qu'il sût que ces espoirs ne se réaliseraient jamais, fût-ce partiellement, il était pourtant incapable de s'en défendre.

Dans son lit, il se débattait et ses vêtements trempés d'une sueur glacée collaient à son dos fiévreux.

« Je veux vivre ! Je veux vivre ! »

Il n'avait pu retenir ce faible cri, car sa voix avait commencé à devenir plus rauque.

Personne ne pouvait entendre son appel et prendre soin de lui. De la rue, parvenaient des clameurs de toutes sortes, une foule de gens allaient et venaient. Récemment, dans l'impasse, s'étaient installés des vendeurs de nouilles ambulants, c'était leur heure et ils hélaient la clientèle à grands cris ; les consommateurs déjà servis discutaient bruyamment. Shüenn distinguait aussi le cri de « Riz caramélisé » poussé cette fois par une voix jeune et quelques frêles voix de femmes qui criaient sur un timbre aigu : « Je vends de l'eau bouillie ! » ou encore : « Ici, riz caramélisé ! »

Maintenant s'y mêlait une voix d'homme, répétant la même phrase, à un rythme précipité. Seul, proche de la mort, Shüenn gisait sur son lit sans que personne l'assistât.

« Je veux vivre ! » cria-t-il encore. Il fut seul à entendre sa propre voix. A qui pouvait-il bien s'adresser ? Le savait-il lui-même ?

XXVIII

Petit à petit, le son de sa voix se modifia. Parallèlement, son énergie se mit à décroître de manière insidieuse.

Chaque jour, en rentrant du bureau, Shüenn était à bout de souffle quand il franchissait la porte. Il se laissait alors tomber comme mort sur la chaise d'osier, avant de redevenir capable de bouger ou de parler.

« Shüenn, demande donc quelques jours de congé sinon tu vas retomber malade », lui conseillait sa mère impressionnée.

Elle n'ignorait pas que le mal s'aggravait de jour en jour, mais que pouvait-elle faire pour lui ? Le docteur Tchang Boh-tching ne s'était pas montré efficace, l'hôpital non plus : la mère et le fils étaient désarmés.

« Ne vous tracassez pas, je peux encore tenir », répondait Shüenn feignant la sérénité, mais intérieurement, il était déchiré.

Au bureau, il avait noté le lien entre le nombre d'épreuves corrigées et la fréquence de ses quintes de toux : à la fin d'un gros travail de correction, il était épuisé. Et au cours des repas, il sentait aussi une réticence dans le regard de ses collègues. Combien de temps pourrait-il résister ? Il essayait de chasser cette obsession, mais en vain. Il aurait cependant voulu qu'on ne le remarquât pas.

Sa mère l'observait en silence et pensait avec douleur : « Pourquoi se montre-t-il aussi entêté ? » Elle ne put s'empêcher de lui dire :

« Shüenn, ta santé doit passer avant tout ! »

Elle le vit qui secouait doucement la tête avec sur les traits une expression d'impatience. Elle se demanda soudain : « Est-ce que c'est moi qui le fais souffrir ? qui le fatigue ? » Elle avait envie de pleurer, mais elle se retint de toutes ses forces. « Non, c'est " elle " qui lui fait du mal », conclut-elle révoltée.

Dans la rue, s'élevaient des pleurs et des bruits de pétards. Une femme sanglotait à fendre l'âme.

« Pourquoi pleure-t-on ? demanda brusquement Shüenn avec un étonnement mêlé de crainte.

« Il y a un mort en face, dans la boutique du tailleur, le choléra l'a emporté. Hier, il était encore en pleine santé, il a travaillé une journée de plus, puis il est mort », expliqua la mère.

Shuënn réfléchit et se dit : « Pourquoi pleurer ? C'est une belle mort. »

« Ces jours-ci, tu dois faire attention. Heureusement, tu n'aimes pas manger cru, mais ta santé est fragile et tu dois toujours en prendre soin.

— Je sais », dit-il absent, mais intérieurement, autre chose le tracassait : « Est-ce que les âmes des morts leur survivaient ? Est-ce qu'ils veillaient encore sur leurs parents ? »

Qui pouvait donner une réponse sûre à ces questions ?... Personne..., il le savait. Si quelqu'un autrefois lui avait posé de telles questions, il lui aurait éclaté de rire au néz. Et maintenant, voilà qu'il se les posait !...

Se pourrait-il qu'il fût à jamais séparé de sa mère, de Shousheng et même de Petit Shüenn ?

Inconsciemment, il scrutait le visage de sa mère où transparaissait une vive affection. Il dit d'une voix tendre :

« Mère.

— Hein ? » Sa mère regarda de son côté. Comme il restait silencieux, elle demanda : « Qu'y a-t-il ?

— Je vous contemplais », dit-il d'une manière aimante. Il s'efforça de sourire, puis il reprit : « Petit Shüenn vient à la maison après-demain. Je me demande s'il a continué à maigrir ces quinze derniers jours ?

— Sa santé n'est pas meilleure que la tienne. Il n'a pas très bonne mine. Si les fortifiants n'étaient pas si chers, je lui en ferais prendre. »

Ayant dévisagé son fils avec attention, la vieille dame détourna soudain la tête et aussitôt deux larmes perlèrent au coin de ses yeux.

Le retour de Petit Shüenn apporta quelque chaleur dans cette famille solitaire où une personne, au moins, entretint la conversation. La grand-mère questionna dans le détail son petit-fils sur ses occupations de cette dernière quinzaine, sur les cours, la nourriture..., elle voulait tout savoir. Petit Shuënn répondait laconiquement. C'était un enfant peu bavard. Mais les questions de sa grand-mère exigeaient des réponses et pour taciturne qu'il fût, Petit Shüenn était obligé de lâcher quelques mots.

« Ces derniers jours, ton père s'est souvent inquiété de toi, et il est très impatient de te voir. Quand il rentrera tout à l'heure, il sera certainement ravi de te trouver là.

— Oui », répondit Petit Shüenn sans esquisser un sourire.

« Comme cet enfant devient raisonnable ! » pensa bizarrement la grand-mère et elle lui posa une question plus précise :

« Est-ce que quelque chose ne va pas ?

— Mais non », répondit-il brièvement comme à son habitude. Puis, l'air soucieux, le garçonnet ajouta : « Je ne suis toujours pas au niveau de ma classe.

— Tu ne peux pas suivre ? Rien ne presse ! Va lentement ! De toute façon, tu es très jeune, dit gentiment sa grand-mère pour le consoler.

— Mais le maître est très sévère. J'ai bien peur de redoubler et je n'aurai pas mérité les efforts que vous avez faits pour moi.

— Tu es encore si jeune, et tu te fais du souci : redoubler ou ne pas redoubler ! C'est ta santé qui compte et il ne faudrait pas que tu tombes malade comme ton père », acheva la vieille dame avec appréhension.

Justement, Shüenn poussait la porte et entrait, le souffle court, le teint cendreux tel le papier recouvert de crasse d'une fenêtre [1]. Il se dirigea tout droit vers le bureau et se laissa tomber sur la chaise, la faisant osciller et la renversant presque. Silencieux, les yeux étroitement fermés, Shüenn commença par s'agiter, puis se calma.

La grand-mère jeta un coup d'œil à son petit-fils, pour l'avertir de ne pas déranger son père, à peine arrivé. Elle avait une expression anxieuse.

Quelques instants s'écoulèrent. Shüenn ouvrit sou-

1. En Extrême-Orient, les fenêtres sont souvent tendues de papier huilé.

dain les yeux et appela d'une voix à peine audible, cherchant la vieille dame du regard :

« Mère. »

... Celle-ci s'approcha et, tendrement, demanda : « Shüenn, qu'y a-t-il ? »

Il étendit une main tremblante pour saisir celle de sa mère. Il la prit et la serra fortement comme pour la retenir.

« Et Petit Shüenn ? » s'enquit-il d'une voix languissante, essayant d'apercevoir son fils. Petit Shüenn, au début, à la gauche de son père, s'était mis en retrait, aussi ne pouvait-il le voir.

« Va vite ! Vite ! Ton père t'appelle ! » La mère craignait que Shüenn n'eût déjà atteint le point de non-retour, et qu'il voulût leur faire ses adieux. Sa voix tremblait violemment, son ton était tragique. Petit Shüenn vint aussitôt se placer devant son père.

Dans sa main libre, Shüenn saisit celle de son fils et dévisagea l'enfant avec attention.

« Te portes-tu bien ? »

Il semblait avoir envie de rire, mais ce n'était qu'une apparence. Ses yeux se fermèrent. Il tenait toujours fermement la main de sa mère et celle de son fils.

Sa mère pleurait ; interloqué, l'enfant ne le quittait pas des yeux. Tous deux avaient conscience de prendre part à un drame.

« C'est fini », pensait la mère, et, devant ses yeux, se déroulait un voile noir. La main de Shüenn était encore chaude et cela lui laissait un espoir.

Elle ne put se retenir de l'appeler d'une voix déchirante : « Shüenn ! » et l'enfant, lui aussi, de la même voix, appela : « Père ! »

Shüenn ouvrit les yeux, s'efforça de sourire et s'anima :

« N'ayez pas peur, je ne vais pas mourir déjà ! »

La mère laissa échapper un soupir, le cauchemar se dissipait. Retenant ses larmes, elle demanda à voix basse :

« Souffres-tu ? »

Il secoua la tête.

« Ce n'est rien. »

Petit Shüenn ne quittait pas son père des yeux. La mère dit d'une voix affectueuse :

« Shüenn, va t'étendre. Je vais chercher le médecin. »

Il ouvrit les deux mains et bougea un peu. Il éleva la voix :

« Mère, n'y allez pas. Je ne suis pas malade.

— Shüenn, ne sois pas entêté. Comment peux-tu prétendre que tu n'es pas malade ? Tu n'auras rien à craindre si tu te soignes à temps. »

Il secoua à nouveau la tête et dit :

« Je n'ai pas peur ! »

Sa main chercha à tâtons un moment sous sa robe et en retira une lettre pliée. Sans explications, il la tendit à sa mère.

Celle-ci la déplia et, à voix basse, lut ce qui suit :

« Monsieur Wen'shüenn,

« Tous vos collègues, petits employés dépendant de leur salaire pour vivre, sont généralement sous-alimentés, de santé fragile et souvent malades. A vous qui êtes tuberculeux, ils témoignent leur sympathie et n'osent vous mettre à l'écart. Mais, monsieur, votre mal entre déjà dans sa troisième phase et le bon sens voudrait que vous sollicitiez un congé. Bien que la vie vous contraigne à pointer tous les jours, à l'heure, au bureau, vous ne devriez pas, par amour-propre, manger à la même table que les autres, ni utiliser la même vaisselle pour ne pas les contaminer. Nous vous prions maintenant, dans l'intérêt de tous, de ne plus venir à la cantine et de prendre vos repas chez vous. Nous vous demandons également de le faire dès aujourd'hui, sinon nous prendrons des mesures qui s'imposent. Pardonnez-nous notre franchise. »

... Suivaient six signatures et la date.

« Ils te l'ont donnée eux-mêmes ? demanda la mère désorientée.

— Ils ont demandé au garçon de bureau de s'en charger. La rédaction est de Petit P'ann. Des sept personnes de ma table, seul Vieux T'chong n'a pas signé »,... Shüenn s'interrompit un instant puis reprit : « Naturellement, ils ont raison, mais ils n'auraient pas dû le dire comme cela. Il y avait une meilleure manière d'exprimer les choses. Après tout, je suis aussi un homme... » Sa voix le trahissait, il se tut.

Rouge de colère, la mère s'écria avec des tremblements dans la voix :

« C'est un comble ! Ces gens n'ont même pas le courage de te remettre eux-mêmes leur lettre, quel aplomb ! Des collègues de deux ans, ils auraient pu te témoigner un peu plus d'égards ! » et elle déchira la lettre en menus morceaux.

Petit Shüenn qui avait blêmi, intervint alors :

« Père, moi je te le dis, personne ne les soutiendra ! Et comment réussiraient-ils à prendre des mesures contre toi ?

— Vous êtes tous collègues, pourquoi t'interdirait-on de manger au bureau ? Et si la contagion est si facile, comment les gens d'ici ne sont-ils pas déjà tous morts ? Que craignent-ils ? Oui, quoi ? » gronda la mère dont l'indignation persistait.

Secouant la tête, Shüenn, d'une voix rauque, articula avec difficulté :

« En réalité, c'est plutôt moi que l'on devrait plaindre, d'avoir contracté un mal incurable. »

Sa mère et son fils le regardèrent tous deux en s'interrogeant. Après un moment, il dit encore :

« Il ne faut pas leur en vouloir. Ils ont eux aussi une peur morbide de cette maladie, et, au fond, que faire pour ne pas les contaminer ? »

La mère cracha sur le sol avec colère :

« Rien ! Tu ne peux rien faire ! Si tu vas là-bas, est-ce que c'est pour veiller sur eux ? Si c'était moi, je leur passerais cette maladie à tous ! S'il faut souffrir, que tout le monde souffre et que personne ne rie du malheur des autres.

— Quel bénéfice en retireriez-vous ? » lui demanda Shüenn avec un sourire douloureux. L'altération de sa voix indiquait que sa gorge commençait à être attaquée. Il se leva vacillant, et dit, comme se parlant à lui-même : « Je vais boire du thé. »

Sa mère se précipita pour le soutenir et ordonna à Petit Shüenn :

« Va chercher du thé pour ton père. »

Le garçonnet obéit et se dépêcha d'apporter un gobelet tout fumant. Shüenn jeta un coup d'œil sur son contenu et dit, déçu :

« De l'eau bouillie ! »

Il le vida bruyamment, rendit le verre à Petit Shüenn et lui recommanda :

« N'oublie pas de bien le rincer à l'eau bouillie », et il dut prendre beaucoup sur lui-même pour dire cela.

« Pas la peine ! s'écria la mère d'une voix chagrine,

moi, je ne crains pas la contagion. Est-ce que nous, à la maison, nous t'envoyons des mises en demeure ? »

Shüenn regarda sa mère puis son fils.

« Oui, mais il faut bien se rendre compte que Petit Shüenn est très jeune... Nous, les Wang, n'avons pas d'autre descendant mâle... » Très lentement, il se dirigea vers son lit. « Je vais m'étendre un moment », dit-il à mi-voix et s'approchant du lit, il s'y abattit littéralement.

Le lendemain, il se rendit au bureau comme à l'ordinaire. Sa robe de coton bon marché était marbrée devant, aussi bien que derrière, de traces gris pâle. Il se remettait à transpirer et à haleter pour gravir l'escalier. Il se dirigea vers sa table de travail, s'y installa, ouvrit le tiroir et en sortit les épreuves qu'il n'avait pas terminées la veille.

Il n'avait pas encore commencé son travail qu'il eut un malaise. La sueur l'inondait, il avait la tête vide, il ne savait plus ce qu'il faisait. Il ne put que serrer les dents, prendre sur lui et se contraindre à commencer sa tâche.

Devant lui, était étalée l'épreuve d'une composition dithyrambique. Shüenn la corrigeait, caractère après caractère. L'auteur, flagorneur, disait combien la Chine avait progressé ces dernières années, s'était régénérée, comment la patrie d'aujourd'hui, d'un régime semi-colonial, était devenue quatre fois plus forte ; combien. la vie du peuple s'était améliorée et combien ses droits s'étaient accrus ; comment le gouvernement du Kuo-Min-Tang se penchait sur les malheurs populaires et combien le peuple lui en était reconnaissant. C'est avec joie que celui-ci exécutait les corvées et payait les impôts en argent et en riz... « Quels mensonges ! » se répétait Shüenn sans arrêt, mais son indignation ne l'empêchait pas de faire son métier consciencieusement, de redresser quelques caractères de travers et d'ôter quelques coquilles.

Évidemment, c'était un travail à la mesure de ses forces. Il était néanmoins obligé de rassembler toute son énergie. Il avançait très lentement et à chaque instant, risquait de s'effondrer. Il appuyait sa tête sur sa main gauche. Il toussait fréquemment. Très ennuyé à l'idée que le bruit pouvait déranger ses collègues, il l'étouffait. C'était inévitable, en toussant, il avait craché un peu de sang. Il n'avait souillé que du papier de brouillon : il le roula en boule et le jeta dans la corbeille. Une fois, par mégarde, il mit un peu de sang sur l'épreuve. Ayant pris un bout de papier pour effacer les traces, il frotta légèrement sans oser insister, de peur de déchirer l'épreuve. Il jeta le papier, son sang teintait encore les phrases à la louange de l'amélioration de la vie du peuple. « Mon sang mettrait rapidement un terme à tous ces mensonges ! » pensa-t-il irrité. Il était sur le point de déchirer cette épreuve en mille morceaux, mais il n'osa pas. Shüenn regarda fixement la couleur estompée du sang et soupira. Finalement, ayant terminé la correction, il retourna l'épreuve.

Soudain, au bas de l'immeuble, s'éleva un tumulte de voix, comme s'il venait de se produire un événement imprévu. Puis l'agitation se rapprocha, des gens discutaient très fort. Shüenn se recula sur son siège, les yeux fixés sur les épreuves, la tête pleine de bourdonnements, immobile ; alors il entendit :

« C'est Vieux T'chong ! »

Surpris, il leva la tête. Le chef de bureau, l'air grave, s'entretenait avec Tong, le chef de section.

« Qu'arrive-t-il à Vieux T'chong ? » se demanda

Shüenn. Il voulut se lever, mais il n'en eut pas le courage. Il demeura inerte sur son siège comme s'il y avait pris racine.

Puis le chef de section et le chef de bureau descendirent tous deux l'escalier. Shüenn les suivit d'un regard curieux. Peu de temps après, le chef de section revint seul. En bas, les voix s'étaient tues.

« Ils sont partis. A coup sûr, c'est le choléra. Heureusement, on le transporte en voiture. Il y a vingt ou trente lis de trajet », entendit-il dire au chef de section.

« Quelqu'un l'accompagne ?

— Petit P'ann y est allé, après que l'infirmier l'a eu examiné. »

« Petit P'ann ! pensa Shüenn avec étonnement. Alors..., il ne craint plus la contagion maintenant ? Il s'est simplement moqué de moi », se dit-il avec un serrement de cœur.

L'heure du déjeuner arriva. Shüenn ne descendit pas. Le chef de bureau partait le dernier et le vit qui restait planté là. Il lui demanda :

« Vous n'allez pas déjeuner ?

— Je n'ai pas faim, répondit-il embarrassé.

— Ça ne va pas ?

— Pas très bien. » Shüenn se leva précipitamment et pensa légèrement réconforté :

« Il n'est pas au courant. »

« Avez-vous été vacciné ?

— Non, monsieur.

— Vous devriez le faire faire, lui conseilla avec sollicitude le chef de bureau, Vieux T'chong est déjà en route pour l'hôpital et il a certainement le choléra.

— Oui, monsieur, je vous remercie.

— Depuis quelque temps, vous avez la voix enrouée, avez-vous vu le médecin ?

— Je l'ai vu, oui, comme toujours il m'a donné des médicaments, mais je ne constate pas d'amélioration.

— Vous devriez faire attention, reprit le chef de bureau soucieux, et puisque vous n'allez pas très bien, prenez donc un ou deux jours de congé, cela ne dérangera pas.

— Merci, monsieur », répliqua Shüenn humblement.

Le chef de bureau descendit et Shüenn resta seul à l'étage. Il se mit à penser : « Suggère-t-il que j'offre ma démission ? » Cela le rendit anxieux, c'était là en vérité un nouveau coup porté à sa santé faible et déficiente ; il allait tomber pour ne plus se relever ! Accablé, il se prit la tête à deux mains.

Il se rasséréna un peu : « Non, c'est impossible, le chef m'a toujours témoigné des égards. »

Petit P'ann ne s'était pas absenté pour toute la journée. Il reparut une heure avant la fin du travail. On l'entendit d'abord au rez-de-chaussée puis il monta et se rendit dans le bureau du chef.

« Après notre départ, commença-t-il à raconter, la voiture a eu une panne sur la route et nous avons perdu deux grandes heures.

— Comment allait Vieux T'chong, demanda le chef avec sympathie, pas plus mal ? »

Petit P'ann, très excité, débita d'une traite :

« C'est un hôpital provisoire, il n'y a en tout que deux médecins, quatre infirmières et une vingtaine de lits pour les malades. Cet hôpital reçoit actuellement environ trente patients et certains sont allongés sur le plancher dans les couloirs. Le personnel ne parvient même pas à assurer la vaccination. Les gens de tous les âges sont mélangés, la saleté est repoussante et les odeurs insupportables. De nouveaux malades affluent sans arrêt, car c'est le seul hôpital anti-épidémique de toute la ville. De plus, les voitures ne peuvent aller jusqu'à la porte et il a fallu un brancard pour transporter Vieux T'chong. Le médecin l'a examiné tout de suite, c'est bien le choléra. Nous avons encore attendu un peu plus d'une heure et on est venu lui faire une piqûre. Les médecins et les infirmières sont réellement débordés, aussi sont-ils très fatigués. Étant donné les circonstances, il faut envoyer quelqu'un du bureau pour s'occuper de Vieux T'chong.

— Qu'a dit le médecin ? Si c'est le choléra, le malade, une fois vacciné, n'est généralement plus en danger, observa le chef de bureau.

— Le médecin n'a rien dit, répondit Petit P'ann, tout ce qu'il a fait, c'est soupirer d'un air découragé. Ils ne sont que deux généralistes, et à l'heure actuelle, la ville entière exige qu'ils prennent la responsabilité de sa survie. Pour eux, c'est trop.

— Bien, puisque c'est ainsi, demain congé pour tous ! On nettoiera à fond et on désinfectera afin d'éviter que d'autres personnes ne soient contaminées », déclara le chef de bureau après réflexion.

Les employés se mirent à discuter au sujet de Vieux T'chong. Seul Wang Wen'shüenn s'était plongé dans ses épreuves et n'osait placer une phrase. Mais Vieux T'chong monopolisait sa pensée, avec son expression de bonté et d'humour. Shüenn avait l'impression de vivre une sorte de rêve. Il n'avait pas vu Vieux T'chong ce jour-là : lorsque lui-même avait signé le registre, son ami n'était pas encore arrivé. Vieux T'chong était déjà probablement malade en se rendant au bureau, ce qui expliquait son retard, et la crise s'était subitement déclarée. Allait-il mourir ? Non, hier, il était encore si robuste, si solide, si différent de lui, Shüenn, qui se décharnait chaque jour davantage. Pourquoi alors Petit P'ann poussait-il les choses au noir ? pensait Shüenn. Vieux T'chong, au bureau, était son seul ami, lui, au moins, n'avait pas signé la pétition. Shüenn ne pouvait pas empêcher son attention de se concentrer sans cesse sur le malade.

Après le travail, une fois rentré chez lui, il fit part à sa mère de cette triste nouvelle. La vieille dame se contenta de pousser quelques soupirs et d'exprimer assez vaguement sa sympathie, puis elle ne parla plus de Vieux T'chong. Mais la nuit, Shüenn dormit mal. Des moustiques et des mouches le tourmentèrent. Des rats s'ébattirent à l'aise dans sa chambre. Dans la rue, en bas, des gens se prenaient de querelle, faisaient entendre des pleurs et des plaintes, plaisantaient, s'invectivaient..., jusqu'au milieu de la nuit. Shüenn était obsédé par la face souriante de son ami, son crâne luisant, son nez rougi. Il ne pensait qu'au sort de Vieux T'chong : allait-il mourir ? S'en tirerait-il ? La science était-elle en mesure de sauver la vie de cet homme âgé ? Le choléra était pour Shüenn un terme familier, déjà dans son enfance, il avait entendu prononcer ce mot redoutable.

Au cours de cette nuit, oscillant sans cesse entre le sommeil et l'état de veille, sentant en permanence un poids terrible écraser son cerveau, Shüenn gémit faiblement. Il rêva que Vieux T'chong était mort et même tous les employés de son entreprise. Ses pleurs, étouffés, ne réveillèrent pas sa mère.

Le lendemain matin, après sa toilette, il sentit sa tête tourner et ses forces le trahir. Sa mère, inquiète, le questionna :

« Pourquoi as-tu les yeux rouges ? Comment as-tu dormi ?

— Mal, je me suis réveillé je ne sais combien de fois.

— Eh bien, aujourd'hui, ne sors pas, et puisque tu as un jour de congé, profites-en pour te reposer vingt-quatre heures.

— Je voulais aller voir si Vieux T'chong allait mieux », dit-il plaintivement.

La mère sursauta :

« Tu vas à l'hôpital ?

— Non, mais au bureau, ils pourront me donner des nouvelles.

— Voyons ! Aujourd'hui c'est congé, comment pourraient-ils te donner des nouvelles ? »

Shüenn jeta un coup d'œil à sa mère et se tut. Ce jour-là, il se conforma entièrement aux conseils de celle-ci et resta à la maison pour dormir. Mais il pensait constamment au destin de Vieux T'chong : serait-il funeste ? heureux ? Shüenn aurait presque voulu prier : sauvez-le ! Utilisez les ressources de la science pour « le » garder en vie ! Toute la journée, il ne cessa de supplier, toute la nuit, il s'accrocha à l'espérance.

L'inquiétude ne le laissait pas en repos. Le lendemain, très vite, ce fut l'heure d'aller au travail. Shüenn se rendit à son bureau. Tout y était comme à l'accoutumée, seule la place de son ami restait vide. Après s'être installé à l'étage, il étala les épreuves qu'il n'avait pas terminées l'avant-veille et commença à les corriger. Peu après, le garçon de bureau lui apporta un billet du chef de section Wou. Celui-ci voulait que Shüenn rédige une publicité pour le « chef-d'œuvre » qu'il était en train de revoir.

C'était un ordre, il ne pouvait qu'obéir. Shüenn

réfléchit puis s'empara d'une feuille de papier et de son pinceau avec l'intention d'écrire cent ou deux cents mots. Mais après avoir rédigé la première phrase, il resta court. Les mots, les phrases se fondaient dans sa tête en un bloc pesant et il ne parvenait pas à les démêler. Son inspiration était tarie. Il maintenait son pinceau dans l'encre noire sur la pierre[1] et pendant très longtemps n'arriva pas à tracer le moindre caractère. Des gouttes de sueur perlaient à son front, sa figure se congestionnait. Il n'y avait pas d'échappatoire. Il ouvrit la feuille et commença à relire l'épreuve.

Soudain, Shüenn entendit la toux du chef de section Wou. Il sursauta. Celui-ci arrivait en toussotant et Shüenn crut que c'était pour marquer sa réprobation. Il se reprit rapidement, saisit la feuille et la posa devant lui, pensant : « Quelle importance, alignez quelques phrases de banale flatterie. » Et il écrivit confusément environ cent cinquante mots en s'adressant des injures à lui-même : « Mensonge, tout ce que je dis est hypocrisie ! » Mais il prit son texte, se rendit devant le bureau du chef et le lui remit avec déférence.

« Ça ne va pas. Ce n'est pas assez élogieux, trancha le chef Wou désapprobateur, un tel chef-d'œuvre se doit d'avoir une présentation solennelle, sinon quand il la lira, M. X. ne sera pas satisfait. »

M. X., l'auteur du livre, était candidat au comité central, donc quelqu'un de très en vue dans le monde politique. Shüenn doutait qu'il s'intéressât à la publicité des librairies, aussi laissa-t-il échapper :

« M. X. n'y fera pas attention.

— Qu'en savez-vous ? Rien n'échappe à ces hauts

1. En Chine, l'encre s'obtient en frottant sur une pierre creuse un bâtonnet dans de l'eau.

fonctionnaires. M. X. est issu du monde des lettrés et prise fort la littérature. Écrire est aussi important pour lui que faire de la politique. De plus, il est membre du conseil d'administration de notre entreprise, poursuivit le chef Wou la mine grave.

— Bien, bien, se soumit Shüenn en baissant la tête.

— Retournez me composer quelque chose de sérieux », ajouta le chef en lui rendant son texte.

Shüenn acquiesça, se détourna et entendit le chef Wou qui disait encore :

« Il y a aussi la correction du livre. Montrez-vous particulièrement méticuleux. Il ne doit pas rester une faute. M. X., d'ordinaire, est très axé sur les erreurs d'impression. »

Shüenn répondit d'une voix contrainte et ne tourna plus la tête, jusqu'à ce qu'il eût regagné sa place. Il se dit avec colère : « Bon, alors je vais l'encenser. » Il prit à nouveau son pinceau et commença à se creuser le cerveau pour trouver les louanges les plus dithyrambiques et les jeter pêle-mêle sur le papier. « Vois, moi aussi, je suis capable quand je veux de répandre des contre-vérités », se disait-il amer.

Par bonheur, les autres ne risquaient pas de l'entendre.

Il reconnut soudain le pas de Petit P'ann. Celui-ci, le souffle court, montait en courant. Il pénétra dans le bureau du chef et, haletant, annonça très fort :

« Chef Fang, on vient de téléphoner de l'hôpital pour annoncer que Vieux T'chong est décédé ce matin. On a déjà téléphoné plusieurs fois, sans réussir à nous atteindre. »

Tout devint noir devant les yeux de Shüenn, des cloches tintèrent à ses oreilles. Il se cacha précipitamment la tête dans ses mains.

XXIX

Vieux T'chong était son seul ami au bureau. Sa mort détachait encore davantage Shüenn de l'entreprise, elle lui était maintenant totalement étrangère. Au moment de quitter le travail, il rangea très soigneusement sa table. Après être descendu, sur le point de sortir, il s'attarda encore devant la place du disparu. Shüenn n'avait aucune idée de ce qu'il allait faire. Ensuite, il franchit le seuil et jeta sur l'entrée un regard inhabituel : il avait le sentiment qu'il allait bientôt quitter cet endroit pour toujours.

En fait, il revint le lendemain, puis le surlendemain et ainsi de suite jusqu'au septième jour.

L'après-midi de ce jour-là, quelques collègues s'étaient donné rendez-vous sur la tombe et Shüenn se joignit à eux. Ils firent en autocar ce long chemin aller et retour. Le conducteur les entassa comme des sardines à l'intérieur de son véhicule. Shüenn faillit ne pas trouver même une place debout et il fut obligé de soulever sa jambe gauche qui pendait dans le vide. Pendant le trajet, la voiture bringuebalait méchamment. Une chaleur étouffante y régnait. L'air était vicié et Shüenn, ayant très mal au cœur, fut sur le point de vomir.

Vieux T'chong était enterré dans un petit terrain en pente situé près de l'hôpital provisoire. La terre du monticule était déjà sèche, mais l'herbe n'avait pas eu le temps d'y pousser. Seule était posée une couronne rustique de fleurs en papier où se mêlaient le vert, le blanc et le rouge. Sur les deux rubans, une première inscription portait : « Immortalité à monsieur Yoh-ann [1] »; une seconde : « De la part de la librairie, regrets. » En plus, sur un croisillon de bois qui se dressait haut devant la tombe, il y avait une autre couronne. On pouvait y lire selon la coutume : « Les regrets de votre frère cadet [2] », et au-dessus : « Regrets éternels à monsieur Yoh-ann. » Cette dernière dédicace avait été offerte par le chef de bureau, c'était aussi une couronne de fleurs en papier. On n'avait pas eu le temps de dresser une stèle, aussi avait-on laissé ces deux couronnes de fleurs sans parfum, une debout, une couchée, tenir compagnie au vieil homme.

« Tout ceci n'a pas coûté grand-chose, déclara un collègue de Shüenn, si c'est ainsi que vous enterre l'entreprise, c'est par trop radin.

— C'est déjà pas mal, repartit un autre, du temps du chef D'joh, on n'aurait sans doute même pas obtenu ça !

— Après tout, coupa un troisième, à quoi bon se tracasser ? Quand on est mort, on est mort, et rien n'a plus d'importance. Il vaut mieux nous traiter un peu mieux de notre vivant.

— Sûr, enchaîna celui qui avait parlé en second, je

1. Prénom de Vieux T' chong : Yoh-ann.

2. Frère cadet : formule de politesse usitée envers quelqu'un de la même génération.

suis aussi de cet avis. L'entreprise ne nous traite pas tellement bien, nous les vivants, alors les morts... »

Personne ne prêtait attention à Wang Wen'shüenn. Tous semblaient l'éviter. Lui, se tenait tout seul dans un coin, contemplant la tombe de son ami comme s'il redoutait d'en être chassé d'un moment à l'autre.

Les larmes lui brouillaient la vue. Ses poumons, sa gorge, le faisaient souffrir et maintenant ses yeux étaient également douloureux. Il les frottait vigoureusement : comment son nom Wen'shüenn, se trouvait-il porté sur la couronne ? Il redoubla d'attention ; il avait mal lu ! Oui, aucun doute, un seul prénom figurait : Yoh-ann. En fait, il n'avait pas mal lu, mais son imagination lui avait fait voir une couronne semblable dont le ruban blanc était imprimé à son nom ! Lui aussi aurait pu reposer sous un tertre identique dans une même solitude.

Ses collègues partaient tous, ils rentraient en ville. Au moment de s'en aller, personne ne l'appela. Shüenn resta tout seul devant la sépulture, regardant droit devant lui. Il ne paraissait pas être venu rendre ses derniers devoirs à un ami, mais bien reconnaître sa nouvelle et austère demeure.

Des nuages sombres s'amassaient dans le ciel. L'horizon s'obscurcissait. A la fin, même lui, sentit qu'il devait partir. Il ne pouvait rester plus longtemps et se dépêcha de parcourir le long chemin qui menait à la station des cars. Il ne courut pas. Pourtant parvenu au but, il avait déjà la figure couverte de sueur et avait peine à respirer. Il attendit environ une demi-heure pour monter en voiture dans la bousculade. Il y resta debout à nouveau une heure et demie, jusqu'à ce que le car parvienne à proximité de son domicile. Ordinairement, le trajet ne prenait qu'une quarantaine de minutes, cette fois, ils avaient rencontré la pluie à mi-chemin, une pluie énorme, et le conducteur avait dû s'arrêter un certain nombre de fois.

Shüenn regagna son foyer épuisé et il tomba endormi. De ce moment, plus jamais il ne retourna au bureau.

Toute la journée, il restait sur son lit, fiévreux, en sueur, étouffant. Lorsqu'il parlait, sa voix était rauque et sourde. Sa poitrine et sa gorge le faisaient beaucoup souffrir mais il se plaignait rarement. Il supportait tout en silence. Il ne laissa plus Petit Shüenn venir. Il parlait peu à sa mère et, quand il la voyait pleurer, il lui adressait un sourire douloureux.

Il avait abandonné tout espoir. Sa mère, cependant, ne renonçait pas à ce combat perdu d'avance. Elle fit venir le médecin de formation occidentale. Celui-ci hocha la tête et déclara que les remèdes ne pouvaient plus rien. Il ne restait à la vieille dame qu'à se tourner de nouveau vers le docteur Tchang Boh-tching pour lui demander de l'aide. Ce dernier lui avait naguère donné un léger espoir, mais, à présent, lui-même doutait de réussir à sauver Shüenn.

Le malade avait une extinction de voix et maintenant il n'entendait plus ce qu'il essayait de dire. La première fois que cela se produisit, atterré, il eut une crise de larmes. Mais il ne pouvait que pleurer, n'arrivant plus même à émettre un gémissement. La mère, le trouvant ainsi, lui demanda pourquoi. Il ne réussit pas à répondre et ouvrant la bouche, il lui montra sa gorge. Elle comprit qu'il souffrait, resta d'abord silencieuse, puis compatissante lui dit :

« Shüenn, ne te désole pas... Tu es un brave homme... Le ciel doit avoir des yeux... », et sa gorge se noua.

« Mère, je ne désespère pas. Comment pouvez-vous

imaginer que le ciel va s'en mêler ! » tenta-t-il de répondre, mais il ne put y parvenir. Il arriva seulement à tempérer sa tristesse, secoua la tête et sourit.

« N'aie pas peur, tu ne vas pas mourir, affirma sa mère.

— Ce n'est pas ce qui me fait peur. Tous les hommes sont mortels ; mais je vous laisserai seule dans la misère et je me tourmente énormément. Petit Shüenn est trop jeune... », s'efforça-t-il de dire, mais sa mère n'entendit qu'un murmure indistinct. Pourtant le combat que son fils menait l'effrayait et l'affligeait. Le dévisageant, elle l'interrompit, le visage crispé, les yeux pleins de larmes :

« Ne parle pas. Repose-toi bien. »

Shuënn poussa un long soupir, ouvrit de grands yeux humides et lança à sa mère un regard implorant.

La température de la chambre était exceptionnellement suffocante. Les planchers, les murs semblaient en combustion. Shüenn repoussa le méchant drap de coton qui lui couvrait le corps. A travers les trous de son maillot usé, il apercevait son torse jaune qui n'avait plus que la peau sur les os.

Par la suite, sa mère lui acheta une clochette. Au lieu d'appeler, il agitait la clochette ; il exprimait en écrivant au pinceau sur un papier ce qu'il voulait qu'on fasse pour lui. La seule personne qu'il pût appeler, c'était en réalité sa mère. En dehors d'elle, il était difficile de demander à qui que ce soit d'autre de venir dans sa chambre, excepté le médecin et le facteur. Mais le facteur ne venait pas souvent non plus. Petit Shüenn écrivait peu et les lettres de shousheng se raréfiaient. Shousheng continuait à envoyer ponctuellement sa mensualité. Ils étaient obligés de l'utiliser et la mère avait même retiré la somme placée à la banque. La vieille dame aurait maintenant consenti à n'importe quoi pour son fils, sauf à écrire la première à sa bru. C'était Shüenn qui écrivait, et il n'acceptait pas que sa mère tienne le pinceau à sa place. Dans chaque lettre, il disait : « Je me porte toujours bien, ma santé se rétablit peu à peu, ne te fais pas de souci pour moi », etc. Quand il s'agissait d'écrire à Petit Shüenn, c'était tantôt lui, tantôt sa mère qui prenait le pinceau. Lui, disait seulement à l'enfant de ne pas revenir à la maison (Petit Shüenn passait les grandes vacances chez un camarade d'école), de bien étudier, de réviser ses cours. La mère se montrait un peu plus diserte, mais elle se refusait à voir les choses en face, nourrissant toujours, en secret, un faible espoir.

Cependant, comme pour lui infliger un démenti, l'état réel de Shüenn s'aggravait progressivement et Shüenn, lui-même, ressentait avec lucidité sa dégradation quotidienne. La douleur qu'il éprouvait dans la gorge et aux poumons s'intensifiait de jour en jour. Sa mère, elle aussi, le voyait s'avancer graduellement vers la mort.

Mais son cœur de mère ne pouvait renoncer aussi facilement. Elle continuait à lui donner des médicaments, lui apportait à boire du lait frais et du potage au poulet, l'aidait à passer ses vêtements, à satisfaire ses besoins. Elle lui témoignait un dévouement absolu, aucune besogne ne la rebutait. Un jour, finalement, il écrivit en peinant sur le papier : « Mère, donnez-moi du poison et laissez-moi mourir rapidement. Je ne puis continuer à vous voir en supporter tant. Je souffre trop. »

Il la regarda lire ce billet, les yeux remplis de larmes.

Elle s'écria en pleurant :

« Non ! Impossible ! Tu es mon unique fils ! »

Il écrivit à nouveau :

« Tôt ou tard, je mourrai. »

« Si tu meurs, je mourrai avec toi ; moi non plus, je n'ai plus envie de vivre ! » sanglota la mère qui ne parvenait plus à maîtriser son chagrin.

Shüenn posa le pinceau et, à bout de forces, laissa retomber sa tête sur l'oreiller.

La chaleur ajoutait à ses souffrances. Le bruit était pour lui comme l'huile versée sur le feu. Le choléra avait fait de nombreuses victimes à travers la ville et souvent, dans la rue, s'élevaient des pleurs déchirants. Shüenn restait sur son lit toute la journée, il se redressait, se mettait sur le côté ou sur le ventre. Il ne trouvait pas le repos et n'arrivait pas à dormir, même un quart d'heure, d'un sommeil détendu.

Il ne parvenait plus à s'habiller lui-même, ni à s'asseoir seul. Chaque fois qu'au prix de sa vie, il écrivait à Shousheng, il éprouvait des douleurs si vives qu'il pouvait à peine griffonner quatre ou cinq lignes : « Je ne me porte pas trop mal, ma santé continue à se maintenir », disait-il immuablement.

« Pourquoi souffrir ? Je vais écrire à ta place », intervenait sa mère d'une voix affligée, mais en vain. Il ne voulait pas céder là-dessus. S'il lui abandonnait le pinceau, alors inévitablement, Shousheng comprendrait qu'il était gravement malade.

Il y eut même un jour où la mère ne put se retenir de jeter cette phrase :

« Pourquoi la laisses-tu dans l'ignorance ? »

Après un moment d'hésitation, Shüenn répondit : « Je désire qu'elle soit heureuse. »

La mère pensa : « Elle vit déjà avec un autre

homme, pourquoi ne pas l'inquiéter, qu'au moins sa conscience lui fasse des reproches. »

« Toi, grand sot ! » le gronda-t-elle tendrement.

Mais lorsqu'elle vit à nouveau l'écriture tremblante sur le papier, son cœur fondit : « Quel bonheur aura-t-il connu au cours de cette vie terrestre ? Toute son existence, il a souffert. » Alors, pourquoi elle, sa mère, n'accepterait-elle pas de l'aider à réaliser ce modeste désir ? Il était au fond sa propre chair, son propre sang. Silencieuse, la mère contemplait ce visage maigre et terreux, et il lui semblait que son cœur se déchirait. Elle avait envie de rire, de crier. Elle aurait voulu creuser un trou dans le sol et s'engloutir en enfer, elle aurait voulu que s'anéantisse ce monde dérisoire.

Cet après-midi même, un jeune homme était mort du choléra dans la famille voisine. Deux femmes pleuraient à fendre l'âme et l'écho de ce désespoir leur parvenait. Shüenn écouta un moment, et soudain, il écrivit pour sa mère :

« Mère, si je meurs, vous ne pleurerez pas.

— Pourquoi parles-tu de cela ? demanda sa mère, douloureuse.

— La mort me serait alors plus pénible et j'aurais davantage de chagrin.

— Non, tu ne vas pas mourir ! » cria la mère à travers ses larmes.

Les grosses chaleurs passèrent. Il faisait meilleur dans la chambre. Mais le mal continuait sa progression et les souffrances de Shüenn s'accroissaient sans cesse. Il lui fallait davantage d'endurance pour les supporter. Quand il n'y parvenait plus, il gémissait, mais même la douleur ne réussissait pas à lui arracher un cri.

Un soir, sa mère lui donnait du potage au poulet à

l'aide d'une cuiller. Il avala deux gorgées et brusquement, repoussa la main de la vieille dame avec des signes de dénégation.

« Encore quelques gorgées, tu n'as pas assez mangé aujourd'hui. »

Shüenn prit le pinceau dans sa main tremblante et à grand-peine écrivit :

« Ma gorge me fait souffrir. »

La mère eut un frisson. Sa main qui tenait la cuiller trembla également. Elle se contint et lui recommanda à nouveau :

« Supporte ta douleur et prends encore deux gorgées. Si tu ne te nourris pas, comment veux-tu aller mieux ? » et elle approcha la cuiller de ses lèvres.

Frémissant, il ouvrit la bouche et avec application, avala le potage ; à plusieurs reprises, ses yeux se révulsèrent et ses mains agrippèrent la mince couverture.

« Shüenn ! » appela sa mère à voix basse.

Il la regarda, des larmes pleins les yeux et, très doucement, exhala un soupir.

La mère se mordit les lèvres, approchant encore la cuiller de sa bouche. A deux reprises, il réussit à avaler, mais avec la même souffrance. La fois suivante, il recracha. Il toussait sans bruit, la mère posa rapidement le bol et lui massa la poitrine.

Avec lenteur, le malade ferma les yeux. Il voulait dormir, mais la douleur le tint éveillé. Il ne parvenait pas à gémir ni à crier. Il combattait la souffrance en silence. La main de sa mère le réconfortait. Il s'appliquait à concentrer ses pensées sur elle, espérant oublier momentanément la douleur.

Tout à coup, des pétards éclatèrent dans la rue. Shüenn et sa mère avaient rarement entendu un tel bruit dans cette ville de montagne où ils étaient arrivés quelques années auparavant, mais ils n'avaient pas le cœur à y prêter attention. A leur surprise, pourtant, les pétards se succédaient, ils partaient de toutes parts comme pour la célébration de quelque grande festivité. Un concert de voix s'élevait, une foule de gens couraient, certains chantaient à tue-tête, d'autres riaient et discouraient.

Shüenn aurait voulu s'écrier comme sa mère :

« Que se passe-t-il ?

— Le Japon a capitulé ! Le Japon a capitulé ! » C'étaient des cris d'enfants, repris ensuite par des adolescents.

Il fut stupéfait. Oubliant tout le reste, sa mère lui demanda d'une voix forte :

« Shüenn, tu as entendu, ils disent que le Japon a capitulé ! »

Il secoua la tête. Il n'y croyait pas encore. Mais, au-dehors, le vacarme des explosions augmentait.

Sous la fenêtre, déferlait une marée humaine.

« C'est probablement vrai, commenta la mère excitée, sinon pourquoi ce tapage ? »

Shüenn secoua à nouveau la tête. Cette information était si inattendue !

Dans la rue, on criait :

« Télégramme de l'agence R're-Tchong, le gouvernement japonais s'est rendu sans conditions aux quatre nations, chinoise, américaine, anglaise et russe. »

« Tu entends, est-ce possible ? Le Japon a capitulé ! La guerre de résistance est victorieuse ! Finies les souffrances ! » s'écria la mère d'une voix hystérique. Elle pleurait et riait en même temps, comme si elle avait oublié qu'elle se trouvait dans une chambre obscure ; près du lit, une bougie était posée sur le tabouret, la lumière en était vacillante, la mèche penchait, la cire coulait par une petite brèche.

Shüenn ouvrit tout grands les yeux et regarda sa mère, hébété, comme s'il ne comprenait plus le sens de ses paroles. Soudain, ses larmes coulèrent. Il voulait rire, il voulut aussi pleurer, puis il se calma très rapidement. Il poussa un soupir, il pensait : « Tu es finie et moi aussi, je suis fini. »

« Numéro spécial ! Numéro spécial ! Le Japon a capitulé ! » criaient les vendeurs de journaux qui couraient sous la fenêtre.

La mère prit la main de son fils et, souriant avec tendresse, lui demanda :

« Shüenn, es-tu content ? C'est la victoire, la victoire ! »

De sa main tremblante, Shüenn saisit le pinceau et écrivit péniblement : « Maintenant, je peux mourir tranquille. »

La mère vit cette écriture malhabile, elle oublia tout, pleurant et riant à la fois, elle s'écria :

« Shüenn, mais non, tu ne vas pas mourir ! Ce n'est pas vrai ! C'est la victoire, plus personne ne doit mourir ! »

Ses larmes étaient des larmes de joie. Sa main se serra sur celle de Shüenn, elle ignorait si ce qu'elle éprouvait était du ravissement ou de la tristesse.

XXX

Les désirs de la mère ne s'étaient pas réalisés. Après avoir tant espéré, une certaine nuit, elle s'assit sur le rebord du lit, veillant son fils. L'ampoule ne déversait toujours qu'une lumière trouble. Sur le tabouret à côté du lit, un petit bol attendait, rempli de bouillon de poulet, une cuiller y trempait.

« Shüenn, prends-en quelques gorgées », pria la mère.

Le malade montra des yeux blancs en remuant très légèrement ; ses doigts s'agitèrent, mais il ne prit pas le pinceau pour répondre.

« Shüenn, cela fait deux jours que tu n'as rien mangé, accepte donc de souffrir pour te sustenter un peu », l'implora fermement la vieille dame.

Il bougea très lentement la tête, ouvrit largement la bouche, étendit la main et, à grand-peine, la porta à sa bouche, tordant sa lèvre vers le bas. Ensuite, il engouffra ses doigts comme pour griffer sa langue.

« Tu souffres, Shüenn, patiente un peu », dit la mère éprouvée, pressant toujours son autre main.

Il fit un signe d'assentiment, retira la main de sa

bouche et la posa sur sa gorge. Ses yeux se remplirent de larmes, et il regarda sa mère.

« Non, ne t'inquiète pas, tu ne mourras pas ! »

Il pétrissait sans arrêt sa gorge avec ses ongles, et ses doigts raidis se mouvaient toujours avec une grande lenteur. D'un coup, il gonfla sa poitrine.

« Shüenn, qu'as-tu ? »

Il ne répondit pas. Un moment passa. De ses cinq doigts gourds, il se mit subitement à griffer follement sa gorge. Son corps était agité de soubresauts qui faisaient grincer la charpente du lit.

« Shüenn, calme-toi. »

La mère dégagea doucement sa main gauche et se leva, tandis qu'il portait son autre main à sa gorge. Après deux à trois minutes, ses deux mains s'y rejoignirent tandis qu'il ouvrait largement la bouche en s'efforçant d'aspirer et que ses yeux se révulsaient. Avec ses doigts, il griffait frénétiquement sa gorge. Ses ongles avaient beaucoup poussé et ils imprimèrent des égratignures sanglantes.

« Shüenn, arrête, tu ne peux pas continuer ! » implora sa mère atterrée. Le regard de son fils s'attachait à elle, disant : « Je souffre atrocement. » Et son corps, sur le lit, était secoué de convulsions.

« Shüenn, est-ce très douloureux ? »

Il fit oui de la tête et ôta sa main droite de sa gorge. Ses doigts s'agitaient dans le vide, d'une façon complètement désordonnée. Sa mère ne comprenait pas ce qu'il voulait.

« Shüenn, que désires-tu ? »

Son regard se déplaça très doucement vers le coin de l'oreiller sur lequel reposait le crayon.

« Tu as quelque chose à dire, tu veux le crayon ? » demanda la mère en plaçant le crayon dans la main de son fils. Shüenn parut s'en saisir avec fébrilité, mais ses doigts tremblaient si fort qu'il manqua le laisser tomber.

Sa mère lui passa un livre en disant :

« Écris derrière. »

Le crayon dans une main, le livre dans l'autre, Shüenn traça à grand-peine sur la couverture le mot : « Mal. » En réalité, le mot était partiellement déformé ; cela ne venait pas du crayon, mais écrire lui devenait presque impossible.

La mère lut ce mot et versa encore des larmes.

« Shüenn, patiente jusqu'à ce que Petit Shüenn aille demander au docteur Tchang Boh-tching de venir, ensuite ça ira. » Elle le réconfortait, mais quand elle se tut, elle détourna son visage et continua à pleurer tout bas.

Shüenn gardait sa lucidité. Il souffrait atrocement et réalisait combien il s'affaiblissait. Il savait que chaque cellule de son organisme progressait vers la mort et qu'il se rapprochait de l'heure fatale. A ce moment, il ressentait puissamment l'amour de la vie et la frayeur du trépas. Il réalisait aussi la douleur qu'éprouvait sa mère. Celle-ci, pour sangloter, était allée à la fenêtre. Que pouvait-il ? Si seulement il avait pu laisser quelques phrases de recommandation avant sa mort ! « Qu'ai-je fait de mal, moi, un pauvre type et un citoyen exemplaire ! Qu'ai-je fait pour mériter ce châtiment ? Et elle, ma mère, comment fera-t-elle toute seule pour subsister ? Après moi, quelle existence mènera-t-elle ? Et Petit Shüenn ? Quel crime ces deux êtres ont-ils commis ? » Shüenn était plein de rancœur. Il aurait voulu appeler, crier, mais la voix lui manquait. Nul n'entendrait plus jamais ses paroles. Il voulait demander : « Justice ! » Mais, où pouvait-on obtenir la « Justice » ? Il ne pouvait hurler sa colère. Il était contraint de s'avancer vers la mort en silence.

Dans la rue, un couple se querellait. La femme pleurait et criait, l'homme la battait et l'injuriait. Un troisième personnage tentait de les réconcilier. Et puis, quelqu'un passa sous la fenêtre en fredonnant un opéra setchouanais.

« Pourquoi faut-il qu'ils vivent tous et que moi, je doive mourir ? Et, qui plus est, mourir dans de telles souffrances ?... »

Il voulut hurler : « Je veux vivre ! » mais sa voix ne lui obéissait plus.

Sa mère tourna la tête et le regarda. Elle avait les yeux rouges et gonflés et le visage blafard d'une personne à deux doigts de tomber malade.

« Elle aussi a trop de peine. » Shüenn bouge la tête. Subitement, une douleur insoutenable s'empara de lui, à la fois dans la gorge et les poumons, il n'en pouvait plus, il griffait des deux mains. Il ouvrit en grand la bouche pour crier, mais aucun son ne sortit. Il luttait pour survivre mais ne pouvait hurler. Il avait la tête en sueur. Il sentit deux mains le saisir, sa mère disait quelque chose..., mais la souffrance le fit s'évanouir.

Les sanglots de sa mère éveillèrent Shüenn en sursaut. Il était allongé sur son lit, couvert de sueur glacée et il avait mouillé son pantalon. Il saisit la main de sa mère avec force et, semi-inconscient, il contempla le visage aimé. La douleur s'apaisait légèrement. Shüenn voulait sourire à sa mère, mais des larmes incoercibles lui échappèrent.

« Tu t'es réveillé, plus rien n'a d'importance ! » La mère fit chut avec une sorte de complicité. Des traces de larmes subsistaient au coin de ses yeux et sur ses pommettes.

Shüenn bougea la tête pour manifester son désaccord. Arrivant du dehors, Petit Shüenn entra dans la pièce. En franchissant la porte, il dit :

« Grand-mère, le docteur Tchang Boh-tching a une crise de paludisme. Il ne peut pas venir. »

La mère fut accablée. C'était la fin ! Une pierre lui tomba sur le cœur.

« Pourquoi as-tu mis si longtemps ?

— Il y avait foule dans les rues. Demain, on célèbre la victoire, les préparatifs ont lieu partout. Je me suis trompé de chemin et cela m'a retardé pour me rendre chez le docteur... Ce soir, il y a beaucoup d'animation et partout on suspend des lanternes multicolores.

— As-tu faim ? Te reste-t-il encore de l'argent sur toi ?... Alors, sors et va manger deux bols de nouilles. Je n'ai pas fait de cuisine ce matin, mais pour ce soir, je réchaufferai des restes. Va vite déjeuner.

— Bien », répondit l'enfant.

Shüenn avait suivi tout leur dialogue. « Ils vont fêter la victoire », pensa-t-il. Il voulut leur sourire, mais la douleur l'en empêcha. « La victoire peut-elle les délivrer eux aussi ? » pensa-t-il encore. « Eux aussi »... c'était sa mère et son fils. Mais la douleur interrompit le cours de ses idées et l'absorba entièrement. La souffrance augmenta peu à peu, elle ne cessait de croître et supplantait tout le reste ; elle lui faisait tout oublier. Il ne pensait plus qu'à supporter sa douleur ou à lui échapper et livrait un combat désespéré. Il était vaincu. Cela ne valait plus la peine de continuer à lutter. Il se lamentait en silence : « Qu'on me laisse mourir, cette souffrance n'est plus soutenable. »

Mais ceux qui l'aimaient, sa mère et son fils, ne pouvaient comprendre ces plaintes informulées et n'avaient aucun moyen de lui permettre de venir à bout de la douleur : elle persistait et augmentait sans cesse.

3 septembre..., jour de la victoire..., jour de liesse, cette journée n'apportait aucun changement dans la chambre. Sur l'avenue, la foule souriante accueillait la victoire par des manifestations enthousiastes. Les avions dessinaient des figures dans le ciel et répandaient des tracts de circonstance. Cependant, dans la chambre de Wang Wen'shüenn, il n'y avait qu'affliction et sanglots.

Au cours de la journée, à trois reprises, Shüenn eut des évanouissements. Il sentait qu'il était déjà parvenu au maximum de ce qu'un être humain peut endurer et il avait voulu que la « Mort » l'emportât tout de suite..., pourtant, il vivait toujours. Devant le lit, sa mère et Petit Shüenn le veillaient sans relâche. A travers ses larmes, il les regardait intensément, il ne leur demandait que leur aide pour hâter sa fin.

Sa vie, au fil des heures, s'écoulait lentement vers son terme. Il avait sa pleine connaissance, bien qu'il ne pût plus beaucoup penser. Dans ces derniers moments, du commencement à la fin, il ne voulut plus détacher son regard du visage de sa mère et de Petit Shüenn. Puis, leurs traits peu à peu s'estompèrent, il lui sembla distinguer une autre physionomie : celle de Shousheng ! Elle n'avait jamais quitté sa pensée : elle non plus ne pouvait rien pour alléger ses souffrances. Il souffrit jusqu'au dernier instant. Le plus longtemps possible, il retint sa respiration. Il ne parvenait pas à mourir. Sa mère et son fils lui pressaient la main, guettant son souffle.

Lorsque, ensuite, il rendit le dernier soupir, les

paupières à demi closes, ses yeux se révulsèrent, sa bouche s'ouvrit en grand, comme s'il avait encore réclamé « Justice ». Il était huit heures du soir. Dans la rue, les gongs et les tambours retentissaient. Les gens célébraient la victoire, faisaient partir des pétards et allumaient des lanternes-dragons.

ÉPILOGUE

Près de deux mois plus tard, un soir, du fait disait-on d'une réparation de chaudière, toute la ville fut privée d'électricité. Après une pluie matinale, un froid soudain s'était abattu vers le milieu de la journée. Un vent glacial balayait en rafales la ville de montagne, chassant la clientèle des marchands ambulants. Le vent répandait partout l'odeur désagréable des lampes à acétylène dont les flammes solitaires paraissaient grelotter.

A travers l'obscurité et le froid, un pousse-pousse arriva dans la rue déserte et s'arrêta devant la porte d'un immeuble. En descendit une femme élégamment vêtue, portant un sac à main ; elle franchit la porte, éclairant son chemin avec une lampe de poche pour pénétrer dans ce qui semblait une grotte sombre et gravit les deux étages.

Elle s'immobilisa devant la porte d'un appartement. Son cœur battait violemment. Émue, elle frappa.

Il n'y eut pas de réponse. La jeune femme vit de la lumière, la porte déverrouillée et pensa qu'il devait y avoir quelqu'un. Peut-être dormait-on. Alors, elle frappa fort à deux reprises.

« Qui est-ce ? » demanda de l'intérieur une voix de femme. La voix avait pour l'arrivante un timbre familier mais elle ne parvenait pas à l'identifier.

« Moi », répondit-elle sans réfléchir.

La porte s'ouvrit, une faible lueur jaillit. En un clin d'œil, la nouvelle venue aperçut la bougie qui brûlait sur la table carrée. La personne qui avait ouvert la porte était aussi une femme. La lumière l'éclairait de dos et on ne distinguait pas son visage.

« Que cherchez-vous ? demanda-t-elle surprise.

— La famille Wang n'habite pas ici ? demanda encore plus étonnée la femme qui avait frappé.

— Il n'y a personne ici du nom de Wang.

— Cette famille Wang n'habitait-elle pas ici auparavant ? Nettement, c'est leur intérieur et aussi leur mobilier, dit l'élégante jeune femme dont la surprise croissait.

— Ah, vous êtes Mme Wang ! Je vous en prie, asseyez-vous ! Aujourd'hui, le courant est coupé et je n'y vois guère, s'exclama en riant l'occupante des lieux, s'écartant un peu pour laisser passer la visiteuse.

— Madame Fang..., mais vous logiez au premier ? Quand donc avez-vous déménagé ? »

Retrouvant une vieille connaissance dans la locataire du premier, la visiteuse se sentit à moitié rassurée. La disposition intérieure de l'appartement n'avait pas subi grand changement, à part les murs qui avaient été blanchis et étaient maintenant agréables à regarder.

« Ce mois-ci, au milieu du mois, répondit Mme Fang. Ah, madame Wang, je ne sais pas comment il est préférable de vous appeler maintenant. Vous n'êtes plus à Lann'djoh ? Quand êtes-vous rentrée ?

— Aujourd'hui précisément, madame Fang, et je

suis toujours la même qu'autrefois », dit Shousheng en rougissant. Elle poursuivit d'une voix tremblante : « Madame Fang, où sont-ils allés ? Je veux dire Wen'shüenn.

— Vous parlez de M. Wang ? Vous ne savez pas encore ? s'écria l'autre étonnée.

— Je ne sais rien. Il y a deux mois que je n'ai pas reçu de courrier, précisa Shousheng inquiète.

— M. Wang n'est plus, dit Mme Fang à voix basse.

— Il n'est plus ! Depuis quand ? » s'écria Shousheng atterrée. Elle eut un haut-le-corps et son visage blêmit.

« Le mois dernier, le jour même de la célébration de la victoire. » Shousheng fut secouée d'un violent frisson. « La vieille dame est partie avec l'enfant. Elle nous a laissé cet appartement ainsi que le mobilier pour lequel nous lui avons remis un peu d'argent. »

Cela fit à Shousheng l'effet d'une douche glacée. Elle était pâle et transie. Elle resta un moment interdite, puis elle jeta cette question :

« Où sont-ils donc allés ? » et détournant la tête, elle s'essuya les yeux à la dérobée.

« Je n'en sais rien du tout ! Je l'ai demandé à la vieille dame. Elle m'a répondu qu'elle commencerait par s'installer chez des parents pendant quelques jours. Elle a ajouté qu'ils partiraient pour K'un-ming. Il me semble aussi l'avoir entendue dire qu'elle chargerait quelqu'un de l'achat de billets pour le bateau. » Mme Fang réfléchissait tout en formulant sa réponse et, n'étant pas très sûre de ce qu'elle avançait, s'exprimait sur un ton uniforme.

« Il est inutile de prendre le bateau pour se rendre à K'un-ming et ils n'ont jamais eu de famille là-bas, remarqua Shousheng sceptique, vous n'avez vraiment aucune idée de l'endroit où ils sont allés ?

— C'est tout ce qu'a dit la vieille dame, reprit Mme Fang, mais je pense qu'ils sont plutôt allés à K'unming. Avant de partir, ils ont vendu presque tout ce qui leur appartenait, c'était exposé devant la porte. Ah, madame Wang, restez un moment, je ne vous ai pas encore offert de thé », continua-t-elle comme pour s'excuser. Elle se leva, se dirigea vers la table, et disposa le pot d'eau bouillante, la théière et les tasses.

« Madame Fang, ne vous donnez pas cette peine, je vous remercie, dit Shousheng très vite en se soulevant légèrement pour l'arrêter. Racontez-moi, je vous en prie, les circonstances de la mort de Wen'shüenn. Où repose-t-il maintenant ?

— Madame Wang, ne vous tourmentez pas, détendez-vous, buvez d'abord une tasse de thé, dit Mme Fang avec douceur en tendant une tasse à Shousheng.

— Merci, je vous en prie, racontez-moi. Lorsque je me trouvais à Lann'djoh, je croyais qu'il se remettait peu à peu. Dans toutes ses lettres, il m'écrivait que sa santé n'était pas mauvaise. Je vous en prie, racontez-moi, je n'ai pas peur, dites-moi la vérité.

— Franchement, je ne sais pas, vraiment pas. Lorsque M. Wang est tombé malade, je ne suis allée voir la vieille dame qu'une seule fois. Je sais seulement qu'il a perdu progressivement la voix et qu'il est resté couché près de deux mois. Une fois, je l'ai vu sur son lit, incapable de parler, dans un état de maigreur pitoyable...

— Où repose-t-il ? Je vais aller le voir ! » l'interrompit Shousheng, oubliant tout. Elle ressentait un vif chagrin, des remords et voulait se rendre aussitôt sur la tombe de Shüenn.

— Je l'ignore. J'ai entendu dire qu'au moment de sa mort, M. Wang était à bout de ressources. Le corps est resté dans la chambre, rien n'avait été préparé. C'était bien dur pour la vieille dame, elle a couru deux journées entières pour recueillir un peu d'argent, elle a acheté un cercueil et on a pu procéder à l'enterrement. Je ne sais pas où se trouve la sépulture de M. Wang, j'ai bien interrogé la vieille dame, mais elle n'a pas répondu. Elle avait été vraiment éprouvée. Ces deux derniers mois, elle aussi avait beaucoup maigri et ses cheveux étaient devenus tout blancs », ajouta Mme Fang en regardant Shousheng avec compassion.

Celle-ci l'écoutait en se meurtrissant les lèvres. Elle était émue jusqu'aux larmes, son cœur battait violemment, des remords la torturaient. Des larmes inondèrent son visage, elle se maîtrisa.

« Parmi les voisins, il y aura bien quelqu'un qui saura où Wen'shüenn est enterré. Il ne peut pas avoir disparu ainsi... Ses collègues de l'entreprise seront certainement informés, ne serait-ce que M. T'chong. » Elle ignorait que Vieux T'chong, lui aussi, n'était déjà plus de ce monde.

« Ici, nul ne le sait. Le cercueil a été enlevé très tôt le matin et personne n'a suivi le convoi, la vieille dame ne nous avait pas prévenus. Mais à l'entreprise qui employait M. Wang, il y aura sûrement des gens au courant. » Mme Fang désirait vivement venir en aide à sa visiteuse, mais elle-même n'avait aucun moyen de se renseigner.

Shousheng était découragée.

« Je m'y rendrai demain pour obtenir des précisions. » Elle baissa la tête, essuya ses larmes avec son mouchoir et demanda encore :

« Quel jour la vieille dame et mon fils, sont-ils partis ?

— Je m'en souviens, c'était le 12. Ce jour-là elle est

partie, le lendemain, nous avons badigeonné les murs et, deux jours plus tard, nous avons emménagé. Au premier, mon mari reçoit ses clients, expédie le travail de bureau et traite ses affaires. Ah, madame Wang, je ne vous ai pas encore demandé où vous alliez loger.

— J'habite provisoirement... chez des amis... j'y passerai quelques jours et je m'en retournerai.

— Alors, allez-vous continuer à chercher la vieille dame et votre fils ? »

Les pleurs d'un bébé retentirent tout à coup dans la petite chambre. Sans attendre la réponse de la visiteuse, Mme Fang se leva et dit hâtivement :

« C'est ma fille qui s'est réveillée. Je vous en prie, restez assise. »

Et elle se précipita dans la petite chambre.

Évitant le pénible embarras d'une réponse, Shousheng resta assise toute seule avec la bougie. Elle eut soudain l'impression de vivre un rêve. Elle avait elle-même habité ici, utilisé ces meubles, la table carrée, le bureau, la petite bibliothèque, le buffet, le lit... Tout lui était familier, malgré les réparations, le nettoyage, le blanchiment des murs. Elle était assise sur ce tabouret où elle s'était assise plusieurs années durant et maintenant, elle était devenue une étrangère, une visiteuse. Jusqu'à ces objets sur lesquels elle ne trouvait pas trace du passé. Une bougie semblable brûlait autrefois, mais celle-ci éclairait davantage. En moins d'une année, tout s'était transformé : Shüenn était mort, et sa mère et son enfant étaient partis. Où reposait Shüenn ? Où ces deux derniers étaient-ils allés ? Elle l'ignorait. Pourquoi le lui cacher ? Quel moyen lui restait-il de s'informer ? L'enfant d'une autre pleurait dans sa chambre, un bruit si nouveau et si surprenant ! Maintenant la jeune mère, son bébé sur les bras, allait et venait à travers la chambre en chantant une berceuse. Elle-même, autrefois, s'était comportée ainsi... dix ans auparavant, avec Petit Shüenn ; mais où se trouvait actuellement son Petit Shüenn ? Cet enfant n'avait pas d'attachement pour elle, elle ne s'était pas montrée suffisamment maternelle à son égard, elle l'avait négligé, et maintenant, elle allait le perdre pour toujours. Et elle n'avait que cet unique enfant ! Le bébé continuait à pleurer et à crier par à-coups, et Mme Fang chantait patiemment tout en marchant et en le berçant. Cette femme semblait avoir oublié sa présence et ne plus se soucier que de son poupon. Elle négligeait sa visiteuse et l'abandonnait dans une pièce froide où, assiégée par ses souvenirs, elle était la proie de ses tourments. Soudainement, Shousheng se remémora une scène qui s'était déroulée devant la cage de l'escalier. Shüenn et elle s'étaient serré les mains dans l'obscurité ; ravalant ses larmes, elle s'était penchée au-dessus de lui pour l'embrasser. « Je voulais que tu te soignes ! Pourquoi alors que tu étais si malade me l'avoir laissé ignorer ? pensa-t-elle douloureusement... Il eût suffi que cela te fasse du bien et je serais rentrée tout de suite. Je n'ai rien fait qui ne fût digne de toi. » Voilà les réflexions qu'elle avait ressassées dans l'avion. Elle aurait pu le regarder droit dans les yeux..., mais maintenant, il était trop tard... Elle n'osait penser à son agonie. Trop tard, trop tard ! Pour construire son propre bonheur, elle avait participé à la destruction d'une autre existence. Elle réfléchissait. D'un coup, elle fut debout, pourquoi rester encore ? Elle ne pouvait plus supporter cette pièce, ce mobilier : chaque objet lui contait son histoire, tout ici la torturait. Elle ne pouvait vraiment plus écouter la chanson de cette jeune mère. La berceuse lui rappelait l'époque où elle pouponnait, et éveillait en elle des souvenirs enfouis depuis longtemps. Il fallait qu'elle s'en aille.

« Madame Fang, je pars, ne vous dérangez pas », dit-elle très fort et, saisissant son sac, elle se dirigea vers la porte.

Mme Fang accourut avec son enfant dans les bras, protestant avec sincérité :

« Madame Wang, restez un moment, il est encore tôt. »

Shousheng s'arrêta, tourna la tête et répondit :

« Je m'en vais, merci.

— Alors au revoir », continua Mme Fang d'une voix douce. Et elle ajouta : « Revenez de temps en temps. »

Shousheng secoua la tête :

« Merci, mais je ne reviendrai plus. »

Cette fois, elle ne put pleurer, mais elle ressentit une douleur d'autant plus vive.

« Dans ce cas, attendez, je vais vous accompagner avec la bougie, dehors il fait très sombre. »

Mme Fang portait le bébé sur le bras gauche et de la main droite, tenait un chandelier.

« Madame Fang, je vous en prie, ne vous dérangez pas. J'ai une lampe de poche, je puis m'éclairer et je connais les lieux », protesta aimablement Shousheng qui franchit rapidement la porte et enfila le corridor.

« Madame Wang ! Attendez, attendez ! Je vais vous reconduire jusqu'à l'escalier », appela Mme Fang. Elle poursuivit, se plaignant : « C'est vraiment ennuyeux qu'il se produise maintenant encore des coupures de courant. Deux mois se sont écoulés depuis la victoire et rien ne va mieux, au contraire. »

Shousheng était déjà arrivée à l'escalier. Elle tourna la tête, envoya avec sa lampe un rayon lumineux dans la direction de Mme Fang et dit à voix haute :

« Madame Fang, je vous en prie, rentrez chez vous, je m'en vais. »

Elle n'attendit pas la réponse et gagna rapidement le rez-de-chaussée. L'endroit, certes, lui était familier et elle s'y était dirigée sans peine.

La porte franchie, un vent glacé l'aborda de face et elle frissonna. « Comment, nous sommes fin octobre et la nuit est à ce point glaciale ! » pensa-t-elle. Son manteau d'automne ne la protégeait pas suffisamment. Devant l'immeuble, pas l'ombre d'un pousse-pousse, elle tourna la tête et aperçut la porte d'entrée et sa lanterne, tel un œil aveugle. Elle poussa un léger soupir. Elle ne savait pas où il était préférable d'aller maintenant. Elle était désorientée. Elle ne pensait qu'à trouver un refuge, fermer la porte et s'abandonner au chagrin. Mais elle n'en avait pas la possibilité. Il valait mieux marcher lentement sur l'avenue.

« Mademoiselle, nous sommes des réfugiés de Kweilinn, nous n'avons plus rien... »

Une silhouette avait brusquement jailli de l'obscurité, qui courut d'un coup se placer à côté d'elle. Shousheng sursauta puis, regarda avec attention : celle qui avait parlé était une vieille femme.

Shousheng ouvrit son sac et en sortit un billet qu'elle glissa dans la main noire.

« Merci, mademoiselle », dit la vieille femme qui se fondit à nouveau dans l'obscurité.

Shousheng secoua la tête et reprit sa marche. Elle aperçut enfin de la lumière. Apportée par le vent glacé, l'odeur des lampes à acétylène frappa ses narines.

« A vendre, à vendre, cinq cents dollars,... trois cents dollars,... deux cents dollars... »

Des lèvres souriantes d'une jeune femme s'élevait une voix implorante. Celle-ci était assise sur un escabeau, un tout petit enfant endormi contre sa poitrine, et elle contemplait d'un œil fixe des objets qu'elle ne parvenait pas à vendre.

Shousheng à nouveau frissonna. « La nuit est vraiment froide, pensa-t-elle, elle aussi, c'est une mère. » Elle stationna un moment devant cet étalage et jeta un regard de sympathie à cette femme et à son enfant. « Il me faut retrouver Petit Shüenn », se dit-elle. Elle regarda encore la mère et l'enfant devant elle. « Eux aussi ont probablement exposé ce genre d'éventaire. » Ce « eux », inutile de le préciser, désignait la vieille dame et Petit Shüenn, et son chagrin augmenta.

« Quel jour partez-vous ? demanda quelqu'un près d'elle.

— Nous ne partons pas. Pour nous, les gens ordinaires, il n'y a pas de billet pour le bateau, répondit une autre personne.

— Il faut trouver un moyen pour embarquer, même clandestinement dans la cale.

— Actuellement, ce sont les officiers qui regagnent leur poste, pas les gens du commun. J'ai un parent qui n'a pas pu acheter de billet et a été obligé de soudoyer un employé. Il est monté à bord et il a été découvert. Son argent a été dépensé en pure perte.

— Toi, ça va, tu ne pars pas. Tu peux encore résider au Seutchouan pas mal de mois, sans soucis et sans privations. Pour ma part, j'aurai bientôt vendu tout ce que je possède, et si je ne pars pas d'ici un mois, j'aurai faim. J'avais cru qu'avec la victoire, je pourrais rentrer chez moi.

— La victoire, c'est " leur victoire ",... pas la nôtre. Le désastre national ne nous a pas enrichis et cependant, nous subissons les revers de la victoire. Si j'avais su, nous n'aurions pas participé aux manifestations de cette journée. »

A nouveau, Shousheng frissonna, elle eut l'impression d'être brutalement tombée dans un tas de glace. Elle était frigorifiée. Elle regarda sans but autour d'elle, tout lui paraissait factice. Il lui semblait rêver. La veille, à la même heure, elle dînait dans un restaurant animé, dans une autre ville, prêtant l'oreille aux compliments d'un chevalier servant, tandis qu'aujourd'hui, elle était arrêtée au cœur de la nuit glacée devant un étalage, écoutant les récriminations d'inconnus. Elle se demanda ce qui avait bien pu la pousser à revenir. Et ensuite, quel mobile l'avait incitée à fuir cet appartement ?... Quelle conduite adopter maintenant ?

Certains étaient morts, d'autres partis. Et même le lendemain, tout au plus parviendrait-elle à découvrir une tombe. Mais aurait-elle la possibilité de rechercher et de ramener son Petit Shüenn ? Pouvait-elle changer le cours des événements ? Comment s'y prendre ? Courir partout pour se livrer à une recherche manifestement inutile ? Ou retourner à Lann'djoh et donner son accord à cet autre homme qui l'attendait ?

Shousheng n'avait que deux semaines de congé. Elle devait, pendant ces deux semaines, arriver à y voir clair en elle... Elle avait encore au moins douze ou treize jours pour cela et ses sentiments ne paraissaient pas difficiles à analyser. Pourquoi fallait-il qu'elle restât plantée devant cet étalage, à la merci des rafales de vent glacé ?

« J'ai le temps de me décider », se dit-elle finalement. Elle reprit sa marche. Elle avançait lentement, mais d'un pas ferme. Ce fut seulement en progressant dans cette rue obscure qu'elle ressentit une impression étrange. Elle regardait alternativement de chaque côté de la rue, craignant que le vent ne réussisse à éteindre la lumière tremblante des lampes à acétylène. Vraiment, la nuit était trop froide et Shousheng éprouvait le besoin de se réchauffer.

POSTFACE

Durant l'hiver 1944, alors que Kweilinn était occupé par l'ennemi, j'habitais une chambre minuscule dans l'immeuble de la maison d'édition La Vie littéraire, *rue Min' gouo à Tchoungking. Le soir, j'étais souvent obligé d'avoir une bougie prête pour éclairer ma table de travail et, à minuit, il me fallait encore faire remplir ma thermos par le vieil homme qui criait : « Riz caramélisé, eau bouillie*[1]*. » Je me couchais tard, mais, toute la nuit, sans répit, les rats rongeaient le sol de ciment, m'empêchant de trouver le sommeil. Dans la journée, ma chambre résonnait du cri des vendeurs, des querelles, des bavardages, des gongs et des tambours de théâtre. On eût dit que ces bruits s'élevaient de partout : même en fermant la porte, je ne parvenais pas à obtenir le calme. A cette époque, je corrigeais la traduction, faite par un ami, d'un roman de Gorki. Parfois je rendais de menus services et accomplissais quelques petits travaux pour des amis réfugiés de Kweilinn. Un jour, mon camarade de plume, Tchao Tia-bi vint par hasard me chercher à*

1. Les Chinois se désaltèrent couramment avec de l'eau bouillie, l'eau du robinet n'est pas toujours potable.

l'immeuble de La Vie littéraire. *Il était arrivé les mains vides après avoir créé à Kweilinn une industrie que l'ennemi avait anéantie. Une bonne partie de son œuvre qui avait échappé à la destruction avait été réduite en cendres dans l'incendie de Tin'tchengtiang. Cette perte l'avait éprouvé, mais pas découragé. Il décida de lancer une nouvelle affaire à Tchoungking et je lui promis mon soutien.*

C'est pour cela que, par une nuit d'hiver d'un froid polaire, je commençai d'écrire le roman : Nuit glacée. *Je n'ai jamais été un grand écrivain et, même en rêve, je n'ose prétendre à l'histoire ou à la poésie*[1]*, je suis exactement comme un critique m'a dépeint : « Celui qui espionne la vie par une fente... », je « n'ose faire face à la sanglante réalité. » C'est pourquoi je ne décris que ce que j'ai vu, entendu, vécu. Je n'ai fait que décrire un tuberculeux doublé d'un insignifiant intellectuel, mais nulle part, je n'ai menti. J'ai vu ses souffrances de mes propres yeux et elles sont restées profondément gravées dans mon cerveau jusqu'à aujourd'hui. Ce sont elles qui m'ont contraint à prendre la plume à la place de ces hommes qui ont fini de cracher le sang et à la place de ceux qui vont mourir. Ce roman, tantôt arrêté, tantôt repris, a vu le jour au bout de deux ans. Mais cette librairie au service de laquelle était mon camarade Tiabi avait déjà fermé ses portes (l'entreprise d'édition Tchen'gouang avait été fondée entre-temps). De plus, à l'époque, je venais de perdre un frère et un ami cher. Tous deux étaient morts de tuberculose. Sur ces entrefaites, la victoire nous apporta l'espoir, mais cet espoir nous fut*

1. L'histoire et la poésie, matières des examens classiques, forment la grande littérature chinoise. Tout autre genre est considéré comme mineur.

retiré progressivement. Je n'ai pas ajouté à la fin du roman, selon le conseil du critique, une phrase : « Voilà l'aurore ! » Ce n'est pas par crainte d'être « pendu haut et court » à cause de cette phrase, mais bien pour la raison suivante : lorsque, démolis par des systèmes incohérents et entraînés vers la mort, des hommes rendent le dernier soupir, ils n'ont déjà plus ni la force ni le courage de saluer « l'aurore » d'une ère nouvelle.

Cependant, moi-même j'ai eu l'occasion une ou deux fois de pousser ce cri. Par exemple, il y a quelques années à Kweilinn, j'écrivais dans une nouvelle, Longue nuit : *« Il y a des cris de lumière, ils peuvent nous éveiller à la clarté de l'aube. » Cette œuvre a réellement été composée par une profonde nuit, noire et glacée et, en l'écrivant, j'ai vraiment perçu ces sensations et ces impressions.*

J'ai écrit il y a un an le texte qui précède. Actuellement, Nuit glacée *est réédité. Je ne voudrais pas rédiger une autre postface à cette occasion parce qu'il y aurait trop à dire. Il me faudrait alors composer une autre « Nuit glacée » plus épaisse. Aujourd'hui effectivement, il fait un froid terrible. J'étale sous ma main gauche le « Dagong bao » qui annonce : « Toute la journée, la température se maintiendra au-dessous de zéro. En deux jours, on a ramassé plus de cent cadavres sur la voie publique. » Derrière la fenêtre souffle une bise glaciale, et la porte, mal fermée, grince et n'arrête pas le bruit. Dans mes souliers de cuir, mes pieds sont déjà gourds. Il y a un ou deux ans, cette sorte de « Nuit glacée » n'existait pas. Je suis encore vivant, je ne suis pas mort de tuberculose, je ne suis pas mort gelé, je suis né sous une bonne étoile. Ce livre a été vendu à cinq mille exemplaires. Il n'y a pas de quoi en tirer vanité. Beaucoup de livres encore plus mal écrits se vendent davantage.*

Pa Kin.

Fin janvier 1948, Changhai.

TABLEAU DE CONCORDANCE
POUR LES MOTS CHINOIS
APPARAISSANT DANS LE TEXTE FRANÇAIS
DE *nuit glacée*

NOMS PROPRES

	Pinyin	*École française d'Extrême-Orient.*
Shüenn	Xuan	Hien
Shousheng	Shusheng	Choucheng
Tchang	Zhang	Tchang
D'joh	Zhou	Tcheou
Da T'chouann	Da Chuan	Ta Tch'ouan
P'ann	Pan	P'an
T'chong	Zhong	Tchong
Wang Wen'shüenn	Wang Wenxuan	Wang Wen-hien
Tang B'ail-tching	Tang Baiqing	T'ang Pai-k'ing
Goua'n Gong	Guan Gong	Kouankong
Tchenn Fong-gouang	Chen Fengguang	Tch'en Fong-kouang
Wou	Wu	Wu
Tchang Boh-tching	Zhang Boqing	Tchang Po-k'ing
Ts'ao Yü	Cao Yu	Ts'ao Yu
Wann Tia-bao	Wan Jia bao	Wouan Kia-pao
Mao Touenn	Mao Dun	Mao Touen
T'seng	Ceng	Ts'eng
T'chong Yoh-ann	Zhong Youan	Tchong Yeou-ngan
Tchao Tia-bi	Zhao Jiabi	Tchao Kia-pi

Tchen'gouang	Chenguang	Tch'engkouang
T'chong Shann	Zhongshan	Tchong Chan
R're-Tchong	Hezhong	Ho Tchong

NOMS DE LIEUX

Tiating	Jiading	Kiating
Gouoti	Guodi	Kouoti
B'ail Linn	Bailin	Pailin
Che T'zeu	Shi zi	Che Tseu
Kweilinn	Guilin	Kouei-lin
Linn'djoh	Linzhou	Lin-keou
Kweichow	Guizhou	Kouei-keou
Kweiyang	Guiyang	Kouei-yang
Lann'djoh	Lanzhou	Lan-keou
Siangbei	Xiangbei	Siang-bei
Tchangcha	Changsha	Tch'ang-cha
Tchengtou	Chengdu	Tch'engtou
Chuanchou	Quanzhou	Ts'iuan-tcheou
Rren'yang	Henyang	Henniang
Houn-nann	Hunan	Hou-nan
Kwangsi	Jiangxi	Kiang-si
Yichann	Yishan	Yichan
Siang	Xiang	Siang
Kwei	Gui	Kouei
Nan'djoh	Nanzhou	Nan-keou
Douchann	Dushan	Teowchan
Doyunn	Douyun	Touyun
Dotunn	Doutun	Tout'ouen
Tchekiang	Zhejiang	Tchö-kiang
Gouann-sheng	Guan sheng	Kouan cheng
T'ail chann	Taishan	T'ai-chan
K'un-ming	Kunming	K'oun-ming
Yün-nann	Yunnan	Yun-nan
Liou D'jail	Liuzhai	Lieoutchai
Seutchouan	Sichuan	Sseu-Tch'ouan
Min'gouo	Minguo	Min'koh
Tchoungking	Chongqing	Tch'ong-K'ing

Tin'tchengtiang	Qinchengjiang	K'intch'engkiang
Hu-pei	Hubei	Hou-pei

EXPRESSION

T'iao rrou'n	Jiao hun	Kiao houenn

DU MÊME AUTEUR

Aux Éditions Gallimard

LE JARDIN DU REPOS, *roman.*

Impression Bussière à Saint-Amand (Cher),
le 15 novembre 1983.
Dépôt légal : novembre 1983.
Numéro d'imprimeur : 2501.
ISBN 2-07-037512-9./Imprimé en France.